novum pro

Robert Singer

WANN?

novum pro

www.novumverlag.com

Bibliografische Information
der Deutschen Nationalbibliothek:

Die Deutsche Nationalbibliothek
verzeichnet diese Publikation in
der Deutschen Nationalbibliografie.
Detaillierte bibliografische Daten
sind im Internet über
http://www.d-nb.de abrufbar.

Alle Rechte der Verbreitung,
auch durch Film, Funk und Fernsehen,
fotomechanische Wiedergabe,
Tonträger, elektronische Datenträger
und auszugsweisen Nachdruck,
sind vorbehalten.

© 2020 novum Verlag

ISBN 978-3-99107-262-1
Lektorat: Heinz G. Herbst
Umschlagfotos: Binkski,
Alexandr Kornienko, Lorna Roberts,
MartinBergsma | Dreamstime.com
Umschlaggestaltung, Layout & Satz:
novum Verlag

Gedruckt in der Europäischen Union
auf umweltfreundlichem, chlor- und
säurefrei gebleichtem Papier.

www.novumverlag.com

3. Oktober 2013
7.00 Uhr

1

Es war im Oktober 2013, drei Wochen vor seinem 50. Geburtstag, als er sicher war, diesen nicht mehr zu erleben. Natürlich konnte er den Zeitpunkt seiner Gewissheit noch genauer eingrenzen. Es war der 3. Oktober. Ein Donnerstag. Sieben Uhr morgens.

Sein iPhone ließ ein Hupkonzert ertönen, obwohl er bereits über eine Stunde wach in seinem viel zu großen Bett gelegen hatte. Obwohl es das Bett war, in dem er bereits als elfjähriger Junge gelegen hatte. Viel zu groß schien es, weil er alleine darin lag, was ihm in Anbetracht dessen, was ihm durch den Kopf ging, auch nichts als recht war. Und mit Sicherheit wäre die Leere geblieben, wenn auch eine weitere Person mit ihm das Bett geteilt hätte.

Ja. Am 3. Oktober, sechzig Minuten vor sieben Uhr, wusste er, dass das leere Bett sein kleinstes Problem war.

Er wachte auf, weil er ein Geräusch gehört hatte. Oder geglaubt hatte, etwas zu hören. Aber da war nichts. Wenigstens nicht in seiner Wohnung. Trotzdem war er sicher gewesen, einen Schrei gehört zu haben. Oder wenigstens etwas, das sich wie ein dumpfer Schrei angehört hatte. Er konnte das Geräusch nicht weiter zuordnen. Er wusste nicht mit Sicherheit, ob es von einem Tier oder einem Menschen gekommen war. Er glaubte nicht, dass es ein Tier gewesen war. Dafür klang es zu menschlich. Abgewürgt. Beinahe tonlos. Und trotzdem. Irgendwie vertraut.

Er hatte absolut keine Gewissheit, was es gewesen war. Von einem Augenblick auf den anderen war Jakob Morello hellwach gewesen und hatte in die Stille seines spärlich eingerichteten Schlafzimmers gehorcht.

Stille.

Schemenhaft sah er die Wände. Leer. Waren sie nicht immer gewesen. Ein Pult. Ein Stuhl, auf dem seine Kleider von gestern lagen. Ein Büchergestell stand auch da. Gefüllt mit Büchern aus seiner Jugendzeit. Die meisten hatte er über dreißig Jahre nicht mehr in die Hand genommen. Ordentlich standen sie in den Regalen. Ordentlich war das gesamte Zimmer. An einer Wand standen zudem noch ein Kleiderschrank und ein hüfthoher Kasten, von dessen Inhalt nur er wusste.

Was auch gut war.

Sonst war das Zimmer leer. Leer wie sein Bett. Er neigte leicht den Kopf und schloss seine Augen. Er konnte nichts hören. Nicht das Geringste.

Nichts.

Nur die Stille der zu Ende gehenden Nacht.

Und doch war da das Pochen der Gewissheit in seinem Innersten, dass das Geräusch in direktem Zusammenhang mit ihm gestanden hatte. Und die Überzeugung, dass er die Kisten mit Bier für sein Geburtstagsfest nicht hätte kaufen müssen, da er dieses Fest nicht mehr erleben würde. Er konnte sich nicht genau erinnern, wann in dieser Stunde ihm dieser Gedanke gekommen war. Er, der sich noch nie etwas aus Festen im Allgemeinen und Geburtstagen im Besonderen gemacht hatte. Aber ein Fünfzigster war immerhin ein Fünfzigster. Ein halbes Jahrhundert. Er würde ihn nicht mehr erleben.

Wie viele dieser Jahre hatte er damit verbracht, genau diesem Moment an diesem frühen Morgen aus dem Weg zu gehen. Dass er kommen würde, war ihm immer schon klar gewesen. Aber so? Jetzt, an diesem dritten Oktober?

Dann wusste er, wovon er aufgewacht war. Er hatte recht gehabt. Es war ein Schrei gewesen. Aber er kam nicht von einem Tier. Er kam direkt aus seiner Kehle.

Abgewürgt und dumpf.

Ohne Hysterie.

Wie das trockene Röhren eines Hirsches.

Und der Schrei war nur kurz gewesen. Kurz und doch laut genug, dass er von ihn gewacht wurde. Weder zuckte er dabei zusammen, noch richtete er sich erschrocken auf. Er öffnete einfach nur die Augen und blickte in die Dunkelheit seines Schlafzimmers.

Hatte er geträumt?

Hatte er deshalb geschrien?

Hatte er nur in seiner Vorstellung dieses Geräusch der unterdrückten Angst und Überraschung von sich gegeben? Oder hätte es eine Person neben ihm hören können? Wenn es denn eine gegeben hätte?

Er wusste es nicht.

Kurz danach leuchtete es bläulich auf.

Er griff instinktiv nach seinem Handy und las die Textnachricht.

„Wann ist es genug? Wann hast du genug?"

Er las die Worte. Er wusste, worum es ging. Und er kannte auch die einzig mögliche Antwort. Die einzige Reaktion, die in diesem Augenblick Sinn machte.

Sollte es das jetzt also gewesen sein? Er spürte ein leichtes Ziehen in seiner linken Körperseite, und gleichzeitig realisierte er, wie sein Atem nicht mehr bis zu seinem Bauch geführt wurde. Die Nummer zeigte keinen der wenigen Namen an, die er gespeichert hatte. Trotzdem wusste er ganz genau, wer da an diesem Morgen versucht hatte, dass er seinen Tagesbeginn anders starten sollte, als er dies die letzten Jahre getan hatte. Was dieser Person ja auch nicht wirklich schlecht gelungen war.

Er lag da in seinem leeren Bett und wusste, dass es nicht mehr weiterging. Dass der Moment gekommen war.

Während er sein iPhone in der Hand umklammert hielt, versuchte er abzuwägen, was er antworten sollte. Denn dass er antworten musste, war ihm klar.

Sie hatten ihn gefunden. Ein einziges Wort schrieb er als Antwort. Mehr war nicht notwendig.

„JETZT!"

In Großbuchstaben und mit Ausrufezeichen, um damit auszudrücken, dass es ihm ernst war. Absolut ernst. Es war genug, und er hatte genug.

9. Juli 1982
11.28 Uhr

1

Seinen Anfang nahm alles schon früher. Viel früher. Nur dass Jakob Morello damals noch nicht wusste, was alles kommen würde. Was alles noch vor ihm lag.

Er war noch kein Mann, als er an jenem Freitag die schwere Holztür zur Bahnhofshalle öffnete. Wahrhaftig nicht. Viel zu schwer war sie für die dünnen Arme, die an seinem schmächtigen Körper nur behelfsmäßig festgemacht schienen. Obwohl die Jungen in seinem Alter bereits einen üppigen Bartwuchs präsentieren konnten, wenn sie sich nicht rasierten, offenbarte sein bleiches Gesicht das Bild eines Jungen, der weder oft an der Sonne war, noch Hilfe gegen seine starke Akne erhielt. Jakob Morello war achtzehn Jahre alt und wurde selten älter als vierzehn geschätzt. Seine geringe Körpergröße verstärkte den Eindruck, dass man es bei ihm mit einem Kind zu tun hatte, welches bald in den Sturm der Pubertätsjahre eintauchen würde. Dass er von diesem bereits hin und her geworfen wurde, ahnte niemand, der mit ihm zu tun hatte. Nur er wusste es. Wusste es ganz genau. Er befand sich mitten drin und verfluchte in seinen dunkelsten Momenten, dass ihn niemand darauf vorbereitet hatte. Da war nur dieses Wort, welches die Erwachsenen geheimnisvoll lächelnd ausgesprochen hatten. Manchmal auch ohne ein Lächeln. Vor allem dann, wenn sie es als Erklärung und Entschuldigung verwendeten, wenn etwas ganz schwierig war.

Wenn er ganz schwierig war.

Jakob wusste nun, was das Wort bedeutete und hatte gelernt, damit umzugehen. Und er spürte, dass es nicht mehr lange dauern würde. Dass sich der Sturm bald legen würde. Schließlich war er bald zwanzig, und spätestens dann musste es vorbei sein.

Vielleicht geschah es auch schon früher. Als er ins Innere des Gebäudes trat und hinter ihm die Tür mit einem lauten Knall zuschlug, setzte sich in ihm die Gewissheit fest, dass die bevorstehende Reise ein guter Anfang war.

Ein Neustart.

Ein Weg, den Sturm zu verlassen.

Eine Möglichkeit, Ruhe zu finden.

Er war total überrascht gewesen, als Nadja und Patrick ihn gefragt hatten, ob er Lust habe, mit ihnen nach Venedig zu kommen. Sie, die ihn die vergangenen Jahre in der Kantonsschule immer gemieden hatten. Jeder in seiner Klasse hätte viel dafür gegeben, mit den beiden in die Ferien zu verreisen. Sie waren eindeutig die Lieblinge. Vielleicht würden noch andere mitkommen, hatten sie ihm gesagt. Natürlich hatte er gezögert. Klar. Mit ihren dunkelbraunen Augen hatte Nadja ihm offen ins Gesicht geblickt, während Patrick sie eng umschlungen hielt.

„Schau, Jacky, das wird eine super Reise werden. Wir werden uns total gut amüsieren. Wär' doch mal was. So kommst du mal weg und raus, nicht wahr?"

Jakob hasste es, wenn sie ihn Jacky nannte. Aber es war nicht der Zeitpunkt gewesen, sich darüber zu beklagen. War es eigentlich nie. Er würde wirklich gerne weggehen. Etwas anderes sehen. Raus aus dem Ganzen. Wenigstens für eine gewisse Zeit. Weg von daheim. In der Tat war das Angebot verlockend. Aber sein Misstrauen war ebenfalls da.

Aufgebaut in den vergangenen Jahren der Enttäuschungen. Gewachsen in den Jahren seiner Kindheit. Gefestigt durch die Erfahrungen seiner Schulzeit. Er hatte gelernt, dass dies zum Sturm gehören musste und hätte gerne gewusst, wie die anderen es schafften, Wind und Wellen auszuweichen.

Sie saßen auf der Fensterbank und sprachen ihn an, als er auf dem Weg zur Mensa war.

„Nun, Jacky, was meinst du? Bist du dabei? Du warst doch noch nie in Italien. Oder etwa doch?"

Jakob schüttelte den Kopf.

„Siehst du? Dann wird es höchste Zeit."

Patrick biss ihr leicht ins Ohrläppchen, schaute ihn verschwörerisch an und sagte leise: „Kommt Angie nicht auch?"

Nadja nickte. „Klar, sie kommt auch. So etwas lässt sie sich doch nicht entgehen." Sie drehte sich um und küsste Patrick auf den Mund. Jakob stand da und schaute zu, wie die beiden die Welt um sich herum zu vergessen schienen. Sie hatten den Sturm hinter sich. Davon war er überzeugt. Wenn man den Sturm hinter sich hatte, konnte man küssen, ohne dass es einen kümmerte, wenn ein schlaksiger Junge dabei zuschaute. Als sich Nadja von Patrick löste, konnte er einen Speichelfaden sehen, der den Moment der Verbindung noch einige Sekunden zu verlängern schien. Nadjas Zunge fuhr über ihre Oberlippe, und Jakob sah, wie sie lächelte. Wie sie ihn anlächelte. Sie meinte es ernst. Sie wollte wirklich, dass er sie begleitete. Das Misstrauen war verschwunden. Wenigstens ein bisschen.

„Nun komm schon, Jacky. Oder willst du den ganzen Sommer in deiner Bude hocken?"

Das wollte er nicht. Liebend gern würde er weg. Italien. Venedig. Eigentlich war es ihm vollkommen egal, wohin die Reise gehen würde. Die Vorstellung, allem für einige Zeit den Rücken zu kehren, war unglaublich ermutigend. Noch ermutigender war es, dass die beiden ihn fragten, auch wenn er eigentlich sicher war, dass er nur die Ersatzlösung war.

„Wer hat denn abgesagt?"

Patrick setzte sich auf. „Was meinst du?"

„Ihr kommt doch nicht einfach so auf die Idee, mich auf eine Reise mitzunehmen. Da sind doch noch andere, mit denen ihr sonst immer zusammensitzt. Also hat doch sicher jemand abgesagt, und ihr habt ein Billett zu viel."

Einerseits war da diese Angst, dass sie sich einen Spaß mit ihm erlaubten. Einmal mehr. Andererseits fühlte er tief in seinem Innern dieses Kribbeln. Ausgelöst durch die Hoffnung, die sich vor ihm auftat.

Eine Möglichkeit.

Eine Veränderung.

Das Ende des Sturms.

„Wir haben kein Billett zu viel. Wir haben noch gar keine Billetts. Aber wir sind voll in der Planung und würden uns freuen, wenn du mitkommen könntest. Wär' doch cool!" Sie lächelte Patrick an und strich ihm über seine glatt rasierte Wange.

„Und Angelika kommt auch?"

Jakob staunte, dass er sich getraut hatte, die Frage zu stellen.

„Ja, sie kommt definitiv mit. Gerade gestern hat sie zugesagt." Patrick grinste ihn an. „Und? Was ist nun?"

Das Misstrauen wich mehr und mehr und machte der Hoffnung Platz, dass sein Leben eine Wende erfahren würde. Er durfte sich nicht immer von allem distanzieren und sich selber ins Abseits manövrieren. Noch bevor er einen klaren Gedanken fassen konnte, spürte er, wie sein Kopf leicht nickte.

Nadja lachte ihn an. „Ist das also ein Ja?"

Jakob nickte nun klarer und sagte: „Ja, ich glaube, das ist ein Ja."

Patrick schüttelte den Kopf. „Du glaubst?"

Nun lachte auch Jakob. „Ja, ja, ja. Ich komme gerne mit nach Venedig."

Er lachte und spürte, wie sich die Nebel des Misstrauens lichteten. Vollends auflösten. Sie erzählten ihm dort auf der Fensterbank vom Campingplatz, der direkt am Meer lag und überhaupt nicht viel kostete. Im Gegensatz zum Zugticket, das doch ziemlich teuer war. Aber Jakob Morello war bereits voll angesteckt von der Vorfreude auf die bevorstehende Reise.

Er hatte nicht viele Ausgaben, und das Geld, das er in den vergangenen Jahren zusammengespart hatte, würde vollkommen reichen. Sogar die Hunderternote seines Paten lag noch unangetastet in seinem Sparschwein. Jakob Morello war ein sparsamer Teenager, und diese Sparsamkeit sollte ihm nun helfen, aus dem Sturm zu kommen. Sie hatte sich bezahlt gemacht, und als er an jenem Abend in seinem Bett lag, umspielte ein Lächeln sein Gesicht. Italien.

Er würde verreisen.

Er konnte es immer noch nicht glauben.

Als er es in der Küche seiner Mutter sagte, zeigte diese keine Reaktion. Wenigstens keine wirkliche. Sie hatte nicht einmal damit aufgehört, das Geschirr zu spülen. Seit er denken konnte, hatte ihn seine Mutter nicht wahrgenommen. Die Gespräche reduzierten sich höchstens auf Fragen, wie er einen seiner wenigen Wünsche bezahlen wolle oder weshalb es denn unbedingt ein Studium sein müsse. Er wusste, dass sie wollte, dass er so schnell wie möglich Geld verdiente, damit sie etwas davon abkriegte. Das würde allerdings nie geschehen. Das hatte er sich bereits früh geschworen und ihr nichts von seinen kleinen Gelegenheitsjobs erzählt. Während sie eine Bratpfanne auskratzte, fragte sie ihn: „Und wie willst du das bezahlen?"

Also hatte sie doch gehört, was er ihr erzählt hatte.

„Ich habe genug Geld. Ich habe gespart."

Sie stand da vor der Spüle und hörte nicht auf, die eingebrannten Bratkartoffelreste wegzukratzen. Keine weitere Frage. Nichts. Wahrscheinlich hatte sie nicht einmal mitbekommen, dass er in seinem Zimmer verschwunden war. Er verachtete sie zutiefst und konnte nicht verstehen, dass sie war, wie sie war. Aber wahrscheinlich gehörte auch das zum Sturm der Pubertät. Er wusste es nicht, weil ihm niemand davon erzählte. Er wusste, dass sie ihn verachtete. Dies aber auch nur dann, wenn sie feststellte, dass er anwesend war. Meistens war das Gegenteil der Fall.

Er würde rauskommen. Und Nadja und Patrick würden ihm dabei helfen. Und dann würden auch die anderen mitziehen und ihn nicht mehr behandeln, als sei er gar nicht vorhanden. Er lächelte erneut und schüttelte in seiner Vorstellung den Kopf. Wie idiotisch war das Sprichwort, jemanden wie Luft zu behandeln. Luft war Sauerstoff. Wenigstens ein wesentlicher Teil davon. Wenn also jemand wie Luft behandelt wird, ist er für ihn doch lebensnotwendig. Oder lag er da total falsch? Egal.

Er wurde nicht wie Luft behandelt. Er wurde gar nicht behandelt. Man redete nicht mit ihm. Man sprach nicht mal hinter seinem Rücken über ihn. Wahrscheinlich würde sich in dreißig Jahren gar niemand an ihn erinnern. Oder in einem halben Jahr. Manchmal hätte er sich gewünscht, dass sie ihn auf dem Nachhauseweg abpassten, um ihn zu verprügeln. Aber wie sollte jemand, der nicht da war, verprügelt werden? Und er war dieser Jemand. In der Sportstunde rannte er jeweils, was das Zeug hielt, was völlig unnötig war, da es für seine Mannschaft niemals eine Option war, ihm den Ball zuzuspielen. Bei der Wahl der Mannschaften saß er als Letzter an der Wand und wusste stets, in welche er zu gehen hatte. Er wurde niemals wirklich gewählt, sondern musste als Letzter aufstehen, während sich die anderen bereits aufstellten. Er wurde in der Tat nicht wie Luft behandelt. Er wurde überhaupt nicht behandelt.

Und das sollte sich nun alles ändern. Er freute sich und leerte am anderen Tag sein Sparschwein. Das Konto, das ihm seine Eltern zu seiner Geburt eröffnet hatten, hatte seine Mutter bereits geleert und in ihren Wodka investiert. Oder in was auch immer. Sein Sparschwein war eigentlich gar kein Schwein im herkömmlichen Sinn. Vielmehr war es eine kleine Tasche. Ähnlich wie ein Couvert, aber aus Stoff mit einem Reissverschluss. Er hatte sie in einer abschließbaren Holzschatulle in einem Fach in seiner Pultschublade, die er ebenfalls immer zugesperrt hielt. Er wollte nicht, dass seine Mutter daran ging, denn dann würde er das Geld nie wiedersehen.

Jakob erinnerte sich noch gut daran, als er zu Weihnachten von seinem Vater Gold erhalten hatte. Ein Stück Gold in der Form einer Münze. Er wusste nicht, wie viel es wert war. Der Wert für den damals zehnjährigen Jungen war unglaublich hoch, da es ein Geschenk seines Vaters war, der ihm die Münze in die Hand gedrückt hatte, bevor er in den Zug stieg. Immer zu Weihnachten und manchmal an seinem Geburtstag kam er kurz zu Besuch, und manchmal drückte er seinem Sohn ein Geschenk in die Hand. Damals war es eine richtige Goldmünze gewesen. Natürlich hätte er sich mehr gefreut, wenn es ein Geschenk gewesen wäre, das er hätte auspacken können. Mit viel Papier und einer schönen Schleife. Er spürte jedoch, dass es etwas Besonderes sein musste, eine solche Münze in seinem Besitz zu haben. Sein Vater hatte ihn liebevoll angelächelt und gesagt: „Gib gut darauf acht, mein Junge. Dieses Geldstück ist mehr wert als ein normales Geldstück. Das ist richtiges Gold." Jakob war unglaublich stolz gewesen, richtiges Gold in seiner Hand zu haben. Er hielt die Münze fest umschlossen, bis er daheim war. Als er sie zu Hause seiner Mutter voller Stolz gezeigt hatte, verzog diese keine Miene. Wusste sie nicht, wie wertvoll sein Schatz war? Er legte die Münze auf ein rechteckiges Stück Spiegel, welches er einmal auf einer Baustelle gefunden hatte und freute sich, dass sie darauf noch viel größer wirkte als in seiner Hand. Als er am anderen Tag von der Schule kam, war beides weg. Der Spiegel und die Münze.

„Wo ist mein Gold?", fragte er seine Mutter, nachdem er aus seinem Zimmer in die Küche gerannt war.

„Du sollst doch in der Wohnung nicht rennen!", sagte sie, während sie eine durchsichtige Flüssigkeit in ein Glas leerte.

Jakob ließ nicht locker und trat zu seiner Mutter hin, die am Küchentisch saß.

„Mami, hast du das Gold genommen? Hast du meinen Schatz genommen? Mami?"

Seine Mutter schaute ihn an und nahm einen Schluck aus ihrem Glas. Auf dem Herd kochte Wasser. An der Rückwand liefen kleine Wassertropfen runter. Wie die Träne, die sich in Jakobs rechtem Auge zu lösen begann.

„Ach, hör doch auf zu heulen. Die war sowieso nicht viel wert. Du hättest sie im Couvert lassen sollen, aber mit den Kratzern darauf …"

Jakob schaute seine Mutter mit großen Augen an und an jenem Mittag wusste er zwei Dinge: Erstens, dass er in diesem Haus niemals wieder würde Geld herumliegen lassen – und zweitens, dass das Gefühl des Hasses wehtat.

Seit diesem Tag sperrte er sein Geld weg. Er war davon überzeugt, dass seine Mutter keine Ahnung hatte, wie viel er bereits zusammengespart hatte. Geld, das er von seinem Paten oder auch seinem Vater erhielt, wurde ihm jeweils unauffällig zugesteckt. Vielleicht ahnten sie, dass er es sonst nicht lange würde sein Eigen nennen können.

Nun sollte sich seine Sparsamkeit und Vorsicht also auszahlen, und er konnte sich Ferien in Italien leisten. Sein Zimmer war dunkel. In der Wohnung war es still. Draußen hörte er einen Hund bellen. Er lag gerne einfach so in seinem Bett. Lauschend. Nachdenkend.

Damals in der Nacht, als er ohne seine Goldmünze war, hatte er zuerst geweint und sein Kissen nass gemacht. Als er keine Tränen mehr hatte, reifte in dem kleinen Jungen der Gedanke, dass er nie wieder weinen und den Abend und die Nacht dazu verwenden würde, herauszufinden, weshalb die Erwachsenen sich so verhielten, wie sie sich verhielten.

Das hatte er so beibehalten. Nur, dass er sich nicht mehr über die Erwachsenen im Speziellen ein Bild machte, sondern über seine gesamte Umgebung. Wie funktionierte das Zusammenspiel von Eltern zu Kindern? Wie lief es zwischen Vorgesetzten und Angestellten? Zwischen Mann und Frau? Zwischen ihm und den anderen? Was war gesund? Was war krank oder machte krank? Er machte sich ein Bild. Über das Warum ihres Handelns. Über die Möglichkeit, wie er etwas ändern könnte. Wie viel Schuld lag vielleicht in seinem eigenen Verhalten? Wie konnte er sich so ändern, damit sich auch die Leute seiner Umgebung änderten?

In dieser Nacht allerdings wusste er, dass er nichts ändern musste. Er würde mit Nadja und Patrick nach Italien reisen. Und mit Angelika, die alle nur Angie nannten.

Alle, außer ihm. Er nannte sie so, wie sie hieß. Auch über sie machte er sich Gedanken. Aber diese Gedanken waren anders.

Ohne Schuld.

Rein. Ängstlich. Zart.

Er wusste nicht, wer auch noch mitreisen würde und war gespannt darauf. Dieses Mal wollte er alles richtig machen. Keine falschen Fragen stellen. Er nahm sich vor, am nächsten Wochenende auf seinem kleinen Transistorradio die Hitparade zu hören, damit er sich in Gesprächen darüber nicht blamieren würde. Morgen würde er Nadja das Geld bringen, damit sie das Billett bezahlen konnte. Und noch Weiteres, was in solchen Fällen notwendig war. Platzreservation im Zug und auch eine Gebühr für den Campingplatz. Er kannte sich da nicht aus und wollte nicht mit Fragen bereits wieder einen Sturm entfachen. Er war draußen. Wind und Wellen weit weg. Es konnte sich etwas ändern, und er durfte es auf dieser Reise auf keinen Fall vermasseln.

So stand er nun in der riesigen Halle des Bahnhofs und drehte sich zur Tür um, die mit einem lauten Poltern zugefallen war. Im Gebäude schien dies niemanden zu kümmern. Es war elf Uhr. Er war viel zu früh. Der Zug fuhr erst in 28 Minuten. Aber er wollte auf keinen Fall zu spät kommen. Zu Hause hatte er gespürt, dass er so schnell wie möglich gehen wollte. Er glaubte nicht, dass seine Mutter mitbekommen hatte, dass er das Haus verlassen hatte.

Als er auf die Gleise trat, nahm er den unverkennbaren Geruch des Bahnhofs war. Metall, erhitzte Schottersteine. Kein unangenehmer Geruch. Viel mehr etwas, das ihn daran erinnerte, dass die Möglichkeit vor einem stand, wegzufahren. Zu verreisen. So hatte es immer gerochen, als ihn sein Vater in die Arme geschlossen hatte, bevor er in den Zug stieg und seinen Sohn allein zurückließ. Damals kam zum Geruch des Bahnsteigs auch noch der herbe Duft seines Rasierwassers, der in Jakobs Nase stieg. Dieser Geruch fehlte an diesem Tag. Trotzdem sog er auf, was er konnte.

Das war Freiheit.

Das waren Ferien.

Das war ein Aufbrechen.

Ein Aufbruch.

Er schaute um sich. Immer mehr Menschen traten auf den Bahnsteig. Die Uhr über seinem Kopf zeigte bereits eine Viertelstunde nach elf Uhr an. Er ging zurück in die Bahnhofshalle. Vielleicht hatte er den Treffpunkt falsch verstanden, und sie warteten drinnen auf ihn. Aber da war niemand, der auf ihn wartete.

11.22 Uhr.

Er trat wieder auf den Bahnsteig. Es wurde wärmer. Er kramte einen Zettel aus seiner braunen Manchesterhose und faltete ihn auf.

Abfahrt 11.28 Uhr, Gleis 1, stand da. Selber von ihm notiert, damit er es auf keinen Fall vergaß.

Von Weitem hörte er das Kreischen der Bremsen des einfahrenden Zuges und die entsprechende Durchsage über die Lautsprecher. Obwohl er davon beinahe nichts verstehen konnte. Weshalb wurden diese Durchsagen nicht gemacht, bevor der Zug einfuhr? Aber eigentlich war das nicht die Frage, die ihn kümmerte. Er schaute sich um. Er blickte auf seine Uhr. Sein Herz begann zu hämmern. Er beobachtete, wie sich die Passagiere immer näher zu dem langsam einfahrenden Zug drängten. Von Nadja und Patrick war nichts zu sehen. Der Zug hielt an. Türen öffneten sich, und die davorstehenden Leute bewegten sich leicht zurück, um die Personen aussteigen zu lassen und dann selber einzusteigen. Nach einer Minute war der Bahnsteig leer.

11. 27 Uhr.
Ein Kondukteur stand am Ende des Zuges und ließ einen schrillen Pfiff ertönen. Die Türen schlossen sich. Jakob konnte nicht einsteigen. Er hatte kein Billett. Das hatte Nadja. Und Nadja war nicht hier.

11.28 Uhr.
Während sich der Zug langsam in Bewegung setzte, wurden ihm zwei Dinge bewusst.

Erstens: Er hatte sich nicht am Ende des Sturms, sondern nur für einen kurzen Moment in seinem ruhigen Auge befunden.

Zweitens: Gegen den Schmerz der Enttäuschung musste er etwas unternehmen.

2

Zwanzig Minuten später stand er immer noch neben den Geleisen. Im richtigen und übertragenen Sinn. In seinem Hirn rotierte es in sämtliche Richtungen, und ohne das geringste Bewusstsein darüber, was er mit seinen Gedanken anfangen sollte, stand er da. Stand einfach nur da, mit seinem blauen Rucksack, den er sich zu seiner Konfirmation gewünscht hatte. Blau mit einem Aluminiumgestell, um das Gewicht möglichst gering zu halten. Er war ungebraucht. Klar. Wäre jetzt zum Einsatz gekommen.

Das erste Mal. Er spürte nicht, wie die Riemen an seinen Schultern zogen, was wohl weniger am Gestell oder seinen schmalen Schultern lag, sondern daran, dass sich alle seine Empfindungen auf seinen Verstand konzentrierten.

Jakob Morello stand am Rand des Gleises und blickte in jene Richtung, in welche sein Zug vor noch nicht allzu langer Zeit verschwunden war. Die Achterbahnen in seinem Kopf schienen sich langsam zu senken. Loopings streckten sich zu geraden Strecken, und Kreuzungen lösten sich so auf, dass jeder Gedanke frei fließen konnte. Trotzdem schaffte es Jakob nicht, einen einzigen davon in Worte zu fassen. Nicht einen. Wozu auch? Niemand würde ihn danach fragen. Er blickte ein letztes Mal zur großen Uhr über sich und noch einmal in die Richtung des verschwundenen Zuges.

Keine Worte konnten ausdrücken, was er empfand. Er spürte nur diesen Schmerz der Verachtung. Aber auch dieses Wort wurde seiner Empfindung nicht wirklich gerecht. Es war nicht nur Verachtung.

Es war Enttäuschung.

Verzweiflung.

Wut.

Traurigkeit.

Einsamkeit und die Gewissheit, dass er das doch nicht verdient hat.

Oder die Gewissheit, dass er es vielleicht doch verdient hat. Nichts geschieht einfach so.

Er hatte etwas falsch gemacht. Mit Sicherheit ist ihm ein Fehler passiert.

Aber welcher? Was war falsch gelaufen?

Verletzt. Er fühlte sich verletzt. Zutiefst.

Schuld. Er trug die Schuld.

Trug er die Schuld? Wahrscheinlich. Wahrscheinlich nicht.

Sicher nicht. Oder …

Es war zwecklos. Er schaffte es nicht, eine Ordnung herzustellen, die ihm etwas offenbaren würde. Die Loopings waren weg, und doch drehte er sich im Kreis. Er blickte auf das Gleis zu seinen Füßen. Die Schottersteine, die mit ihrem Geruch kein

Gefühl mehr von Freiheit und Aufbruch in ihm weckten. Unzählige Zigarettenkippen lagen dazwischen. Einige wenige mit knallroten Lippenstiftspuren. Er würde nicht in die Ferien verreisen. Heute nicht und wohl auch nicht in naher Zukunft. Und er würde wohl noch lange warten müssen, bis er das erste Mal den Lippenstift eines Mädchens auf seinen Lippen würde spüren dürfen. Er wünschte es sich. Wünschte es sich von ganzem Herzen und wusste, dass auch dies ein frommer Wunsch bleiben konnte. Bleiben würde.

Patrick war einmal nach der Pause ins Physikzimmer gestürmt, mit zerzaustem Haar, und hatte schief in die Klasse gegrinst. Rund um seinen Mund zeugten rote Lippenstiftspuren davon, weshalb er zu spät gekommen war. Daran musste Jakob denken, als er auf die Steine und Zigarettenreste blickte.

Ein Pfiff schreckte ihn auf. Ein Zug fuhr langsam ein. Die Steine waren weg. Die Kippen ebenfalls. Der Zug hielt an.

„Wollen Sie nicht einsteigen?", hörte er eine Stimme hinter sich. Jakob drehte sich um. Ein älterer Mann blickte zur Tür des Zuges. Jakob schüttelte den Kopf und trat zur Seite. Die wartenden Leute drängten an ihm vorbei und stiegen in den Zug.

Einsamkeit. Bitterkeit. Ja.

Verzweiflung und Traurigkeit. Ja.

Verletztheit. Enttäuschung. Ja.

Wut. Klar.

Aber über allem war da vor allem und in erster Linie Hass.

Grenzenloser Hass und die einhundertprozentige Gewissheit, dass dieses Gefühl absolut gerechtfertigt war und er daran keine Schuld trug.

Er ließ die Schottersteine, die Lippenstiftspuren und den Bahnhof hinter sich und trat in die Mittagssonne jenes Julitages. Unsicher, was er als Nächstes tun sollte. Nach Hause konnte er nicht. Er hatte keine Lust, sich anzuhören, was seine Mutter sagen würde, wenn er bereits wieder zurück war. Auch wenn er nicht unbedingt davon ausging, dass sie es bemerken würde. In seiner Bauchtasche, die er unter seinem verwaschenen hellblauen T-Shirt trug, war das restliche Geld, das er ebenfalls eingesteckt hatte, als er sein Sparschwein geleert hatte. Das Meiste hatte er Nadja gegeben, damit diese das Billett kaufen konnte. Dieses Geld wollte er wieder zurückhaben. Und wenn sie es hatte, musste er zu ihr. Sie würde es ihm geben, wenn er ihr nur begreiflich machte, dass es seines war. Er schüttelte den Kopf. Was er sich da wieder vorstellte. Er musste ihr gar nichts begreiflich machen. Das Geld gehörte ihm, und basta. Es brauchte keine Erklärungen.

Vielleicht konnte er allein irgendwohin reisen. Vielleicht ja doch nach Venedig. Weshalb auch nicht? Venedig ist nicht besser als jede andere Stadt auch. Aber Venedig hatte das Meer. Und das Meer würde er gerne sehen.

Er lief die Wederstraße entlang, an deren Ende Nadja wohnte. Wederstraße 69. Das wusste er, weil Patrick es einmal erwähnt hatte. In welchem Zusammenhang wusste er nicht mehr. Er erinnerte sich aber daran, dass alle gelacht hatten und sich beinahe die Tränen aus den Augen wischen mussten. Er hatte danebengestanden und nicht gewusst, was denn wirklich so lustig daran war. Jakob wusste es auch jetzt nicht, und es war ihm auch ziemlich egal. Er wollte sein Geld und dann verschwinden. Der Gedanke, zurück zu den Schottersteinen zu kehren und einen der einfahrenden Züge zu besteigen, schien ihm verlockend. Er war bald neunzehn und schließlich nicht darauf angewiesen, dass Leute mit ihm zusammen verreisten. Er konnte das auch allein tun. Wie vieles andere auch.

Er öffnete das metallene Gittertor zum Haus 69 und trat über ein paar Steinwegplatten. Er atmete ein und drückte die Klingel. Von drinnen war ein heller Klang zu hören, leicht gedämpft durch die Holztür, die ein Guckloch aufwies. Die Klingel in der Wohnung seiner Mutter war nur ein Schrillen, welches wehtat in den Ohren und einen aufschrecken ließ, wenn sie gedrückt wurde. Was jedoch nur dann geschah, wenn der Postbote ein Paket oder einen eingeschriebenen Brief vorbeibrachte. Vor allem Letzteres war der Fall. Und meistens waren es Mahnungen und Aufgebote zu wichtigen Terminen, die seine Mutter oft doch wieder versäumte. Gründe dafür fand sie immer.

Die Klingel an der Wederstraße tönte sanft und hell und weckte den Wunsch in ihm, einzutreten und auf der Terrasse, die sich sicher auf der anderen Seite des Hauses befand, eine kühle Zitronenlimonade zu trinken. Das wäre das Leben, das er sich für sich wünschte. Sonne, ein Liegestuhl auf der Terrasse und ein kühles Getränk, das sich in seiner Hand befand und eine Klingel, die ihn nicht erschreckte.

Ein Klirren ließ erahnen, dass die Haustür aufgesperrt wurde. Die Frau, die öffnete, lächelte den jungen Mann vor sich verwundert an. Sie hatte blonde, mittellange Haare, die sie zu einem Rossschwanz zusammengebunden hatte. Das Blumenmuster auf ihrem hellblauen kurzen Sommerkleid verstärkte in Jakob den Eindruck, dass sie eben noch auf der Terrasse gesessen und einen Sommerdrink genossen hatte. Sie hatte dieselben dunkelbraunen Augen wie ihre Tochter.

„Guten Tag, Frau Möller. Entschuldigen Sie die Störung. Ist Nadja zu Hause?"

Die Frau hörte auf zu lächeln und schüttelte den Kopf. „Nein, tut mir leid. Ist sie nicht. Ich weiß nicht, wann sie heimkommt."

Kurz blickte sie auf ihr Handgelenk und schüttelte erneut den Kopf, als hätte sie erkannt, dass sie keine Uhr trug. „Kann schon noch etwas dauern. Tut mir leid. Kann ich ihr etwas ausrichten?"

Jakob schüttelte den Kopf und drehte sich um. Er hatte gespürt, dass die blonde Frau unsicher war. Unsicher, weil sie nicht die Wahrheit sprach. Nadja war zu Hause.

Während er über die Steinplatten zur Straße schritt, hörte er, wie sich hinter ihm die Tür schloss. Er trat auf den Gehsteig und ließ das Gittertor offen. Er überquerte die Straße und lief einige Meter nach links. Dort setzte er sich auf einen Stein. Wenn Nadja zu Hause war – und davon war er überzeugt –, würde sie das Haus irgendwann verlassen, und dann konnte sie ihm das Geld zurückgeben. Er würde keinen Stress machen. Er wollte nur sein Geld und dann verschwinden.

Es war unglaublich still. Ein Vogel setzte sich nach ruhigem Flug ihm gegenüber an den Rand der Straße. Wahrscheinlich hoffte er auf einen Krümel, der vielleicht dort lag. Was nicht ganz logisch schien, da die Wahrscheinlichkeit, auf der nahen Wiese fündig zu werden, viel größer war.

Der Vogel bewegte sich nicht und schien keine Notiz davon zu nehmen, dass in seiner Nähe ein junger Mann ebenfalls darauf hoffte, etwas zu erhalten, das nicht auf der Straße herumlag.

3

„Ist er weg?"

Nadja sass auf dem Sofa im Wohnzimmer und blickte zu ihrer Mutter, die die Gardinen ein kleines Stück zur Seite gezogen hatte und nach draußen blickte.

Sie nickte. „Ich glaube schon. Jedenfalls sehe ich ihn nicht mehr."

Nadja hielt sich je zwei Finger an die Schläfen und begann diese, exzessiv zu reiben. „Das ist typisch. Immer gleich verschwinden. Der blöde Kerl. Keine Ahnung, wie das Leben läuft. Wieso wusste der Arsch auch, dass ich hier wohne!"

Ihre Mutter schaute sie mit großen Augen an und trat in die Küche. „Ich will nicht, dass du so redest, Liebes. Es tut dir selber nicht gut, solche Gedanken auszusprechen. Und eigentlich solltest du sie auch gar nicht denken. Du hast doch anderes, das viel wichtiger ist, nicht wahr?"

Nadja verdrehte die Augen. „Es ist gar kein Gedanke, den ich habe, Mama. Es ist schlicht und ergreifend eine Tatsache, dass er ein Arsch ist. Der muss gar nichts von mir wollen." Während ihre Mutter in der Küche mit Eis gekühlte Zitronenlimonade in ein hohes Glas füllte, stand Nadja auf und ging die Treppe rauf in ihr Zimmer.

Sie schloss die Tür und schob den Bügel ihres Walkmans über ihren Kopf. Unglaublich, wie nah die Musik ertönte.

Boy George mit seinem Karma Chamäleon.

You come and go, you come and go.

Sie schloss die Augen.

Jackyarsch sollte gefälligst dorthin gehen, wo der Pfeffer wächst und nicht wiederkommen. Was kümmerte sie dieser Typ.

Loving would be easy if your colors were like my dreams.

Wie recht er hatte, ihr geliebter Georgie-Boy. Die Farben ihrer Träume kannte nur einer. Und das war sicher nicht Jacky. Der hatte von überhaupt nichts eine Ahnung. Patrick war ganz anders. Er kannte ihre Farben. Nicht nur er. Aber er besonders.

Red, gold and green, red, gold and green.

Ja, Patrick kannte die Farben ihrer Träume. Wenigstens einige. Und das war gut, unglaublich gut. Wie gerne hätte sie ihn nun bei sich, damit er ihre Träume nach der Farbe des Goldes erfüllen würde. Die Farbe, die über allen Farben stand und ihre Träume in luftige Höhen steigen ließ. Sie schob ihre linke Hand unter ihre pinkfarbene Bluse. Gold. Die Farbe aller Farben. Die Königin der Farben. Ihre Farbe.

Gold. Gold. Gold.

Abrupt stand sie auf, schaute kurz in den Spiegel und verließ ihr Zimmer. Sie blickte kurz auf die Terrasse, wo ihre Mutter ihren weißen Körper an der Sonne bräunte. „Ich bin kurz bei Paddy." Ihre Mutter nickte, ohne sie anzusehen. „Ist gut, Liebes. Bis später."

Nadja verließ das Haus.

Hat der Arsch doch tatsächlich das Tor offengelassen. Keinen Anstand!

Mit schnellen Schritten bog sie um die Ecke und lief der Straße entlang, ohne zu bemerken, dass Jakob sogleich aufgesprungen war, um ihr unauffällig zu folgen.

Er hatte also richtig damit gelegen, dass sie zu Hause war. Sie hatte Kopfhörer auf und schien nicht mitzubekommen, was um sie herum geschah. Er war überzeugt, dass sie zu Patrick ging. Wohin auch sonst.

Immer noch trug er seinen Rucksack bei sich und nervte sich darüber, dass er ihn nicht in ein Schließfach gelegt hatte. Aber das hätte nur wieder Geld gekostet. Zu viel, um Gepäck zu verstauen, das man ja auch tragen kann. In der Nähe des Bahnhofs befand sich die Wohnung von Patrick, die er zusammen mit drei Freunden bewohnte. Das wusste er. Er hatte sie alle immer dafür beneidet, in dieser Unabhängigkeit zu wohnen und wusste, dass ihm selber dies nicht vergönnt war. Er war nur ein einziges Mal in der Wohnung gewesen und hatte darüber gestaunt, dass die Schlafzimmer größer waren als das Wohnzimmer bei ihm zu Hause. Er erinnerte sich noch gut an diesen Abend, und auch daran, dass er ihn ungeschehen machen würde, wenn er könnte.

Jetzt aber sah er Nadja die Stufen zum Eingang des großen Hauses hochgehen, in dem sich ebendiese Wohnung befand. Sie beugte sich leicht zur Wand. Wahrscheinlich drückte sie die Klingel. Im dritten Stock öffnete sich ein Fenster, und ein Jauchzer schallte auf die Straße hinunter. Patrick schien sich sehr über den Besuch zu freuen.

Nur eine kurze Minute später stand er draußen und umarmte Nadja innig, als hätte er sie zwei Jahre lang nicht mehr gesehen. Er trug eine Jeans und ein rotes T-Shirt ohne Ärmel. Jakob stand hinter einem Heckenrosenbusch und lächelte, ohne den Mund zu verziehen. Patrick tat alles, um seine Muskeln zu zeigen. Sie waren sein ganzer Stolz. Sie und die Mädchen, die er immer wieder abschleppte. Seine momentane Aufmerksamkeit galt Nadja. Auch wenn es aussah, dass das mit ihr etwas Ernstes werden könnte, war Jakob nicht wirklich davon überzeugt. Aber es kümmerte ihn nicht. Weshalb auch?

Er sah, wie die beiden eng umschlungen die wenigen Stufen runtergingen und dabei fast hinfielen. Er hörte sie lachen und folgte ihnen in sicherem Abstand. Er musste den richtigen Moment erwischen, die beiden nach dem Geld zu fragen. Er hoffte, dass dies nicht mehr allzu lange dauern würde, denn langsam wurde der Rucksack doch schwer. An einem Kiosk hielten sie an und kauften sich etwas, das sich Patrick in die Jeans steckte. Er hörte Nadja lachen. Hell, fröhlich. Vielleicht ein wenig überdreht.

Jakob lachte nicht. Er wollte es nur rasch hinter sich bringen. Er spürte, wie sein Mund trocken war. Er hatte Durst. Unwillkürlich stellte er sich Nadjas Mutter auf der Terrasse vor, mit einem Glas in der Hand und einem Lächeln auf den Lippen. Er sah, wie Nadja und Patrick in den Park traten und zögerte kurz. Er entschied sich dann aber doch, ihnen zu folgen. Als er durch das Steintor trat, sah er sie eben gerade in einer Kurve verschwinden. Er blickte sich um. Niemand sonst war zu sehen. Wahrscheinlich waren die meisten im Freibad oder in den Ferien. Dort, wo er jetzt auch wäre, wenn man ihn nicht dermaßen vorgeführt hätte.

Jakob machte einige Schritte. Aber er konnte sie nicht mehr sehen. Waren sie gerannt? Hatten sie ihn entdeckt? Das glaubte er nicht.

Er ging weiter. Hinter einer Bank hatte es Buschwerk, das nahe eines Weihers vielen Tieren Schutz und Rückzugsmöglichkeit bot. Dass der Weiher nicht bei der Bank war? Oder die Bank beim Weiher? Plötzlich sah er etwas Pinkfarbenes aufleuchten. Dort war etwas, und Jakob ahnte auch, was es war. Er schob einen Ast zur Seite. Angelehnt an einen Baumstamm erblickte er Nadja. Mit geschlossenen Augen genoss sie es sichtlich, dass Patrick ihren Hals küsste und mit seinen Händen ihre Brüste streichelte.

Jakob wollte verschwinden. Er wusste, dass er verschwinden sollte, blieb aber wie angewurzelt stehen. Nadjas Hände umschlossen Patricks Po und drückten seine Hüfte gegen ihre. Beinahe konnte er sie atmen hören. Er sah, wie Patrick in die Knie ging. Während seine Hände immer noch mit Nadjas kleinen Brüsten spielten, vergrub er sein Gesicht in ihrem Schoss. Nadja stöhnte leicht auf und öffnete dabei die Augen. Sie erblickte Jakob. Dieser erschrak und wollte zurückweichen. Ein leichtes Lächeln umspielte ihren Mund. Verführerisch. Berechnend. Kalt. Ihre Augen blitzten.

Jakob hätte alles erwartet.

Peinlichkeit.

Ein Aufspringen der beiden.

Ein Zurechtrücken der Kleidung.

Ein hastiges Davonrennen.

Nichts davon geschah. Patrick hatte nichts gemerkt und zog langsam Nadjas dunkle Hosen runter zu ihren Knöcheln. Die dunklen Hosen mit den dünnen Silberstreifen, beinahe weiß, die jedes Mädchen trug. Manchmal auch die Jungen. Jakob war sicher, dass Patrick nicht gemerkt hatte, dass sie einen Zuschauer hatten. Er war zu intensiv damit beschäftigt, sein Mädchen glücklich zu machen. Und Nadja schien glücklich zu sein. Beinahe war es, als sei sie noch glücklicher als zu Beginn. Jetzt, wo sie einen Zuschauer hatte. Aber da war etwas in ihrem Blick, das ihn veranlasste zu verschwinden. Leise trat er nach hinten, gab dem Ast seine ursprüngliche Position zurück und drehte sich dann um.

Es war die Verachtung, die er in Nadjas Augen sah. Ihre Arroganz. Er spürte, dass er sein Geld wohl nicht mehr erhalten würde. Trotzdem wollte er nicht einfach klein beigeben. Er stellte seinen Rucksack auf den Boden neben der Bank und setzte sich auf diese. Lange würden die beiden wohl nicht mehr brauchen. Und dann wollte er sie zur Rede stellen.

Weiter hinten sah er einen älteren Mann mit einem kleinen Hund den Weg entlang gehen. Nochmals jemand, der nicht im Freibad oder in den Ferien war. Jakob versuchte nicht daran zu denken, was hinter ihm im Gebüsch geschah. Es hatte ihn nicht erregt. Vielmehr hatte es ihn erschreckt. Alles, was er gesehen hatte, war Kälte und Berechnung. Stehen geblieben war er nicht, weil er darauf hoffte, in einen Zustand der Erregung zu gelangen. Oder weil er neugierig war, was man alles tun konnte, um überhaupt in diesen zu gelangen. Stehen geblieben war er, weil er die Hoffnung hegte, dass etwas von der Fassade von Nadja und ihrem Muskelfreund abbröckeln würde, sobald sie ihn entdeckten. Er wollte den Schrecken in ihren Augen sehen. Das Entsetzen, entdeckt und offengelegt worden zu sein. Angeblickt hatte ihn jedoch nur lüsterne Freude aus Augen, die emotionslos blitzten.

Plötzlich hörte er ein Lachen. Hell und hoch das eine, tief und dunkel das andere. Knackende Äste. Schritte.

„Hey, was tust du denn hier?" Patrick trat zur Bank, Nadja hinter sich herziehend. Grinsend.

„Weiß nicht", antwortete Jakob, „dachte, dass dieser Park viel besser ist als Venedig. Was meinst du?"

Patrick schaute Nadja an, die sich mit einem Zeigefinger übers rechte Auge strich. Ihm schien nicht wohl zu sein.

Sie lachte. „Hier kriegst du aber auch etwas geboten, stimmt's?"

Patrick schaute sie fragend an.

„Unser kleiner Jacky ist unter die Spanner gegangen. Du hast gar nichts mitgekriegt, mein Tigerchen." Die letzten Worte hauchte sie mehr, als dass sie sie sprach und knabberte dabei an Patricks Ohrläppchen.

Jakob schüttelte den Kopf. „Ich wollte nicht …"

Nadja schaute ihn angriffslustig an. „Was? Was wolltest du nicht? Bis zum Ende dort stehen bleiben und uns zusehen? Hat dir die Vorstellung denn gar nicht gefallen? Ich habe genau gesehen, wie es dir gefallen hat. Du kannst mir nichts vormachen."

Patrick drehte sich zu Jakob um und blickte dann zu Nadja. „Jetzt verstehe ich. Und du bist gegangen? Armer Jakob. Dabei hättest du doch was lernen können, nicht wahr, mein Schatz?"

„Von dir kann jeder was lernen. Sogar Jackyboy." Besitzergreifend griff sie Patrick zwischen die Beine.

„Gehört alles dir, Prinzessin."

Jakob stand auf. „Ich hab's verstanden. Okay? Ihr könnt jetzt aufhören. Das Einzige, was ich will, ist mein Geld." Dabei blickte er zu Nadja mit jenem Maß an Herausforderung, das ihm möglich war.

Patrick mischte sich ein: „Welches Geld? Wovon sprichst du?"

Nadja löste sich von Patrick und schaute Jakob voller Mitleid an. „Ich weiß wirklich nicht, wovon du sprichst. Dabei dachte ich vorhin, ich würde dir eine Freude machen – und dass du uns nur wegen mir in den Park gefolgt bist."

„Gib mir jetzt einfach mein Geld, das ich dir gegeben habe. Es war beinahe alles, was ich gespart hatte. Ich bitte dich, und dann lass ich euch in Ruhe. Das Gebüsch ist immer noch frei."

Patrick lachte laut auf. „Hey, der war jetzt richtig gut. Hast du gehört, mein Engel, es ist noch frei." Patrick grölte.

Nadja schaute Jakob ohne mit der Wimper zu zucken an und sprach mit ruhiger, tonloser Stimme: „Jetzt hörst du mir einmal gut zu, Jacky. Okay? Kann schon sein, dass du mir das Geld gegeben hast. Kann wirklich sein. Aber ich weiß es nicht mehr, und, nicht wahr: Du hast keine Zeugen. Niemand, der bestätigt, dass du mir etwas gegeben hast, oder? Sorry, Jacky. Tut mir wirklich leid. Aber da kann man nichts machen."

Verzweifelt blickte Jakob zu Patrick. „Er war dabei. Er hat es gesehen."

Patrick schüttelte den Kopf. „Ich weiß nicht, wovon du redest, mein lieber Spanner. Keine Ahnung. Ich weiß von nichts. Und dich habe ich noch gar nie mit Geld gesehen. Du hast wirklich gespart? Was denn?"

Jakob spürte, dass es zwecklos war. Während er seinen Rucksack auf die Bank hob, hatten sich die beiden bereits umgedreht und waren weggegangen. Ohne Worte. Aber er hörte ihr Lachen auch noch, als sie um die Kurve zum Ausgang des Parks gingen und diesen verließen.

Das Geld konnte er vergessen.

Nicht aber den Hass.

4

Er wusste nicht, wie lange er noch in den Straßen seiner Stadt herumgeirrt war. Irgendwo hatte er sich wohl etwas Kleines gekauft, um sich den Magen zu füllen. Er erinnerte sich nicht mehr.

Ziellos und ohne Antrieb blieb ihm am Ende nur die Rückkehr nach Hause.

Vorsichtig drehte er den Schlüssel und öffnete die Wohnungstür. Insgeheim hoffte er, dass seine Mutter bereits schlief. Er stellte seine Schuhe hin und auch den Rucksack und schlich durch den schmalen Korridor in Richtung seines Zimmers.

An der Schlafzimmertür seiner Mutter blieb er kurz stehen. Alles schien ruhig. Er hatte Glück gehabt. Sie schlief. Vorwürfe und Analysen seines Charakters würden ihm erspart bleiben. Er drehte sich um und füllte sich in der Küche ein Glas Wasser. Er hatte Durst. Neben der Spüle standen leere Weinflaschen und eine Flasche Wodka. Ebenfalls nur mit Luft gefüllt. Er war sicher, dass seine Mutter diese Flasche erst vor drei Tagen gekauft hatte.

Vielleicht schlief sie deshalb so tief.

Er würde niemals Alkohol anrühren. Das hatte er sich bereits als kleiner Junge geschworen, als er gemerkt hatte, dass sich seine Mutter von den Müttern anderer Kinder unterschied. Sie lachte lauter als die anderen und hörte nicht zu reden auf, selbst wenn niemand mehr da war, der zuhörte. Früh schon realisierte er, dass sich die Leute nach ihnen umdrehten, wenn sie durch die Gänge des Supermarktes gingen. Er spürte, wie sie hinter ihnen tuschelten und wusste nicht, was der Grund dafür war. Seine Mutter war seine Mutter, und er ärgerte sich über die Leute, die sich das Maul zu zerreißen schienen.

Jakob blickte durchs Küchenfenster nach draußen. Er hatte kein Licht gemacht. Die Dunkelheit machte ihm nichts aus. Tat sie noch nie. Eine Straßenlampe flackerte und warf unruhiges Licht auf die Straße. Niemand war draußen. Ein Hund bellte. Nur kurz. Er leerte das Glas und stellte es neben die Flaschen. Diese Flaschen waren es, die die Leute dazu brachten zu tuscheln. Natürlich nicht diese hier vor ihm, und auch waren sie nicht immer mit Wodka oder Wein gefüllt.

Er erinnerte sich gut an die verschiedenen Farben, die im Licht schimmerten. Wunderschön. Sie klirrten, wenn sie aneinanderstießen, wenn seine Mutter den Einkaufswagen zur Kasse schob. Er war kaum größer als das schwarze Rollband. Seine Augen fixierten die vorbeiziehenden Farben. Grün, Weiß, Rot. Einige glänzten wie Gold. Er hielt sich am Rand des Förderbandes fest und musste aufpassen, dass er seine kleinen Finger nicht einklemmte. Die Flaschen tanzten an ihm vorbei, und während er sie beobachtete, vergass er einen Moment lang, dass er hungrig war und seine Mutter einmal mehr nur Getränke aufs Band gelegt hatte.

„Du bist wieder hier? Ich dachte, du gehst weg?"

Licht wurde angezündet.

Jakob drehte sich um.

Im Türrahmen stand seine Mutter in einem Trainingsanzug, den sie schon hatte, als er noch klein gewesen war. Damals war die Farbe allerdings noch erkennbar gewesen. Ihre strähnigen Haare verstärkten den Eindruck der Verlebtheit. Seine Mutter war seine Mutter. Aber als er sie so dastehen sah mit ihrem Blick aus Augen, die tief in den Höhlen zu liegen schienen, ihrem Trainingsanzug, der einmal gelb gewesen war und ihren Filzpantoffeln, spürte er vor allem eines: Verachtung.

Es waren nicht nur die schimmernden Flaschen, die dafür verantwortlich gemacht werden durften. Es war sie. Sie allein. Sie hatte sich für den Kauf entschieden. Sie hatte die Flaschen aufs Band gelegt und der Kassierin die zerknitterten Geldscheine hingestreckt. Sie hatte zu Hause die Flaschen aufgeschraubt und den Inhalt in ein Glas nach dem anderen geleert. Immerhin hatte sie gewartet, bis sie daheim waren, und immerhin hatte sie jeweils ein Glas genommen.

Er blickte sie an und sagte nichts. Was sollte er schon sagen.

Dass er hintergangen worden war?

Dass sein Geld futsch war?

Dass nichts aus seinen Ferien werden würde?

Es gab nichts zu sagen, und deshalb drückte er sich an seiner Mutter vorbei, um in seinem Zimmer zu verschwinden. Er hatte absolut keine Lust auf eine Diskussion.

„Sie haben dich verarscht, nicht wahr, Junge? Sie haben dich verarscht, und du bist wieder hier. Zu Hause bei deiner Mami!"

Jakob schloss die Tür zu seinem Zimmer, um das Lachen seiner Mutter nicht mehr zu hören.

„Ich hab's dir ja gesagt. Sie verarschen dich. Sie verarschen dich doch immer. Die Welt ist so was von am Arsch, Junge. So was von am Arsch."

Beinahe hysterisch schallte das Lachen durch den Spalt unter seiner Zimmertür, und Jakob wusste, dass sie dahinterstand. Beinahe war das Rot ihrer Pantoffeln zu sehen. Jakob legte sich aufs Bett und schloss die Augen. Es würde nicht mehr lange dauern, und seine Mutter würde zu weinen beginnen. So war es immer.

Irgendwann würde er sich einen Walkman kaufen. Einen, wie Nadja ihn hatte. Er sehnte sich danach, in Momenten wie diesen einfach nur Musik zu hören. Nun. Eigentlich entsprach dies nicht unbedingt der Wahrheit. Eigentlich sehnte er sich in Momenten wie diesen danach, überhaupt nichts zu hören. Er wüsste gar nicht, welche Musik er kaufen sollte, die er einlegen konnte. Musik war ihm ziemlich egal, und er hörte sie sich nur an, um einigermaßen mitreden zu können, wenn er in eine Diskussion über die neuesten Nummer-1-Hits verwickelt wurde. Aber auch das geschah nie.

Nein, Jakob Morello wollte in Momenten wie diesen nur eines: Ruhe.

„Junge, bist du noch da? Morgen, Junge, morgen kaufen wir was Schönes. Nur du und ich. In Ordnung. Die Welt ist gemein. So unfair. Morgen, ja? Nur du und ich …"

Die Stimmte kippte. Lautes Schniefen drang in sein Zimmer. Jakob hielt sich das Kissen aufs Gesicht.

Ruhe. Schlaf.

Es wurde ruhiger. Er löste das Kissen von seinem Kopf und lauschte in die Stille der Nacht. Der Lichtstreifen drang immer noch von der Küche in sein Zimmer. Seine Mutter hatte alles brennen lassen. Klar. Er würde später alle Lichter löschen. Später, wenn sie schlief.

Mit offenen Augen lag er auf seinem Bett. Ein Poster glänzte grünlich an der Wand. Elliot, das Schmunzelmonster. Grün, mit einem rosa Haarschopf und einem unglaublich lieben Gesicht. Er wusste, dass es nicht unbedingt ein Poster war, das in das Zimmer eines Achtzehnjährigen passte. Er wusste es, und trotzdem würde er es nie runternehmen. Erhalten hatte er es von seinem Vater, obwohl er auch damals schon ein wenig zu alt für die Geschichte gewesen war. Aber sie hatte ihm gefallen. Noch besser hatte ihm aber gefallen, dass sein Vater mit ihm zusammen im Kino gewesen war, um genau diesen Film anzuschauen. Es war das erste Mal gewesen, dass er einen Film in dieser Größe gesehen hatte. Es war unglaublich. Er sah, wie viel Geld sein Vater ausgeben musste, damit sie Elliot sehen konnten, und er liebte ihn dafür umso mehr. Es war ein guter Abend gewesen, weil es ein Abend mit seinem Vater gewesen war. Schon lange war sein Vater nicht mehr zu Hause, und wahrscheinlich hatte seine Mutter gar nicht mitbekommen, dass er mit ihm im Kino gewesen war. Damals war er fünfzehn Jahre alt gewesen, und noch heute erinnerte er sich an diesen Abend, auch wenn sich vieles verändert hatte seit damals. Das Filmposter war sein einziger Besitz, und trotzdem spürte er, dass er sich irgendwann würde von ihm lösen müssen. Von Elliot und von allem.

Draussen hörte er das Knattern eines Mofas. Mehrere Mofas. Er lag allein auf seinem Bett und malte sich aus, wie es wohl wäre, einer der Mofafahrer zu sein. Zusammen mit anderen herumzurasen, zu lachen und die Straßen der Nacht unsicher zu machen.

Während Jakob Morello in den Kleidern auf dem Bett lag und sich in den Schlaf träumte, sass seine Mutter im Eingang der Wohnung auf dem Boden und durchwühlte den blauen Rucksack, der gepackt worden war, um eine erste Reise anzutreten. Eine Reise nach Italien. Ans Meer.

5

Am anderen Morgen erwachte Jakob durch den schrillen Ton der Wohnungsklingel. Er wunderte sich, denn so früh am Morgen konnte es nicht der Postbote sein. Er öffnete die Tür seines Zimmers und trat in den Gang. Noch einmal schrillte die Klingel. Er hasste diesen Ton.

„Ich komme ja schon", brummte er kaum hörbar. Und sicher nicht hörbar von draußen. Vor der Wohnungstür lag sein blauer Rucksack. Einige der Kleidungsstücke waren auf dem Boden verteilt. Er schüttelte den Kopf, schob alles mit seinem linken Fuß zur Seite und öffnete die Tür.

Angelika stand vor ihm, den Kopf leicht geneigt. Ihre blonden Haare fielen ihr in Locken über die Schultern, und ihre blauen Augen strahlten, wenn er auch einen Anflug von Traurigkeit in ihnen zu erkennen glaubte. Hell blondierte Strähnchen bedeckten ihre Stirn, und Jakob konnte sich nicht vorstellen, wie lange sie wohl jeweils vor dem Spiegel brauchte, bis die Haare dieses

Volumen besaßen. Ob die Locken echt waren? Er bezweifelte es. Zu sehr sahen sie aus wie jene all der anderen Mädchen.

Sie trug eine enge Jeans und ein weißes T-Shirt, das viel zu groß zu sein schien und über die rechte Schulter rutschte. Darunter trug sie ein grün gepunktetes Trägershirt, was nur gut war, um allfällige Peinlichkeiten zu verhindern. Die Riemchen ihres Büstenhalters waren ebenfalls zu sehen, und Jakob fragte sich, ob es angenehm war, die Schultern beinahe frei zu haben und verschiedene Riemchen und Träger und Stoffstreifen zu spüren, die immer wieder von der Schulter rutschten.

Trotzdem. Es gefiel ihm, was er sah. Die rot bemalten Lippen umspielten ein Lächeln und ließen feine Grübchen erkennen.

„Guten Morgen, Jakob. Tut mir leid wegen der Störung." Sie senkte den Kopf zur Seite und versuchte, an ihm vorbei in die Wohnung zu sehen. „Bist du allein zu Hause?"

Jakob schüttelte den Kopf. „Meine Mutter. Sie schläft noch."

„Wer ist denn da, Junge?" Die Stimme drang aus dem Zimmer seiner Mutter, und Jakob verdrehte die Augen.

„Niemand. Schlaf weiter." Unsicher blickte er zu Angelika. „Anscheinend schläft sie doch nicht."

Unbeholfen stand Jakob da und wusste nicht, was er sagen sollte, geschweige denn, was er tun sollte. Weshalb war Angelika hier? Was wollte sie? Fragend blickte er sie an.

Sie war einiges größer als er. Vielleicht war das der Grund, weshalb sie immer wieder den Kopf senkte. Als ob sie den Größenunterschied verringern wollte.

„Ich habe gehört, was geschehen ist. Es tut mir leid."

„Ach, das." Jakob blickte an Angelika vorbei zur Tür der Nachbarswohnung. Er hoffte, dass sie sich nicht öffnete. Frau Mannhart war nett. Aber auch unglaublich neugierig, und Jakob hatte keine Lust, irgendjemandem irgendetwas erklären zu müssen.

Angelika blickte auf den Vorderteil des blauen Rucksacks, der hinter der Türe hervorschaute. „Du hattest schon gepackt?"

„Ich habe sogar schon am Bahnsteig gestanden. Aber was soll's. Ich hätte es ja wissen müssen. Weshalb bist du …"

„Junge, wer ist denn da. Ich höre dich doch reden." Wieder seine Mutter.

Jakob drehte den Kopf nach hinten und atmete hörbar ein. Dann blickte er Angelika direkt in die Augen.

„Hör zu. Es ist okay, dass du gekommen bist. Aber es ist jetzt nicht günstig. Ich kann wirklich nicht …"

Sie nickte und schaute ihn an. „Ich versteh schon. Tut mir leid. Ich wollte auch nicht stören. Aber als ich gehört habe … Egal. Hast du heute Nachmittag etwas vor? Ich hätte Lust auf ein Eis, was meinst du?" Er nickte. Weshalb auch nicht. Er hatte keine Pläne für den heutigen Tag. Er hatte momentan überhaupt keine Pläne. Sie machten den Treffpunkt aus und verabredeten sich auf 14.00 Uhr. Bevor er die Türe schließen konnte, beugte sie sich zu ihm runter und drückte ihm einen flüchtigen Kuss auf die Wange. Verdutzt schaute er ihr nach, wie sie flink die Treppe runterging. Er machte einen Schritt nach draußen und konnte ihre Hand auf dem Handlauf sehen und einmal kurz ihren blonden Haarschopf.

Er trat zurück in die Wohnung und lächelte. Er würde sich mit einem Mädchen treffen. Nicht mit irgendeinem Mädchen.

Nein.

Mit Angelika, für die er heimlich schwärmte, seit er sie das erste Mal gesehen hatte. Und natürlich hatte er auch sofort gewusst, dass diese Schwärmerei nichts weiter war als ein weiterer Schritt in dem schier endlosen Korridor der Enttäuschungen.

Sie war unter dem Jahr in ihre Klasse gekommen. Der Lehrer hatte sie an den Schultern ins Schulzimmer geschoben und gesagt, dass sie neu sei und neben Birgit sitzen würde. Er war siebzehn gewesen und hatte sich von einer Minute auf die andere unsterblich verliebt. Natürlich hatte er ihr nie etwas davon gesagt. Auch niemandem sonst. Wem auch? Sie hatte in die Klasse gelächelt, alle begrüsst und sich neben Birgit gesetzt. Jemand hatte einen leisen Pfiff ausgestoßen, und Jakob hatte sich nicht umdrehen müssen, um zu wissen, dass es Patrick gewesen war. Natürlich war er es gewesen. Er ließ nichts anbrennen und verstärkte in Jakob die Gewissheit, dass er gar nicht erst anfangen musste, sich Hoffnungen zu machen.

Aber jetzt, heute Morgen, war sie zu ihm gekommen. Das hatte es noch nie gegeben, und er staunte, dass sie überhaupt gewusst hatte, wo er wohnte. Sie war gekommen, und sie würden zusammen ein Eis essen.

„Wer war das?"

Seine Mutter stand hinter ihm.

„Niemand."

Jakob nahm die verstreuten Kleider, stopfte sie in den offenen Rucksack, hob diesen auf und ging an seiner Mutter vorbei in sein Zimmer. Er hatte keine Lust zu reden.

Nicht mit ihr.

10. Juli 1982
14.00 Uhr

1

Jakob Morello stand im Schatten einiger Bäume, die sich rund um die Eisdiele befanden und schaute zum wiederholten Male auf die Uhr. Er war beinahe sicher, dass sie 14.00 Uhr abgemacht hatten. Er wurde nicht nervös. Im Gegenteil. Er blickte auf die Uhr, ohne den Stand der Zeiger wirklich wahrzunehmen. Er war hier, und das war die Hauptsache. Angelika würde kommen, davon war er überzeugt. Sie war schliesslich nicht ohne Grund bei ihm zu Hause aufgetaucht. Wahrscheinlich hatte sie erfahren, dass die anderen ihn hintergangen hatten und wollte etwas wiedergutmachen. Oder sie hatte wirklich einfach nur Lust auf ein Eis. Er konnte es nicht sagen und weigerte sich, zu tief zu graben. Sollten seine Gedanken bleiben, wo sie hingehörten. Er wollte es dieses Mal nicht vermasseln und alles richtig machen. Ein missmutiger Gesichtsausdruck passte nun mal nicht zu einem Rendezvous, und also strengte er seine Gesichtsmuskulatur dazu an, ein entspanntes Lächeln zu erzeugen.

War es denn ein Rendezvous?

Auch darüber wollte er sich nicht den Kopf zerbrechen. Er stand da, schief lächelnd und entspannt wirkend. Nur er wusste, dass die Anspannung in ihm immer größer zu werden schien. Er entfernte sich einige Schritte von den Tischen des Gartenlokals. Er wollte nicht, dass die Leute meinten, er warte auf jemanden, der vielleicht nicht kam. Oder dass sie erkennen würden, dass er nicht so entspannt war, wie es den Anschein machte. Er setzte sich auf eine Bank in der Nähe und wartete.

14.07 Uhr.
Vielleicht ging seine Uhr ja auch vor. Das konnte gut sein. Immer noch lächelte er und beobachtete ein junges Pärchen, das

Hand in Hand zu einem der freien Tische trat und sich lachend auf zwei weiße Plastikstühle setzte. Er würde das Lächeln behalten – egal, was passierte. Noch nicht 24 Stunden zuvor hatte er am Bahnsteig gestanden und war allein geblieben. Heute war es anders. Das Gefühl und auch alles andere. Er freute sich. Freute sich riesig und fühlte sich unglaublich ruhig. Eigentlich. Er musste nun ehrlich lächeln, als er sich daran erinnerte, dass die Anspannung zu Hause immens gewesen war, als er hin und her überlegt hatte, welche Hose er anziehen sollte.

Jetzt saß er da auf dieser Bank in der einzigen Jeans, die er besaß, und einem gelben Kurzarmhemd mit farbigen Mustern, die aussahen, als hätte man mit einem maschinellen Pinsel etwas ausprobiert. Es war sein bestes Hemd.

Die Spannung kehrte zurück. Mit seinen beiden Händen hielt er sich an der äußersten Leiste der Bank fest. Damit verringerte sich seine innere Spannung. Seinen Oberkörper nach vorne gebeugt, sah es aus, als ob der junge, blonde Teenager jeden Moment aufbrechen wollte. Aber das wollte Jakob Morello nicht. Aus irgendeinem Grund nahm er sich vor sitzen zu bleiben, bis Angelika kam. Wieder blickte er auf seine Uhr.

14.11 Uhr.

Er hatte gedacht, dass es schon viel später sei. Eine Viertelstunde ist ja noch keine Zeit bei einem Rendezvous – wenn es denn eines war. Darüber war er sich immer noch nicht im Klaren. Er traf sich mit einem Mädchen, und das war für ihn eine völlig neue Erfahrung. Jakob Morello wollte alles.

Aber auf keinen Fall wollte er diesen Nachmittag vermasseln. Denn dann würde nicht nur seine Mutter ihn ein weiteres Mal mit lächerlichen, abwertenden Bemerkungen betiteln, sondern auch er selbst würde seinen Kopf in den Sand stecken und ein für alle Mal den Glauben daran in Beton gießen, dass er der nutzloseste, unsichtbarste und unfähigste Kerl war, der auf diesem Planeten Spuren setzte. Spuren, für die sich niemand interessieren würde. Er hielt das Holz der Bank noch fester. Dabei wurden seine Knöchel noch weißer, als sie ohnehin schon waren. Weiß und unsichtbar. So fühlte sich Jakob Morello, und er war nicht sicher, ob dies nicht mehr war als nur ein Gefühl.

„Jakob?"

Unwillkürlich drehte sich Jakob um und erblickte hinter sich Angelika in einem roten Hosenanzug. Sofort sprang er auf.

„Du … du bist gekommen?"

„Natürlich bin ich gekommen, was glaubst du denn. Aber du hast recht. Ich bin zu spät. Entschuldige bitte. Aber meine Mutter wollte noch …" Sie verwarf die Hand. „Du weißt ja, wie Mütter sind."

Jakob nickte, und einen kurzen Augenblick lang zerfiel sein Lächeln, das er ununterbrochen auf dem Gesicht gehabt hatte. „Ja, das weiß ich. Das weiß ich nur zu gut."

Angelika schien den Zwischenton nicht wahrzunehmen, trat auf ihn zu und hängte sich bei ihm ein. „Und nun, was steht an? Was machen wir?" Jakob blickte zu den Tischen, die nun mehrheitlich besetzt waren. Drei Kinder rannten zwischen ihnen hindurch. Wieder hörte er einen Hund kläffen. Er fragte sich, wie viele Hunde es wohl in diesem Land hatte. Und weshalb seine Ohren wohl so geschult waren, dass er jeden einzelnen von ihnen zu hören schien. In allen erdenklichen Momenten.

„Und?" Angelika schaute ihn schelmisch von der Seite her an.

„Was und? Ach so. Weiß nicht. Ein Eis vielleicht? Magst du?"

„Sicher, das wäre nett."

Kurze Zeit später saßen sie an einem Tisch und warteten darauf, dass ihre Eisbecher gebracht wurden. Jakob schaute um sich und fixierte dann eine Fliege, die sich auf dem rotweiß karierten Tischtuch einen Weg bahnte. Er blickte kurz auf und sah, dass ihn Angelika auf dieselbe Art und Weise betrachtete, wie er eben gerade die Fliege beobachtet hatte. Sofort blickte er wieder auf den Tisch. Die Fliege war weg.

Weshalb konnte er nicht auch einfach wegfliegen? In luftige Höhen steigen. Vielleicht sogar zusammen mit Angelika. Dann müsste er nichts sagen, da der Wind sowieso jedes Wort unverständlich machen würde. Aber er würde sie festhalten können. Spüren, was in ihr vorging, und er würde sich mit ihr zusammen stark fühlen. Hier zu sitzen und auf das Eis zu warten, das wohl sehr teuer war, schien ihm noch schwieriger zu sein als das Ausharren vorhin auf der Bank. Er holte Luft, um etwas zu sagen, als ein junger Mann mit den beiden Eisbechern vor ihnen stand. Jakob atmete wieder aus, erleichtert über die Unterbrechung der Stille.

„Einen Bananensplit für die Dame, die Kugel Vanille für den Herrn", lächelte der dunkelhaarige, braun gebrannte Mann sie an und stellte beides an die entsprechenden Orte. Jakob wunderte sich darüber, dass ein Mann hier servierte. Das war doch eigentlich nicht üblich. Andererseits war er auch noch nicht oft in solchen Eisdielen oder Restaurants gewesen. Die sind teuer, und ein Besuch war für seine Mutter schlicht nicht erschwinglich gewesen. Sie hatte sich ihre Getränkekarte zu Hause zusammengestellt, was aus ihrer Sicht wirklich preisgünstiger war.

Der junge Kellner hatte Angelika angelächelt. Länger, als dies normal war. Also war er doch nicht schwul. Er konnte sich nicht vorstellen, dass jemand servierte und gleichzeitig auf Frauen stand. Merkwürdig. Aber er wusste, dass es für jede Analyse eine Gegenanalyse gab. Jede Meinung konnte dementiert werden mit der Antithese. Und jede Statistik war nichts mehr wert, sobald eine neue das Gegenteil aufzeigte. Und er spürte, wie wenig er vom Leben wirklich wusste. Wie viele seiner Annahmen er einfach als Wahrheiten in seinem Bewusstsein abspeicherte.

„Schmeckt es dir?" Angelika schaute ihn fragend an, während sie sich ein Stück Banane in den Mund schob. Jakob nickte. Er blickte auf die Vanillekugel vor ihm. Natürlich war es Vanille. Er bestellte immer Vanille. Wie damals mit seiner Mutter. An den Sonntagen im Park. An den wenigen Sonntagen, an denen dies möglich war. Wohl eher war es ein einziger Sonntag gewesen. Aber diesen hatte er noch in Erinnerung. Seine Mutter war fröhlich gewesen. Die Sonne hatte durch ihr Haar geschienen. Und sie hatte gelächelt, während sie ihm zugesehen hatte, wie er den Löffel in den Mund geschoben und ihn nochmals abgeschleckt hatte, obwohl er schon leer gewesen war.

„Du bist so schweigsam." Sie schaute auf ihre Schale, hob das zusammen mit dem Eis erhaltene Kännchen und leerte großzügig Schokosauce über das Eis und die zwei Bananenhälften.

Jakob betrachtete die Ruhe und staunte über die Selbstverständlichkeit, mit der sie dies tat. Sie war es sicher gewohnt, auszugehen. Sie schien zu wissen, wie man sich verhielt. Sie hatte im Gegensatz zu ihm eine Ahnung davon, wie Leben funktioniert. Er musste unbedingt etwas gegen seine kleine Welt unternehmen, um mit ihr mithalten zu können.

„Tut mir leid. Eigentlich …"

„Du musst dich nicht entschuldigen, Jakob. Es ist voll in Ordnung. Ich hab' das gern. Du glaubst gar nicht, wie ich das Geschwätz der Jungs satthabe. Die sind dauernd am Reden, schaffen es mit unglaublicher Präzision, sich selbst in jeder Geschichte in den Mittelpunkt zu setzen. Nein, Jakob, da ist mir die Ruhe ein wertvolleres Gut. Echt! Weshalb lächelst du?"

„Weiß nicht. Ich meine, die Art, wie du dich ausdrückst. Ein wertvolleres Gut. Die Art, wie du dein Eis isst. Wie du sprichst. Es ist unglaublich. Alles, meine ich. Du weißt, wie man sich ausdrücken muss und wie man sich optimal verhält."

Gequält blickte er sie an.

Angelika schüttelte den Kopf. „Ist das dein Ernst? Weißt du, wie lange ich vor dem Kleiderschrank gestanden habe, bis ich wusste, was ich heute Nachmittag anziehen soll? Du machst dir überhaupt keine Vorstellung, wie nervös ich gewesen bin, und dann auch noch meine Mutter … Habe ich schon wieder etwas Lustiges gesagt?"

Jakob grinste übers ganze Gesicht, und auf einmal fühlte er sich richtig wohl. „Du hast dir wirklich überlegt, was du anziehen sollst? Wegen heute Nachmittag? Also, wegen mir?"

Angelika nickte und schleckte wenig Eis vom Löffel, um den Rest nochmals in die Schokosauce zu tauchen. „Klar. Was glaubst du denn? Wieso auch nicht?"

Wieder das gequälte Lächeln. „Ach, da gibt es diverse Gründe. Du kannst aus einem ganzen Katalog auswählen."

„Erzähl doch keinen Blödsinn. Das fantasierst du alles in deinem Hirn zusammen. Es ist doch toll, mit dir zusammenzusitzen, Eis zu essen und über Gott und die Welt zu plaudern. Oder auch einfach nichts zu sagen. Ich habe mich gefreut auf heute Nachmittag."

Sie griff nach seiner Hand, die er sofort und instinktiv ein kleines Stück zurückzog, die Bewegung dann allerdings rückgängig machte. Er genoss die Wärme ihrer Hand auf seiner. Wie sollte er aber jetzt das Eis weiteressen? Die Kugel hatte sich sowieso bereits in eine hellgelbe Sauce transformiert. Er hatte keine Lust, sich das Hemd vollzukleckern. Er würde wohl einfach kein Eis mehr essen und viel mehr die Wärme von Angelikas Hand genießen.

„Hey, Jakob, alles gut. Es ist wirklich toll, mit dir hier zu sein."

„Ja?" Jakob schien an den Worten Angelikas zu zweifeln.

„Ja!" Angelika hatte ihren Bananensplit fertig. Über ihrer rechten Lippe befand sich ein kleiner Fleck Schokosauce. Jakob spürte, wie er zwei Dinge tun wollte: Erstens, ihr den Schokofleck wegküssen, und zweitens: weinen.

Er tat keines von beidem.

Er winkte den Kellner herbei, der jedoch erst reagierte, nachdem Angelika die Hand in die Höhe gehalten hatte. Jakob registrierte es und bezahlte die Rechnung.

Dann standen sie auf und verließen die Eisdiele. Noch bevor sie aufstand, hatte sich Angelika mit der Serviette den Mund geputzt. Eine kleine Bewegung. Edel. Gekonnt. Wie es sich gehörte.

Ohne sich abzusprechen, gingen sie einfach entlang des Weges. Plötzlich griff Angelika seine Hand, und er ließ es geschehen. Beide sprachen sie kein Wort. Was hätte man auch sagen sollen? Jedes Wort hätte die Magie dieses Nachmittages zerstört. Hand in Hand liefen sie den Weg entlang. Leute gingen an ihnen vorbei. Spaziergänger. Viele mit Hunden. Einmal mehr. Eine Frau mit einem Kinderwagen. Auf einer Bank saß ein altes Paar und blickte in die Ferne, obwohl diese gar nicht vorhanden war. Häuserfronten. Lokale. Ein Kiosk. Das Signet einer Disco, das allerdings erst am Abend wohl rot leuchten würde. All dies war vorhanden und gehörte zur Szenerie. Jakob schien nichts von alledem zu bemerken. Wie in Trance schritt er neben seinem Mädchen her. Er hielt Angelikas Hand fest in seiner und war unglaublich dankbar, dass er sein bestes Hemd angezogen hatte.

Bis jetzt hast du noch überhaupt nichts vermasselt, Jakob Morello.

Er lächelte beim Gedanken, dass er zu sich wie zu einem Fremden sprach. Zu einem Gegenüber, den er bis jetzt versucht hatte zu ignorieren und der doch immer da war. Angelika schaute auf ihre Uhr, die sie an der Innenseite des Handgelenks trug.

„Musst du gehen?"

Sie nickte. „Ja, leider. Ich würde gerne noch länger mit dir zusammen spazieren. Aber meine Mutter erwartet mich, da ihr Freund das erste Mal bei uns auftaucht. Als ob mich der interessiert. Pha!"

Sie machte eine kurze Pause. „Aber du darfst mich gerne nach Hause begleiten."

Sie lächelte ihn an.

Jakob nickte und genoss jede einzelne Minute, die ihm noch blieb. Würde er ihr die Frage stellen, die im Raum stand, seit sie heute Morgen vor seiner Tür gestanden hatte?

Vor dem Gartentor zu Angelikas Haus holte er Luft. „Ich wollte …"

Angelika öffnete gleichzeitig den Mund: „Es tut mir wirkl …"

Beide lachten. Angelika stupste ihn leicht an. „Du zuerst."

Jakob wurde ernst. „Warum? Warum heute? Warum ich?"

Angelika blickte ihm direkt in die Augen, wartete einen kurzen Augenblick, beugte sich leicht zu ihm und drückte ihm einen Kuss auf die Lippen. Süß, vom Eis. Und mit dem Geschmack von Schokolade. Einfach großartig.

Die Frage war weg. Alle Fragen waren verschwunden. Angelika löste sich von ihm und trat durchs Gartentor zu ihrem Haus. Vor der Tür blickte sie sich rasch um. Lächelte. Die blonden Locken umrahmten ihr hübsches Gesicht, und eine leichte Röte verlieh ihr ein waches, aktives Äußeres.

Jakob blickte ihr nach, trunken vom eben Erlebten. Sein ganzer Körper schien zu beben, und beinahe glaubte er, ein wenig gewachsen zu sein. Sie öffnete die Tür, und bevor sie hinter dieser verschwand, blickte sie erneut zu ihm. „Morgen? Gleiche Zeit? Gleicher Ort?"

Jakob nickte. Lächelte ungläubig. Die Tür schloss sich. Das Letzte, was er gesehen hatte, war, dass sie ihm eine Kusshand zugeworfen hatte.

Als Jakob Morello am Abend in seinem Bett lag und auf Elliot, das Schmunzelmonster, blickte, wusste er, dass das ein guter Tag gewesen war. Er hatte es nicht vermasselt. Von jetzt an würde sich alles ändern.

Alles.

3. Oktober 2013
9.00 Uhr

1

Jakob Morello saß an dem kleinen Tisch in seiner Küche. Vor ihm stand eine Tasse, die er sich kurz zuvor mit wenig Pulverkaffee gefüllt hatte. Er füllte sie auf mit kalter Milch, die die Flüssigkeit hellbraun färbte. Beinahe weiß.

Er fragte sich manchmal, weshalb er eigentlich nicht einfach eine Tasse Milch trank. Dann würde diese auch wie Milch schmecken und nicht durch den herben Geschmack von Kaffeebohnen verfremdet werden. Zumal es hier nur mehr das Pulver war.

Jakob Morello trank immer Milch mit Kaffeegeschmack. So hatten sie es früher genannt, wenn sie feststellten, was er in seinem Becher hatte. Selten genug kam es vor, dass irgendjemand überhaupt auch nur das geringste Interesse daran zeigte.

„Weshalb trinkst du Kaffee, wenn du doch lieber den Saft der Kühe hast", hatten sie jeweils gerufen und keine Ahnung davon gehabt, dass genau sie der Grund dafür gewesen waren, dass er krampfhaft versuchte, Kaffee nicht einfach nur zu trinken, sondern ihn auch zu mögen. Beides war ihm in all den Jahren nie gelungen. Früher hatte er noch Unmengen von Zucker reingeschüttet, aber davon hatten die anderen nichts mitgekriegt. Wie konnte man Kaffee nur gern haben oder sogar behaupten, ohne ihn nicht leben zu können? Er hatte es nie verstanden und verstand es bis heute nicht.

Mittlerweile gehörte es zu seinem festen Tagesablauf, morgens um 9.00 Uhr seine Milch mit Kaffeegeschmack zu trinken. Würde Jakob das nicht mehr tun, würde ihm wahrscheinlich etwas fehlen. Ziemlich sicher würde ihm dann etwas fehlen, und er würde den ganzen Tag darüber sinnieren, weshalb er seine Tasse nicht getrunken hatte. Jeder Fehler, der ihm an einem solchen Tag unterlaufen würde, würde er der nicht getrunkenen

Tasse zuschreiben. Für jede Unterlassung würde er das Auslassen seines Morgenkaffees verantwortlich machen. Und wenn er von seiner Straßenbahn nur noch die Rücklichter sehen würde, wäre auch dann klar, was dafür verantwortlich war.

Nein!

Jakob Morello trank seinen Milchkaffee jeden Morgen in genau jener Konsistenz, die ihn halbwegs daran erinnerte, dass er Milch eigentlich viel lieber mochte. Nichts und niemand konnte ihn davon abhalten, ihn genau so zu trinken. Mit den Jahren hatte er gelernt, ihn sogar zu mögen. Ein bisschen zu mögen. Ohne rot zu werden hatte er jeweils genickt, wenn man ihn fragte, ob er einen Kaffee wolle. Dies kam in der Regel überhaupt nicht vor. Und wenn doch, bejahte er und fügte hinzu, dass er ihn gerne zur Hälfte mit Milch aufgefüllt hätte, wenn das denn ginge. Klar spürte er das Zögern und den irritierten Blick. Oft kamen die Gastgeber in Not, weil die Maschine darauf abgestimmt war, die Tasse mit Kaffee zu füllen und nicht halb leer zu lassen.

Zum Glück musste er nicht allzu oft den beinahe mitleidigen Blick irgendwelcher Kaffeeliebhaber ertragen, da er nicht allzu oft eingeladen wurde. Eigentlich waren es immer Zufälle gewesen, die ihn in solche Situationen gebracht hatten.

Jakob Morello rührte in seiner Tasse und schüttelte in Gedanken den Kopf. Worüber er jetzt wieder am Herumstudieren war? Dabei gab es viel Wichtigeres, was ihn nachdenklich stimmen sollte:

Die SMS des heutigen Morgens und seine Antwort darauf würden wohl entscheidendere Weichen in seinem Leben stellen als das Mengenverhältnis von Milch und Kaffee in seiner Tasse vor ihm. Vielleicht waren es die letzten Weichen, die gestellt werden würden. Er wusste es nicht.

Wieder dachte er an seinen fünfzigsten Geburtstag, und wieder dachte er daran, dass er diesen wohl nicht erleben würde. Er lächelte und nahm einen Schluck seines Kaffees. Immerhin hatte er in seinem Leben gelernt, Kaffee zu trinken. Immerhin das!

Er hatte immer gewusst, dass das Spiel, das er spielte, einmal ein Ende nehmen würde. Dass dieses Ende von außen bestimmt werden würde, war ihm ebenfalls klar. Auch dass es bitter werden könnte, ahnte er stets. Bitter wie der Kaffee.

Dass es aber so plötzlich kommen sollte, versetzte ihn dennoch in einen Zustand der Überraschung und des Aufschreckens. Eigentlich hatte er die Weichenstellung viel früher erwartet. Eigentlich viele Jahre früher. Den Zeitpunkt hatte er früher erwartet. Das schon. Aber immer schleichend. So, dass er sich darauf hätte vorbereiten können. Niemals hatte er erwartet, dass dies von einem Augenblick auf den anderen erfolgen konnte. Und auch nicht, dass die Richtung nicht von ihm bestimmt wurde. Es geschah so plötzlich, dass es ihn erschreckte und ihm einen leicht bitteren Geschmack in den Mund trieb. Aber nur im ersten Moment.

Schon bevor er seine Antwort eingegeben hatte, war der erste Schrecken einem Gefühl von Ruhe gewichen. Ruhe und Zufriedenheit, dass er aufhören konnte, ein Spiel zu spielen. Eine Schicksalsergebenheit, die ihn beinahe in eine Lethargie brachte, die er selbst niemals für möglich gehalten hätte und die er an sich auch nicht kannte.

Ja, er hatte genug, und es war genug. Jetzt war es genug.

Er hob die Tasse an seinen Mund und wollte den letzten Schluck noch trinken. Aber die Tasse war leer. Komisch. Er konnte sich nicht daran erinnern, vor wie vielen Minuten er den letzten Schluck genommen hatte. Egal.

Er hatte genug.

Genug Milch, genug Kaffee – und genug von allem.

Die Frage blieb, ob er das Spiel beenden konnte oder ob dies andere für ihn tun würden. Bei Letzterem würde er nicht nur das Spiel, sondern auch sein Leben verlieren, und während er die Tasse in der Spüle wusch, wusste er, dass er dazu noch nicht bereit war. Jakob hatte genug vom Spielen, aber nicht vom Leben.

Ganz und gar nicht.

Aber das musste er den anderen zuerst begreiflich machen. Er blickte zur grün blinkenden digitalen Uhr am Backofen.

09.00 Uhr.

Er befand sich schon ein Achtel des Tages in wachem Zustand und hatte in seinem Kopf bereits so viel Arbeit geleistet, wie andere in einer ganzen Arbeitswoche schafften. Trotzdem hatte er keine Ahnung, wie er es fertigbringen, seinen Geburtstag lebend hinter sich zu bringen, geschweige auch seinen 51. erleben zu dürfen. Er musste nicht pressieren. Er hatte genug Zeit, sich einen Plan zu überlegen. Und er würde die Straßenbahn rechtzeitig erreichen, weil er seinen Kaffee heute getrunken hatte.

Heute würde alles gut sein, das spürte er.

Als er eine Stunde später in seinem Büro saß und den PC hochfuhr, wusste Jakob Morello, dass er es schaffen würde. Es gab einen Weg, das Spielfeld zu verlassen und alle zu übertrumpfen. In hellerem Licht zu scheinen, als sie es je getan hatten. Er hatte stets gehofft, dass sich ihm eine solche Möglichkeit bieten würde und doch gewusst, dass er nicht dazu geboren war, über die anderen hinauszustrahlen. Jetzt zeigte sich sein Schicksal in einem anderen Licht.

Er würde es sein, der die Weichen stellte und die Richtung der Weiterfahrt vorgab. Er, Jakob Morello.

Er hatte das Bier nicht vergeblich gekauft.

So würde es gehen. So konnte es gelingen, und während er auf den Posteingang blickte, hatte er die Gewissheit, dass er nicht nur seinen fünfzigsten Geburtstag überleben würde, sondern viel mehr, dass er ihn nicht würde allein feiern müssen. Dieses Gefühl, das er bereits seit einigen Wochen hatte. Dieses Gefühl, das ihn dazu veranlasst hatte, die Kisten mit Bier und auch den Wein zu kaufen, weil sich irgendwann die feste Überzeugung in ihm ausgebreitet hatte, dass er das erste Mal seit dreißig Jahren nicht mehr allein ein Geburtstagsfest würde feiern müssen. Wenn dies bis jetzt auch nicht die schlimmsten Tage seines Lebens gewesen waren, würde das kommende Fest einen noch nie da gewesenen Höhepunkt bedeuten und ihm das geben, was er in den vergangenen Jahren nie erhalten hatte. Was dachte er! In den vergangenen Jahrzehnten. Und vielleicht würden sie beginnen, dem Geschmack von Milch jenen Wert zukommen zu lassen, den dieser verdiente.

Er dachte an Angelika, die schöne und lustige Angelika in ihrem roten Hosenanzug. An Patrick, den die Mädchen liebten und der alles dafür tat, dass sie ihn liebten. Nadja, seine Freundin, und Birgit, ihre Freundin. Thomas. Ja, Thomas und Christine, die einander hassten und liebten und immer nur zusammen genannt wurden. Andreas, der immer alles wusste oder zumindest zu wissen glaubte und dabei meinte, er müsse alle Fäden knüpfen und zerschneiden, so wie es ihm gerade passte. Ilka und ihr Vater, Herr Jost. Detlef Jost. Ein Deutscher. Helen und Marianne. Frau Manser und ihre Zwillinge, Jan und Jana. Idiotisch, den beiden die gleichen Namen zu geben. Idiotisch und phantasielos.

Sie und noch einige mehr.

Er dachte an sie alle und war sicher, dass es einer der Männer gewesen war, der ihm die SMS geschrieben hatte. Eigentlich wusste er haargenau, wer es war. Aber es war nur ein Gefühl, das einer gewissen Logik entsprang. Es war einer, der vielleicht zu retten versuchte, was noch zu retten war. Ja, es musste ein Mann gewesen sein. Die Frauen würden anders reagieren. Nicht mit einer SMS. Sie würden vorbeikommen. Das Gespräch suchen. Dabei versuchen, mit Tränen oder was auch immer Reue in ihm zu erzeugen. Reue und Selbstvorwürfe in ihm auszulösen für all die Dinge, die er getan hatte.

Aber eigentlich spielte es für Jakob überhaupt keine Rolle, von wo oder von wem die Nachricht gekommen war. Von einem Mann oder von einer Frau. Die Nachricht hatte sich mit einem hellen Leuchten bemerkbar gemacht, und er hatte darauf geantwortet.

Er hatte darauf das Einzige geantwortet, was möglich war.

„JETZT".

Jakob Morello hatte jetzt genug. Aber es war für ihn absolut in Ordnung, dass der letzte Spielzug erst in drei Wochen eröffnet werden würde. Von ihm. An seinem fünfzigsten Geburtstag.

Auf seinem Bildschirm stach eine E-Mail aus allen anderen hervor. Er klickte sie an und stellte erstaunt fest, dass sein Puls absolut ruhig blieb.

„Morgen Abend im Stadtpark. 21.00 Uhr. Falls du wirklich genug hast!"

Jakob schaute über den Bildschirmrand und sah die anderen über ihre Arbeiten gebeugt.

„OK!", schrieb er, ohne auf die Tastatur zu blicken. Zuerst wollte er noch eine Anrede hinzufügen, unterließ es aber. Er hatte eine Ahnung, wollte sich aber noch nicht festlegen, um später zu merken, dass er doch falsch gelegen hatte und einmal mehr feststellen zu müssen, dass seine Logik nicht die Logik der Welt war.

Er war überrascht, dass man ihn heute treffen wollte. An diesem Abend. Er dachte an mehrere Personen, konnte sich aber auch vorstellen, dass nur jemand kommen würde. Vielleicht Markus. Möglich. Oder Patrick. Eher unwahrscheinlich. Wer würde es sein, der im Park auf ihn warten würde? Einer jener Männer, die er bereits seit seiner Jugendzeit kannte? Es wäre nur logisch. Aber auch das war wieder nur seine Logik.

Was aber nicht logisch war – ob er wirklich alle Fäden in der Hand behalten würde. Würde es wirklich und wahrhaftig möglich sein, den letzten Spielzug auf seinen Geburtstag zu legen? Oder würde der morgige Abend die Endstation einläuten? Hatte der heutige Tag diese bereits angedeutet? Er hatte immer noch Hoffnung.

Er würde es schaffen. Er musste es schaffen, den Zeitpunkt zu bestimmen. Schließlich hatte er schon ganz andere Dinge geschafft.

Den Rest des Tages verbrachte er damit, seine Arbeit zu erledigen, nichts aufzuschieben und alles korrekt einzugeben. Nebenher war sein Hirn daran, einen Plan für den kommenden Abend auszuarbeiten. Einen Plan, dessen Höhepunkt sein Geburtstag sein sollte und der die Regeln des Spiels gleich zu Beginn klären sollte.

Als er am Abend die letzte Zahl in irgendeine bedeutungslose Tabelle eingetippt und den PC heruntergefahren hatte, lehnte er sich in seinem Stuhl zurück und verschränkte die Arme hinter seinem Kopf.

Niemand sah, wie Jakob Morello lächelte, denn niemand war mehr im Bürogebäude. Jakob lächelte, weil er daran war, die wichtigste Weiche für seine zweite Lebenshälfte zu stellen. Zumindest, wenn er großzügig rechnete.

18. Januar 1968
22.13 Uhr

1

Der kleine Junge stand in seinem Gitterbettchen und wimmerte nach seiner Mutter. Das Geld für ein Kinderbett war nicht vorhanden. Es wurde für anderes gebraucht. Aber Jakob war damals nicht bewusst, dass ein Kind in diesem Alter nicht mehr in einem Gitterbett schlafen sollte. Sein Bett war sein Bett, und weil er nichts anderes kannte, war das für ihn so auch in Ordnung. Er wusste aber, dass er etwas gehört hatte, das nicht in Ordnung war. Er war aufgewacht und konnte nicht sagen, weshalb. Hätte er in die Küche gehen können, hätte er den roten Wecker sehen können. Und hätte er diesen lesen können, hätte er auch gesehen, wie spät es war.

22.13 Uhr.
Aber er konnte sie nicht lesen. Er war fünf Jahre alt. Zu jung, um lesen zu können. Aber alt genug, um zu wissen, dass es mitten in der Nacht war. Er war mitten in der Nacht aufgewacht und wusste nicht warum.

Ein Kind in seinem Alter kann noch unmöglich alle Geräusche einer Ursache zuordnen, aber der Junge wusste, dass er aufgewacht war, weil etwas nicht so war, wie es sein sollte. Ein unregelmäßiges Klatschen war es gewesen, als wenn seiner Mutter die Shampoo-Flasche immer wieder aus der Hand rutscht und diese auf den Boden des Badezimmers fällt. Was ihr oft passiert. Ein Geräusch, als wenn er jeweils mit seinen Patschhändchen aufs Wasser in der Badewanne schlägt und dabei alles nass spritzt. Es war ein lautes Schlagen, das ihn aufgeschreckt hatte und ihn seine Mutter rufen ließ.

„Mami!"

Das Klatschen blieb. Unregelmäßig und manchmal lauter, manchmal leiser.

„Mami!"

Das Klatschen blieb. Gefolgt von einem Wimmern, das ihn an jemanden erinnerte. Das Wimmern tönte wie er, wenn er Hunger hatte oder sich die Zehe an der Türschwelle zum Badezimmer gestoßen hatte. Es war nur ein Wimmern, nie ein Weinen. Weinen mochte Mami nicht und auch nicht die anderen. Die Fremden. Auch die hatten es nicht gern, wenn er weinte. Deshalb rief er.

„Mami!"

Das Klatschen blieb. Wurde lauter. Er hörte eine Frauenstimme. Seine Mutter. Es war seine Mutter. Aber er verstand nicht, was sie rief. Das Wimmern war lauter. Es war Mami, die wimmerte. Ganz klar.

„Mami?"

Das Klatschen blieb. Dreimal sehr laut. Ein lautes Stöhnen. War das auch Mami? Weinte sie?

„Mami!"

Jakob rief nicht mehr mit unsicherer Stimme nach seiner Mutter. Jakob stand in seinem Bettchen und schrie nach seiner Mutter.

„Mami!"

Das Klatschen hörte auf.

Alles war still.

Schritte.

Die Tür zu seinem Zimmerchen wurde geöffnet, und der Lichtstrahl des Ganges schien auf den Knaben mit seinen blonden verschwitzten Haaren. Vom Weinen hatte er rote Backen. Glänzend waren sie vor lauter Tränen, die ihm übers Gesicht liefen. Rotz, der ihm aus der Nase direkt in seinen Mund lief und diesen kleinen Mund beinahe zu verkleben schien, zeigte, wie groß seine Verzweiflung war. Sobald ihn der Lichtschein traf, wimmerte er nur noch leise und blickte auf den großen Mann in der Tür. Dunkel. Nur die Umrisse konnte er sehen.

Kein Gesicht, das lächelte.

Keine Augen, die ihn tröstend ansahen.

Nur Schwärze.

Und eine tiefe Stimme, die von der Tür her zu ihm herüberschallte.

„Deine Mami ist gleich fertig. Nur ein klein wenig Geduld. Ja, mein Junge?"

Die Türe schloss sich, und das Geklatsche ging weiter.

Stärker als zuvor.

Jakob hatte aufgehört zu wimmern. Er weinte nicht mehr. Er schrie nicht mehr. Seine Lippen formten Mami, aber niemand konnte es hören. Er wollte nicht, dass der Mann nochmals in sein Zimmer kam.

Er wollte einfach, dass es aufhörte. Das Klatschen und das Wimmern von Mami. Das Klatschen blieb und auch das Wimmern seiner Mutter.

Jakob war sicher, dass seine Mami weinte. Es war nicht ein lustiges Wimmern. Es war ein trauriges Wimmern.

Er kannte diesen Ton, und deshalb war er aufgewacht. Und wegen des Klatschens. Dieses wurde nun begleitet von einem tiefen Stöhnen. Das war nicht Mami. Das war der Mann. Er hasste ihn, auch wenn er damals noch gar nicht wusste, dass es ein solches Gefühl überhaupt gab. Aber er spürte, dass es wehtat.

Plötzlich hörte er Schritte, und still stand er da in seinem Bettchen und atmete nicht mehr. Nur kein Geräusch machen. Nichts. Aber niemand kam an seine Tür. Niemand trat in sein Zimmer. Draußen hörte er etwas gegen die Kommode stoßen und einen Fluch des Mannes. Dann die Wohnungstür. Das Rasseln einer Kette.

Mami sperrte die Tür zu. Das war gut.

Dann konnte der Mann nicht mehr zurückkommen.

Die Tür öffnete sich. Mami kam ins Zimmer, machte Licht und nahm ihn aus seinem Bettchen.

„Was ist denn, mein Junge? Was ist denn? Mami musste arbeiten." Sie strich ihm übers Gesicht und putzte ihm mit einem Stück Stoff ihres Ärmels die Nase.

„Mami ist hier. Sie musste nur arbeiten. Scht. Scht."

Der kleine Jakob wimmerte nicht. Seine Mami hatte es nicht gern, wenn er wimmerte und weinte.

Er ließ es geschehen, dass sie ihm die verschwitzten Haare aus dem Gesicht strich und ihn an sich drückte. Er roch etwas

Scharfes aus ihrem Mund, aber er rümpfte nicht die Nase. Seine Mami hatte es nicht gern, wenn er die Nase rümpfte oder etwas nicht gern hatte von ihr.

Er schloss die Augen und fiel in tiefen Schlaf.

Erst als er am Morgen aufwachte, merkte er, dass er auf dem Boden lag. Nicht in seinem Bettchen.

Und er bemerkte, dass seine Mami neben ihm lag.

19. Januar 1968
6.17 Uhr

1

Der kleine Jakob wusste, dass seine Mami noch lange schlafen würde. Und er wusste, dass das wegen der vielen Arbeit war, die sie mit den Männern machen musste, die jeden Abend zu ihnen nach Hause kamen. Früher dachte er immer, es wäre Papa, der doch wieder nach Hause zurückkommt. Aber es war nicht Papa. Nie war es Papa. Immer waren es Männer, die Jakob nicht kannte, die aber so taten, als würden sie ihn kennen.

Ja! Jakob wusste, dass Mami müde war wegen diesen Männern, und er wusste, dass sie müde war wegen der vielen Flaschen in der Küche.

Als er an diesem Morgen aufwachte und seine Mutter neben sich auf dem Boden liegen sah, wusste er, dass er eine der beiden Ursachen würde zum Verschwinden bringen können. Mit den Männern konnte er nichts machen. Da musste er einfach still sein. So, wie wenn er gar nicht da wäre in seinem Bettchen.

Manchmal presste er die Augen fest zusammen und hoffte, damit weniger zu hören. Was natürlich unlogisch war. Für den fünfjährigen Jungen war es allerdings die einzige Möglichkeit, eigene Bilder in sich entstehen zu lassen.

Bilder von seiner Mami, wie sie lachte – und die Sonne, die hinter ihr durchs blonde Haar schien. Und das Eis, das sie einmal gekauft hatte, obwohl es doch gar kein Sonntag war. Jakob hatte früh gelernt, was Sonntag bedeutete.

Sonntag war der Tag, an dem keine Männer in die Wohnung kamen. Sonntag war der Tag, an dem Mami die Flaschen nicht anrührte. Jedenfalls nicht so oft wie an den anderen Tagen. Und der Sonntag war der Tag, an dem er manchmal ein Eis erhielt und sie dann jedes Mal zu ihm sagte: „Das ist eine Ausnahme, mein Junge, weißt du. Heute ist doch Sonntag, und du weißt doch, wie lieb dich deine Mami hat."

Das sagte sie manchmal, und Jakob fühlte sich dabei ganz warm an. Überall in seinem kleinen Körper spürte er diese Wärme, die sich so gut anfühlte. Vanille. Oft. Oder eigentlich immer. Er konnte sogar das schwierige Wort aussprechen und dem Mann selber sagen, welches Eis er gern möchte. Meistens gab es eine Vanillekugel. Am anderen Tag war das Eis dann nicht mehr da. Natürlich. Er hatte es ja gegessen. Aber es war auch nicht mehr in seiner Erinnerung. Diese wurde zugedeckt vom Klatschen, das kam, sobald die Männer die Tür hinter sich zugemacht und Mami zu weinen begonnen hatte. Manchmal gelang es ihm, ans Vanilleeis zu denken, wenn er die Augen fest zugedrückt hielt. Ans Vanilleeis und an seine Mutter, die ihn anstrahlte, als sei er ihr Größter.

An diesem Morgen lächelte Mami nicht. Sie schlief neben ihm und rührte sich nicht. Auch nicht, als er mit seinen kleinen Fingern leicht an ihre Stirn stupste. Sie würde noch lange schlafen, und Jakob hatte genügend Zeit, das zu tun, was er sich schon oft vorgestellt hatte. Er zog mit ganzer Kraft die Decke zwischen den Holzstäben seines Bettchens hindurch und legte sie über seine Mami. Als er das Zimmer verließ, musste er aufpassen, dass er in seinem ganzteiligen Pyjama nicht ausrutschte. Er liebte diesen Pyjama und war traurig, wenn er gewaschen werden musste. Denn dann blieb ihm nur eine weiße Unterhose mit einer Kuh vorne drauf. Die musste er dann anziehen, bis sein Pyjama wieder sauber war. Diese oder eine andere. Es war ihm gleichgültig. Er wollte einfach nur wieder seinen roten Pyjama, der ihm die Füße wärmte.

Jetzt musste er allerdings aufpassen, da er nicht hinfallen wollte. Er streckte sich und schloss leise die Tür zu seinem Zimmer. Er wollte Mami nicht wecken.

Er ging in die Küche. Der rote Wecker stand dort.

6.17 Uhr.

Aber er nützte dem Jungen nichts. Er wusste auch so, dass er sich beeilen musste. Obwohl Mami wohl noch lange schlafen würde. Aber wenn sie erwachte, musste er fertig sein.

Er schob einen Stuhl an die Spüle und stellte den Korb, der hinter der Tür gestanden hatte, neben den Stuhl. Vorsichtig nahm er eine der Flaschen, die auf dem Tisch standen, stieg damit auf den Stuhl, öffnete sie und leerte die bräunliche Flüssigkeit in den Abguss. Der Geruch kräuselte ihn in der Nase, und er schüttelte sich leicht. Beinahe wäre er vom Stuhl gefallen. Er stieg vom Stuhl hinunter und legte die Flasche in den Korb. Anschließend nahm er eine weitere Flasche und wiederholte das Ganze.

Das tat Jakob elfmal. Elf. Soweit konnte er schon zählen. Elf war ein Finger mehr, als er hatte. Und er hatte fünf an jeder Hand, und das waren zweimal die Hand und noch ein Finger. Dieser galt einer kleinen runden Flasche.

Alles verschwand im Abfluss. Er rieb über seine Augen. Sie brannten ein wenig. Aber er musste das tun, denn die Flaschen waren schuld, dass seine Mami so müde war. Die Flaschen und die Männer.

Der kleine Junge konnte den Korb beinahe nicht hochheben. Er schob ihn über die Schwelle der Küche und durch den schmalen Gang der kleinen Wohnung. Er ließ den Korb stehen und verschwand im Schlafzimmer seiner Mutter. Es roch nicht gut. Beinahe noch schlimmer als vorher in der Küche. Er schaute unters Bett und auf die Kommode. Erst als er sich umdrehte, sah er hinter der Tür die Handtasche seiner Mutter. Da war der Schlüssel zur Wohnung drin, und den brauchte er. Er wollte nicht, dass Mami die Flaschen fand. Vor allem, weil sie leer waren.

Er trat in den Gang und stellte sich auf die Zehen, um den Schlüssel ins Schloss zu stecken. Ein wenig taten ihm die Finger weh, als er ihn drehte. Er öffnete die Tür und hob den schweren Korb ins Treppenhaus. Die Tür ließ er offen. Er würde sofort wieder zurück sein. Er nahm den Korb und legte die beiden Henkel über seine schmale Schulter. Immer mit dem rechten Fuß nahm er eine Stufe und hielt sich am hölzernen Geländer fest. Immer den rechten Fuß. Nicht pressieren. Er durfte auf keinen Fall die Treppe runterfallen, denn seine Mami würde schimpfen, wenn überall die Scherben von Glas liegen würden. Immer den rechten Fuß. Eine Stufe und die nächste.

Er wusste nicht, wie lange er brauchte und hatte auch noch kein Gefühl dafür. Er wusste aber, dass er etwas tat, was Mami helfen würde.

Helfen würde, dass sie nicht mehr so müde war.

Nach vielen Stufen kam er zum Hauseingang und stellte den Korb auf den Boden. Seine Schulter tat weh. Er wusste, dass er noch eine Etage weiter runtergehen musste. In den Keller. Dort war die Kiste für den Müll, und dort musste er den Korb hineinleeren. Es war dunkel und der Lichtschalter zu hoch oben. Er schaffte es nicht, Licht zu machen. Er schaute nach oben. Sah den Handlauf des Geländers, das seine kleine Hand die letzten Minuten berührt hatte. Ahnte, wo die offene Wohnungstür war. Ein bisschen Licht gab es durch die Glasscheibe an der Haustür. Es war nicht viel Glas an der Tür. Das meiste war Holz. Dunkelbraun. Aber ein wenig Glas gab es, und deshalb gab es auch ein wenig Licht.

Jakob atmete tief ein, schaute die Treppe hinunter. Er drehte sich um und nahm rückwärts die erste Stufe und zog den Korb zu sich. Dieser senkte sich leicht, als er über die erste Stufe gezogen wurde. Jakob achtete darauf, dass keine Flasche aus dem Korb rutschte. Mit seinem Körper stemmte er sich gegen den Korb und zog diesen vorsichtig Stufe um Stufe die Treppe hinunter.

Vielleicht war es gut, dass er dem Keller den Rücken zugedreht hatte. So sah er oben den hellen Lichtschein durch die Glasscheibe und nicht die Dunkelheit des Kellers. Als er unten angekommen war, sah er den Container, in welchen er nun jede einzelne Flasche warf. Er hörte, wie das Glas mit lautem Geklirr zerbrach. Die Flasche, in der sich die braune Flüssigkeit befunden hatte und die dicke bauchige. Die vielen weißen Flaschen. Alle elf Flaschen warf er in den Container, und als sein Korb leer war, spürte er eine unglaubliche Freude und Erleichterung. Er hatte es geschafft.

Mami würde ihn lieben.

Er würde darum besorgt sein, dass sie von jetzt an nicht mehr immer so müde war und mit ihm Eis essen konnte, auch wenn nicht Sonntag war. Viele Ausnahmen würde es geben, da war er sicher.

Schnell nahm er den Korb, der nun gar nicht mehr schwer war und ging die Treppe hoch. Er passte auf, dass er nicht ausrutschte und nahm vorsichtig Stufe um Stufe, die für seine kurzen Beinchen viel zu hoch waren. Als er die letzten Stufen zur Wohnung erreichte und hochsah, erblickte er seine Mutter im Treppenhaus.

Sie lächelte.

Sie war glücklich.

Er hatte das Richtige getan.

„Ihnen auch einen schönen Tag, Frau Mannhart." Als Jakob oben angekommen war, sah er gerade noch, wie sich die Tür der Nachbarin schloss. Frau Mannhart war nett. Manchmal gab sie ihm Bonbons. Er blickte hoch zu seiner Mutter. Jetzt lächelte sie nicht mehr. Sie schien nicht mehr glücklich zu sein. Irgendetwas musste passiert sein.

Sie packte ihn an der Schulter. Nicht so wie an einem Sonntag. Es tat weh, und Jakob wurde in die Wohnung geschoben. Die Tür schloss sich, und er blickte vor sich auf den Boden. Seine Mutter ging vor ihm in die Hocke und griff seine Schultern.

„Was hast du getan, Junge? Was hast du um Himmels Willen getan?" Mit beiden Händen packte sie seinen Kopf und schob diesen mit solcher Wucht zur Seite, dass Jakob fiel und über die ganze Länge des Ganges rutschte.

Er stand wieder auf und blickte zu seiner Mutter. Er verstand nicht, weshalb sie so böse war. Was war geschehen? Sie kam zu ihm, legte ihn über ihr Knie und schlug ihm mit der flachen Hand auf den Po. Er war froh, dass er seinen Pyjama anhatte. Der war ein wenig dicker als die Unterhose mit der Kuh.

Seine Mami schlug und schlug und schrie, weshalb er das getan habe und dass er ein Nichtsnutz sei. Jakob wusste nicht, was das war. Aber er wusste, dass er noch mehr tun müsste, um seiner Mutter zu helfen. Das mit den Flaschen war nur der Anfang. Er würde es schaffen, dass sie glücklich sein würde. Irgendwann würde er es schaffen, dass sie ihn anlächeln würde. Jetzt durfte er einfach nicht weinen, denn seine Mami hatte es nicht gern, wenn er weinte.

Sein Po brannte.

Auf einmal hörte es auf. Er bemerkte, wie seine Mutter keuchte. Aber er schaute sie nicht an. Er wusste, dass sie nicht lächelte. Sie packte ihn am Kragen seines roten Pyjamas und zerrte ihn über den Gang zu seinem Zimmer. Der Reißverschluss tat ihm an seinem Hals weh. Beinahe glaubte er, nicht mehr richtig atmen zu können.

Sie warf ihn ins Zimmer und schlug die Tür mit einem lauten Knall hinter sich zu.

Jakob lag in der Mitte seines kleinen Zimmers.

Er würde in der kommenden Nacht die Unterhose anziehen müssen. Die Unterhose mit der Kuh. Denn sein Pyjama war ganz nass geworden.

24. Oktober 1983
18.00 Uhr

1

Es war der Tag seiner Geburt, der da gefeiert wurde. Der Tag seiner Geburt, der da eigentlich gefeiert werden sollte. Aber wie die vergangenen Jahre machte er sich nichts aus diesem Tag. Warum auch? Als er noch ein Kind war, hatte ihn seine Mutter oft vergessen, und als er noch sehr klein war, hatte er dies auch nicht bemerkt.

Erst später war ihm klar geworden, was dieser Tag bedeuten konnte. Erst als er älter war, wurde ihm bewusst, was dieser Tag für andere bedeuten konnte. Er machte sich wirklich nichts aus diesem Tag.

Obwohl: Heute war es doch der Zwanzigste. Und ein runder Geburtstag musste doch gebührend gefeiert werden. Auch wenn er einige Momente darüber nachdachte, spürte er, dass ihm dies trotzdem gleichgültig war. Der heutige Tag war wie jeder andere Geburtstag auch, und wie in den vergangenen Jahren wusste er auch heute nicht, was es eigentlich zu feiern gab.

Als er klein war, etwa neun Jahre alt, da war er einmal um die Ecke seiner Straße gegangen und hatte einen Jungen gesehen. Einen Jungen auf einem blauen Fahrrad. Er selbst hatte kein Rad. Nicht mal ein Gebrauchtes.

Aber dieser Junge hatte ein nigelnagelneues Rad. Er kannte ihn. Sie waren wohl beide ähnlich alt. In der Schule hatte er ihn allerdings noch nie gesehen. Er hieß Markus. Oder Matthias. Damals wusste er es noch nicht. Erst später, in der Kantonsschule. Da lernte er ihn näher kennen.

An diesem Tag aber wusste er nur, dass er eine Straße weiter im gelben Haus wohnte. Dem einzigen gelben Haus in den Straßen, die er kannte. Markus oder Matthias saß auf seinem Rad. Seine mittellangen schwarzen Haare, seine sonnengebräunte Haut und sein Lachen, das schneeweiße Zähne zum Vorschein brachte, zeigten Jakob, wie anders er selber war. Zuerst schien ihn der Junge auf dem Rad gar nicht zu sehen.

Weshalb auch? In seinen braunen Manchesterhosen, deren Saum mehrfach umgenäht wurde, damit er sie tragen konnte, bis er groß war, sah man ihm von Weitem an, dass er wohl noch lange auf ein eigenes Rad würde warten müssen. Seine blonden Haare standen ihm von allen Seiten ab. Nur vorne waren sie kurz. Von seiner Mutter beinahe bis zum Ansatz geschnitten, da sie dachte, es wäre wieder einmal Zeit für einen Haarschnitt. Er hatte sich nicht gerührt und es zugelassen, dass die Schere ihr Werk vollbrachte. Er hatte den Atem seiner Mutter gerochen und instinktiv gewusst, dass eine falsche Bewegung seines Kopfes gefährlich werden konnte. Und so hatte er still gehalten und zugeschaut, wie seine Haare auf die quadratzentimetergroßen, orangenen Fliesen im Badezimmer gefallen waren. Als seine Mutter das Badezimmer verlassen hatte und er seine Haare zusammenkehrte, hatte er sich geschworen, dass die Jahre, in der er seiner Mutter schutzlos den Kopf hinhalten würde, gezählt waren.

Jetzt aber stand er da am Rand der Straße und schaute auf Markus oder Matthias. Er sah toll aus. Manchmal stellte er sich auf die Pedale und versuchte, die Hände vom Lenker zu nehmen. Das gelang ihm jedoch nicht. Er zog seine Runden und kam immer wieder ganz nahe an Jakob vorbei. Nach einigen Minuten stoppte er sein Rad genau vor den Füßen Jakobs.

„Es ist neu. Ich habe es zum Geburtstag bekommen. Willst du auch? Fahren, meine ich", fragte ihn der Junge aus dem gelben Haus.

Jakob nickte. Natürlich wollte er, auch wenn er noch nie zuvor auf einem Rad gesessen hatte. Er wollte es mehr als vieles andere.

Falsch.

Er wollte dies, und er wollte noch vieles andere. Aber jetzt stieg der Junge von seinem blauen Rad und hielt ihm den Lenker entgegen. Vorsichtig streckte Jakob sein Bein, winkelte es leicht an und stieg über die lange Stange zwischen Sattel und Lenker. Er stellte den Fuß auf das Pedal. So schwierig konnte es doch nicht sein.

Tatsächlich. Während er das Pedal runterdrückte, bewegte sich das Rad nach vorne, und unwillkürlich hob er auch den anderen Fuß vom Boden. Jakob fuhr auf einem Rad. Er konnte es kaum glauben. Er war zu wenig schnell, als dass die Haare im Wind wehen konnten. Zudem waren diese ja dafür auch zu kurz. Er hob die Knie und drückte sie wieder runter und gab den Rädern über die Pedale den Befehl, sich zu bewegen.

Hinter sich hörte er den Jungen etwas rufen. Er verstand ihn nicht und drehte den Kopf nach hinten. Doch das hätte er nicht tun sollen. Sein Vorderrad schrammte den Randstein des schmalen Gehsteigs, und Jakob fiel hin. Markus oder Matthias kam angerannt.

„Spinnst du? Was hast du getan!" Er schaute auf Jakob, der sich seinen Ellbogen rieb. Er war aufgeschürft und brannte. Auch sein Oberschenkel tat ihm weh, und im Knie seiner Manchesterhose hatte es ein Loch. Kein großes. Aber Jakob konnte spüren, dass er darunter blutete. Er sah vor sich den Jungen in seiner dunkelblauen Jeans, der wütend auf ihn hinunterblickte.

„Tut mir leid, ich wollte nicht …", stammelte er, aber der Junge hatte sein Rad bereits aufgehoben. Nachdem er es überprüft hatte, war er aufgestiegen und davongeradelt, ohne sich noch einmal um den Verletzten zu kümmern, der sich mittlerweile aufgesetzt hatte und das Loch in seiner Hose ein wenig vergrößerte, um besser sehen zu können, wie stark er blutete.

Jakob stand auf und ging nach Hause. Als er die Tür zur Wohnung öffnete, drang ihm die abgestandene Luft der Nacht und vieles andere in die Nase. Er hatte diesen Geruch nicht gern, und trotzdem war es sein Zuhause, das so roch. Er schloss die Tür hinter sich und ging in die Küche. Seine Mutter saß am Tisch, vor sich einen Kaffee. Immerhin Kaffee. Der tat Mami gut. Das wusste Jakob. Er setzte sich neben sie auf den Stuhl.

„Wo bist du gewesen?"

Seine Mutter schaute vor sich in die Tasse, als ob über der bräunlichen Flüssigkeit die Antwort auf ihre Frage schweben würde.

Jakob stützte sein Kinn in seine beiden Handinnenflächen. Die Ellenbogen auf dem Tisch, blickte er genauso vor sich hin wie seine Mutter.

„Draußen. Ich war draußen. Ich bin Rad gefahren."
Keine Reaktion.
„Ich bin auf einem Rad gefahren."
„Du?"
Seine Mutter nahm ihre Tasse und führte sie an ihren Mund.
„Darf ich auch etwas trinken?"
Jakob spürte, wie durstig er war, und eigentlich hatte er auch Hunger. Sein Ellbogen brannte, aber das Knie hatte aufgehört zu bluten.
„Klar. Hier." Sie schob ihre Tasse Kaffee vor ihn hin.
Jakob rümpfte die Nase. Irritiert lächelnd sagte er: „Aber Mami. Ich habe Kaffee doch nicht gern."
Sie drehte abrupt den Kopf zu ihm hin.
„Was sagst du?"
„Ich habe doch …" Eine Ohrfeige knallte ihm ins Gesicht. Jakob erschrak. Was war geschehen? Was hatte er getan? Seine Mutter wusste doch, dass er Kaffee nicht mochte. Er hatte lieber Milch. Er brauchte nicht mal Ovomaltine.
„Los, trink!" Seine Mutter schaute ihn aus glasigen Augen an, und Jakob erkannte, dass der Kaffee doch nicht das erste Getränk gewesen war, das seine Mutter an diesem Morgen in sich hineingeschüttet hatte.
„Aber Mami", sagte er mit einem Flehen in der Stimme, das seiner Mutter aufzeigen sollte, dass er wirklich keinen Kaffee trinken konnte. Eine weitere Ohrfeige machte ihm jedoch verständlich, dass es zwecklos war zu versuchen, seiner Mutter irgendetwas aufzuzeigen. Mit zittrigen Fingern nahm er die Tasse und zog sie zu sich heran. Der Geruch würgte ihn, und sein Ellbogen brannte. Auch sein Gesicht. Aber das war nicht wegen des Sturzes mit dem Rad.
„Los, Junge, trink. Du glaubst gar nicht, wie toll das schmeckt." Seine Mutter sprach nicht deutlich, aber Jakob verstand, dass er nicht drum herumkam, einen Schluck zu trinken. Er hob die Tasse hoch und kippte einen kleinen Schluck in seinen Mund. Er war kalt. Es war kalter Kaffee und schmeckte widerlich. In seinem Kopf begann es zu drehen, und sein Bauch zog sich zusammen.

„Weiter, Junge. Mach sie leer."

Jakob spürte, wie etwas seinen Hals raufkam. Er kniff die Augen zusammen und schluckte es runter. In seinem Hals brannte es. Erneut nahm er einen Schluck. Ekelhaft. Er wusste gar nicht, weshalb die Großen so etwas freiwillig trinken konnten. Nun, die tranken es in der Regel auch heiß. Die laue Brühe, die er in seinem Mund hatte, wollte einfach nicht runterfließen. Der neunjährige Junge hatte die Tasse immer noch an seinem Mund und ließ den Inhalt seines Mundes unauffällig in die Tasse zurückfließen.

„Was tust du? Bist du gestört?"

Seine Mutter stand auf, nahm ihm die Tasse aus der Hand und drückte seinen Kopf nach hinten. Sie stieß ihm die Tasse an den Mund. So fest, dass seine Lippen schmerzten. Schmerzten, weil er sie fest zusammenpresste, und weil die Tasse hart war. Hart wie der Arm seiner Mutter, der sich um seinen Hals gelegt hatte. Sein Magen schmerzte, und er spürte, dass bald wieder etwas hochkam, das besser unten bleiben sollte. Seine Mutter hielt ihm mit dem Oberarm den Kopf wie in einem Schraubstock und drückte ihm mit dem Daumen und Zeigefinger die Nase zu. Jakob glaubte zu ersticken und öffnete den Mund.

In diesem Moment leerte ihm seine Mutter den Inhalt der Tasse in den Mund. Er schluckte und hustete, und seine Augen tränten. Und dann wusste Jakob nicht mehr, was in seinem Bauch geschah. Irgendwie ging der Kaffee nach unten, und das andere, das Bittere, kam hoch. Irgendwie kam aber auch der Kaffee wieder zurück. Er versuchte zu schlucken. Aber es gelang ihm nicht wirklich. Erschreckt öffnete er die Augen und blickte direkt ins Gesicht seiner Mutter, die ihn irre lächelnd anblickte, als wenn sie ihm ein kleines Stück Schokolade in den Mund geschoben hätte. Jakob würgte und erbrach sich. Weil sein Kopf nach hinten gebeugt war, verschluckte er sich und musste gleichzeitig husten. Spritzer seiner Kotze trafen seine Mutter im Gesicht. Der große Rest floss ihm über die Backen und runter zum Hals. Es brannte. Überall schien es zu brennen.

Seine Mutter war aufgesprungen. Dabei hatte sie den Stuhl, auf dem Jakob saß und der nach hinten gekippt nur durch ihr

Gewicht gehalten hatte, umgeworfen. Jakob lag am Boden, wie eine halbe Stunde zuvor mit dem Rad. Aber er blutete nicht und zog sich keine Schramme zu.

Aber sein Herz blutete und seine Seele schrie. Aber niemand konnte das Schreien hören, und niemand war da, der die Wunde versorgte. Nicht die an seinem Knie. Und schon gar nicht die an seinem Herzen.

Erst als seine Mutter ins Badezimmer gegangen war, traten Tränen aus Jakobs Augen. Er hatte Mami doch gesagt, dass er Kaffee nicht mochte. Aber vielleicht konnte er es lernen. Irgendwann.

2

Es war der Morgen des 24. Oktobers. Draußen war es noch dunkel. Der Tag seines zwanzigsten Geburtstages stand vor der Tür, und der war ihm so gleichgültig, wie es schon sein Neunzehnter gewesen war. Er dachte an Markus mit seinem blauen Fahrrad und lächelte. Dass ihm die Geschichte heute Morgen in den Sinn gekommen war?

Heute kannte er natürlich den richtigen Namen. Er hieß Markus. Markus, nicht Matthias. Und er war wirklich gleich alt wie er. Nun, ein wenig älter, denn er hatte im April Geburtstag gehabt und im gelben Haus seiner Eltern vor einem halben Jahr eine große Party veranstaltet. Er hatte ihn als Kind nie in der Schule gesehen, weil ihn seine Eltern in eine private Schule geschickt hatten. Erst später dann, in der Kantonsschule, kam er in seine Klasse. Wie Angelika fand er sofort Anschluss und konnte die meisten der Schülerinnen und Schüler bereits nach kurzer Zeit Freunde nennen. Dies war auch nichts als logisch. Er sah nicht nur gut aus und wusste alles über die neuesten Hits, die im Radio gespielt wurden, sondern konnte auch unglaublich gut reden und andere glauben machen, dass er sich brennend für das interessierte, was diese erzählten. Sogar Patrick und Andreas waren von ihm angetan und einiges schweigsamer, wenn Markus in der Runde war.

Markus hatte die ganze Klasse eingeladen, damals im April, und gesagt, dass er sich über jeden freuen würde, der kommen kann. Man müsse sich nicht anmelden. Es habe von allem genug, und seine Eltern seien verreist.

Jakob stand am Fenster der Küche und schaute nach draußen. Er erinnerte sich noch gut an jenen Samstag im April. Er wusste nicht sofort, ob er hingehen würde. Gleichzeitig war ihm auch klar, dass es ein Fehler war, wenn er nicht hingehen würde. Markus hatte die ganze Klasse eingeladen. Auch ihn. Er hatte natürlich keine Einladungskarte erhalten. Aber er hatte in der Pause klar gesagt, dass er die ganze Klasse einlade. Alle würden sie da sein. Auch Angelika. Die letzten Monate hatten sie es so gehalten, dass niemand bemerken sollte, dass sie zusammen waren. Angelika hatte ihn darum gebeten. Sie wollte nicht, dass die anderen etwas davon bemerkten, hatte sie ihm einmal gesagt.

„Es soll doch unser kleines Geheimnis sein, ja?", hatte sie ihm ins Ohr geflüstert und dabei an seinem Ohrläppchen geknabbert. Er hatte genickt und sie in die Arme genommen. Er verstand nicht, weshalb sie das wollte, aber er war einverstanden. Vielleicht würde sie später so weit sein, und sie konnten miteinander Hand in Hand über den Schulhof schlendern. Lächelnd und stolz.

Eigentlich wusste er auch nicht, ob sie wirklich zusammen waren. So richtig. Sie hatten sich geküsst. Schon oft. Und das war schön. Und manchmal lagen sie eng umschlungen auf seinem Bett. Auch das. Aber er war noch nie in ihrem Haus gewesen. Geschweige denn in ihrem Zimmer.

Er spürte, dass sie ihn mochte.

Er wusste, dass er sie liebte.

Es konnte nur Liebe sein, was er empfand. Denn jeder Tag, an welchem er nicht in ihrer Nähe war, schmerzte ihn. Jeder Tag, den sie nicht zusammen verbrachten, war für ihn ein leerer Tag.

Leer und bedeutungslos.

Sie würde auch dort sein, und deshalb entschloss sich Jakob, ebenfalls hinzugehen. Auch ohne persönliche Einladungskarte. Er wusste gar nicht, ob es überhaupt üblich war, solche zu verschicken. Er würde das nicht tun. Denn das war sehr teuer, und seit der Geschichte mit Venedig, das keine Geschichte wurde, hatte er nicht mehr viel Gespartes.

Ein Geschenk für Markus lag aber allemal drin. Musste drin liegen. Er hatte lange im Musikladen an der Helmutstraße gestanden und dann etwas gefunden, von dem er glaubte, dass es Markus gefallen würde. Ihm selber würde es gefallen. Aber er hatte keinen Plattenspieler. Nur ein kleines Radio. Eine LP würde er sich auch einmal leisten. Später. Wenn er sich einen Plattenspieler kaufen konnte. Oder eine ganze Musikanlage. Jakob war sicher, dass Markus einen solchen Turm sein Eigen nennen konnte, der alles hatte. Radio, Plattenspieler und Kassettengerät. Vielleicht sogar mit zwei Kassettendecks. Das hatte er schon gesehen. Damit konnte man Musikstücke kopieren. Eine geniale Sache. Er hatte sich die Platte einpacken lassen und einen Geldschein aus seiner Hose geklaubt. Eine Langspielplatte war etwas Teures. Aber schließlich war es auch seine allererste Einladung, die er erhalten hatte. Es war der letzte Geldschein, den er aus seiner Pultschublade genommen hatte. Danach lagen nur noch ein paar Münzen drin, die zusammen keine Note mehr machten. Bei Weitem nicht.

Als er am Abend jenes Aprils zur Straße mit dem gelben Haus lief, unter seinem Arm die eingepackte Langspielplatte und spürte, dass er Angelika bald sehen würde, machte sein Herz einen kleinen Sprung. Seiner Mutter hatte er nicht gesagt, wo er hinging. Wahrscheinlich hatte sie nicht einmal bemerkt, dass er gegangen war.

Er stand vor dem Haus und zögerte plötzlich. Er wurde unsicher. Sein Herz fühlte sich von einem Moment auf den anderen nicht mehr leicht an. War es vielleicht doch ein Fehler gewesen, hierhergekommen zu sein? Wäre es besser für ihn, Jakob Morello, jetzt einfach weiterzugehen, am Ende der Straße abzubiegen und mit einem Umweg zu seiner Wohnung zurückzukehren? Die Treppe rauf, die Wohnungstür aufsperren und in seinem Zimmer verschwinden und darauf warten, irgendwann genügend Geld für einen Plattenspieler zu haben, um dann die gekaufte Musik selber zu hören?

Dann gab er sich einen Ruck und ging zur Haustür.

Er klingelte, und bald öffnete sich die Tür.

Birgit stand vor ihm.

„Du?"

Jakob nickte.

„Ist Markus hier?" Jakob versuchte einen Blick hinter Birgit zu werfen. Lachen drang an seine Ohren. Und Musik.

Birgit drehte den Kopf in das Hausinnere.

„Da will einer wissen, ob Markus zu Hause ist. Ist denn jemand solchen Namens in diesem ehrenwerten Haus?" Sie blickte wieder zu ihm. „Warte einen Moment."

Die Tür schloss sich.

Und öffnete sich sogleich wieder.

„Spaß, natürlich ist er da. Was ist denn das für eine Frage. Komm rein."

Jakob trat hinter Birgit in den großen, hellen Eingangsbereich. Wenn er an den engen Gang zu Hause dachte, in welchem man die Schuhe säuberlich hinstellen musste, wenn man nicht über sie stolpern wollte, durchfuhr es ihn kalt.

Es war doch ein Fehler gewesen, hierher zu kommen.

Von oben drangen noch mehr Stimmen an sein Ohr. Er glaubte, das Lachen Angelikas herauszuhören. Aber wahrscheinlich täuschte er sich. Birgit war verschwunden, und so ging er die paar Stufen hoch in Richtung Wohnzimmer. Von dort kamen die Partygeräusche. Musik, die er auch schon im Radio gehört hatte. Hier war sie allerdings ohne Rauschen zu hören. Ein Geruch, der ihn an Zigaretten erinnerte. Aber irgendwie war da noch was anderes. Süßlich. Ob die alle Drogen nahmen? Das konnte er sich nicht vorstellen. Nicht in diesem schönen Haus. Drogen waren etwas für die Umgebung eines Bahnhofs.

Er trat in den Eingang des Wohnzimmers. In der Mitte auf einem großen, dunkelbraunen, schweren Holztisch stand eine riesige Schüssel mit etwas, das ihn an eine Bowle erinnerte. Flaschen standen herum. Einige kannte er. Kannte er gut. Auf den Sofas verteilt saßen die Leute seiner Klasse und noch andere. Wahrscheinlich Freunde aus Markus früherer Schule. Alle lachten sie und redeten und tranken. Es standen wirklich mehrere Sofas herum, und trotzdem hatte Jakob das Gefühl, immer noch genügend Platz für was auch immer zu haben. Niemand schien ihn zu bemerken.

Markus saß auf einem großen Sessel. Neben sich zwei Mädchen, die er mit seinen braun gebrannten Armen an den Hüften umschlossen hielt. Helen und Marianne. Auch sie nahmen keine Notiz von ihm. So trat Jakob zu ihm an den Sessel.

„Hallo Markus. Alles Gute zum Geburtstag."

Markus blickte zu ihm hoch. Fragend.

„Du?"

„Ich habe dir ein Geschenk gekauft." Jakob hielt ihm die eingepackte LP hin. Markus nahm sie und gab sie einem der Mädchen. Sie sahen irgendwie gleich aus. Auch wenn die eine blond und die andere dunkelhaarig war. Trotzdem sahen sie sich sehr ähnlich. Vielleicht lag es an den Kleidern, die sie trugen. Oder aber an den beiden Gesichtsausdrücken, die sich immer anzugleichen schienen, sobald einer sich veränderte.

Markus drückte Marianne, der Blonden, das Geschenk in die Hand und befahl ihr mit einem Kopfnicken, es auf den Tisch vor sich zu legen. Sie tat es. Teilnahmslos. Helen drückte dem Geburtstagskind einen Kuss auf den Hals.

Markus blickte zu Jakob. „Und, was steht sonst noch an?"

Jakob schaute auf den kleinen Glastisch, auf welchem ein übervoller Aschenbecher lag. Komisch. Die Party hatte doch eben erst begonnen. Der Aschenbecher seiner Mutter war auch immer voll. Jener in der Küche und jener im Schlafzimmer. Sogar im Bad hatte es einen. Jakob leerte sie jeweils und achtete darauf, dass die Kippen nicht mehr glühten.

„Ach so, das Geschenk. Vielen Dank. War doch nicht nötig", sagte Markus und machte eine Bewegung mit dem Kopf. „Schau dich um und bediene dich. Kannst alles haben. Wie lange darfst du denn wegbleiben?"

„Was?" Jakob verstand nicht.

Markus lachte, und Helen und Marianne verzogen so wenig den Mund, dass es knapp noch wie ein Lächeln aussehen sollte.

„Das war ein Witz. Mensch, Jakob! Sei locker. Amüsiere dich. Aber entschuldige, wenn ich mich nicht weiter um dich kümmern kann."

Er drehte sich zuerst zu Marianne und küsste sie, und dann drehte er sich zu Helen und küsste auch sie. Jakob drehte sich um und ging zum braunen Tisch.

„Hallo, Jacky. Willst du Sangria? Schmeckt höllisch, sag ich dir." Nadja stand hinter ihm und hielt ihm einen Becher entgegen.

Jakob schüttelte den Kopf. „Ein Wasser reicht mir, danke."

Nadja lachte laut auf, und einen Moment lang wurde es still im Wohnzimmer. Die Köpfe drehten sich.

Nicht zu Jakob.

Zu Nadja.

„Unser Jackyboy will ein Wasser! Vielleicht noch ein bisschen Milch für den Milchbubi?"

Sie lachte und ging davon. Die Stimmen wurden wieder lauter und mischten sich. Durch die Stimmen hindurch drang Falcos Kommissar.

Er hätte nicht herkommen sollen. Das war ein Fehler gewesen. Er hätte auf sein Bauchgefühl hören sollen und einfach am gelben Haus vorbeigehen sollen. Das wusste er nun. Nadja, die sein Geld hatte, sein gesamtes Erspartes und so tat, als hätte sie nichts getan. Sie verhöhnte ihn. Aber nur so lange, wie es ihr gerade passte.

Er blickte sich um. Irgendwo musste das Klo sein. Niemand schien ihn zu beachten. Er ging die Treppe hoch und staunte, dass auch im oberen Bereich Platz war, als würde man nochmals ein Zimmer einrichten wollen. Über eine weiß gestrichene Holzgalerie sah er nach unten. Markus widmete sich seinen Mädchen, als Andreas zu ihm trat. Wahrscheinlich war er eben gekommen. Markus sprang auf und begrüßte ihn herzlich, indem er ihm auf die Schultern klopfte. Andreas streckte ihm ein Geschenk in die Hand, und Markus öffnete es. Er schien sich zu freuen, denn voller Freude zeigte er es Helen und Marianne, die sogleich aufgestanden waren und Andreas anlachten. So wie Markus. Er gab ihm die Hand und bedankte sich, und die beiden Mädchen drückten Küsschen auf Andreas' Wangen.

Vom Sofa hörte er Christine. „Hallo, Andreas. Toll, bist du hier. Komm her. Hier gibt's was zu rauchen."

Jakob drehte sich weg und suchte das Badezimmer. Verrückt. Es hatte nochmals eine kleine Treppe mit etwa acht Stufen. Die ging er hoch. Er wusste, dass es wahrscheinlich auch unten eine Toilette hatte. Aber die Neugier siegte.

Er war noch nie in einem Haus wie diesem gewesen. Noch nie. Vor ihm war eine Tür. Halb offen. Vielleicht war das Markus' Zimmer. Vielleicht war da drinnen die große Musikanlage, von der er selber nur träumen konnte. Er trat näher ran und gab der Tür unauffällig einen kleinen Stoß. Sie öffnete sich wenige Zentimeter weit. Genug, um zu sehen, dass Angelika im Bett lag. Auf sich einen Jungen. Beide nackt. Der glatte Po des Jungen bewegte sich rhythmisch über Angelika, und sie stöhnte leise auf.

Jakobs Herz begann zu rasen. Da lag Angelika unter einem Jungen. Seine Angelika. Er wollte schreien. Ihn fortreißen und über das weiße Geländer direkt in die Sangriaschüssel schleudern. Aber er tat nichts. Er schaute ihnen zu. Ohne Hemmungen. Von Zeit zu Zeit blickte er hinter sich. Niemand war da.

Dann drehten sich die beiden auf dem Bett. Jetzt konnte Jakob sehen, wer der Junge war. Thomas. Thomas, der doch eigentlich mit Christine zusammen war. Mit Christine, die unten auf dem Sofa saß und mit Andreas etwas rauchte. Ihm wurde schlecht.

Er trat zurück und ging die Treppe runter. Als er vor dem braunen Tisch stand, überlegte er kurz, ob er nicht doch einen Becher des höllischen Getränks nehmen sollte. Er entschied sich dagegen. Er wusste, wie höllisch es werden konnte. Er schaute um sich. Wie in Trance tönten die Gespräche und die Musik um ihn herum dumpf. Dumpf die Töne und dumpf auch die Farben. Die Farben der Kleider der Leute verschwammen. Er taumelte und hielt sich am Tisch fest. Wo war die Haustür?

Langsam drehte er sich und ging auf den Ausgang zu.

Als er bei der Tür war, packte ihn jemand an der Schulter.

„Hey, du gehst schon?"

Markus stand hinter ihm. Jakob nickte. Markus streckte ihm etwas entgegen. „Hier, dein Geschenk. Tut mir leid, aber die habe ich bereits. Mein Vater hat sie mir aus England gebracht, als sie hier noch nicht erhältlich war. Alan Parsons Project. Eye in the Sky. Wusste gar nicht, dass du einen so guten Musikgeschmack hast."

Jakob griff die LP. Er verstand nicht.

„Wusstest du eigentlich, dass mit diesem Auge die Überwachungskameras gemeint sind? Vom Militär und so. Es ist überall, dieses Auge. Also pass gut auf." Markus klopfte ihm kurz auf die Schulter und schob den verdutzten Jakob nach draußen.

Dort blieb er eine Minute stehen und versuchte das Erlebte zu ordnen. Es gelang ihm nicht. Er ging nicht auf direktem Weg nach Hause. Er brauchte Zeit. Zeit zu ordnen, was er alles gesehen und erlebt hatte. Zeit, sich die Frage zu stellen, weshalb er nicht einfach zu Hause geblieben war. Wieso hatte er nur diese LP gekauft? Weshalb war er überhaupt zu dieser Party gegangen? Was war bloß in Angelika gefahren? Und in Thomas? Der hatte ja Nerven. Unten sitzt Christine …

Und Nadja. Irgendwann würde er ihr den Hals umdrehen, bis sie zugeben würde, dass sie sein Geld hatte. Geblieben waren ihm nur noch ein paar Münzen. Nicht einmal mehr für einen Bananensplit für Angelika würde es reichen. Aber dafür war es sowieso zu spät. Sie hatte jetzt Thomas. Der würde ihr alles kaufen, was sie wollte. Der würde ihr alles geben, was sie verlangte. Im wahrsten Sinn des Wortes.

Das alles lag nun bereits einige Monate zurück. Mit Angelika hatte er sich seit damals nicht mehr getroffen, auch wenn sie ihm immer wieder beteuerte, nicht zu verstehen, was denn der Grund dafür sei. Er wusste nicht mehr, was er ihr gesagt hatte. Aber es war mit Sicherheit nicht die Wahrheit gewesen.

Eingeladen hatte er sie für heute trotzdem. Alle hatte er sie zu seinem zwanzigsten Geburtstag eingeladen. Jede Karte, die er geschrieben hatte, hatte er in die verschiedenen Briefkästen geworfen, um kein Geld für teure Briefmarken ausgeben zu müssen. Ja, er hatte Einladungen geschrieben. So, wie es sich doch eigentlich gehörte. Es würde noch einige Stunden dauern, bis es 18.00 Uhr war. Er hatte genügend Zeit, alles vorzubereiten, und irgendwie spürte er etwas in seinem Innern, das sich wie Freude anfühlte.

Irgendwie.

In der Schule hatten sie ihm bestätigt, dass sie kommen würden. Einige hatten sich gewundert, andere waren sehr überrascht. Aber eine Party ließ man sich nicht entgehen. Immer wenn man sich Gratisgetränke erhoffte, nahm man gerne an Partys teil. So schien das zu laufen. Und anscheinend schien es dann auch keine Rolle zu spielen, wer der Gastgeber war.

Jakob musste an die Geldbörse seiner Mutter kommen, um all die restlichen Dinge einzukaufen, die für den Abend wichtig waren. Flüssiges hatte es allerdings genug. Seiner Mutter sei Dank.

Jakob lächelte bitter und sah, wie es draußen immer heller wurde. Am Mittag hatte er noch ein Treffen mit seinem Paten in der Stadt. Der würde ihm wieder eine 50er-Note in die Hand drücken wie jedes Jahr und dabei lächeln und sagen, dass er das doch am besten brauchen könne.

7.18 Uhr.

Jakob hatte genügend Zeit, alles zu erledigen, was zu erledigen war.

3

17.11 Uhr.

Er hatte alles, was er brauchte. Diese Party würde anders werden als jene bei Markus. Mit Sicherheit würde sie anders werden als alle Partys, die die Leute, die von ihm eine Einladung erhalten hatten, jemals erlebt hatten. Und dass sie schon viele erlebt hatten, davon war Jakob überzeugt. Seine Mutter war weg. Gott sei Dank. Sie hatte gesagt, dass sie erst am anderen Tag wieder nach Hause kommen würde. Wo sie hinging, hatte sie nicht gesagt. Und Jakob hatte nicht gefragt. Er war froh, dass er sie nicht bitten musste, die Wohnung zu verlassen. Denn dass sie am Fest dabei wäre, war keine Option gewesen. Deshalb war er erleichtert gewesen, als sie ihm eröffnet hatte, den Abend und die Nacht wo auch immer zu verbringen. Seine Mutter hatte wohl gar nicht gewusst, dass heute eigentlich ein Tag war, an den sie sich erinnern sollte. An den sich eine Mutter immer erinnern sollte. Der Tag seiner Geburt. Wahrscheinlich hatte seine Mutter gar nicht daran gedacht, dass er einen runden Geburtstag feierte. Den Ersten, der die Bezeichnung rund überhaupt verdiente.

Jakob saß am Tisch in der Küche und wartete. Er hatte alles so hergerichtet, wie er es sich vorgestellt hatte. Jetzt hieß es nur noch warten.

Er lächelte. Lächelte still vor sich hin. Sein Pate hatte ihm wie erwartet Geld gegeben. Eine 50er-Note? Nein. Das Doppelte. Das hingegen hatte Jakob nicht erwartet und sich herzlich dafür bedankt. Sie hatten in einem Café gesessen, und er hatte sich nach Jakobs Befinden erkundigt. Wie immer hatte Jakob geantwortet, dass es okay sei. Als er ihm dann das Geld in die Hand gedrückt und gesagt hatte „Weißt du, Jakob, es ist doch ein Runder. Den muss man gehörig feiern, und Geld kannst du doch sicher am besten gebrauchen. Nicht wahr?", hatte Jakob genickt. Natürlich hatte er genickt. So müsste er nicht an die Geldbörse seiner Mutter. Hundert Franken würden reichen. Locker würden sie reichen für das, was er vorhatte.

17.14 Uhr.
Die Zeit verging sehr langsam, fand Jakob. Ob sie in seinem Leben immer so langsam vergehen würde? Jakob hoffte es nicht. Ob sie überhaupt kommen werden? Sicher konnte er natürlich erst sein, wenn das schrille Klingeln der Wohnungstür ihn aufschreckte. Plötzlich war er sicher, dass er alles vergeblich eingerichtet hatte. Er würde diesen Abend wohl so verbringen wie die anderen Geburtstagsabende zuvor. Aber vielleicht würde es heute doch anders werden. Vielleicht würde jemand kommen. Sicher wusste er dies erst, wenn es 18.00 Uhr war. Er war vorbereitet, das was die Hauptsache. In den großen Krug hatte er den Inhalt verschiedener Flaschen reingekippt, von denen er wusste, dass sie zusammen einen tollen Mix ergaben. Pfirsichstücke hat-

te er beigegeben und noch anderes. Die Bowle stand nun bereits seit mehr als zwei Stunden im Kühlschrank. In zwei Flaschen hatte er noch Nachschub geleert. Es sollte genug für alle haben. Er hatte alle Gläser, die er im Küchenschrank finden konnte, auf den Tisch gestellt. Verschieden hoch. Verschieden dick. Für alle Arten von Getränken gedacht. Daneben auch noch Becher, weil es vielleicht zu wenig Gläser waren. Es war ihm wichtig, dass alle etwas zu trinken erhielten. Chips hatte er gekauft und in eine große Schüssel geleert und Nüsse. Mehr hatte er nicht. Mehr brauchte es auch nicht. Vor zwei Wochen hatte er sich noch vieles andere vorgestellt, was er kaufen wollte. Dünnes Brot mit Lachs oder Fleisch. So dünn geschnitten, dass man die Sonne hätte durchscheinen sehen können. Tomaten, Gurken. Gesundes Zeug eben. Aber dann hatte er sich umentschieden. Dass es so weit gekommen war, war die Schuld seiner Mutter.

Einige Abende zuvor, als sie eben im Begriff war, auf die Straße zu gehen, drehte sie sich um und rief in die Küche, in der Jakob am Tisch saß und ein Glas Milch trank: „Was machst du eigentlich am 24.?" Jakob wusste nicht, ob sie damit seinen Geburtstag meinte oder einfach so fragte. Ihr Kopf erschien im Küchenrahmen.

„Nun?"

Jakob hob die Schultern. „Weiß nicht. Hab ein paar Freunde eingeladen."

Seine Mutter begann laut aufzulachen. „Freunde? Ist das jetzt dein Ernst? Du meinst die Freunde, die dich in den vergangenen Jahren nur gepiesackt haben? Meinst du diese Freunde?"

„Und wenn? Was kümmert es dich?"

„Was es mich kümmert? Hast du denn eine Ahnung, was das für eine Schweinerei geben wird, und dass ich dann nur wieder hinter dir herräumen muss? Den ganzen Dreck?"

„Musst du nicht gehen?" Jakob war nicht in der Stimmung für einen Streit. Er hätte aufführen können, dass er es war, der hinter ihr herräumte und sicher nicht umgekehrt. Aber es war besser, ruhig zu bleiben und keine Diskussion auszulösen. Sollte sie in ihrem Glauben bleiben, bevor es eskalierte. Klar. Angerührt hatte sie ihn nicht mehr, seit er sechzehn war. Wahrscheinlich hatte sie Angst, dass er zurückschlagen würde. Viel schlimmer als alle Schläge dieser Welt war die Verachtung in ihrer Stimme. Ihr Lachen, das so abwertend war, dass er auch mit zwanzig lieber eine Faust mitten ins Gesicht erhalten hätte. Die Verachtung in ihrer Stimme und die Enttäuschung in ihren Augen, einen missratenen Sohn vor sich zu sehen. Das war schlimm. Das war richtig schlimm.

„Ach, viel muss ich eh nicht aufräumen. Wird ja niemand kommen. Freunde. Pha!"

Nachdem sie mit lautem Lachen die Wohnung verlassen hatte und Jakob hörte, wie die Tür ins Schloss gefallen war, spürte er dieselbe Verachtung seiner Mutter gegenüber. Sie hatte kein Recht, ihn so anzusehen. Sie hatte kein Recht, ihn abzuwerten. Nicht sie, die es seit einigen Jahren nicht einmal mehr schaffte, Männer in die Wohnung zu kriegen. Nicht seine Mutter, die nur noch Geld nach Hause brachte, wenn ein Auto vor ihr stoppte und sie einsteigen ließ, um auf einen dunklen Parkplatz gefahren und eine Viertelstunde später wieder rausgeworfen zu werden. Er verachtete sie zutiefst und würde mit keiner Wimper zucken, wenn ein solcher Rauswurf aus einem fahrenden Auto geschehen würde.

Nichts!

Nichts hatte sie aus ihrem Leben gemacht und für ihren Absturz stets und ausschließlich ihre Umwelt verantwortlich gemacht. Dass diese Umwelt vor allem aus Jakob bestand, hatte er schon als kleiner Junge erfahren müssen.

Sie war gegangen und hatte ihn allein in der Küche zurückgelassen. Die nächsten Stunden würde er allein sein und darauf warten, dass sie nach Hause zurückkehrte. Sturzbetrunken wie meistens. Er schaute auf sein Glas, das noch halb mit Milch gefüllt war. Weiß und rein. So rein, dass er auf einmal erkannte, dass er die Organisation seines Geburtstagsfestes überdenken musste. Etwas, das seine Mutter gesagt hatte, hatte ihn direkt an einem Ort getroffen, den er nicht näher definieren konnte. Es war nicht das Herz. Es war etwas anderes. Etwas, das nicht wehtat, sondern ihm Tür und Tor für Neues öffnete und ihm eine reine weiße Sicht auf alles gab.

Sie, die dich immer gepiesackt haben!

Gepiesackt. Was für ein Wort. Und das aus dem Mund seiner lallenden Mutter, die diesen wohl gerade mit etwas anderem füllte. Er schüttelte sich. Aber sie hatte recht. Sie wusste wahrscheinlich gar nicht, wie recht sie hatte. Er hatte nicht auf die Fresse bekommen. Man hat ihn nicht zusammengeschlagen und irgendwo liegen lassen. Das hatte nur seine Mutter getan.

Die Leute seiner Klasse hatten ihn gepiesackt.

Mit ihrer Ignoranz hatten sie immer wieder dafür gesorgt, dass er mit kleinen Stichen verletzt wurde. Hauchdünne Stiche, beinahe unabsichtlich.

Nicht wahrgenommen zu werden, hatte ihm einen Stich versetzt.

Auf eine Frage keine Antwort zu erhalten, hatte ihn verletzt.

Einen Raum zu betreten und zu realisieren, dass ihm niemand Platz machte, damit er sich auch an den Tisch setzen konnte, hatte ihm bestätigt, wie wertlos er war und wie recht seine Mutter wohl hatte.

Eine Einladung nach Venedig zu erhalten und allein am Bahnhof zu stehen, hatte ihm gezeigt, wie schmerzhaft ein wirklicher Stich sein kann.

Für teures Geld ein Geschenk zu kaufen und zu sehen, dass es nicht mal ausgepackt wird, hatte ihm das Bild seiner Unsichtbarkeit in den blassesten Farben gemalt. Mitzuerleben, wie ein anderes Geschenk sofort und mit großem Dank ausgepackt wurde, hatte ihm seinen wahren Stand in der Gesellschaft aufgezeigt.

Zu sehen, dass seine geliebte Angelika mit einem anderen Jungen im Bett lag, hatte ihm buchstäblich eine blutige Wunde in seine geschundene Seele gerissen, welche bis jetzt noch nicht verheilt war. Das war ein Angriff ins Innerste seines Selbst gewesen.

Das Gefühl, das sich an jenem Abend in der Küche ausgebreitet hatte, war kein Schmerz. Auch wenn er allen Grund gehabt hätte, diesen zu empfinden. Wie ein Film liefen alle diese kleinen und großen Verletzungen in seinem Innern ab, und irgendwo in den hintersten Gefilden seines Verstandes wurde plötzlich alles klar und rein und weiß wie die Milch in seinem Glas. Beinahe glaubte er, dass das Licht der Neonröhre die Milch noch stärker zum Leuchten brachte. Wie eine Wahrsagerin, die im Kaffeesatz las, betrachtete er das runde Weiß vor ihm, und in wenigen Sekunden war ihm klar, dass er für sein Geburtstagsfest nicht viel Geld brauchen würde. Und trotzdem sollte es eine Party wie keine andere werden.

17.58 Uhr.
Jetzt würde es dann losgehen.

Jakob staunte, dass er überhaupt nicht unruhig wurde. Er wusste, was geschehen würde, wenn seine Gäste kamen. Er war bereit. Er spürte gleichzeitig, dass es ihn nicht kümmern würde, wenn sie nicht kamen. Es war ihm gleichgültig. Okay. Beinahe gleichgültig. Insgeheim hoffte er natürlich, dass sie kommen würden. Sonst wären seine Vorbereitungen für die Katz gewesen. Aber sonst …

17.59 Uhr.
Alles blieb ruhig. Das überraschte ihn nicht. Es war ja auch noch nicht 18.00 Uhr, und Pünktlichkeit kümmerte seine Generation wenig.

Jakob hatte Durst. Er stand auf und wollte sich ein Glas Wasser holen, bemerkte aber, dass alle Gläser im Wohnzimmer waren. Er öffnete den Kühlschrank und nahm den Krug mit der Bowle raus, ging ins Wohnzimmer und stellte ihn neben die Gläser und Becher.

18.02 Uhr.
Ruhig blickte er auf die dunkle Flüssigkeit mit den Pfirsichstücken, ging zurück in die Küche und ließ das Wasser laufen, bis es kälter wurde. Dann füllte er den Becher, den er vom Wohnzimmer mitgenommen hatte. Er setzte den Becher an den Mund und nahm einen großen Schluck.

18.04 Uhr.
Die Wohnungsklingel schrillte. Er drehte sich um und stützte sich auf der Anrichte ab.

Also würde es so laufen, wie er es sich vorgestellt hatte. Seine Mutter würde staunen. Erneut nahm er einen Schluck aus seinem Becher, und wieder klingelte es. Er stellte den Becher auf den Küchentisch und ging langsam durch den schmalen Gang zur Wohnungstür. Nun schrillte es zweimal hintereinander. Es tat weh in den Ohren, und trotzdem war es für Jakob heute ein tolles Geräusch. Es war nicht der Postbote, und es waren nicht die Besucher seiner Mutter. Es waren seine Gäste, für die er eine Party organisiert hatte, die sie niemals vergessen würden. Ein Fest, das in seinen Gedanken erst vor wenigen Tagen angefangen hatte, Gestalt anzunehmen. Ein Mittel, das helfen würde, die Stiche weniger zu spüren und nicht mehr länger gepiesackt zu werden.

Es war 18.05, als er die Tür zu seiner Wohnung öffnete und die ersten Gäste einließ.

4

Kurze Zeit später waren sie alle in seinem Wohnzimmer versammelt. Jakob staunte, dass niemand eine Bemerkung zur Größe machte. Einige setzten sich auf die Stühle, Christine und Thomas auf die Fensterbank. Markus und einige andere auf den Boden. Alle hatten sie ein Glas oder einen Becher gefüllt mit der Bowle in der Hand und redeten und lachten. Aus dem kleinen Transistorradio tönte Musik, die jedoch kaum zu hören war. Jakob hätte viel für eine Musikanlage gegeben. Trotzdem schien es, als ob sich alle amüsierten. Er sah, wie Nadja laut auflachte und ihr Glas gegen jene von Marianne und Helen stieß. Jakob ging in die Küche und holte eine Flasche der Bowle, um den Krug neu aufzufüllen. Eine weitere war noch im Kühlschrank. Seine Bowle schien gut anzukommen. Jakob freute sich darüber. Es war das erste Mal, dass er eine Bowle zubereitet hatte.

„Hast du irgendetwas wie kleine Löffelchen? Diese schlüpfrigen Teilchen wollen einfach nicht raus." Markus lachte und wies auf seinen Becher.

Patrick rief ihm zu: „Halt doch das Glas an deinen Mund und kipp das Zeug in dich rein." Alle lachten, und Nadja trat von hinten an Patrick heran und umschlang dessen Hüfte. „Du bist mein Held! Hast immer für alles eine Lösung, was?"

Er lachte, drehte sich um und gab ihr einen leidenschaftlichen Kuss.

18.30 Uhr.
Es klingelte.

Birgit, die der Tür am nächsten war, öffnete sie. Jakob musste grinsen. Sie hatte auch bei Markus die Tür aufgemacht. Anscheinend war sie dazu ausersehen, den Leuten Einlass zu gewähren oder eben nicht. Angelika kam rein. Kurz stockte ihm der Atem. Aber nur kurz. Sie ging ihn nichts mehr an. Instinktiv blickte er zu Thomas und stellte sich seinen nackten Hintern vor. Nein. Er war wirklich fertig mit diesem Thema.

„Hier, für dich!" Vor ihm stand Angelika. Sie trug wieder ihren roten Hosenanzug, und Jakob war davon überzeugt, dass sie diesen ganz bewusst angezogen hatte. Er nahm das kleine Geschenk entgegen, bedankte sich und legte es zu den anderen in der Küche auf den Tisch. Angelika folgte ihm und blieb auf der Schwelle stehen.

„Willst du es nicht öffnen?"

„Nein, das mach ich später. Jetzt wollen wir ins Wohnzimmer gehen. Dort hat's Bowle. Die habe ich selbst gemacht, und die anderen scheinen sie zu mögen." Jakob schlüpfte an ihr vorbei, und nacheinander betraten sie das Wohnzimmer.

„Da bist du ja. Dachte schon, du kommst nicht." Nadja trat zu ihr hin und umarmte sie. Angelika ging reihum und gab allen drei Küsschen. Beinahe glaubte Jakob, dass sie bei Thomas länger stehen blieb. Birgit drückte ihr einen vollen Becher Bowle in die Hand. Angelika blickte sich um und hob den Becher in Richtung Jakob.

„Danke", formte sie mit ihren Lippen, und Jakob hob seinen Becher Wasser. Draußen klingelte es erneut, und Jakob war an der Tür. Andreas stand vor ihm. In der linken Hand hielt er ein Geschenk und in der rechten einen Musikrecorder.

„Du hast doch mal erwähnt, dass du zu Hause nur Radio hören kannst. Da dachte ich, ich bring' was mit, das Stimmung macht. Die Kassetten habe ich hier." Er hob die Arme, und Jakob sah, wie sich die Innentaschen seiner Jeansjacke ausdehnten. Er trat zur Seite und ließ Andreas ein. „Im Wohnzimmer rechts hat es eine Steckdose. Fühl dich wie zu Hause." Jakob schloss die Wohnungstür und bemerkte gerade noch, wie sich die Tür zu Frau Mannharts Wohnung unmittelbar zuvor geschlossen hatte.

Ja, Frau Mannhart. Jetzt kommt Leben in die Bude. Leben, das nicht aus Schreien und Schlägen besteht. Musik, Frau Mannhart. Richtig gute Musik!

Ohne, dass man ihn hören konnte formten seine Lippen diese Sätze, und gerne hätte er sie der Nachbarin direkt gesagt. In die Stille des Treppenhauses gerufen.

Er ging zurück ins Wohnzimmer und hörte bereits erste Töne aus der Musikanlage von Andreas. Der Krug war erneut beinahe leer. Er holte die dritte Flasche und füllte ihn zum letzten Mal. Rund um ihn herum nahm alles seinen Lauf. Sie redeten und lachten, bewegten sich zur Musik. Nadja und Patrick hielten sich eng umschlungen und tanzten. Das heißt, sie bewegten sich langsam zur Musik, als wenn sie aus nur einem Körper bestehen würden. In der Hand hinter Patricks Rücken hielt Nadja ihr Glas. Sie hielt die Augen geschlossen. Patrick schaute in die Runde, wie wenn er sich vergewissern wollte, dass auch jeder mitbekam, dass er der Prinz war, der mit der Prinzessin tanzte. Jakob nahm einen Schluck aus seinem Becher.

Wasser. Noch reiner als die Milch, die er Tage zuvor getrunken hatte.

Es war eine gute Stimmung hier im Wohnzimmer. Das musste er zugeben. Eine solche Stimmung hatte er eigentlich bei sich zu Hause noch nie erlebt. Einmal mehr war er froh, dass seine Mutter nicht da war. Sie hätte alles zerstört. Sie hätte ihn in einem Krug aus Peinlichkeit und Abwertung baden lassen. Es war gut, dass sie nicht hier war.

Er ging in die Küche und füllte sich erneut seinen Becher mit Wasser. Er war heute so durstig wie sonst nie. Vielleicht wollte er auch einfach etwas in der Hand haben. Es gab ihm Halt. Eine Aufgabe. Wie das Auffüllen des Kruges, der sich erneut mehr und mehr leerte, als scheine er nicht zu wissen, dass es keinen Nachschub geben würde.

Plötzlich hörte er ein Klirren und einen Schrei. Unruhe.

Er blickte auf die Uhr.

20.45 Uhr.
Es hatte länger gedauert, als er erwartet hatte. Aber er hatte gewusst, dass es geschehen würde. Schnell trat er ins Wohnzimmer. Nadja hielt sich den Bauch. Auf dem Boden die Scherben des zersprungenen Glases. Patrick versuchte sie zu stützen. Plötzlich krümmte er sich und übergab sich direkt vor seine Füße. Helen und Marianne sprangen auf und begannen hysterisch zu schreien. Christine, die in den Armen von Thomas lag, hatte die Augen schreckensweit offen. Jakob konnte Thomas aschfahles Gesicht sehen. Er wollte aufstehen. Christine ließ dies nicht zu, und so leerte er seinen Magen über sie aus, was dazu führte, dass Christine aufsprang und in einem Anflug des Ekels aufschrie. Nur kurz. Denn der Schrei wurde von der Kotze erstickt, die aus ihrem Mund floss. Auch Helen und Marianne schrien nicht mehr. Beide hielten sich seitlich an den Schultern und versuchten sich gegen die Krämpfe zu wehren. Vergeblich.

Überall im Wohnzimmer verbreitete sich ein scharfer Geruch der unterschiedlichsten Mageninhalte mit einer gemeinsamen Komponente. Nur Andreas, der zuletzt Gekommene, schien noch einigermaßen beieinander zu sein. Er und Angelika. Er stand auf und nahm seine Musikanlage.

„Kommt, wir gehen!"

Angelika trat zu ihm und nickte. Auch ihr war es nicht mehr wohl. Die anderen rappelten sich auf. Und torkelten unter Schmerzen und mit der Angst, sich erneut übergeben zu müssen, Richtung Andreas. Dort stand Jakob und versperrte allen den Durchgang.

„Geht's euch gut? Fühlt ihr euch wohl? Ich hoffe es. Denn schließlich ist es meine Geburtstagsparty. Will jemand noch etwas trinken? Es hat noch ein wenig übrig."

Sie blickten ihn an. Alle blickten ihn an. Alle. Nadja und Patrick. Marianne und Helen und auch Birgit. Thomas. Christine. Markus und alle anderen. Sie blickten ihn ausdruckslos an. Aber sie blickten ihn an. Die Augen leer. Wie die Gesichter der Untoten, die er auf einem Filmplakat gesehen hatte. Nur Andreas und Angelika hatten noch etwas anderes in ihrem Blick. Entsetzen und Unglaube.

Angelika fasste ihn an der Schulter. „Du? Die Bowle? Bist du verrückt? Weshalb denn?" Sie drehte sich ab und übergab sich auf die weißen Turnschuhe von Andreas. Instinktiv zog dieser die Füße weg, aber es war zu spät.

Jakob lächelte. Er wusste, dass man die Schuhe waschen konnte. Er ließ den Durchgang frei, und alle gingen an ihm vorbei. Niemand nahm mehr Notiz von ihm.

Ohne Lachen in der Stimme rief er ihnen nach: „Es wird euch bald wieder besser gehen. Sicher übermorgen. Kommt ganz darauf an, wie viel ihr von der Bowle genommen habt."

Während sie das Treppenhaus runtergingen, trat er raus und rief hinunter: „Und vielen Dank für die Geschenke und dass ihr gekommen seid." Er blickte nach unten und sah, wie keiner der Köpfe sich zu ihm hochdrehte. Mit einer Ausnahme. Andreas' Augen konnte er sehen. Kurz blickte er zu ihm hoch.

Wütend. Verächtlich. Und dann trat etwas in diese Augen, das die anderen bereits hatten. Unglaube. Und die Hoffnung, den Mageninhalt nicht auf den Boden leeren zu müssen. Die Hoffnung von Andreas blieb unerfüllt. Er kotzte vor die Tür und blickte nicht mehr zu ihm hoch. Jakob drehte sich um und wollte wieder in seine Wohnung zurück, als sich die Tür von Frau Mannharts Wohnung öffnete.

„Guten Abend, Frau Mannhart. Es wird jetzt wieder ruhiger. Danke für Ihr Verständnis. Wollen Sie vielleicht ein wenig Bowle? Ich habe sie selbst gemacht."

Die Tür schloss sich wieder. Jakob hob die Schultern und schloss die Tür. Als er noch ein kleiner Junge gewesen war, war die Nachbarin viel netter gewesen. Was soll's. Er brauchte keine Nachbarin, die ihm verständnisvoll einen Keks zuschob. Er war nun zwanzig Jahre alt.

Als er eine Viertelstunde später in seinem Wohnzimmer auf den Knien war und den Boden sauber machte, wusste er zwei Dinge: Erstens blieb er dabei, sich nichts aus Geburtstagen zu machen, egal wie die Getränke waren – und zweitens, dass es ihn in einen Zustand innerer Erregung versetzt hatte, als ihn im Wohnzimmer alle angesehen hatten.

3. Oktober 2013
23.03 Uhr

1

Jakob Morello sass zu Hause in seiner Küche, wie am Morgen desselben Tages, als er sich um die Milch beziehungsweise den Kaffee seine Gedanken gemacht hatte und dabei in die Vergangenheit abgerutscht war. Das war schon früh eine Angewohnheit von ihm gewesen: irgendeine Begebenheit, ein Wort, ein Zusammenspiel von Farben oder Geräuschen oder auch bloß ein Gedanke. Es veranlasste ihn zurückzublicken. Auf irgendetwas von früher. Eigentlich war es aber keine Angewohnheit.

Eine Angewohnheit geschah aufgrund einer Entscheidung, aufgrund des eigenen Willens. Man gewöhnt sich an, mit geradem Rücken am Tisch zu sitzen. Oder man gewöhnt sich an, zuerst Positives zu sagen, bevor man eine Kritik ausübt. Oder man gewöhnt sich auch etwas ab: das Rauchen, das Trinken oder was auch immer. Da ist der Wille jedoch meist schwächer. Aber trotzdem geschieht es über den Verstand. Man entscheidet sich für oder gegen etwas, das man in Zukunft so oder so halten wollte.

Er hatte sich als Neunjähriger dazu entschieden, die Klobrille aufzuklappen, wenn er pinkelte. Das war seine Entscheidung gewesen. Wenn ihm seine Mutter auch sehr dabei geholfen hatte, die Entscheidung schnell zu treffen.

Er war damals in der Nacht aufgewacht und musste aufs Klo. Er taumelte schlaftrunken durch den Gang und machte nicht einmal Licht. Schließlich wusste er, wo sich das Klo befand, und so groß, dass man sich darin verlaufen konnte, war das Badezimmer dann doch nicht. Bei Weitem nicht. Er stand da und leerte seine Blase, als plötzlich alles hell wurde. Seine Mutter stand im Rahmen der Badezimmertür und schaute ihn böse an. Er wusste überhaupt nicht, weshalb sie ihn so böse anschaute. Er hatte doch extra kein Licht gemacht und war auch ganz leise gewesen. Sie zerrte ihn vom Klo und drückte ihn auf die Knie.

„Siehst du? Siehst du es?"

Jakob sperrte seine Augen auf und konnte nicht sehen, was seine Mutter meinte.

„Überall deine Pisse. Riechst du sie?" Sie packte ihn am Nacken und drückte ihn gegen die Kloschüssel.

„Riechst du sie? Deine Pisse? Ich kann sie riechen. Ich kann sie überall riechen." Die Stimme seiner Mutter überschlug sich, und mit einem Mal spürte er, dass er nasse Haare hatte. Sie hatte ihm den Kopf ins Wasser des Klos getaucht.

„Wie oft habe ich dir gesagt, du sollst die Brille hochheben. Habe ich dir das nicht schon oft gesagt?"

Er versuchte sich zu seiner Mutter zu drehen. Die Faust im Nacken hinderte ihn daran. So blieb ihm nur die Möglichkeit zu nicken. Und auch das gelang ihm nur mehr schlecht als recht.

„Und du wirst das von nun an machen, klar? Du wirst diese verdammte Brille hochheben, ja?"

Wieder nickte er.

Ein letztes Mal spürte er, wie seine Stirn ins Wasser getaucht wurde, und schal nahm er den komischen Geruch seines Urins wahr. Das war seine Pisse, wie Mami sagte. Stinkt wirklich. Aber Jakob weinte nicht. Und er rümpfte auch nicht die Nase. Er würde sich nachher abtrocknen und ins Bett gehen und schlafen. Jakob war müde und verstand nicht, weshalb seine Mutter so laut war.

Die Faust löste sich, und Jakob stand auf.

Seine Mutter ging zurück und blieb im Türrahmen stehen.

Wie ein Gespenst sieht sie aus, dachte Jakob.

„Mami, es tut mir leid. Aber ich verstehe nicht, weshalb du so böse bist. Ich trage doch gar keine Brille."

Wutentbrannt kam seine Mutter auf ihn zu und schlug ihm mit der Hand mitten ins Gesicht. Der kleine Jakob fiel zur Seite und schlug mit dem Kopf an das Lavabo, bevor er regungslos auf den Fliesen liegenblieb.

Er wachte erst am frühen Morgen auf. Sein Kopf schmerzte, und an seiner Stirn hatte er eine Platzwunde. Das Blut war bereits eingetrocknet. Er war aufgestanden, hatte in den Spiegel geschaut und den Wasserhahn angestellt. Er verstand immer noch nicht, weshalb seine Mutter so wütend gewesen war. Aber er nahm sich vor, alle Brillen, die er fand, auch jene im Klo, immer aufzuheben. Auch wenn er sie nicht sehen konnte und alles Suchen nichts half.

Heute, mit beinahe fünfzig Jahren, musste Jakob Morello bitter lächeln, wenn er an jenen Abend dachte. Er erinnerte sich noch, wie er sich umgesehen hatte auf der Suche nach einer Brille und keine gefunden hatte. Zum Glück. Er hatte am Morgen danach den Kopf unter das Wasser im Lavabo gehalten und zugesehen, wie das Blut hellrot im Abfluss verschwand. Jakob hatte gelernt, dass man vieles abwaschen konnte und später dann auch erfahren, was es mit einer Klobrille auf sich hatte.

Ja, Jakob Morello hatte sich damals entschieden, immer dafür zu sorgen, die Brille des Klos hochzuheben. Wieder musste er grinsen, wenn er daran dachte, dass er auch heute nicht im Stehen pinkelte. Schon lange hatte er sich dagegen entschieden.

Jakob hob das Glas Wasser, das er vor sich hatte, und nahm einen Schluck. Er stand auf und spürte dabei, dass er den ganzen Tag vor dem PC gesessen hatte. Er streckte sich und trat ans Fenster.

Dunkelheit. Nur wenig Licht von einer Straßenlaterne, die ihre Umgebung nicht wirklich erhellte. Viel mehr tauchte sie alles in eine unheimliche, schemenhafte Atmosphäre.

Erneut nahm er einen Schluck und hob das Glas zur Laterne. Ja. Man konnte sich vieles angewöhnen oder sich wieder davon lösen. Und meistens war es ein Akt des Willens. Jakob Morello hatte sich entschieden, seinen Kaffee mit viel Milch zu trinken. Er hatte sich dazu entschieden, Kaffee zu mögen und diesen regelmäßig zu trinken. Das war eine Entscheidung gewesen, die seinem Verstand entsprungen war. Zumindest glaubte er das. Dass ihn so viele Begebenheiten an die Vergangenheit erinnerten und ganze Filmrollen abgedreht wurden, da hatten weder sein Wille noch sein Verstand einen Beitrag dazu geleistet. Viel mehr war es ein Produkt von Automatismus und extrem hoher Speicherkapazität. Letztere hatte Jakob Morello.

Wie ein Elefant. Das hatte er in der Schule gelernt. Ein Elefant vergaß nie etwas. Und er wusste, wo er sich zum Sterben hinbegeben musste. Ob das wahr war? Er wollte es glauben. Wie ein Elefant, dem man alles zuspricht, aber niemals das Vergessen, vergass auch Jakob nicht, was er erlebt und gesehen hatte und auch nicht, was er gerne erlebt hätte.

Beides.

Jakob Morello konnte sein Leben wie einen Film abspulen, und hätte er die technischen Mittel und die Schauspieler dazu gehabt, hätte er ihn produzieren können und hätte einen Erfolg damit verbuchen können. Davon war er überzeugt.

Er lächelte.

Wieder schien er abzutauchen.

Tief in die Vergangenheit, als er Zeuge davon wurde, wie andere beinahe in Erfolg zu ertrinken drohten und es ihnen ein Leichtes gewesen wäre, ihn ebenfalls ein wenig daran teilhaben zu lassen.

Erfolg. Glanz. Blicke, die sich zu einem drehen, sobald man einen Raum betrat, umschwärmt werden von Frauen und Männern, Bewunderung, angehimmelt werden, verklärte Blicke im Rücken spüren, Träume und Hoffnungen und die Aussicht, dass vielleicht alled erfüllt würde.

All dies war Jakob nicht vergönnt gewesen. Das hatte er schon früh festgestellt und gelernt, damit zu leben. Er hatte sich dazu entschieden. Er konnte sich daran gewöhnen, nicht wahrgenommen zu werden. Keine Blicke, die sich ihm zudrehten. Keine Bewunderung in den Augen seines Gegenübers, weil es gar kein Gegenüber gab. Kein Bett, das von mehr als einem Körper gewärmt wurde. Und selbst keine Wärme zu spüren. Keine Hände, die sich um seine Hüfte schlangen. Kein Kuss, der spüren ließ, dass dieser noch leidenschaftlicher auf das eine Ziel zusteuern ließ, wenn er in den Augen der Geliebten ein von Erfolg gekrönter Mann war.

Den ultimativen Höhepunkt.

Jakob drehte sich vom Fenster weg und blickte in seine kleine Küche. Jetzt übertrieb er es wirklich.

Und doch: Alles war einhundertprozentig korrekt. Jedes Wort, das ihm durch den Kopf ging, jeder Gedanke, der manchmal die klaren Bahnen seines Verstandes kreuzte.

Der ultimative Höhepunkt.

Nein, auch der war ihm nicht vergönnt. Wenigstens nicht auf die Art und Weise, wie ihn die Männer beschrieben, die manchmal davon sprachen, wenn das Thema auf Frauen im Allgemeinen und den Orgasmus im Besonderen kam. Er hatte dabeigestanden und wissend genickt, obwohl er nicht sicher war, was sie genau gemeint hatten. Er hatte genickt und gleichzeitig gewusst, es hätte keine Rolle gespielt, wenn er es nicht getan hätte. Sie verhielten sich so, als wäre er nicht da, und in gewisser Weise war er das auch nicht.

Wie in den Tagen nach der Geburtstagsparty. Auch damals hatte niemand regiert. Niemand hatte ihn zur Rede gestellt. Alles war gleich. Keine Revanche. Keine Fragen über das Warum. Keine wütenden Blicke. All dies hätte er verstanden, und es hätte ihm gezeigt, dass er mit seiner Aktion etwas in Bewegung gebracht hatte.

Nichts!

Es passierte nichts. Und das war wahrscheinlich das Schlimmste, was er erleben konnte. Er dachte noch heute daran, dass dies wahrscheinlich den Ausschlag für alles andere ergeben hatte.

Unwillkürlich.

Ohne innere Entscheidung dazu.

Keine Angewohnheit.

Es war einfach dazu gekommen. Das gute Gefühl, als ihn alle angesehen hatten aus mehr oder weniger bleichen Gesichtern. Das war toll, und das wollte er wiederholen, nur um immer wieder zu erkennen, dass dies nicht möglich war. Niemand würde ihn ansehen. Egal, was er tat.

Nicht mal seine Mutter. Sie schon gar nicht. Ihre volle Aufmerksamkeit galt nur dem eigenen Trieb, ihre Frustration über das eigene Leben an ihm auszulassen. Wenigstens, als er noch klein war. Danach waren es die Blicke, das Lachen. Ja, vor allem das Lachen.

Und wieder so ein Gedanke, der ihn zurückwarf zu jenem Zeitpunkt, als er dieses Lachen zum letzten Mal gehört hatte. Zum letzten Mal hatte hören müssen.

Es war hier gewesen. Hier in dieser Küche. An diesem Tisch. Da hatte sie gesessen. Der einzige Unterschied war die Flasche Wodka, die vor ihr gestanden hatte. Heute gab es keinen Alkohol in Jakobs Wohnung. Heute nicht und auch nicht in den vergangenen rund dreißig Jahren, die er hier lebte. Der Einkauf für die Bowle lag schon lange zurück. Es war das erste Mal gewesen, dass er Alkohol gekauft hatte. Bis zu den Kisten Bier, die er für den kommenden Geburtstag gekauft hatte, war es das einzig Alkoholische, das in seine Wohnung gekommen war in all den Jahren. Und diese hatte er kaufen müssen.

Er schüttelte den Kopf. Die Erinnerung machte ihm da einen Strich durch die Rechnung. Spielte ihm etwas vor, das so nicht gewesen war. Er hatte damals gar keinen Alkohol kaufen müssen. Die Flaschen seiner Mutter reichten völlig aus, und er musste nur auf die richtige Mischung achten. Hätte seine Mutter keinen Vorrat gehabt, ja dann, dann hätte er einen Großeinkauf tätigen müssen. Denn ohne Alkohol hätten seine Gäste kaum von seiner Bowle getrunken, und der Spott aller wäre ihm sicher gewesen.

Seit jenem Abend gab es in seiner Wohnung keinen Alkohol mehr zu trinken. Außer jene Flaschen, die seine Mutter wahllos in sich hineinschüttete. Für ihn selber kam es nicht infrage. Und das war eine klare, bewusste Entscheidung seines Verstandes, seines Herzens und seiner ganzen Seele gewesen. Er wusste, dass diese Flaschen keinen ultimativen Höhepunkt brachten und diesen nur versprachen. Jetzt stand wieder ein runder Geburtstag bevor. Sein 50. Seine Mutter war schon lange nicht mehr hier. Sie würde ihm dieses Fest nicht kaputt machen können. Er musste ihr nicht mehr begreiflich machen, dass er Leute eingeladen hatte, und er musste ihr Lachen nicht mehr ertragen.

Das Lachen seiner Mutter. Beinahe schien er es zu hören. Instinktiv drehte er sich wieder zum Fenster.

Mitternacht vorüber. Die Straßenlampe brannte nicht mehr. Im Fenster konnte er sein Gesicht sehen. Weiß, glatt rasiert, an den Schläfen erstes Grau. Feine Narben der Akne, die ihn durch die Stürme der Pubertät begleitet hatte. Treu und ergeben. Seine Augen groß. Wirkten im Glas dunkel, obwohl sie eigentlich blau waren. Glänzten. Sein kurz geschnittenes Haar hatte keine bestimmte Frisur. Es befand sich einfach auf seinem Kopf, so, wie es sein musste und so, dass er am Morgen jeweils nicht lange brauchte, um sich unter die Menschen zu mischen. Diese Menschen mit all ihren perfekten Frisuren, gestylt mit den neuesten Produkten. Er erinnerte sich noch gut an die Zeit, als man auch als Mann begonnen hatte, sich Gel in die Haare zu schmieren. Heute gab es vieles mehr. Wachs. Lack, extra für Männer. Und immer versprachen die neuen Flaschen und Dosen noch mehr Halt und Stärke und gleichzeitige Zufuhr irgendwelcher Vitamine. Das brauchte er alles nicht. Wahrhaftig nicht. Allerdings hätte es wohl auch niemanden gekümmert, hätte er es verwendet.

Seine Augen begannen sich zu verändern, verloren die straffe Haut an den Seiten, wurden leicht rötlich. Der Glanz verschwand. Tiefe Falten legten sich auf seine Wangen, und sein Haar wurde länger. Strähnig.

Plötzlich blickte er seiner Mutter mitten ins Gesicht. Seiner Mutter, deren Lachen er zum letzten Mal in dieser Küche gehört hatte. Ohne zu überlegen nahm er sein Glas und schüttete den letzten Schluck an die Scheibe. Das Gesicht zerfloss, nicht aber die Augen. Die blieben und blickten durch ihn hindurch.

Er drehte sich weg und setzte sich auf jenen Stuhl, auf dem er als kleiner Junge gesessen hatte, um zu lernen, Kaffee zu mögen. In seiner Hand das leere Glas und in seinen Ohren das Lachen seiner Mutter einige Wochen nach seinem zwanzigsten Geburtstag.

6. November 1983
22.20 Uhr

1

„Bist du es?"

Jakob hörte seine Mutter bereits, als er den Schlüssel ins Schloss steckte. Mit Sicherheit saß sie bereits wieder im Land der Trunkenheit und war weit davon entfernt, auch nur einen einzigen klaren Gedanken fassen zu können. Zudem: Wer sollte es sonst sein? Nur er hatte noch einen Schlüssel zur Wohnung. Er hasste es, wenn sie noch wach war, wenn er nach Hause kam. Manchmal strich er absichtlich weiter die Straßen entlang, wenn er in der Küche noch Licht sah. Heute hatte kein Licht gebrannt, und Jakob hatte sich Mühe gegeben, mit der Tür möglichst leise zu sein. Anscheinend nicht genug. Er hütete sich davor zu antworten. Er wollte mit keinem Wort ihre Wut auf sich ziehen und auch keine langen Diskussionen vom Zaun reißen. Er wollte ins Bad und dann in sein Zimmer.

Denn eigentlich war es so, dass sich Jakob Morello richtig gut fühlte.

Er hatte an diesem Abend seinen Vater getroffen, der ihm erzählte, dass es vielleicht eine Möglichkeit gab, dass er, Jakob, in der Firma, in der sein Vater angestellt war, einen Job haben könnte. Zuerst glaubte Jakob seinen Ohren nicht zu trauen. In den vergangenen Jahren hatte er beinahe nichts mehr von seinem Vater gehört, und er hatte gedacht, dass dieser mit seinem alten Leben wohl endgültig abgeschlossen hatte. Er hatte geglaubt, dass sein Vater nichts mehr von ihm wissen wollte. Nichts mehr von ihm, seinem Jungen. Nur Elliot, das Schmunzelmonster, war ihm geblieben, und das war ihm wertvoll wie nichts anderes. Es war die Brücke zu seinem Vater. Es war die Erinnerung an den gemeinsamen Kinobesuch. Viele Jahre zuvor. Er war nie böse auf ihn gewesen, weil er gegangen war, denn er verstand ihn. Er konnte nur nicht verstehen, weshalb er ihn nicht mitgenommen hatte. Er hätte sich Mühe gegeben, dass er ihn nicht gestört hätte und hätte auch die Klobrille immer aufgeklappt. Wenn er an seinen Vater dachte, dachte er immer an einen Mann, der es geschafft hatte, irgendwo anders zu glänzen. Denn hier, an diesem Ort, war dies absolut nicht möglich. Kein Glanz. Kein Leuchten. Absolut gar nichts.

Sein Vater hatte ihn am heutigen Morgen angerufen, weil er wohl gehofft hatte, dass seine Mutter noch schlafen würde. Aber sie war gar nicht zu Hause gewesen.

„Tut mir leid, dass ich nicht zu deinem Geburtstag gekommen bin, Jakob."

Obwohl sein Vater es nicht sehen konnte, hob und senkte Jakob seine schmalen Schultern.

„Ist schon okay. Du hast nichts verpasst, und hierher kommst du ja sowieso nie. Es sind übrigens recht viele Leute gekommen."

Er konnte hören, wie sein Vater nach einer Antwort rang, nach einer Erklärung und war froh und dankbar, dass er es unterließ.

„Ich dachte, wir könnten uns treffen, heute Abend. In der Stadt. Du kennst doch das Rosso, die neue Pizzeria beim Bahnhof." Jakob bejahte.

Am Abend saßen sie sich dann gegenüber. Vater und Sohn. Beide sprachen sie wenig, und Jakob stellte fest, wie sehr er das genoss. Nichts sagen. Einfach hier zu sitzen und die Pizza Hawaii zu zerschneiden und den fruchtigen Geschmack der Ananasstücke zu spüren, wenn er die Gabel in seinen Mund schob.

„Schmeckt es?" Sein Vater blickte ihn an und zeigte mit seinem Besteck auf Jakobs Pizza.

Er nickte. „Ja, danke. Ist sehr gut."

Sie aßen weiter, und Jakob spürte, dass ihn sein Vater von Zeit zu Zeit ansah, als wollte er sich über etwas klarer werden. Als wollte er sich vergewissern, dass er wirklich mit seinem Sohn hier in dieser Pizzeria saß und sie für einen Moment die Vergangenheit ruhen lassen konnten.

Eigentlich taten sie das immer. Sein Vater hatte in den seltenen Momenten, in denen sie sich getroffen hatten, nicht von früher gesprochen und auch nie gefragt, wie es ihm zu Hause geht. Und Jakob hatte dies auch nicht getan.

Als wenn sie beide genau gewusst hätten, mit solchen Fragen alles zu zerstören. Ihr Beisammensein. Die verführerische Vorstellung, dass alles besser werden würde, dass alles nur ein schlechter Traum war. Der heilige Moment zwischen Vater und Sohn.

Erst später, als Jakob im Alter war, indem er selber einem zwanzigjährigen Sohn hätte gegenübersitzen können, wusste er, dass es genau dieses Schweigen über alles gewesen war, das verhindert hatte, dass der Abend in der Pizzeria wirklich hätte heilig werden können.

Aber an jenem Abend war es für Jakob mehr als in Ordnung gewesen. Er wusste gar nicht, wie lange er seinen Vater nicht mehr gesehen hatte und genoss es, als ein wirkliches Gegenüber wahrgenommen zu werden. Als Sohn. Spürte er da irgendetwas wie Stolz in den Augen seines Vaters? Er wusste es nicht, aber es konnte gut sein. Ein Lächeln umspielte den Mund seines Vaters, als der Kellner Jakobs Teller wegnahm. Jakob hatte noch ein Stück Pizzarand liegen lassen, und das nahm er dem Kellner noch vom Teller und schob es sich in den Mund.

„Entschuldigung."

Der Kellner war schon weg und hatte wohl gar nicht mitbekommen, dass er ein wenig zu schnell gewesen war.

„Weshalb entschuldigst du dich?", fragte sein Vater und blickte ihn dabei belustigt an. „Dazu gibt es doch überhaupt keinen Grund! Er hätte fragen müssen, bevor er unsere Teller abräumt. Es wäre an ihm gewesen, sich zu entschuldigen. Verstehst du, mein Junge. Das musst du lernen."

Jakob nickte. In seinem Innern schüttelte er allerdings den Kopf. Sein Vater hatte keine Ahnung, wie es war, unsichtbar zu sein.

„Vor allem musst du es lernen, wenn du dort, wo ich arbeite, ebenfalls arbeiten willst."

Jakob blickte zu ihm auf. „Was?"

„Jetzt schau mich doch nicht so entgeistert an. Wie ich gerade sagte: Ich hätte eine Arbeit für dich. Du bist doch gut im

Zehnfingersystem, nicht wahr? Denn das brauchst du. Ist ein Bürojob, aber nicht der Schlechteste, und ich habe dem Chef …"

„Ich kann etwas arbeiten? Mein eigenes Geld verdienen?" Ungläubig blickte er seinen Vater an, der ihn anstrahlte.

„Sag ich doch. Es sei denn, du willst weiter studieren."

Jakob schüttelte den Kopf. Für ein Studium fehlte ihm definitiv das Geld, und auch mit einem Stipendium hätte es nicht gereicht. Zudem war er nicht sicher, ob er dazu geboren war, weiterhin die Schulbank zu drücken. Vielleicht schon, aber Jakob wollte unabhängig sein, und das war er nur, wenn er sein eigenes Geld verdiente. Die Gelegenheitsjobs und Arbeiten in den Ferien gaben einiges her, aber das hier, das wäre etwas Festes. Etwas, das ihm regelmäßig einen Lohn einbringen würde.

In seiner Vorstellung öffneten sich viele Türen. Offene Schleusen gaben ihm Hoffnung, vielleicht doch einmal in den Zustand des Glücks zu kommen. Glänzen. Erfolgreich sein und Blicke auf sich spüren, die nicht aus bleichen Gesichtern kamen, die kurz zuvor ihre Mageninhalte präsentiert hatten.

Da er keine Qualifikation im herkömmlichen Sinne besitze, müsse er zuerst eine Probezeit durchlaufen. Aber die sollte für ihn ja kein Problem sein, hatte sein Vater gesagt, als er sich draußen von seinem Sohn verabschiedet hatte. Dabei hatte er ihm auf die Schulter geklopft, und mit dem Gefühl des reinen Glücks war Jakob nach Hause gelaufen, schneller als sonst und mit der unsicheren Hoffnung, dass kein Licht in der Küche brannte.

Als er seine Mutter rufen hörte, versuchte er, sie zu ignorieren. Er schloss die Wohnungstür und ging den Gang entlang, vorbei an der Küche.

„Jakob!"

Seine Mutter saß im Dunkeln. Das fahle Licht des Mondes zeigte die bleichen Züge ihres Gesichtes und die Umrisse ihres krummen Körpers am Küchentisch. Sie schaute ihn nicht an. Teilnahmslos hatte sie ihren Blick ins Leere vor sich gerichtet. Als wenn dort ein Film laufen würde, der ihr zeigte, dass es kein Entkommen gab. Keine Möglichkeit zur Flucht aus der Hölle der Promille. Ein Geruch trat Jakob in die Nase und sein Bedürfnis, in sein Zimmer zu verschwinden, wurde um ein Vielfaches größer.

Er sagte kurz Hallo und ging in sein Zimmer.

Er hörte einen Stuhl rutschen, und kurze Zeit später stand seine Mutter im Türrahmen. Sie machte Licht im Zimmer und blickte ihren Sohn mit rot unterlaufenen Augen an. Ihre langen Haare, die ihr spröde auf die Schultern fielen, und die nikotingelb verfärbten Zähne erinnerten Jakob an das Bild, das er einmal als Kind in einem Märchenbuch gesehen hatte. Da hatte eine Frau die beiden Kinder in einen Käfig gesperrt und ganz ähnlich ausgesehen. Nur die Warze auf der Nase fehlte seiner Mutter, sonst hätte er sich gefühlt wie der Junge in diesem Märchen. Er erinnerte sich nicht mehr, wie es hieß. „Hänschen klein" oder so etwas in der Art. Aber er wusste noch, dass die Kinder es geschafft hatten, einen Ausweg zu finden. Mit Brotkrumen oder mit Zeichen, die sie in Bäume geschnitzt hatten, damit sie den Rückweg fanden. Auch das wusste er nicht mehr so genau.

„Warst du mit ihm?"

Er glaubte, einen Speichelfaden zu sehen, der seiner Mutter über den rechten Mundwinkel floss. Sie brauchte keine Warze, um der bösen Frau im Märchen zu ähneln. Er verachtete sie und hasste sie dafür, dass sie den schönen Abend mit seinem Vater kaputt zu machen drohte.

„Und wenn? Was geht es dich an? Bald bin ich sowieso mein eigener Herr."

Seine Mutter verzog ihre Augenbrauen, die schon seit Jahren keine mehr waren. Viel mehr dunkel gemalte, unregelmäßig gezogene Striche befanden sich dort, wo sich einmal Härchen befunden hatten und sie wohl auch einmal hatten hübsch aussehen lassen. Früher. Lange vor seiner Geburt. Wahrscheinlich wollte sie nur eine ihrer Brauen heben, um ihrem Erstaunen Ausdruck über das Gehörte zu verleihen. Das misslang ihr gänzlich. Ihr ganzes Gesicht verzog sich zu einer komischen Grimasse, die unmöglich zu deuten war.

Sie begann zu lachen, und ihre Augen funkelten irre.

„Dein eigener Herr? Junge! Komm auf die Beine. Dein Weg ist vorherbestimmt, und auch du wirst dort landen, wo ich jetzt bin. Es gibt da Herren, die lieben kleine, blonde Knaben wie dich."

Und wieder lachte sie. Mit einer Hand stützte sie sich am Türrahmen ab, um nicht hinzufallen. „Glaube mir. Du wirst gutes Geld machen und alles Mami bringen. Dann muss ich vielleicht nicht mehr auf die Straße. Viel früher hätten wir das schon so machen sollen. Dann würde es deiner Mami viel besser gehen. Hörst du, Junge. Hörst du. Gutes Geld wartet auf uns, und viele gute und großzügige Papas warten auf dich."

Jakob saß auf seinem Bett und achtete nicht darauf, was seine Mutter sagte. Er hörte, wie sie lachte. Laut und betrunken. Verachtung darin und Erbärmlichkeit. Er hasste sie. Hasste sie zutiefst, und gleichzeitig wurde ihm bewusst, was ihm in seiner Kindheit erspart geblieben war. Wenigstens das! Also hatte er doch zugehört. Jedes Wort aufgenommen, das sie in die Leere der Wohnung gelallt hatte.

Abrupt stand er auf, öffnete die Tür und rief seiner Mutter nach, die eben in der Küche verschwand: „Ich werde wirklich gutes Geld verdienen. Mehr als du in deinem ganzen verdammten Leben und ohne, dass ich dazu Dinge schlucken muss, die ich nicht will. Hörst du? Nächste Woche darf ich beginnen, und dann bin ich weg. Weg von hier, und du musst selber schauen, ob du es immer noch schaffst, am Sonntag einen freien Tag zu machen. Wahrscheinlich wird dann auch dieser Tag ein Tag, an dem du schlucken musst, Mutter. Alles. Kein freier Sonntag. Aber ein Freiertag. Ich bin dann aber weg, und du hast niemanden mehr, den du mit deinem ach so strahlenden Lächeln beehren kannst. Hast du gehört, Mutter?"

Ins letzte Wort packte er alle Verachtung, die er aufbringen konnte. Jakob hatte sich so in Rage geredet, dass er nicht bemerkt hatte, dass seine Mutter aus der Küche zurückgekommen war und ihm nun im Gang gegenüberstand.

„Hat er dir dieses idiotische Gelaber in deinen dämlichen Kopf gesetzt? Schau dich doch an! Du kleiner, nichtsnutziger Kerl. Nicht mal Schultern hast du, die dich ein wenig als Mann aussehen lassen. Eher wie ein Mädchen. Du bist ein Mädchen, Jakob. Warst immer schon eines, und dein Geheule von deinem Vater. Es kotzt mich so an, verstehst du."

Keine Frage. Viel mehr schien es aus ihr herauszubrechen. Sie hustete. Jakob hörte ein Röcheln. Blickte kurz zu ihr. Zähflüssig floss etwas aus ihrem Mund, und Tropfen von Speichel fielen auf den Boden. Sie schlurfte in ihren roten Pantoffeln mit den verblichenen Pompons auf ihn zu und an ihm vorbei. Er staunte, wie gerade sie gehen konnte. Kein Stolpern. Ehe er sich's versah, war sie in seinem Zimmer.

„Und dieses Bild, Junge, ist ein Bild, das in ein Kinderzimmer gehört und nicht in das Zimmer eines Mannes." Sie drehte sich jäh um, und Jakob musste hilflos mitansehen, wie sie Elliot mitten entzweiriss. Eine Ecke blieb an der Wand. Der Rest fiel auf den Boden. Mit offenen Augen blickte sie auf ihren Sohn und formte den Mund zu einem grossen „O".

„Du willst doch kein Kinderzimmer, nicht wahr? Du bist doch kein Kind mehr, oder? Oder bist du doch ein Kind? Ein Mädchen. Ja?"

Jakob stand immer noch im Türrahmen. Seine Mutter schupste ihn grob beiseite und schlurfte an ihm vorbei zurück in die Küche. „Ein Mädchen. Jakob ist ein Mädchen. Und das Monster schmunzelt nicht mehr. Der war gut. War der nicht gut?" Ihr Lachen hallte durch die Wohnung.

Leise schloss Jakob die Tür und legte sich aufs Bett. Dann tat er etwas, das er unter diesen Umständen nicht erwartet hätte. Er lag auf seinem Bett, roch immer noch den Geruch seiner Mutter im Zimmer und lachte still in sich hinein.

22.20 Uhr.
Elliot war tot.

Vor wenigen Augenblicken gestorben.

Vor seinen Augen.

Das war traurig.

In demselben Augenblick war aber noch etwas anderes gestorben, und das war der kleine Jakob.

Und das war nicht traurig.

Das war überhaupt nicht traurig.

Siebzehn Minuten später lag Jakob schlafend auf dem Rücken in seinem Bett und hörte nicht mehr, wie seine Mutter in ihrem Zimmer verschwand.

7. November 1983
2.38 Uhr

1

Ein Geruch weckte Jakob. Es war nicht der Geruch seiner Mutter, den er aus hundert anderen Ausdünstungen herausgerochen hätte. Er öffnete die Augen und blickte in die Schwärze seines Zimmers. Ohne Licht zu machen stand er auf. Er hatte immer noch die Kleider an. Merkwürdig.

So müde hatte er sich gar nicht gefühlt, dass er sich nicht hätte ausziehen können. Er hatte sich gar nicht so erschöpft gefühlt und musste sich doch eingestehen, dass das Sterben Elliots und des kleinen Jakobs doch mehr Energie gekostet hatte als erwartet.

Er öffnete die Tür und trat in den dunklen Gang. Der Geruch wurde stärker, aber er konnte ihn immer noch nicht zuordnen.

Er ging ins Bad und machte Licht. Zuerst wollte er die Brille hochheben, ließ es dann aber sein. Mit einem Lächeln ließ er seinen Urin in die Schüssel fließen. Mit einer kleinen Bewegung seiner Hand bewegte er den Strahl auf die Brille. Wohl ging auch ein kleines bisschen auf den Boden. Er lachte still in sich hinein. Er zog den Reißverschluss hoch und trat wieder in den Gang.

Immer noch war da dieser Geruch. Leise trat er zur Zimmertür seiner Mutter und drückte behutsam die Klinke herunter. Der Lichtstrahl des Badezimmers fiel auf die Frau, die in ihrem Zimmer auf dem Bett lag, in einem Nachthemd, das einmal rosa gewesen war. Sie wirkte verbraucht. Verlebt. Alt. Ihr bleiches Gesicht wirkte im Licht von draußen noch heller. Beinahe durchsichtig. Oder grau. Es war Jakobs Mutter, die da in ihrem Bett schlief. Für Jakob war es aber nicht die Mutter. Vielmehr war es eine Unbekannte, die trotz allem die Fähigkeit besaß, einen Druck in seinem Herzen zu erzeugen, der sich danach sehnte, abgebaut zu werden.

Unwillkürlich griff er sich an die Seite und schaute wieder auf die unbekannte Frau in ihrem Bett. In der Hand hielt sie eine erloschene Zigarette, deren letzte Glut ein kleines Loch in die Bettdecke gebrannt hatte. Daher der Geruch. Dass er ihn überhaupt wahrgenommen hatte?

Jakob schloss die Tür und schüttelte den Kopf. Das hätte böse ins Auge gehen können. Auf dem Weg zu seinem Zimmer sah er auf dem Boden der Küche einen Teil von Elliot liegen. Er trat in die Küche und hob das zerknüllte Papier des Posters auf. Anscheinend hatte es seine Mutter aus seinem Zimmer geholt, als er geschlafen hatte. Erschöpft wie er war.

Auf dem Tisch strich er es glatt. Zwei Augen und ein Teil des lilafarbenen Haarschopfs waren zu erkennen. Gelbe Buchstaben. Er war kein kleiner Junge mehr, und er brauchte keinen Elliot. Keine Brücke zu seinem Vater. Er würde bald bei ihm in der Firma arbeiten und ihn öfter sehen als seine Mutter. Auf dem Küchentisch lagen die Marlboro seiner Mutter und das rote Feuerzeug aus dem Dancing in der Nachbarstadt, das sie vor Jahren einmal erhalten hatte. Als sie noch Einlass erhalten hatte. Als sie noch so lächeln konnte, dass ein Mann sie an ihrem Arm hineinbegleitete. Als ihr das Lächeln ein rotes Feuerzeug und vieles mehr bescherte.

Plötzlich fasste er einen Entschluss. Weniger bis ins letzte Detail. Mehr Schritt für Schritt. Mehr und mehr erkannte er, dass er schneller und klarer sein eigener Herr werden würde, als er sich das in seinen kühnsten Träumen vorgestellt hatte.

Er griff das Feuerzeug und auch die Packung Zigaretten und ging zur Zimmertür seiner Mutter. Er zündete eine Zigarette an, nahm einen Zug und unterdrückte den Hustenreiz. Dann öffnete er die Tür und trat ans Bett seiner Mutter. Ihre Hand war mittlerweile von der Bettkante gerutscht. Die Kippe immer noch zwischen den Fingern. Vorsichtig zog er diese weg und schob stattdessen die frische Marlboro zwischen Zeige- und Mittelfinger. Die Glut war im Dunkel des Zimmers deutlich zu sehen. Seine Mutter schien nichts mitzubekommen. Wodka konnte oft auch sehr nützlich sein. Vor allem schenkte er einen unglaublich heilsamen und tiefen Schlaf. Nun, er wusste nicht, wie heilsam der Schlaf seiner Mutter werden würde. Das sollten andere entscheiden. Und wenn es die Götter waren, die wahrscheinlich irgendwo da oben waren.

Er ging zur Kommode, nahm ein paar Papiertaschentücher, zerknüllte sie leicht und legte sie unter die glimmende Zigarette. Sie sollten sich entzünden. Je nach Wunsch der Götter. Ja, dies wollte er wirklich den Göttern überlassen. Er trat leise zur Tür und beobachtete, was geschah.

Aber es passierte nichts.

Nichts!

Die Asche fiel auf die Taschentücher und war wohl schon kalt, bevor sie das Papier erreichte. Er trat in den Gang und holte sich in der Küche ein Glas Wasser. Er hatte Durst.

Dann, ohne einen Schluck zu trinken, stellte er das Glas hin, ging zurück zum Bett seiner Mutter, nahm das Feuerzeug und drehte am Rad. Die Flamme wurde sichtbar. Er hielt sie vorsichtig an die Taschentücher. Nur einen Augenblick später brannten sie.

Ungerührt lag seine Mutter im Bett, die Haare hingen ihr über den Bettrand in Richtung der kleinen Flamme.

So, dachte Jakob, *den Rest müssen jetzt wirklich die Götter erledigen.*

Er ging in sein Zimmer, nahm das ganze, verbliebene Geld aus seiner Pultschublade, steckte sich dieses in die Hose, trat in den Gang und verließ so leise wie möglich die Wohnung.

Er war gespannt, wie sich der Wille der Götter manifestieren würde.

14. November 1983
14.00 Uhr

1

Sieben Tage.

Nur sieben Tage dauerte es, bis seine Mutter beerdigt wurde. Erstickt im Rauch, für dessen Entstehung eine Zigarette verantwortlich war. Sie alle wussten um die Alkoholsucht der Frau. Und auch über ihren Lebenswandel waren sie informiert. Schon viele Jahre lang.

14.00 Uhr.
Die Glocken der Kirche waren gut zu hören. Der Gottesdienst begann. Ob es ein Dienst der Götter gewesen war, der dazu geführt hatte, dass sie hier alle versammelt waren, wusste Jakob nicht. Und es war ihm auch egal. Er hatte etwas in Bewegung gebracht, das ihm ein unglaublich starkes und unbeschreibliches Gefühl verlieh. Beinahe wie damals, als Angelika ihn geküsst hatte. Während er in der Kirchenbank saß, musste er sich eingestehen, dass das Gefühl, das ihn eben überkam, jenem wirklich ähnlich war.

Eine wohlige Wärme in seinem ganzen Körper. Ein Kribbeln, das seine Nackenhaare in die Höhe stellte und erst aufhörte, als auch die Fußsohlen zu vibrieren begannen. Ein leichtes Zittern, das sich von seiner Körpermitte über den gesamten Körper auszubreiten schien. Speichel, der vollends zu fehlen schien. Mit dem damit verbundenen Lechzen nach Wasser. Und trotz allem war da die Gewissheit, dass das Fehlende kommen würde. Irgendwann würde aus einem Kuss die große Liebe werden. Irgendwann würde Wasser, welches durch die Kehle fließt, die große Erlösung bringen.

Das Wissen um das Kommende war wie die Vorfreude auf Weihnachten. Wie der Augenblick, bevor man den Mund öffnet und in eine Praline beißt, die man noch nie zuvor gekostet hat. Wundervoll. Das Kommende. Und deshalb genoss Jakob auch den Zustand des Kribbelns und den trockenen Mund. Was würde sein Leben noch Wunderbares vor ihm ausbreiten?

14.23 Uhr.
Jakob stand in der Kirche und las ein paar unbedeutende, leere Worte. Er blickte in die kleine Gesellschaft, die sich an diesem Nachmittag versammelt hatte und staunte nicht schlecht, dass auch einige aus seiner ehemaligen Klasse gekommen waren. Die meisten mit den Eltern. Gekommen waren sie nicht wegen seiner Mutter. Sicher mehr wegen ihm. Sie wollten sehen, wie er sich verhielt. Jetzt. So allein. Hilflos. Wie ein aus dem Nest gefallenes Küken, das zitternd nach seiner Mutter rief.

Vielleicht waren sie aber auch einfach wegen des Essens hier, das anschließend auf die Trauergemeinde wartete. Nicht viel, aber doch etwas, das umsonst war.

Vielleicht war es aber auch einfach bloß ihre Neugier. Was würde gesagt werden, wenn eine Straßenhure das Zeitliche segnete?

Sie wurden enttäuscht. Und wie.

Salbungsvolle Worte des Pfarrers.

Sätze der Hoffnung, dass sie jetzt ein besseres Leben haben sollte als bisher, von ihrem Sohn.

Alles leer.

Alles nur Hülsen.

Trotzdem schien es zu gefallen. Jakob konnte hören, wie sich einige die Nase putzten. Ob es ehemalige Freier in den Kirchenbänken hatte, die jetzt zusammen mit ihren Ehefrauen den Tod dieser armen Frau bedauerten? Jakob wollte es sich nicht vorstellen.

Alle waren sie so falsch und sonnten sich in noch falscherem Licht.

Alles war erst sieben Tage her. Das Unglück war erst vor wenigen Tagen geschehen.

Er hatte die Wohnung verlassen, kurz nachdem die Flammen der brennenden Papiertaschentücher eine Haarsträhne seiner Mutter erreicht hatten.

Es sei sehr schnell gegangen, hatte ihm die Polizei gesagt, als er am Morgen in die Wohnung zurückkehren wollte, jedoch bereits im Treppenhaus davon abgehalten worden war. Frau Mannhart war es gewesen, die die Feuerwehr gerufen hatte, sobald sie den Rauch der Nachbarwohnung zuordnen konnte. Und das konnte sie schnell.

Ihr hatte es Jakob zu verdanken, dass die Wohnung nicht ausbrannte und er auch in Zukunft eine Bleibe haben würde. Der alte Bettüberwurf, der neben dem Brandherd gelegen hatte, hatte das Feuer nicht erstickt, sondern vielmehr für die starke Rauchentwicklung gesorgt. Haare hatte seine Mutter keine mehr gehabt.

Aber so wie der Polizist meinte, habe sie von den Kopfverbrennungen nichts mitbekommen, da sie bereits vom Rauch bewusstlos gewesen sei.

„Oder vom Alkohol, den sie intus hatte", hatte der Uniformierte einem Kollegen zugeflüstert, gewiss, dass es Jakob nicht hören konnte. Aber Jakob hatte es gehört und nahm es zur Kenntnis. Mehr nicht. Ein unglaubliches Gefühl war es gewesen, als man ihm im Treppenhaus offenbarte, dass seine Mutter ums Leben gekommen sei. Dass ein schrecklicher Unfall passiert sei. Hinter den beiden Polizisten stand Frau Mannhart. Im Morgenmantel, die Augen weit aufgerissen. Er müsse noch warten und dürfe noch nicht rauf, sagten die Polizisten und gingen dann an ihm vorbei. Jakob wusste, dass er weinen sollte. Das würde sich so gehören. Das wurde von ihm erwartet. Aber da war nichts.

Keine Träne.

Keine Trauer.

Nichts!

Er suchte den Ort seiner Empfindungen und hatte keine Chance, diesen zu lokalisieren. Geschweige denn eine kleinste Regung wahrzunehmen. Irgendetwas musste doch vorhanden sein?

„Es tut mir so leid, mein Junge, so unendlich leid. Dabei hattest du doch eben erst ein so schönes Fest gefeiert. Ist es nicht nahe beieinander?" Fragend blickte Frau Mannhart zu ihm runter. Er hatte sich draußen auf den Boden gesetzt.

„Was meinen Sie?" Jakob hatte keine Lust auf Konversation, wollte aber auch nicht unhöflich wirken. Schließlich wusste er dank ihr, wo er heute Nacht und in allen zukünftigen Nächten würde schlafen können. Interessanterweise zweifelte er in diesem Moment keinen Augenblick daran, dass er in seinem Zimmer schlafen würde, bis er alt und grau war.

„Die Zeit der Feste und die Zeit der Leere? So nahe beieinander, oder?"

Jakob nickte und stand auf. „Das stimmt, Frau Mannhart, Sie haben recht. Sie wissen gar nicht, wie recht Sie haben", sagte er und ging davon. Er würde später nochmals zurückkommen und hoffen, dass er dann in die Wohnung konnte.

Jemand hatte ihn noch gefragt, ob er Hilfe brauche. Jemanden zum Reden. Er nahm die Karte, die ihm entgegengestreckt worden war, zu sich und warf sie wenige Meter weiter in einen Mülleimer. Er brauchte keine Hilfe. Er brauchte auch niemanden zum Reden. Er wollte schlicht und ergreifend seine Ruhe haben.

Er wollte allein sein.

Jetzt, als er in der Kirche stand, kurz bevor der Sarg zum Friedhof getragen wurde, ging ihm dieser Morgen seiner Rückkehr zum Ort des Unglücks durch den Kopf. Ohne mit der Wimper zu zucken oder sonst die Aufmerksamkeit auf sich zu ziehen, musste er innerlich laut herauslachen. In der dritten Reihe saß Frau Mannhart und hielt sich ein lila Stofftaschentuch an die Augen.

Sie hatten ja so was von recht. Nur war Ihnen nicht klar, liebe Frau Mannhart, dass es manchmal genau umgekehrt ist, als der Rest der Menschheit einen glauben machen will. Mein Geburtstagsfest war der Tag der Leere. Heute …

Die Kirchenglocken läuteten und rissen ihn aus seinen Gedanken. Vier Männer trugen den Sarg nach draußen, und er ging hinterher. Vorbei an den Leuten, die mehr den Sarg als ihn ansahen. Er sah Patrick, heute ohne Nadja, irgendwo in der Mitte sitzen. Er nickte ihm leicht zu. Jakob tat dasselbe. Andere waren da und schlossen sich der Prozession an. In der letzten Bankreihe saß Angelika. Ihre Augen waren wässrig, ihr Gesicht ungeschminkt. Kein roter Hosenanzug.

Ein beiges Oberteil und eine schwarze Jacke. Wie das Jackett einer Bankangestellten. Die Haare hatte sie zusammengebunden. Er blickte sie kurz an. Irgendwie war es schön, dass sie gekommen war. Den Grund dafür verstand er allerdings nicht. Auch nicht, weshalb Patrick gekommen war. Es konnte nicht einfach nur die kalte Vesperplatte sein, die sein Vater organisiert hatte.

Dieser ging neben ihm. Er hatte ihn zu Beginn gefragt, ob dies okay für ihn sei, weil er doch schon so lange von ihr getrennt sei. Von ihr. Nicht von seiner Exfrau. Nicht von seiner Mutter. Von ihr.

„Ich bin wegen dir hier, mein Sohn. Nicht wegen ihr. Gerne würde ich dir zur Seite stehen und neben dir hinter dem Sarg gehen. Meinst du, das geht in Ordnung?"

So hatte er gefragt, und Jakob hatte genickt. Klar hatte er genickt. In diesem Augenblick war er froh und dankbar, nicht allein zu sein. Trotzdem sehnte er den Abend herbei, an dem er wieder zu Hause in seinem Zimmer sein würde, in seiner Wohnung, die nun ihm gehörte. Ihm ganz allein. Alles Notwendige hatte sein Vater organisiert.

„Sehr gerne. Ich bin froh, wenn du neben mir bist."

Wie gerne hätte er ihm gesagt, wie oft es schon Zeiten gegeben hat, in denen er froh gewesen wäre, hätte er neben ihm gestanden. Oder zumindest zwischen ihm und der Leiche im Sarg, als sie noch keine Leiche war.

Sie standen vor dem offenen Grab, und der Pfarrer sagte nochmals etwas von Asche zu Asche, Staub zu Staub. Jakob schaute sich um. Niemand schien darauf zu reagieren, dass Asche vielleicht doch nicht ein so passender Ausdruck war, um seiner Mutter letzte Worte auf den Weg mitzugeben.

Sie standen alle da und schauten zu, wie der Sarg hinuntergelassen wurde. In das Loch der Dunkelheit. Blumen wurden hineingeworfen. Alles verschwand im Schwarz des Grabes. Nasen wurden geputzt, verstohlene Blicke zu ihm herübergeworfen. Sollte man zu dem jungen Sohn gehen, der jetzt Halbwaise war? Man wartete. Niemand bewegte sich. Es war ein schöner, sonniger Nachmittag. Zwar stand der Winter vor der Tür, und der Sommer lag schon lange hinter ihnen. Aber es war warm. Draußen war es warm, und im Herzen Jakobs war es warm.

Ja, dachte er, *kommt und kondoliert mir. Ich hab's verdient. Ich bin ein armer Halbwaise.* Er schaute in die Gesichter, und langsam setzten sich einige in seine Richtung in Bewegung. Sie konnten seine Augen nicht sehen, da diese von einer großen dunklen Sonnenbrille verdeckt waren. Sie traten zu ihm hin und blickten ihn unterwürfig und voller Mitleid an.

Sie alle, die dem kleinen Jungen nie geholfen hatten. Die nie nachgefragt hatten, weshalb er immer dieselben Klamotten trug und sich nie darüber gewundert hatten, dass er oft zu spät in die Schule gekommen war. Sie, die sich nicht gefragt hatten, wo der kleine Junge denn seine Winterjacke hatte, wenn draußen der Schnee fiel. Sie alle kamen und blickten ihn an, und Jakob erkannte in diesem Gefühl dasselbe wie an seinem Geburtstag. Damals waren die Gesichter bleich, jetzt waren sie traurig und ernst. Alle blickten sie ihn an. Keine fröhlichen Gesichter. Heute nicht und auch nicht an seinem Geburtstagsfest. Er fragte sich insgeheim, wann ihm Blicke der Bewunderung sicher sein würden? Er fragte sich insgeheim, obwohl er die Antwort längst kannte.

Niemals! Das wusste er. Deshalb genügte es ihm zu erleben, was er eben erlebte. Er spürte, dass dies reichen musste und er nie mehr erhalten würde als an diesem winterlichen Nachmittag. Traurige Blicke auf ihm. Frauen, die seine Hand schüttelten. Schwere Männerhände, die sich auf seine Schultern legten.

Aus den Augenwinkeln sah er Angelika am Eingangstor des Friedhofs stehen. Sie hob leicht die Hand, als sie sah, dass er zu ihr blickte.

Und ging.

Patrick war nicht zu sehen.

Frau Mannhart stand weinend vor ihm. „Vergiss nie die Zeit der Feste. Mein Junge. Versprich mir das!"

Jakob nickte und hatte das Gefühl, dass die Kolonne von Trauernden nicht enden wollte. Wollten die wirklich alle seine Hand halten? Unglaublich. Zwanzig Jahre lang keine Berührungen, und dann so was? Er ließ es geschehen und spürte erneut das Kribbeln. Überall schien er zu beben, und auch wenn es niemand für möglich gehalten hätte: Hinter seiner Sonnenbrille lächelten seine Augen. Strahlten mit der Sonne am Himmel um die Wette. Er allein hatte dies alles erst in Bewegung gebracht.

Nicht die Götter.

Er. Jakob Morello.

Er hatte sich dazu entschieden.

Das Rad des Feuerzeugs zu drehen war keine Angewohnheit, es war seine Entscheidung gewesen. Die Mixtur der Bowle zu seinem Geburtstag war ebenfalls alles andere als etwas, das er sich angewöhnt hatte. Er hatte noch niemals zuvor eine Bowle gemixt. Er hatte sich an jenem Tag dazu entschieden, sein Fest so zu planen, wie es dann auch gekommen war. Er hatte sich für die Rezeptur entschieden. Er hatte nicht gewusst, was die Götter später daraus machen würden. Aber er war mit den vielen Ergebnissen ganz zufrieden und sämtlichen Himmelsbewohnern zu Dank verpflichtet.

Der Zustand innerer Erregung durchströmte ihn bis unter die Kopfhaut. Am liebsten hätte er sich den Kopf massiert, und es tat gut, als plötzlich sein Vater bei ihm stand und mit der rechten Hand über seine Schläfe strich. „Alles klar, mein Sohn? Sollen wir gehen, oder willst du noch bleiben?"

Kurz hielt er ihm seinen Kopf an die Brust und ließ sich von seinem Vater festhalten. Er spürte die starken Arme, die ihm immer so gefehlt hatten. Sein Vater gab ihm die Zeit, die er jetzt brauchte. Er hätte wohl kaum gedacht, dass hinter der Sonnenbrille seines Sohnes immer noch das Lachen vorherrschte. Ein unbeschreibliches Glücksgefühl, das Jakob empfand. Das Drehen eines Feuerzeugs reichte aus, und alle blickten ihn an, gaben ihm die Hand, drückten ihm die Schultern. Eine kleine Bewegung seines Daumens, und schon lag er in den Armen seines Vaters.

Ein Zittern ging durch seinen Körper. Wie ein Beben, verursacht durch die innere Erregung Er schüttelte sich leicht. Sein Vater strich ihm über den Kopf. „Schon okay, mein Sohn. Alles wird gut."

Ohne die Brille von den Augen zu nehmen, löste sich Jakob von seinem Vater. „Ich bleibe noch kurz, okay?"

Sein Vater ließ ihn los, schaute ihn liebevoll an und ging den Weg entlang, den zuvor alle anderen gegangen waren.

Er war allein. Jakob setzte sich vor das frische Grab seiner Mutter, nahm die Brille ab und schaute auf die Blumen vor ihm. Mit leiser Stimme und strahlenden Augen sagte er: „Es tut mir leid, Mami. Es tut mir unendlich leid, dass es mir nicht leidtut. Mach's gut, Mami, und glaube mir: Ich werde es besser machen als du. Um Welten besser als du, Mutter!"

Eine Weile blieb er noch sitzen, und als er zum Restaurant kam, hörte er von drinnen das Reden der Leute. Es klang nicht traurig. Jakob empfand das richtig gut. Es sollte kein Trauertag sein. Es sollte wie eine zweite Geburt sein. Ein richtiger Geburtstag. Ein wahres Fest.

Er schritt über den großen Kiesplatz und wollte die paar Stufen zum Restaurant nehmen, als er etwas hörte, das seine Aufmerksamkeit auf sich zog. Er kannte dieses Geräusch. Kannte es nur zu gut. Die erste Stufe, die er bereits gemacht hatte, trat er wieder hinunter und ging die Hausmauer entlang, unter den Fenstern des Restaurants vorbei. An der Ecke stand ein weißer Volvo. Darauf lag ein dunkles Jackett. Er ging am Fahrzeug vorbei. Das Geräusch wurde lauter.

Um die Ecke des Restaurants, angelehnt an die Hausmauer, stand Patrick. Seine schwarze Jeans war bis zu den Knöcheln gelassen. Seine Hände gruben sich in die Haare eines Mannes in einem gelben Hemd, der allem Anschein nach ebenfalls zu den Trauergästen gehörte. Er war sicher vierzig Jahre alt. Mindestens. Jakob kannte ihn nicht. Konnte es jedenfalls nicht genau sagen, da er dessen Gesicht nicht sehen konnte. Der Mann hatte Patricks Penis im Mund und bewegte seinen Kopf vor und zurück. Was Jakob jedoch viel mehr verblüffte, war, dass es Patrick zu gefallen schien. Seine Augen waren geschlossen und sein Mund stand leicht offen.

Es war offensichtlich, dass er keine Hilfe benötigte. Da war niemand, der zu etwas gezwungen wurde. Kein Stöhnen der Not. Im Gegenteil. Jakob glaubte gar nicht, was er hier sah.

Patrick!

Der Schwarm der Mädchen. Nadjas Freund. Patrick, der so glücklich schien, als er vor gut drei Wochen an seiner Party mit ihr tanzte. Glücklich und zufrieden. Patrick, von dem jeder wusste, dass er alles erreichen würde, was er erreichen wollte. Dem alle Wege offenstanden. Dieser Patrick stand nun hier, mit runtergerissener Hose, zwischen den Beinen den Kopf eines alten Mannes, der seine Hände nach oben bewegte und dabei das weiße Hemd von Patrick nach oben schob, mit dessen Brustwarzen spielte, während sein Mund nicht aufhörte zu nehmen, was ihm da geboten wurde.

Jakob drehte sich weg, um die Ecke und lief entlang des Volvos zum Eingang des Restaurants. Er hatte gewusst, dass Männer so was miteinander tun konnten, aber Patrick?

Als Jakob ins Restaurant trat, verstummten die Gespräche, und Jakob war froh, dass er immer noch die Sonnenbrille trug. Denn sonst hätte man gesehen, dass seine Augen vor Glück blitzten.

Vor Glück, weil ihn erneut alle ansahen, und vor noch mehr Glück, weil er wusste, dass ihm das eben Gesehene unglaubliche Macht verleihen würde.

Macht, die zu nutzen er sich eben erst vorgenommen hatte.

24. Dezember 1983
17.30 Uhr

1

Diese Macht auszuspielen hatte sich Jakob allerdings für später aufgehoben.

Als er damals an der Ecke gestanden und zugesehen hatte, wie Patrick dem Orgasmus entgegenkeuchte, glaubte er wirklich nicht, dass er sah, was er sah. Es ließ ihn jedoch völlig kalt. Genauso wie damals im Park, als er Patrick und Nadja beobachtet und studiert hatte. Beide in ähnlicher Pose. Nichts, das sich damals in ihm geregt hatte. Mit Sicherheit keine körperliche Erregung. Einfach nichts.

Im Unterschied zu damals spürte er nun allerdings doch eine Veränderung in seinem Empfinden. Was er sah, an der Ecke, wenige hundert Meter neben dem Grab seiner Mutter, ließ eine Art Wärme durch seinen Körper strömen, die er so nicht kannte. Es erfüllte ihn mit einer komplett anderen Hitze, als sie Patrick zu spüren schien. Es war aber doch eine Art Erregung, die sich aber weder mit schnellerem Atmen noch in der Mitte seines Körpers bemerkbar machte.

Es war ein wundervolles Gefühl, das seinen gesamten Körper zu erfassen schien, und noch während er zum Restaurant ging, meinte er, den Kies auf dem Boden, auf dem er schritt, gar nicht zu spüren. Seine Augen unter seiner großen dunklen Brille waren nicht das Einzige, was in seinem Körper Blitze aussandte. Sein gesamter Körper schien zu vibrieren und zu zucken und gleichzeitig Blitze abzugeben, die seiner Vorstellung eines inneren Bebens gleichkam. Er konnte förmlich spüren, wie sich alles zusammenfügte. Während die Synapsen in seinem Kopf wie wild arbeiteten und die wundervollsten Bilder entstehen ließen, seine Füße wie auf Watte zu stehen schienen und sein Herz regelmäßige Impulse des Wohlbefindens nach oben und unten schickte, nahm er erneut die guten Wünsche für seine Zukunft und die Beileidsbezeugungen all der Leute im Restaurant entgegen und freute sich, seinen Vater im angeregten Gespräch mit zwei dunkelhaarigen Frauen zu sehen. Nun ja. Freude war es nicht gerade. Aber er nahm es wahr und realisierte gleichzeitig, dass das Leben weiterging. Und das sollte ihm mehr als recht sein.

Es war jedoch alles nur von kurzer Dauer: Die guten Wünsche für die Zukunft und die traurigen, mitleidvollen Blicke.

Dann stand er da. Ein Glas Wasser in der Hand, allein und trotzdem von unendlichem Glück erfüllt. Einmal mehr sich selbst überlassen. Sein Vater war anders. Er war schnell im Mittelpunkt, hatte Leute, die ihm zuhörten, sich mit ihm unterhalten wollten. Schließlich hatte nicht nur ein Sohn seine Mutter verloren. Es wog anscheinend auch etwas, wenn ein Exmann seine Exfrau verlor. Wer weiß schon, weshalb er damals gegangen war? Wer kannte schon die Hintergründe für seine Flucht? Denn dass es eine Flucht gewesen war, darüber schienen sich alle einig zu sein. Hatte der arme Mann nicht weise gehandelt? Die Leute wussten so viel. Einige waren gar davon überzeugt, alles zu wissen. Und sie fanden sich im Recht, seinen Vater zu bemitleiden und dafür zu sorgen, dass sein Glas nicht leer wurde. Sah Jakob ihn lachen? War er am Ende irgendwie glücklich und zufrieden? Konnte schon sein. Warum auch nicht?

Er, Jakob, lachte schließlich auch, war ebenfalls glücklich und zufrieden. Er war jetzt Ex-Sohn. Aber das schien niemanden zu kümmern. Schließlich hatten sie ihm doch schon kondoliert.

Ohne seinen Mund zu bewegen oder seine Mimik zu verändern, lachte Jakob. Lachte aus tiefstem Herzen, weil er spürte, dass es ihm nichts ausmachte, dass die Leute sich miteinander unterhielten und ebenfalls zufrieden zu sein schienen. Sie sprachen nicht zu laut, aber doch auch nicht dezent genug, dass man der Toten gedenken wollte, die doch elendiglich in ihrem Bett erstickt war, während sich ihr Sohn zum guten Glück außer Haus befunden hatte. Niemand fragte wo. Niemand fragte, wo sich denn das „außer Haus" genau befunden hatte. Niemand schien es zu interessieren, was er getan hatte in jener Nacht. Mit wem er diese wahrscheinlich oder ziemlich sicher verbracht hatte.

Jakob drehte sich zur Tür. Eine doppeltürige Schwingtür, die nicht zugesperrt werden konnte und wohl dafür gedacht war, dass das Servierpersonal mit vollen Händen durch die Tür gelangen konnte und nur den Po oder die Schulter einsetzen musste um in den Raum zu gelangen. Diese Tür öffnete sich. Allerdings nicht durch den Po einer Serviertochter, sondern durch die zaghafte Berührung von Patricks Händen, der reinkam und sich im Restaurant umsah. Als er Jakob erblickte, kam er auf ihn zu.

„Ich war noch ein wenig draußen. Habe ich was verpasst?"

Jakob schüttelte den Kopf. „Nein, überhaupt nicht. Alle am Reden und Essen und Trinken." Er machte eine leichte Bewegung mit der Hand in das Innere des Raumes.

Die Schwingtür öffnete sich erneut. Es musste der Mann sein, der ebenfalls noch ein wenig hatte draußen sein wollen. Weil seine Sicht versperrt war, sah Jakob immer noch nicht viel mehr als einen Teil des Kopfes und des gelben Hemdes. Zweifellos war es der Kerl, den er kurz zuvor auf den Knien gesehen hatte. Der sich so rührend um Patrick gekümmert hatte.

Jakob fühlte sich immer noch voller Elektrizität. Alles, was hier geschah, würde ihm dienen. Der Idee, die immer mehr Gestalt annahm.

Keine Idee.

Vielmehr eine Vorstellung, die immer klarer wurde.

Wie ein Puzzle, das mit jedem einzelnen Teilchen mehr und mehr zu einem Ganzen wird. Wie ein Bild, dem man im gleißenden Licht am Horizont immer näherkommt und das mehr und mehr Konturen erkennen lässt.

Gesichter, die Züge erhalten.

Körper, die ihre eigene Sprache zu sprechen beginnen.

Ein Bild, das die Blitze in seinem Körper und die Watte unter seinen Füßen nur verstärkten. Niemand schien Jakobs innere Erregung zu bemerken. Wahrscheinlich hätte er nackt dastehen können, und niemand hätte reagiert. Wieso auch?

Aber trotzdem war er froh, dass er ruhig dastand. Und angezogen. Sein Atem ging, als würde er abends in seinem Bett liegen. Ruhig und kontrolliert. So fühlte er sich.

Ruhig und kontrolliert.

Ganz anders schien es Patrick zu gehen, als der alte Kerl das Restaurant betrat. Jakob konnte dessen Gesicht immer noch nicht erkennen, weil gerade ein paar Gäste dazwischen traten und ihm den Blick versperrten. Es war offensichtlich, dass Patrick ganz genau wusste, wer eben in den Speiseraum getreten war. Er senkte seinen Kopf, und beinahe glaubte Jakob ein leichtes Erröten zu erkennen. Aber durch die Sonnenbrille konnte dies auch eine Täuschung der Gläser sein. „Willst du etwas trinken? Oder hast du Hunger?"

Patrick schüttelte den Kopf. „Nein, danke dir. Muss eh gehen."

„Okay." Jakob schaute ihn an. Patricks weißes Hemd steckte in seiner schwarzen Hose. Sein Haar hatte er nach hinten gestrichen, und ein gequältes Lächeln lag auf seinem Gesicht, als er zur Tür ging und sich kurz zu Jakob umdrehte.

Tut mir leid, formte Patrick mit seinen Lippen und verließ das Restaurant. Dann schwangen nur noch die beiden Türflügel.

Mir nicht, dachte Jakob und konnte nicht verhindern, dass das Gefühl des Glücks nicht verschwinden wollte. Nicht die Blitze und nicht die Watte. *Mir tut es nicht leid. Ganz im Gegenteil.*

„Weshalb lächelst du?" Sein Vater stand vor ihm und schaute ihn fragend an.

„Was?"

„Du stehst hier mit einem leeren Glas. Wasser notabene und lächelst, als ob es sich um einen Kindergeburtstag handeln würde."

Jakob erschrak. Er war sicher gewesen, dass er alles nur in seinem Innern und hinter seiner Sonnenbrille empfunden hatte. Er war sicher gewesen, dass niemand mitbekommen hatte, wie sehr er sich das Lachen hatte verkneifen müssen. Er musste noch viel besser lernen, sich mehr im Griff zu haben. Viel mehr.

Ein Lächeln. An der Beerdigung seiner Mutter. Ein Lächeln am dunkelsten Tag, den ein Sohn erleben konnte. Das war einfach nicht angebracht. Egal, was man empfand und wenn es auch nur ein schiefes Lächeln war.

„Tut mir leid, Vater. Tut mir wirklich leid. Weißt du. Es ist alles so ... so ... irre. Irgendwie. Findest du nicht? Hier sind Leute, die ich nicht mit Namen kenne, und die sind alle so traurig.

Oder tun wenigstens so. Es ist … Ich meine, ich kenne die gar nicht. Die sind nicht wegen mir hier …"

Sein Vater nickte. „Nein, die sind wegen deiner Mutter hier. Sie ist es, die ihr Leben verloren hat."

Jakob blickte seinen Vater an. Sein Lächeln war verschwunden. Aber in seinem Innern spürte er immer noch die Blitze und unter seinen Füßen die Weichheit der Watte, die ihm das Gefühl von Sicherheit gab. Selbst, wenn er fallen würde.

Sein Vater räusperte sich. Er nahm eine Glaskaraffe vom Tisch, der in der Nähe stand, und füllte Jakobs Glas mit einer leicht grünen Flüssigkeit. Wieder etwas, das in seinem ureigenen Sein nichts als lustig war. Erheiternd. Er nahm es einfach wahr. Schaute auf sein nun gefülltes Glas und schaute rauf zu seinem Vater, der um einiges größer war als er. Dabei half auch die Watte unter seinen Füßen nichts.

Trotzdem fühlte sich Jakob nicht klein. Er spürte, wie die körperlichen Größenunterschiede zu seinem Vater nicht seiner Empfindung entsprachen. Im Gegenteil. Sein Vater räusperte sich erneut und wirkte irgendwie klein. Zum Bedauern. Vielleicht war die Watte doch hilfreich. Nicht nur für die Sicherheit, sondern auch für die Größe.

„Also natürlich sind sie auch wegen dir hier. Es ist tragisch, wenn ein Junge seine Mutter verliert. Sie wollen Anteil nehmen und dir zur Seite stehen. Sie wollen dich emotional unterstützen."

„Und wo waren sie früher gewesen, alle diese Menschen? Nein, Papa, ein wenig lustig ist das Ganze doch schon. Findest du nicht?"

Sein Vater blickte ihn ernst an. „Ein wenig dankbarer könntest du sein, finde ich. Dankbarer und weniger hinterfragend!"

Jakob schüttelte den Kopf und spürte die Blitze in seinem Schädel an seine Schläfen pochen. Ein weiteres Bild. Ein Mann, dessen Züge immer mehr jene seines Vaters annahmen. Mit nacktem Oberkörper. Lachend. In der Gesellschaft vieler dunkelhaariger Frauen. Glücklich. Von einigen wurde er geküsst. Auf die Brust. Den Hals. Den Mund. Vor allem auf den Mund.

„Ist es okay, wenn ich gehe? Ich meine, ohne noch was groß zu sagen? Ich möchte allein sein."

Sein Vater blickte sich um. Eine der Dunkelhaarigen prostete ihm mit einem Sektglas zu. Die ganze Szenerie war wirklich zum Brüllen komisch. Aber das schien nur Jakob wahrzunehmen.

Sein Vater nickte ihr kurz zu und schaute dann ernst zu seinem Sohn. „Ja, klar. Logisch. Das versteht jeder. Und ich kann ja dann noch etwas sagen. Und du meldest dich, wenn etwas ist? Ja, Junge?"

„Mach ich", sagte Jakob, drückte seinem Vater sein volles Glas in die Hand und verließ das Restaurant. Beim Hinausgehen hörte er eine Frauenstimme.

„Wo bist du denn so lange gewesen?"

Er drehte sich kurz zur Stimme hin. Sie gehörte einer Dame mit blondiertem Haar, von dem sie unglaublich viel zu haben schien. Er sah den Mann von vorhin, der auf den Knien gewesen war und weiß nicht was mit Patricks Pimmel angestellt hatte, von hinten. Es musste derselbe Mann sein, denn das Bild von dessen Hinterkopf war noch zu frisch, als dass er es bereits hätte vergessen können. Und das gelbe Hemd, das er trug. Das Jacket hatte er über den Stuhl gehängt. „Jetzt reg dich ab. Man darf doch wohl noch eine rauchen dürfen. Hast du etwa deshalb die ganze Zeit geschmollt?" Er sah noch, wie er sie auf den Hals zu küssen versuchte und sie es erst zuließ, als er es nochmals versuchte. Dann schlossen sich die schwingenden Türen des Raumes. Jakob drückte die Falle der Haupttür und trat nach draußen.

Er atmete die Frische des Nachmittags ein.

November.

Dass es so warm sein konnte an einem Novembertag? Dass es so warm sein durfte, obwohl seine Mutter eben erst unter die Erde gebracht worden war? Jakob atmete ein und nahm die Sonnenbrille von seinem Gesicht. Es war niemand da, der das Blitzen in seinen Augen sehen konnte. Das Lachen.

Er blieb stehen und blickte unwillkürlich zum weißen Volvo, der immer noch dort stand. Es war ein wunderschöner Nachmittag, und beinahe glaubte er, dass es der schönste Nachmittag war, den er je erlebt hatte. Wie auf Watte lief er zum Volvo. Spürte die Blitze in seinem Kopf, die erneut elektrische Impulse durch seinen Körper leiteten. Als er um die Ecke blickte, lag da nur ein Taschentuch auf dem Boden. Leicht zusammengeknüllt. Er trat hin und hob es auf, nachdem er sich umgeschaut hatte. Niemand war da. Mit Zeigefinger und Daumen hob er es behutsam auf, berührte es nur an der Ecke. Blickte es an. Ohne Emotion und doch mit der Empfindung der immer heftiger zuckenden Blitze. Er hielt das Taschentuch sorgfältig in seiner Hand. Spürte das leichte Gewicht des Spermas, mit welchem es getränkt worden war. Nahm den Geruch war. Von Patrick oder dem Mann. Eher von Patrick. War logischer. Aber Jakob wusste es nicht und wollte es auch nicht wissen.

In der Tat wusste er überhaupt nicht, weshalb er es überhaupt aufgehoben hatte. Irgendwie war es seine Überzeugung, dass es ein Puzzleteil sein könnte, welches helfen würde, ein Ganzes zu erhalten. Irgendwann.

Er spürte, dass es nicht ganz normal war, was er gerade tat, und trotzdem musste er es tun. Er kannte das Bild des Puzzles noch nicht, und er wusste auch noch nicht, was er mit den dunkelhaarigen Frauen an der Seite seines Vaters anfangen sollte. Aber er wusste, dass er es zu Ende bringen wollte. Das gesamte Bild. Jeden einzelnen Teilbereich wollte er fertigstellen. Und wenn er dafür noch eigene Pinselstriche hinzufügen musste. Er wickelte sein Stofftaschentuch um das nasse Papier und schob alles in seine Hosentasche.

Als er in der Wohnung seiner Mutter war, die nun seine Wohnung war, steckte er das Taschentuch in ein leeres Konfitürenglas, legte sich aufs Sofa und betrachtete es, ohne es wirklich anzusehen. Er erhob sich, stellte das Glas auf das kleine Holztischchen und legte sich zurück.

Dieses Glas würde ihn daran erinnern, dass sein Plan immer mehr Gestalt annahm. Immer mehr Züge der Gesichter vieler Beteiligter wurden erkennbar. Immer klarer die Konturen. Aber zuerst musste er sich um das Teilbild kümmern, das bereits jetzt schon klare Konturen und Farben erhalten hatte. Dunkelhaarige Frauen und sein Vater. Immer wieder sein Vater, der glaubte, dass es genügen würde, einen beinahe 16-jährigen Jungen in einen Zeichentrickfilm einzuladen, geschweige denn, ihm ein Poster des Schmunzelmonsters zu schenken.

Nein!

Das war nicht genug. Absolut nicht genug.

Es war nicht das, was er gebraucht hätte, und es war nicht das, was er gewollt hatte.

Überhaupt nicht!

Jakob Morello lag am frühen Abend des 14. Novembers 1983 auf seiner Couch in seinem Wohnzimmer, schaute an die Decke seiner Wohnung und war nicht sicher, ob er das Puzzle von Patrick oder jenes seines Vaters vollenden wollte. Oder musste. Darüber musste er sich noch klar werden.

So waren es an jenem Abend, als er auf der Couch lag, dunkelhaarige Frauen, das Gesicht seines Vaters, Patricks schwarze Hose, die in seinen Knien hing, ein alter Mann, viele alte Männer, teilweise ergraut oder mit Glatze. Viele mit Glatze und Bauch und lachende Frauen, die seinem Vater zuprosten und ihm Kussmünder zuwerfen. Das Gesicht von Patrick, mit geschlossenen Augen. Der Kopf des Mannes zwischen seinen Beinen. Der Mann, der sagt, dass er doch nur eine rauchen will. Sein Vater, der etwas zur Trauergesellschaft sagt. Alle schauen ihn an. Seinen Vater. Der etwas sagt und sich nicht bewusst ist, dass alle Blicke auf ihn gerichtet sind. Auf ihn und nicht auf seinen Sohn, der doch seine Mutter verloren hat. Der Vater, der nicht weiß, dass sein Junge keine Flüssigkeit trinkt, die Alkohol enthält. Patrick, der die Hände in den noch vorhandenen Haaren des alten Mannes vergräbt und ihn anblickt. Ihn. Jakob. Und lächelt. Und keinen Hunger hat und keinen Durst. Und wieder sein Vater. Überall die Küsse all der dunkelhaarigen Schönheiten, die seinen Vater anlächeln. Die dem Vater die Zeit stehlen, sich um seinen Jungen zu kümmern. Wieso spricht er mit diesen Frauen und kümmert sich nicht um seinen Sohn?

Ein Gefühl kommt rauf. Ein Gefühl, das er, Jakob, nicht gern hat. Aber ein Gefühl, das zu bekämpfen er gelernt hat. Er hasst ihn. Er hasst ihn, den Mann, der nie gekommen ist, wenn er ihn gebraucht hat. Den Mann, der ihm vor Jahren ein Schmunzelmonster geschenkt hat, obwohl er seine starken Arme viel nötiger gehabt hätte. Den Mann, der sich lieber mit dunkelhaarigen Schönheiten abgibt und seinem Sohn eher das Glas füllt, als ihn in die Arme zu nehmen.

Jakob schaute zur Decke. Es war verrückt. Niemals hätte er es für möglich gehalten, dass er dieses Gefühl seinem Vater gegenüber empfinden würde.

Hass! Schnörkelloser Hass.

Nie!

Und trotzdem war dieses Gefühl da. Dieses Gefühl, das er beinahe körperlich spüren konnte. Damals. An jenem Abend.

Vielleicht war es dasselbe, wenn das zu Ende gebrachte Puzzle nicht jenes Bild zeigte, das man sich zu Beginn vorgestellt hatte. Die Vorlage nicht übereinstimmte mit den Teilen, die einem zur Verfügung standen.

Das Glas mit dem Papiertaschentuch konnte warten. Jetzt galt es zuerst, das Puzzle mit dem Bild seines Vaters zu einem Ganzen werden zu lassen. Die Konturen. Die Farben. Das Zusammenspiel der Personen. Die Frauen. Dunkelhaarig. Sein Vater. Sein Gesicht. Und über allem, wie ein Wasserzeichen, Eliott, der am Schmunzeln war.

2

Am Tag nach der Beerdigung ging er zur Firma, in der er seit einigen Tagen arbeitete. Im Eingang sah er seinen Vater stehen, der auf ihn gewartet zu haben schien.

„Alles klar, Junge? Geht es?", begrüßte er ihn. Jakob nickte. Klar. Weshalb sollte es auch nicht gehen? Er antwortete: „Ich konnte nicht so gut einschlafen und musste an so vieles denken."

„Das verstehe ich. Geht mir manchmal auch so, wenn ich an Dinge denken muss, die mich beschäftigen."

Jakob staunte. Es gab Dinge, die seinen Vater beschäftigten! Nun, er würde herausfinden, was das für Dinge waren. Er hatte

Zeit. Genügend Zeit. Jakob Morello war zwanzig Jahre alt und dazu entschlossen, alles zu tun, um wieder auf Watte zu gehen und die Blitze in seinem Körper erneut zu spüren. Er hatte das Konfitürenglas mit dem Papiertaschentuch in seiner Wohnung. Im Büchergestell, das beinahe keine Bücher hatte, dafür einen Bilderrahmen, der leer war. Leer, seit er das Bild von ihm und seiner Mutter entfernt hatte, am Tag nach ihrem Tod. Das Glas stand dort und machte sich eigentlich ganz gut. Er hatte damit eine Erinnerung an Patricks dunkles Geheimnis. Und er war daran, auch herauszufinden, was seinen Vater am Einschlafen hinderte.

Beim Hineingehen sagte er: „Du hast Dinge, die dich beschäftigen?"

„Aber sicher, Junge. Die hat jeder. Glaube mir. Jeder trägt seinen Rucksack, und jeder Riemen dieses Rucksackes beginnt früher oder später zu scheuern."

Jakob sah, wie sich die große Glastür hinter ihnen schloss. „Und was tust du, dass es nicht zu sehr scheuert?"

Sein Vater blickte ihn ernst an und antwortete: „Arbeiten, Junge. Arbeiten. Es hält dich davon ab, zu stark in deinen Gedanken zu verweilen. Es ist gut für einen Mann, eine Arbeit zu haben. Und es ist gut für einen Vater, zu wissen, dass sein Sohn ebenfalls eine Arbeit hat. Ohne Arbeit Junge … " Er zögerte und fuhr fort: „Ohne Arbeit ist das Leben nur noch einen Pfifferling wert, glaube mir. Es sind die Jungen, die einen glauben machen, dass es schlecht sei, jeden Tag in einem solchen Gebäude zu verschwinden."

Mit seiner Hand zeigte er auf die Eingangshalle des Geschäftshauses, in dem Jakob seit einigen Tagen zuständig war, Akten zu sortieren. Er hatte auf die Nummern zu achten und musste aufpassen, dass er keine auslieᵬ, während er alles fein säuberlich in eine Tabelle übertragen musste. Es war keine schwierige Aufgabe und ließ ihm genügend Zeit, seinen Gedanken freien Lauf zu lassen. Meist war er allein in dem kleinen Arbeitsraum, der eigentlich eher einer Abstellkammer glich. Er war nahe der Treppe, auf der die Leute am Ende des Tages nach getaner Arbeit wieder runterliefen, wenn sie von der Firma ausgespien wurden. Zurück in ihr Leben. Jeder, der zur Treppe ging, kam unwillkürlich an dem Raum vorbei. Er hatte keine Tür, und alle konnten sehen, wie er seitlich an einer Schreibmaschine saß und die Akten registrierte, die man ihm täglich auf den Tisch legte. Er brauchte jeweils nur den Kopf leicht zu drehen, um zu sehen, wer vorbeiging. Eine unauffällige Bewegung seines Kopfes genügte, um zu sehen, wer kam und wer ging.

Eigentlich hatte er mit seinem Arbeitsort den perfekten Überblick. Den perfekteren, als der Abteilungsleiter in seinem gläsernen Büro im hinteren Teil der Etage ihn hatte. Die Leute, die vorbeigingen, schienen den jungen Mann mit den schmalen Schultern nicht wahrzunehmen, der seit neuester Zeit im Räumchen an der Treppe arbeitete. Klein und von schmächtiger Statur würde man ihn vielleicht beschreiben. Blond und ohne erkennbaren Bartwuchs. Beinahe ein Junge.

Aber Jakob Morello war kein Junge mehr. Er hatte dem Jungen Lebewohl gesagt, als Elliot, das Schmunzelmonster, sein Lachen verloren hatte. Zusammen mit seiner Mutter hatte er ihn unter die Erde gebracht. Jakob Morello fühlte sich als Mann und wusste um den Nutzen seines ersten richtigen Arbeitsplatzes. Er half ihm, Buch zu führen über die Mitarbeiter der Etage. Beinahe von Anfang an machte er Striche, wenn Anita an ihm vorüberging und zur Treppe lief. Anita, die Kurzhaarige. Einen senkrechten Strich, wenn sie ging und einen waagrechten, wenn sie wiederkam. Anita war blau. Also im übertragenen Sinn. Oder im doppelt übertragenen Sinn.

Was er nur wieder alles zusammenphantasierte. Es war unglaublich. Anita hatte weder blaue Haut noch war sie betrunken. Sie war hellhäutig und ging an ihm vorbei wie alle anderen auch. Mit blauem Stift machte er die Striche für Anita.

Jene von Herrn Koller waren rot. Er fand die Farbe für den Chef irgendwie richtig. Für einige andere hatte er ebenfalls Farben gewählt, und wahrscheinlich schien es an seiner analytischen Speicherfähigkeit zu liegen, dass er sich nirgendwo notieren musste, welche Farbe welcher Person in den Büroräumen auf seiner Etage zugeordnet war. Jakob wusste es. Er hatte sich bei der Farbgebung nichts überlegt. Außer beim Abteilungsleiter. Rot schien ihm passend zu sein. Signalwirkung. Nichts Ruhiges. Achtung. Stopp. Vorsicht.

Ja, Rot passte zu Koller.

Mit kleinen Punkten zählte er die Stunden zwischen dem senkrechten und dem waagerechten Strich. Bei Anita gab es nie einen Punkt. Zu kurz waren ihre Pausen. Zu unbedeutend schien ihre Mittagszeit zu sein. Anders bei Herrn Koller. Es gab Tage, da konnte er vier oder sogar fünf Punkte setzen, und er fragte sich, was er in den vielen Stunden machte.

Okay. Vielleicht war es mal ein Geschäftsmeeting außerhalb des Gebäudes mit anschließendem Mittagessen. Aber mehrmals in der Woche vier Punkte?

Vor zwei Tagen, da waren es sage und schreibe sieben Punkte. Sieben Stunden, in denen der Abteilungsleiter nicht auf seinem Posten war. In denen der Chef nicht erreichbar war. Zu gern hätte er gewusst, was man sieben Stunden lang tat, um damit sein Geld zu verdienen oder seinen Lohn wert zu sein.

Sieben Stunden. Absoluter Rekord.

Während er seinen Gedanken nachgegangen hatte, waren er und sein Vater weiter die Treppe hochgestiegen. Sein Vater war immer noch dabei, den Wert der Arbeit zu betonen und dass sie es sei, die einen Mann erst ausmache.

„Es ist nicht die Armee, Jakob. Es sind nicht einmal die Mädchen, die uns ausmachen. Es ist die Arbeit."

Zufrieden, etwas wirklich Entscheidendes losgeworden zu sein, blickte er zurück zu Jakob, der hinter ihm herging. Er verabschiedete sich und verließ das Treppenhaus Richtung Büros der Abteilung eins. Jakob ging weiter hinauf. Nahm Stufe um Stufe, und mit jedem Tritt dachte er an die Armee und an die Mädchen.

Ja, Vater, dachte er, *es ist nicht die Armee und wohl sind es auch nicht die Mädchen. Die Arbeit ist es aber mit Sicherheit ebenfalls nicht.*

Am liebsten hätte er sich umgedreht und wäre hinuntergerannt und ins Büro seines Vaters gestürmt, um ihn zu fragen, wie es denn sei, wenn die Mädchen Frauen seien. Dunkelhaarige Frauen. Er ließ es bleiben, setzte sich auf seinen Stuhl in seiner Nische und blickte zur Seite. Die Arbeitsplätze waren besetzt, und durch die Glasscheibe des Büros von Herrn Koller sah er Licht. Niemand hatte sich zu Jakob umgedreht, als er Licht gemacht und die Plastikhülle von seiner Schreibmaschine gehoben hatte.

Auf den Zettel mit den Strichen und Punkten schrieb er mit Füller das Datum des heutigen Tages.

15. November, 1983.

Mit jeder Farbe machte er einen Kringel. Das bedeutete, dass alle da waren. Alle. Auch er. Bereit, die Akten zu ordnen und so vorzubereiten, dass sie im Archiv sauber platziert werden konnten. Bereit, waagerechte und senkrechte Striche zu machen und Punkte. Vor allem Punkte. Sie waren es, die ihn interessierten. Jene von Anita und dem schwarzhaarigen Typen, der ihr gegenübersaß. Und von den anderen. Vor allem aber jene von Herrn Koller, die in den vergangenen Tagen eine starke Vermehrung erlebten.

Eine halbe Stunde nachdem Jakob Morello das Licht in seiner Kammer angezündet hatte, wurde jenes des Glasbüros gelöscht, und Koller kam heraus. Jakob bemerkte, dass sich die Finger der Angestellten schneller über die Tasten ihrer Maschinen zu bewegen schienen. Zumindest war das Geräusch ein anderes, kaum hatte sich die Glastür geöffnet. Er sah, wie Anita dem Chef zunickte, und auch der Schwarzhaarige tat dasselbe. Alle blickten sie kurz zu ihrem Vorgesetzten, ohne dabei ihre Arbeit zu unterbrechen. Ein wundervolles Schauspiel. Koller ging an ihnen vorbei. Lächelnd. Mit angedeutetem Nicken. Es schien ihm zu gefallen. Dieser Gang durch die Untergebenen.

Dann war Koller an ihm vorbeigegangen. Jakob hatte nicht schneller getippt und ihn auch nicht direkt angeschaut. Trotzdem hatte er registriert, dass Herr Koller keine Notiz vom neu angestellten jungen Mann genommen hatte, der zur Probe das Aktenräumlein erhalten hatte, um irgendwelche Arbeiten zu erledigen, die den Chef überhaupt nicht interessierten. Ohne in den Raum hineinzusehen, schritt er an Jakob vorbei und ging zum Treppenhaus. Dort blieb er vor dem Lift stehen.

Kurz entschlossen stand Jakob auf und nahm seine Jeansjacke, die über seiner Stuhllehne hing. Während Herr Koller mit dem Lift nach unten fuhr, nahm Jakob immer zwei Treppenstufen. Er hütete sich allerdings davor, die letzte Treppe zu nehmen, bevor der Lift seine Türen geöffnet hatte. Er beobachtete, wie Rot aus dem Lift trat und durch die Eingangshalle des Gebäudes schritt, das mit seinen offen liegenden Backsteinen den Eindruck moderner Architektur erwecken sollte, die Jakob jedoch nicht recht ins Auge springen wollte.

Er hatte keine Ahnung, was ihn gerade ritt. Aber er ging Koller hinterher und verließ eine halbe Minute nach ihm die Firma. Die Seidelstraße entlang und dann in eine Gasse, an deren Namen sich Jakob nicht mehr erinnern konnte. Nicht mehr an den Namen der Gasse. Aber daran, dass er sah, wie sein Abteilungsleiter die Krawatte geöffnet und ausgezogen hatte und sie in seiner Hosentasche verschwinden ließ.

Ein Bild trat ihm ins Gesicht. Eine Erinnerung. Vage zuerst, dann immer klarer. Ein leichtes Kribbeln durchströmte Jakob, das er allerdings nicht weiter zuordnen konnte. Ein gutes Gefühl, das er in den letzten paar Tagen beim Zeichnen von waagerechten und senkrechten Strichen bereits einige Male empfunden hatte und dessen permanentes Vorhandensein er mehr und mehr herbeisehnte. Er sah Koller erneut abbiegen. Strammen Schrittes. Nicht zu schnell für Jakob. Trotzdem wurde die Zeit zu einem Problem. Jakob blickte auf die Uhr. Er musste zurück, bevor jemand doch noch auf den leeren Platz in seinem Kämmerlein aufmerksam wurde. Vielleicht hatte ihn Anita bemerkt. Jakob glaubte es allerdings nicht. Trotzdem.

Vielleicht hinterließ auch ein Unsichtbarer eine Lücke, wenn er verschwunden ist. Eine sichtbare Lücke. Vielleicht war es so, dass er erst sichtbar wurde, wenn er nicht mehr da war.

Jakob schüttelte den Kopf.

Er machte sich langsam, aber sicher Sorgen um seinen Gemütszustand. Diese Gedankenspiele, die aus heiterem Himmel aus ihm herauszubrechen schienen. Die Phantastereien, die über ihm einzubrechen drohten. Er hatte keine Ahnung, woher sie kamen oder wohin sie führten. Aber er wusste, dass er genug gesehen hatte. Er wusste, dass Koller kein Geschäftsmeeting vor sich hatte. Nicht ohne Krawatte. Ein anderes Mal würde er ihm weiter nachgehen und versuchen herauszufinden, worum es sich da handelte.

Als er wenig später wieder auf seinem Stuhl saß, setzte er fein säuberlich einen roten Punkt neben einen senkrechten Strich derselben Farbe. Er wusste, dass Koller länger als eine Stunde weg sein würde. Mindestens einen Punkt konnte er schon setzen. Als er sich umblickte, bemerkte er, dass Anita ebenfalls nicht hier war. Ein blauer, waagerechter Strich. Er würde noch keinen Punkt setzen. Nicht bei Anita. Ein blauer Punkt wäre ein Novum in seinen Aufzeichnungen.

3

Als er am Abend alles zusammenpackte, studierte er die Liste. Acht rote Punkte. Acht. Noch nie war Koller acht Stunden weg gewesen. Ob er das überhaupt durfte? In seiner Arbeitszeit? Jakob konnte sich das nicht vorstellen, war allerdings noch nicht im Alter und hatte noch nicht die Erfahrung, dies zu beurteilen. Zudem befand er sich nicht in jener Gehaltsklasse, die es ihm erlaubte, seine Vermutungen zu äußern. Aber er wusste, dass sein Gefühl ihn nicht täuschte und sein Chef nicht sauber war.

Als er wenig später am Küchentisch saß und darauf wartete, dass eine Fertigpizza im Ofen essbereit wurde, setzte sich in seinem Kopf erneut ein Puzzleteil zusammen. Plötzlich wusste er, dass es nicht nötig sein würde, seinen Arbeitsplatz erneut zu verlassen. Es war beisammen, das Bild. Wenigstens dieses.

Er stand auf und öffnete die Backofentür, die keine Glasfront hatte, wie jenes Gerät, das er bei Markus zu Hause gesehen hatte. Er musste die Tür aufklappen, um zu sehen, ob das Essen bereit war. Es würde noch ein wenig dauern.

Geduld wurde ihm in die Wiege gelegt. Schon früh hatte er lernen müssen zu warten. Warten, bis es Essen gab. Warten, bis es Sonntag wurde und er vielleicht ein Eis erhielt. Warten, bis die fremden Männer die Wohnung verließen. Jakob hatte gelernt, geduldig zu sein und zu warten, bis ihm ein neues Puzzleteil vor die Füße fiel. Und er hatte in den zwei Wochen gelernt, dass sie ihm wirklich buchstäblich vor die Füße fielen. Er musste nicht viel unternehmen, und Bilder wurden klarer. Gesichter schärfer. Personen kamen und gingen. Setzten sich in Gruppen oder Paaren zusammen und verschwanden wieder, um wenig später erneut aufzutauchen.

Jetzt in der Küche, als er darauf wartete, seine Hawaii essen zu können und das Bild betrachtete, das in seinem Innern entstand, musste er lächeln. Das war verrückt.

Absolut verrückt!

In der Küche verbreitete sich der Duft der Pizza, und Jakob öffnete den Backofen, nahm sie raus und legte sie auf einen Teller. Dann ging er ins Wohnzimmer und setzte sich auf die Couch. Als er einen ersten Bissen in den Mund geschoben hatte, verschluckte er sich beinahe daran, weil die Wohnungsglocke schrillte. Er stand auf und ging kauend zur Tür. Wer konnte das sein? Er öffnete, und vor ihm stand Angelika.

„Hallo, Jakob. Tut mir leid, wenn ich störe."

„Nein, du störst nicht. Das heisst …"

„Ich störe doch. Ich seh's dir an." Sie drehte sich zum Gehen weg.

Jakob trat ein wenig zur Seite. „Nein, wirklich, ich wollte eigentlich nur sagen, dass ich eben eine Pizza … Magst du Pizza?"

Angelika nickte, und als Jakob einladend noch mehr zur Seite ging, trat sie ein und schaute sich um.

„Ich weiß gar nicht mehr, wann ich das letzte Mal hier gewesen bin."

„Am 24. Oktober."

Angelika schaute ihn verblüfft an, und es war ihr anzusehen, dass es in ihrem Hirn zu rattern begann. Nur kurz. Mehr brauchte es nicht.

„Oh. Tut mir leid. Genau, dein Geburtstag …"

Jakob verwarf die Hände. „Schon okay. Den vergisst man besser. Setz dich doch ins Wohnzimmer. Ich hole dir einen Teller."

Jakob ging in die Küche, und Angelika ging eine Tür weiter und betrat das Wohnzimmer. Klar hatte sie gewusst, wann sie das letzte Mal hier gewesen war. Sie wusste auch nicht, weshalb sie mit diesem Smalltalk überhaupt angefangen hatte. Dabei wollte sie sich nur dafür entschuldigen, dass sie nach der Beerdigung einfach gegangen war. Sie setzte sich noch nicht hin, sondern ging ein paar Schritte zum Gestell mit alten Büchern und einem Fotorahmen, in dem sich kein Foto befand.

Jakob hörte Angelika aus dem Wohnzimmer rufen: „Wieso hat es denn kein Foto in diesem Rahmen drin?" Jakob war daran, zwei Gläser aus dem Kasten zu nehmen und einen Krug mit Wasser vorzubereiten. Er blickte vor sich hin, während er darauf wartete, dass das Wasser kälter wurde.

„Es hat sich noch kein Bild dafür geeignet. Keine Ahnung!", rief er aus der Küche zurück.

„Und was soll dieses Papiertaschentuch in diesem Konfitürenglas?"

Erschreckt drehte sich Jakob um und sah Angelika mit dem Glas im Türrahmen stehen. Er stellte den Krug in die Spüle und ließ das Wasser einfließen. Rasch ging er zu ihr hin und nahm ihr das Glas aus der Hand.

„Das, das ist nur eine Erinnerung. Nichts von Belang."

Belustigt schaute ihm Angelika nach, nahm den gefüllten Krug und die beiden Gläser und folgte Jakob ins Wohnzimmer. Dieser legte das Glas in eine Schublade, die sich im unteren Teil des Büchergestells befand. Die Schublade war sonst leer.

„Und, wie sieht es aus? Wie groß ist dein Hunger?"

Angelika hatte sich hingesetzt und blickte ihn an. „Jakob …"

Jakob hatte ein Stück Pizza auf dem Messerrücken. „Nun?"

Angelika nickte. „Ja, das passt. Ich bin nicht wegen dem Nachtessen hier."

„Das weiß ich." Jakob schob sich einen Bissen in den Mund. „Ist schon ein wenig kalt."

„Egal." Angelika nahm ein wenig, und nachdem sie runtergeschluckt hatte, sagte sie: „Es tut mir leid, Jakob. Wegen deiner Mutter. Wegen allem. Du hast dich gar nicht mehr gemeldet. Ich verstehe einfach nicht …"

Jakob stand auf. Er hatte keinen Hunger mehr. Später würde er die Pizza gerne essen, kälter, als sie ohnehin schon war. Konnte sie wirklich so unschuldig tun, als wenn sie nie unter Thomas nacktem Po gelegen hätte? Ein Lamm der Unschuld? Er konnte es nicht fassen. Spürte seltsame Blitze gegen seine Schläfen pochen, während er spürte, wie sie ihn ansah. Beinahe flehentlich.

„Es war halt viel in letzter Zeit."

„Aber ich wäre doch für dich da gewesen. Hätte dich unterstützt und dir zugehört. Oder wir hätten einfach nur auf dem Bett sitzen können und schweigen. Nichts sagen. Weißt du noch? Wie damals, als wir uns kennengelernt hatten. So richtig, meine ich."

„Tut mir leid, Angelika. Aber ich möchte jetzt eher allein sein."

Noch flehentlicher schaute sie ihn an. Das Blitzen wurde stärker. Nicht so wie auf der Beerdigung. Aber sie waren da. Aber keine Watte. Seine Füße standen auf dem harten Holzboden seines Wohnzimmers. Unwillkürlich war er aufgestanden.

„Aber?"

„Tut mir leid." Jakob trat in den Gang und blickte auf seine Füße. Angelika schlüpfte an ihm vorbei, und bevor sie zur Tür trat, um dahinter zu verschwinden, drückte sie ihm einen flüchtigen Kuss auf die Wange. Als sich die Tür geschlossen hatte, spürte er, dass seine Wange nass war. Er wischte sie ab. Angelikas Tränen.

Er ging zurück ins Wohnzimmer und nahm einen großen Bissen seiner Pizza. Kalt. Er nahm einen Schluck Wasser und blickte auf den Teller, vor dem eben Angelika noch gesessen hatte. Angelika, die einmal seine Angelika gewesen war und so tat, als sei alles in bester Ordnung. Natürlich fragte er sich, was geschehen wäre, wenn er sie nicht mit Thomas zusammen gesehen hätte. In eindeutiger Stellung. In einem Bett. So, wie er selbst noch nie mit ihr zusammen gewesen war. Wie hätte sich alles entwickelt, wenn ihm dieses Puzzleteil nicht vor die Füße gefallen wäre?

Hätte es ein anderes Bild gegeben?

Er wusste es nicht. Es hatte für ihn auch überhaupt keine Relevanz. Das Bild Angelikas war nicht dasjenige, das momentan Konturen anzunehmen begann. Es war Patricks Bild, mit heruntergelassener Hose und diesem Blick, als Jakob das Restaurant verlassen hatte. *Tut mir leid,* hatte er mit seinen Lippen geformt.

„Ja, was denn, lieber Patrick? Was tut dir denn so leid?"

Jakob hatte es laut gesagt, und seine Stimme hallte ein wenig in der Wohnung. Nicht ein tiefes und langes Hallen, als wäre er in einem Kirchendom. Mehr ein Hallen, weil es nur seine Stimme war, die in seiner Wohnung ertönte. Laut und klar. Ganz anders, als wenn er zu andern redete.

Er sah sich am Bahnhof stehen. Die Reise nach Venedig vor sich. Das erste Mal, dass er geglaubt hatte, dass sich doch etwas in seinem Leben zum Guten wenden würde. Dass seine Mutter staunen würde, dass er mit Freunden die Ferien verbringen würde. Und erst noch in einem fremden Land. Mit Patrick und seinen Leuten.

„Tut dir leid, dass du mich verarscht hast?"

Er sah Patrick, als er ihn wie Luft behandelte, als er beim Geburtstag von Markus war. Jener Tag, als er Angelika unter Thomas liegen gesehen hatte.

„Tut dir leid, dass du mich ignoriert hast? All die Jahre?"

Er hörte Patricks Lachen, als er vom Lehrer an die Tafel gerufen wurde. Die Worte, die er zu Helen und Marianne, die hinter ihm saßen, flüsterte. „Jetzt wird es lustig."

„Ist es das, lieber Patrick? Dass du es dank mir lustig gehabt hast?"

Und während er die Teller in der Spüle wusch, sah er Patrick, wie er sich mit Nadja abgesprochen hatte. Gut, das stellte er sich nun wirklich nur vor. Denn er war nicht dabei gewesen. Trotzdem sah er sie in einem klaren Bild vor sich. Wie sie zusammen saßen und alles besprochen hatten. Wie sie gelacht und danach sein Geld ausgegeben hatten. Wofür auch immer.

„Tut dir das leid? Dass du dich zusammen mit Nadja über mich lustig gemacht hast? Dass du mein Geld, das ich all die Jahre gespart hatte, aus dem Fenster geworfen hast? Dass du bei einem Diebstahl mitgemacht hast?"

Er versorgte das Geschirr im Kasten über der Spüle.

„Och nee, dir tut etwas ganz anderes leid, sagst du? Das mit meiner Mutter? Dass sie so grausam ersticken musste. Das tut dir leid?"

Die Augen Patricks blickten ihn aus dem offenen Kasten an. Über den Tellern. Zwischen den vielen Gläsern, von denen er wusste, dass sie einmal alle mit Flüssigkeiten für seine Mutter gefüllt gewesen waren.

„Muss es nicht, mein Freund. Muss es nicht. Das gehört alles zum Bild. Macht es ganz. Aber sorge dich nicht. Ich erlöse dich von deinem Leid. Glaube mir."

Jakob Morello schloss den Geschirrschrank, löschte das Licht in der Küche und ging ins Bad. Als er in den Spiegel blickte, blieb er kurz stehen. Er war größer geworden. War er nicht größer geworden? Weshalb hatte er nie einen Vater gehabt, der Striche seines Wachstums am Türrahmen eingezeichnet hatte? Dann würde man jetzt auf den ersten Blick erkennen, wie er gewachsen war. Kurz bevor er das Licht löschte, glaubte er, im Spiegel Patricks Augen zu sehen.

Traurig. Groß. Groß und dunkel.

Als er kurze Zeit später im Bett lag, dachte er daran, dass diese Augen ihre Größe verlieren würden. Nicht aber ihre Traurigkeit. Dafür würde er sorgen. Und auch dafür, dass er sein Geld zurückerhalten würde, das er während seines ganzen kurzen Lebens gespart hatte.

Es gibt nur etwas, das dir spätestens am Weihnachtsabend leid tun wird, dachte Jakob. Patricks Bild würde es sein, nicht jenes seines Vaters. Patrick würde seine erste Mission werden. Sein erster Schritt in eine neue Welt.

Sein Zimmer war dunkel. Dunkel, wie Patricks Augen. Sein letzter Gedanke galt dem Konfitürenglas in der Schublade im Wohnzimmer, und dann schlief er ein. Ja, bis zum Weihnachtsabend wollte er warten. So lange würde er brauchen, die einzelnen Puzzleteile in die richtige Form zu bringen. Schließlich waren das nur noch wenige Wochen, und es würde das erste Weihnachten ohne seine Mutter sein. Ob er an diesem Abend allerdings allein sein würde, bezweifelte Jakob.

4

Eine Woche vor Weihnachten ließ ihn Koller in sein gläsernes Büro kommen. Anita war gekommen und hatte ihn gerufen. Er hatte seine Jacke genommen und war ins Büro des Abteilungsleiters gegangen. Ohne ein Gefühl der Verunsicherung. Ohne Angst. Es war ihm egal, was kommen würde, denn er kannte die Puzzlevorlage. Anita schloss hinter ihm die Tür. Ob sie seine Sekretärin war? Die Glaswände hatten rundum metallene Lamellen, die zwar runtergelassen, aber offen gedreht waren. Koller schloss sie nicht, also konnte es nicht so schlimm werden.

Anita hatte ihn völlig umsonst mit großen Augen angesehen, als sie ihm sagte, der Chef wolle ihn sprechen.

„Ich komme nachher grad zu ihm", hatte Jakob gemeint, worauf sie ihn erschreckt angeblickt hatte und meinte: „Jetzt! Er will dich jetzt sehen. Ich meine, jetzt, sofort."

Jakob hatte an Anita vorbeigeblickt und Koller in seinem Glaspalast, der keiner war, stehen gesehen. Die Hände hinter dem Rücken, den Kopf leicht nach hinten gedrückt. Er hatte ihn nur scheibchenweise sehen können, da die Storen runtergekurbelt waren. Scheibchenweise Koller. Jakob sollte es recht sein. So war er an Anita vorbeigegangen und hatte gespürt, wie sie ihm folgte.

Als sie die Tür hinter Jakob geschlossen hatte, setzte sich Koller an seinen Schreibtisch und ließ ihn gegenüber Platz nehmen. Jakob glaubte, dass Kollers Sessel leicht erhöht war oder sein Stuhl verkürzte Beine hatte. Jakob kümmerte es nicht. Aber er registrierte es und nahm sich vor, in Zukunft ebenfalls auf die Stuhlhöhe zu achten, wenn er mit jemandem ein ernstes Gespräch würde führen müssen.

„Also, mein Junge. Sie sind ja nun schon einige Wochen bei uns. Und so, wie ich gehört habe, scheint es Ihnen auch gut zu gefallen. Bei uns, meine ich. Bald ist das Jahr ja nun zu Ende und damit auch Ihre Probezeit."

Koller redete für Jakobs Verständnis mit ein wenig zu viel Herz. Leerem Herz. Aber er ließ es geschehen, denn er kannte das Bild. Er hatte es gesehen.

„Nun ist es so", fuhr Koller fort, „dass Sie in der Zeit, in der Sie bei uns waren, auch wirklich tolle Arbeit geleistet haben. Alles zur vollen Zufriedenheit der Leute vom Archiv, die mir berichteten, die Akten seien einwandfrei aufdatiert und geordnet. So gut wie schon lange nicht mehr. Zudem, mein Junge, hat sich nie jemand über Sie beschwert. Niemand, der sich von Ihnen gestört fühlt. Oder in die Ecke gedrängt. Trotz Ihres jungen Alters. Sie scheinen ein richtiger Teamplayer zu sein, mein Junge."

Dann eine kurze Pause. Koller erhob sich von seinem Sessel, ging um den Tisch herum und blickte Jakob direkt ins Gesicht, während er sich mit beiden Händen an der Ecke des Schreibtisches abstützte und sich zu ihm runterbeugte. Jakob nahm den süsslichen Geruch eines billigen Deos wahr, das sich Koller wohl am Morgen in übermäßiger Menge auf die Brust gespéayt hatte.

„Was mich aber am meisten beeindruckte war, dass Sie sich nie über Ihren Arbeitsplatz beklagt haben. Das ist wirklich großartig, mein Junge. Wirklich toll. Beinahe nicht zu glauben, wenn man bedenkt, wie die Jungen heutzutage den Hals nicht voll genug kriegen können und von Anfang an in einem eigenen Büro sitzen wollen. Glauben Sie mir, mein Junge, ich weiß, wovon ich rede." Koller räusperte sich und trat zur rechten Glaswand des Büros. Jakob folgte ihm mit seinem Blick. Der Abteilungsleiter drückte die Lamellen der Storen nach unten, blickte hindurch in seine Abteilung. Jakob schien es, als versuche er, seinem Blick auszuweichen.

Dann fuhr er fort: „Nun ist es aber leider so, dass wir für Sie keine Verwendung haben. Die Arbeit, die Sie gemacht haben, wirklich gut gemacht haben, wie gesagt, können auch die im Archiv direkt erledigen. Verstehen Sie mich? Es gibt für Sie nichts, das ich Ihnen anbieten kann. Gar nichts. Leider." Beim letzten Wort spürte Jakob kurz Kollers Hand auf seiner Schulter. Dann setzte sich Koller wieder auf seinen Stuhl und atmete hörbar aus.

Jakob blickte ihn an und rutschte auf seinem Stuhl nach vorne. Während er sprach, blieb sein Gesicht absolut regungslos. Seine Augen blieben, ohne auch nur einmal die Lider zu schließen, auf Kollers Gesicht gerichtet.

„Danke, Herr Koller, für Ihre offenen Worte. Sie können mir nichts anbieten? Ich denke jedoch, dass Sie sich irren. Gewaltig irren. Jeder hat etwas anzubieten. Ich auch. Ich kann Ihnen mein Schweigen anbieten. Ich bin ja ein Teamplayer, wie Sie doch so schön sagten."

Koller öffnete seinen Mund. „Ich verstehe nicht … Wovon sprechen Sie?"

Jakob lehnte sich noch weiter in seine Richtung. Einen Moment länger als notwendig schlossen sich die Lider. Als wollte er Koller zeigen, dass er überlegen müsste, was denn Gründe für dessen verständnislosen Blick sein könnten.

Dann fuhr er in derselben monotonen Stimmlage fort: „Ich glaube schon, dass Sie mich verstehen. Ich bin nicht Ihr Junge, und ich werde niemals Ihr Junge sein. Dafür haben Sie andere Jungen, die Sie die Ihren nennen, nicht wahr, Herr Abteilungsleiter? Sie waren doch bei der Beerdigung meiner Mutter, nicht wahr? Und Sie waren es doch auch, der sich dort ganz rührend um einen Jungen gekümmert hatte, oder irre ich mich? Leider habe ich Sie nur von hinten gesehen. Erst vor Kurzem ist es mir wie ein Blitz durch den Kopf geschossen. Zuerst war ich nicht sicher. Aber mit der Zeit wurde mein Eindruck immer klarer. Ich habe Sie gesehen. Sie. An der Beerdigung. Hinter dem weißen Volvo. Es ist doch Ihr Wagen, oder nicht?"

„Aber …" Koller sackte in seinem Sessel zusammen. Er schluckte. Sein Gesicht hatte die Farbe geändert. Aschfahl. Konnte man das so sagen? Jakob kannte dieses Wort aus Büchern und hatte eine Vorstellung. Aber mit restloser Sicherheit konnte er niemals sagen, ob seine Vorstellung wirklich stimmte. Aber was sich im Gesicht Kollers vollzog, konnte nur mit dem Begriff aschfahl umschrieben werden. Sein Blut schien vollends den Teil des Kopfes verlassen zu haben. Das Grau des Lichtes durch die Lamellen schien sich mit dem Grau in Kollers Gesicht zu vereinigen. Jakob wurde Zeuge, wie sich innerhalb von Sekunden ein Leben veränderte. Er war mitten drin und bekam live mit, wie dieses Leben versuchte, alternative Routen seines Lebensplanes zu bauen. Aber so etwas geschieht nicht in Sekunden. Das braucht länger. Im ersten Moment sieht man nur die Sackgasse. Den Prellbock am Ende des toten Bahngleises.

Bevor Koller vollends in sich zusammenfiel, erhob er sich mühsam und schloss die Lamellen der Storen. Niemand sah, was sich nun im Büro des Abteilungsleiters abspielte.

„Sie verstehen nicht, Herr Morello. Ich meine …"

Ungerührt sagte Jakob: „Ich verstehe nicht? Das stimmt sogar. Es ist für einen jungen Menschen wie mich nur schwer verständlich und das, was ich gesehen habe, schwirig einzuordnen. Ich glaube, dass ich das alles unbedingt Frau Koller sagen muss. Vielleicht kann sie es verstehen. Vielleicht kann sie mir helfen, es einzuordnen. Ins richtige Licht zu rücken. Was meinen Sie? Denn ich verstehe es wirklich nicht. Ich kann das nicht allein."

Koller setzte sich erneut in seinen Sessel. Jakob hatte nicht mehr den Eindruck, dass er höher eingestellt war.

„Was wollen Sie? Geld?"

Jakob lächelte, und ohne mit der Wimper zu zucken antwortete er: „Eine feste Anstellung reicht mir fürs Erste vollkommen und ein Arbeitszeugnis, das all dies beinhaltet, was Sie mir vorhin so toll geschildert haben. Meinen Sie, dass sie noch vor Weihnachten etwas für mich haben? Wäre unglaublich beruhigend. Ich meine, nicht nur für mich. Auch für Sie. Denn glauben Sie mir, ich könnte sonst noch auf den Gedanken kommen, ein Geschenk unter den Weihnachtsbaum Ihrer hübschen Familie zu legen, das das traute Familienglück arg ins Rütteln bringen würde."

Jakob stand auf und trat zur Tür. Er legte seine Hand auf die Falle und drehte den Kopf zu Koller, der sprachlos in seinem Sessel saß.

„Ist es okay, wenn ich mir heute frei nehme? War ein sehr anstrengendes Gespräch."

Koller nickte.

„Und ich höre von Ihnen?"

Koller nickte.

Nachdem Jakob die Tür geöffnet hatte, drehte er sich nochmals um. „Ach ja, Herr Koller. Ein eigenes Büro wäre toll. Muss ja nicht sofort sein. Aber wenn Sie es mir in Aussicht stellen könnten, wäre das wundervoll."

Dann drehte er sich um und blickte in das Großraumbüro. Ohne die Tür hinter sich zu schließen, schritt er gemächlich zwischen den Tischen hindurch, vorbei an den Leuten, die alle ihre Arbeit unterbrochen hatten. Er spürte die Watte unter seinen Füßen. Blitze, die an seine Schläfen pochten. Ein Puzzleteil hatte klare Konturen erhalten. Die Angestellten der einzelnen Arbeitsplätze blickten ihn alle an. Fragend. Sich wundernd. Alle Augen waren auf ihn gerichtet. Alle starrten ihn an.

Keine bleichen Gesichter, die sich am Übergeben waren.

Keine Trauermienen mit falschen Beileidsbekundungen.

Lauter normale Gesichter, die sich fragten, was sich in den letzten Minuten im Büro des Chefs zugetragen haben mochte, dass der kleine, schmächtige junge Typ, von dem die meisten nicht mal den Namen kannten, mit erhobenem Haupt und strahlend aus dem Glaskasten trat und ihnen allen einen guten Tag wünschte. Wie lange arbeitete er überhaupt schon bei ihnen? Der Kerl mit den schwarzen Haaren hatte sich erhoben, trat zu Anita hin und flüsterte ihr etwas zu. Jakob sah, dass sie die Schultern hob und spürte, dass sie ihm nachblickten. Er spürte die Blicke aller auf seinem Rücken, und es ließ ihn erschauern. Angenehm. Prickelnd.

Dann hörte er, wie die Glastür mit lautem Klirren zugestoßen wurde. Sekunden später stand er im Treppenhaus vor der Tür des Liftes.

Heute, heute würde er den Lift nehmen. Heute war ein Tag, an dem man den Lift nehmen sollte.

5

Am 23. Dezember, einen Tag vor Weihnachten, hatte Jakob eine neue Arbeit in derselben Abteilung, in der er auf einem Holzstuhl sitzend begonnen hatte, die Nummern irgendwelcher Akten in eine Liste einzutragen und diese immer am Tagesende mit einem Haken zu versehen. Jetzt saß er nicht mehr auf einem Holzstuhl.

Jetzt saß er in einem Sessel an einem großen Tisch. Er hatte zwar kein eigenes Büro erhalten, aber das war mehr als in Ordnung für ihn. Beinahe noch besser. So konnte er sehen. Er konnte beobachten. Zuhören. So war er von außen betrachtet ein Teil des Teams. Ein Teamplayer. Jakob musste innerlich lächeln. Wenn Koller wüsste …

Ihm gegenüber saß Anita, die ihn von Zeit zu Zeit ansah, als ob sie ergründen wollte, was zu ihrem neuen Gegenüber geführt hatte. Ihre kurzen schwarzen Haare und ihre dunklen Augen faszinierten Jakob ungemein. Sie hatte nicht jene Mähne, die alle anderen Frauen zu haben schienen. Wenn nicht von der Natur geschenkt, dann mit Hilfsmitteln beim Frisör für teures Geld gemacht. Er wusste nicht, wie es überhaupt möglich war, aus geraden Haaren diese Frisuren hinzukriegen. Er mochte es lieber ohne Hilfsmittel, und die Kurzhaarfrisur Anitas gefiel ihm. Sie hatte einen kleinen dunklen Fleck über der Oberlippe, schräg unter der Nase. Auch der gefiel ihm.

Jakob saß also einen Tag vor Weihnachten auf seinem Sessel am Arbeitsplatz, den er sich mit Anita teilte. Sehr zum Leidwesen des schwarzhaarigen Mannes, der nun am Fenster einen behelfsmäßigen Ersatz hatte einrichten müssen. Jakob hatte erfahren, dass er von allen Nick genannt wurde. Nicola erinnerte zu fest daran, dass seine Muttersprache italienisch ist und seine Arbeitsstelle hier seinem unbändigen Willen entsprang, es weiter zu bringen als sein Vater. Sein Vater, der sich auf dem Bau seinen Rücken kaputt schuftete, um seinem Sohn ein besseres Leben bieten zu können. Nick besaß seinen Platz gegenüber von Anita nicht mehr, wie Jakob sofort erkannte, als er näher in die

Abteilung getreten war. Anita hatte ihm Nicks Platz zugewiesen. Jakob hatte den Platz von Nick erhalten.

Nicks Arbeitsplatz war nun die breite Fensterbank. Von der Aussicht hatte er jedoch nur wenig, da er die Sonnenblende immer unten hatte, weil das Licht ihn sonst an der Arbeit gehindert hätte. Vielleicht auch, weil er nicht den Vorwurf hören wollte, dass er lieber den Vögeln draußen zuschauen würde als zu arbeiten. All dies hatte er gehört, als Anita einer Freundin das komische Verhalten Nicks zu erklären versuchte und auch darüber sprach, dass Nick für sie schwärmte. So fiel es Jakob einfach, die Blicke einzuordnen, die Nick ihm zuwarf, wenn er in der Abteilung erschien und seine Jeansjacke an seinen dunkelbraunen Ledersessel hängte.

Er hatte einen wirklichen Arbeitsplatz erhalten, und das noch, bevor seine Praktikumszeit vorbei war. Auf Kosten von Nick. Und er war in der Nähe des Mädchens, das Nick anhimmelte. Dass er sie anhimmelte, hatte Jakob schon gewusst, als er noch mit verschiedenen Farben Striche in seinen Block gekritzelt hatte. Kurz nach dem blauen Strich für Anita machte er einen rosa Strich für den schwarzhaarigen Mann, der immer zur selben Zeit eine kleine Pause machte wie Anita. Rosa. Einfach so hatte er sich bei Nick für Rosa entschieden. Grundlos. Aber irgendwie doch passend. Es war der Stift gewesen, der dem blauen am nächsten gelegen hatte. Auf Grund dessen, dass Nick sich stets nach Anita daran machte, in die Pause zu gehen, blieben der blaue und der rosa Stift auch immer nebeneinander liegen. Jakob hatte einfach registriert, dass er hinter ihr her war, und er war nicht sicher, ob sich Anita überhaupt bewusst war, wie der Italiener, der ihr über Monate gegenübergesessen hatte, wirklich für sie empfand.

Sah sie, was Jakob sah?

Hörte sie, was Jakob hörte?

Fühlte sie, was Jakob fühlte?

Kaum. Sicher nicht Letzteres. Jakob spürte immer wieder Nicks Blick in seinem Rücken und drehte sich manchmal absichtlich so, dass er dessen Sicht auf Anita erschwerte. Um Anita sehen zu können, musste Nick seinen Stuhl zur Seite rücken oder aufstehen.

Und beides war nicht das, was Koller aus seinem gläsernen Kasten sehen wollte. So blieb ihm, Nick, nichts anderes übrig als zu warten, bis der junge Kerl zur Toilette oder sonst wohin ging. Jakob konnte den Ärger förmlich spüren, den er im Secondo auslöste.

Secondo. Auch so ein Wort, das er vor ein paar Tagen in einer Zeitung gelesen hatte. Italiener der zweiten Generation, deren Eltern mit großen Träumen hierhergekommen waren und Kinder gezeugt hatten in der irren Hoffnung, dass sie in diesem Land ein besseres Leben haben sollten. Die zweite Generation. Die Nachkommen der Einwanderer, die es weiterbringen wollten. Die es weiterbringen sollten oder sogar mussten. In der Zeitung hatte etwas gestanden von Konkurrenz auf dem Arbeitsmarkt und dass sie der einheimischen Bevölkerung, vielmehr den einheimischen Männern die Mädchen stahlen.

Beides war für Jakob kein Problem. Nick würde ihm seine Arbeit nicht streitig machen, und sein Mädchen interessierte ihn nicht wirklich. Es waren die Augen in seinem Rücken und die Verzweiflung, die er auslösen konnte. Nur das war für ihn von Interesse. Nicht mehr und nicht weniger.

Nick nahm ihn wahr. Nahm ihn wirklich wahr und hatte Angst, dass er, der schmächtige bleiche Kerl, ihm sein Mädchen streitig machen würde. Dass er in kürzester Zeit eine bessere Anstellung erhalten hatte als er selbst, musste er neidlos anerkennen und akzeptieren. Das schien der Preis zu sein, wenn man nicht auf einer Baustelle sein tägliches Brot verdienen wollte. Die Männer hier erhielten den Vorrang, von dem er träumte. Egal, wie mager, klein und unscheinbar sie waren. Das gefiel ihm in keiner Weise. Überhaupt nicht. Aber tun konnte er nichts, weil er wusste, dass er dann nicht mal mehr einen Arbeitsplatz an der Fensterbank haben würde. Vielleicht ergab sich mal eine Gelegenheit, den Blonden auszustechen. Aber vorerst musste er warten und seine Arbeit tun. Und vielleicht würde sich Anita der wahren Männlichkeit erfreuen, die er, Nick, an sich hatte. Sie konnte unmöglich Gefallen an diesem Würstchen empfinden. Nicht, wenn sie ihn, Nicola Francesco Priorini, haben konnte. Jeden Tag und jede Nacht.

Jakob gefiel es, für jemanden eine Konkurrenz zu bedeuten. Nur weil er in einem Sessel gegenüber eines kurzhaarigen Mädchens sass, das etwa zwei Jahre älter war als er. Eine Frau, die ihn immer wieder anblickte und beobachtete. Eifersüchtige Augen in seinem Rücken und irritierte Blicke ihm gegenüber.

Was für ein Glück war es gewesen, Koller mit Patrick gesehen zu haben. Was für ein Segen, dass es ihn auf einem seiner Spaziergänge, bei dem er Koller gefolgt war, wie ein Lichtblitz durchströmt hatte. Damals, als er realisiert hatte, dass ausgerechnet Koller jener war, der vor Patrick in die Knie gegangen war. Erst hatte er ihn gar nicht mit Patricks Gönner in Verbindung gebracht. Denn dass er dafür bezahlte, vor Patrick in die Knie zu gehen, davon ging er aus. All die Tage und Wochen hatte Jakob ihn nicht erkannt. Aber an jenem Tag, als er hinter ihm hergegangen war, fiel es ihm wie Schuppen von den Augen. Er konnte gar nicht mehr genau sagen, was es gewesen war. Aber die Blitze waren da. Sein schlagendes Herz und die Gewissheit, einen weiteren Joker gezogen zu haben.

Was für ein Riesenschritt war es dann gewesen, ihm seine Forderungen zu unterbreiten. Ein Schritt, der ihm doch einiges abverlangt hatte und ihm nur deshalb gelang, weil es das Einzige war, das logisch war.

Nun saß er da, vor sich Anita, hinter sich den stechenden Blick des Secondos im Rücken und auf dem Tisch einen Haufen Briefe mit Reklamationen, die er gebührend beantworten musste. Mit tröstenden und entschuldigenden Worten und dem Hinweis, dass sich leider nichts machen ließ, um eine Rückvergütung in die Wege zu leiten. Auch nicht einen kleinen Teil. Es waren Standartbriefe, die er mit vorgegebenen Sätzen verfasste. Kein Problem für ihn, der es gewohnt war, mit Worten und Sätzen zu arbeiten. Wenn er sie nur nicht aussprechen musste. Nur selten war es ihm dann möglich, alle seine Gedanken so zu formulieren, wie sie in seinem Kopf waren. In Kollers Glaskasten war ihm dies perfekt gelungen. Er war selber überrascht gewesen, sich aber auch bewusst, dass er sich akribisch darauf vorbereitet hatte. Gedanklich und seelisch. Dass es ihm so gut gelungen war, war aber eine Ausnahme gewesen. Auch das wusste er.

Wörter und Sätze, selbst komplexe Gedankenverläufe konnte er aufs Papier bringen. Ohne die geringste Mühe.

Er wusste noch gut, wie er vor der Klasse gestanden und die Ursachen hatte aufführen müssen, die zur französischen Revolution geführt hatten. Er hatte dagestanden und irgendetwas vom Zeitalter der Aufklärung gesagt, welches erst das Fundament gelegt hatte, sich über die Zustände der Gesellschaft Gedanken zu machen. Sein Lehrer saß am Tisch und machte sich Notizen in sein großes Buch vor ihm. Das Schlimmste aber war, dass ihn niemand direkt angesehen hatte.

Einen kurzen Moment tauchte er ab in die Vergangenheit.

In jene Geschichtsstunde.

Ob sie ihm zuhörten? Er bezweifelte es. Sie blickten einander an und machten Grimassen. Patrick fuhr mit seiner flachen Hand mehrmals über sein Gesicht, ohne es zu berühren. Nadja lachte lautlos auf. Marianne und Helen tuschelten etwas. Und während Jakob von Freiheit, Gleichheit und Brüderlichkeit erzählte, was erneut zu Notizen des Lehrers führte, wurde ihm nur einmal mehr bewusst, dass es mit dieser Brüderlichkeit noch nicht sehr weit her war. Er begann zu stocken. Spürte, dass dies das Ende sein würde. Wusste, dass er es versieben würde. Auch Ilka grinste. Das stellte er fest und wusste auch noch, dass er sich gewundert hatte, weil er sich nicht erinnern konnte, von Ilka, der stillen Deutschen, jemals auch nur eine Gefühlsregung mitbekommen zu haben. Markus, ganz hinten, applaudierte ihm zu. Theatralisch. Lautlos. Mit dem Höchstmaß an Ironie.

Dann vergaß er den Namen des Königs. Stotterte etwas von Sonne oder Mond und Gärten und Klos, die keine Wasserspülung hatten. Dinge, die nicht wirklich wichtig waren, und plötzlich stoppte er seinen Vortrag. Im Zimmer war es ruhig. Nur Helen und Marianne kicherten, als wäre es ihre liebste Beschäftigung, sich auf Kosten anderer zu belustigen.

Ohne aufzublicken sagte der Lehrer ins Schweigen hinein: „Sind Sie fertig, Jakob? War es das?" Jakob nickte, und Patrick streckte beide Daumen von sich, die zunächst nach oben zeigten und sich dann rasch nach unten drehten. Wie der römische Kaiser in der Arena verurteilte er Jakob zum Tode. Ohne mit der Wimper zu zucken, versetzte er ihm den Todesstoß. Kein Blut, das floss. Aber doch grausamer, als es sich Jakob vorstellen konnte. Patricks Gesicht verzerrte sich zu einem abschätzigen Lachen. Jakob war ratlos zurück an seinen Platz gegangen. „Loser", hörte er jemanden flüstern.

„Vielleicht schreiben Sie sich alles nochmals genau auf, Jakob. Sie hatten ganz gut begonnen, aber dann. Nun ja. Wer würde nun etwas über die Gesellschaftsschichten jener Zeit erzählen?" Erwartungsvoll strahlte der Lehrer in die Klasse, als wenn er jemandem ein Gefühl der Glückseligkeit angeboten hätte. Dumpf nahm Jakob wahr, wie Birgit nach vorne ging und ihr alle gebannt zuhörten. Er hörte nicht hin. Er war nicht fähig, etwas aufzunehmen. Wie Wasser, das unter der Tür durchkam und das Zimmer langsam füllte, wurde alles verzerrt. Der Ton verschluckt. Die Stimmen. Die Sicht auf die Dinge verschwamm buchstäblich. Jakobs Augen füllten sich mit Tränen.

Er war sofort aufgestanden und hatte das Zimmer verlassen, ohne dass jemand davon Notiz genommen hatte. Er wollte nicht vor allen losheulen. Und es war auch das letzte Mal, dass ihm so etwas in der Öffentlichkeit passierte. Er wusste noch, dass er darüber erstaunt gewesen war, wie lange er für die Erkenntnis gebraucht hatte, dass nicht das Wasser im Schulzimmer alles auflöste, sondern seine mit Tränen gefüllten Augen.

Ja, Jakob hatte keine Mühe, etwas aufs Papier zu bringen, und eigentlich konnte er auch reden. So vieles, was er wusste und noch mehr, worüber er sich Gedanken machte. Als er erkannt hatte, dass sich niemand dafür interessierte, hatte er sich aufs Schreiben konzentriert. So waren es seine schriftlichen Arbeiten, die ihn die Schule nicht einmal schlecht bestehen ließen. Mit seiner mündlichen Leistung waren die Experten nur selten zufrieden, doch niemals hatte jemand nach den Gründen gefragt.

Jetzt saß er da an seinem Arbeitsplatz und hatte noch Zeit. Es war Nachmittag. Ein Tag vor Weihnachten.

Er hatte wirklich noch Zeit, etwas zu schreiben, das ebenfalls ein Brief war. Aber einer, der keine Antwort auf eine Beschwerde war und kein Bedauern ausdrückte. Mit Schreibmaschine tippte er die Buchstaben so ein, wie er sie in Gedanken schon oft vorformuliert hatte. Er hatte zu Beginn noch überlegt, ob er sie aus Buchstaben von Zeitungstiteln zusammensetzen sollte. Vor einigen Tagen, als er auch den Bericht über die Secondos gelesen hatte. Das kam ihm dann aber doch zu dramatisch vor. Wie ein schlechter Krimi.

Nein!

Sein Brief sollte von normaler Art und Weise sein und keinen fahlen Beigeschmack haben. Klar und verständlich und ohne, dass man ihn hinter dem Absender vermuten konnte. Anita war in der Nachmittagspause, und Nick war ihr hinterhergegangen. Jakob hatte keine Striche gemacht. Machte er nicht mehr, seit er hier am Arbeiten war. Er war nicht mehr mit demselben Überblick ausgestattet wie zuvor im kleinen Kämmerlein bei der Treppe, das nun nicht mehr als Arbeitsort für einen Praktikanten diente. Weil kein Praktikant einen solchen Arbeitsort würde akzeptieren wollen. Aber immer noch speicherte er ab, wer ging und wer kam. Ob es wirklich niemand zu bemerken schien, dass Nick und Anita …

Er tippte den Brief zu Ende, drehte das Papier aus der Maschine und faltete es zweimal zusammen. Er legte ihn in ein Couvert, auf das er bereits einige Tage zuvor die Adresse getippt hatte, leckte die Ränder ab und klebte es zu. Eine Marke brauchte er nicht, da er diese Post höchstpersönlich einwerfen würde.

6

Und dann war Weihnachten. Ein Samstag. 24. Dezember. Er musste nicht arbeiten. Niemand musste arbeiten. Nur die Leute, die in den Geschäften noch etwas verkaufen wollten und natürlich jene im Spital und an all jenen anderen Orten, an denen

365 Tage im Jahr gearbeitet wurde. Er hatte frei und konnte nun umsetzen, was er sich vorgenommen hatte.

6.15 Uhr.
Er stand vor Patricks Haus. Alles war dunkel. In der Nacht war das erste Mal Schnee gefallen und tauchte die Straße in weiße Reinheit. Äste, tief in die Straße gebogen vom Gewicht der weißen Pracht. Jakob stand hinter einem Baum und blickte zu Patricks Wohnung hinauf. Dritter Stock. Das ganze Haus hatte kein Licht. Alle schliefen sie und träumten von Weihnachten oder was auch immer. Jakob schien der einzige Mensch zu sein, der wach war. Und er war wach. Wacher, als er wohl je gewesen war. Unauffällig schlenderte er in seinem langen, beigen Anorak zum Gebäude, in dem Patrick mit drei Kumpels wohnte. Er nahm die paar Treppen zur Tür und betrachtete die vielen Briefkästen. Dass sich so viele Wohnungen in einem einzigen Gebäude befinden konnten? Den Kasten von Patrick sah er sofort. Eine Etikette war draufgeklebt mit seinem Namen und jenen seiner Mitbewohner. Er zog den Brief aus der Innentasche seines Mantels und schob ihn in den Schlitz.

6.23 Uhr.
Frohe Weihnachten, dachte Jakob und drehte sich um. Plötzlich wurde im Innern des Hauses das Treppenhaus mit Licht erfüllt. Jakob lief so schnell wie möglich die einzelnen Stufen runter und versteckte sich wieder hinter dem Baum auf der anderen Straßenseite. Die Tür öffnete sich, und eine alte Frau mit einem kleinen Hund trat heraus. Ein Gang nach draußen. Für sie ein Spaziergang, für den Hund die Toilette. Na ja. Jedem das seine. Er würde erst mal hierbleiben und schauen, was geschah. Wahrscheinlich hatte er den Brief zu früh eingeworfen. Viel zu früh. Wahrscheinlich schlief Patrick bis um elf. Oder noch länger. So lange würde Jakob jedenfalls nicht warten. Erstens war es ihm dafür zu kalt und zweitens wuchs die Gefahr des Entdeckt-werdens mit jeder halben Stunde mehr. Zu gerne hätte er gesehen, wie Patrick an den Briefkasten trat, um seine Post rauszuholen.

8.11 Uhr.
Jakob schaute auf die Uhr. Er war froh um seinen Mantel. Seit es heller geworden war, tat auch die Sonne, was sie konnte. Obwohl sich dies ja gleichzeitig vollzog. Jakob schüttelte den Kopf. Seine Gedankenwelt würde wohl ein ganzes Buch füllen können und sämtliche Psychologen der Welt vor nicht lösbaren Rätseln stehen lassen. Es war nicht so kalt, wie man meinen könnte. Nicht jene Kälte, die einen vom Knocheninnern zu übermannen drohte. Nicht jener Zustand des Frierens, aus dem es kein Entkommen gab. Aber wenn man nur hinter einem Baum stand, war es doch kalt. Kälter, als es in seiner Wohnung wäre. Kalt genug, um es am ganzen Körper zu spüren und sich zu wünschen, dass das Opfer langsam, aber sicher aus dem Haus treten würde. Jakob wollte mitbekommen, wie sich das Ganze abspielen würde. Aber was eigentlich? Was erwartete er?

Dass Patrick schreien würde.

Zusammenbrechen.

Eine Tat der Verzweiflung unternehmen würde?

Die Frau kam mit ihrem Hund zurück. Toilette beendet. Spaziergang auch. Während sie reinging, kam ein junger Kerl mit nacktem Oberkörper und nur mit einer Pyjamahose bekleidet nach draußen. Die Frau sagte irgendetwas zu ihm und schüttelte leicht den Kopf. Er schien zu lachen. Wahrscheinlich hielt sie seine Kleidung für unpassend. Es war einer von Patricks Mitbewohnern, der wohl Post erwartete und sich freiwillig gemeldet hatte, nach unten zu gehen, um das Fach zu leeren. Obwohl der Postbote noch gar nicht gekommen war. Ob er heute überhaupt kam? Jakob hatte sich dies gar nicht überlegt.

Schnell trat der Typ zu den Briefkästen und öffnete das Fach. Darin befand sich allerdings nur ein Brief. Die Adresse mit Schreibmaschine geschrieben und ohne Briefmarke. Jakob sah, wie sich der Kerl unwillkürlich umschaute und stellte sich noch mehr hinter den Baum. Der andere verließ den Eingangsbereich und verschwand wieder im Haus.

08.19 Uhr.
In der Wohnung wurde Licht gemacht. Es hatte wieder zu schneien angefangen, und Jakob zog die Kapuze seines Mantels über den Kopf. Er hatte schon viel zu lange in der Kälte gestanden. Trotzdem spürte er eine wohlige Wärme durch seinen Körper strömen und wusste, dass der Schritt, den er getan hatte, nicht mehr rückgängig gemacht werden konnte. Er wollte ihn auch nicht mehr rückgängig machen. Zu angenehm war die Wärme in seinem Körper, und die Weiße des Schnees um ihn herum fühlte sich beinahe an wie die Watte unter seinen Füßen. Er würde nicht fallen, und wenn doch, dann würde er sich nicht verletzen. Er würde weich landen.

Es wurde immer heller. Er sollte nun eigentlich gehen, aber die Neugier war größer. Zehn Minuten wollte er noch stehen bleiben. Allerdings ging er einige Meter weiter und versteckte sich in einer engen Gasse zweier Hochhäuser, die im unteren Teil an Geschäfte vermietet waren, die wohl bald öffnen würden. Es hatte leicht zu schneien angefangen.

Dann ging die Tür auf. Patrick stand draußen, in der Hand ein Stück Papier. Er musterte die Umgebung. Jakob konnte sein Gesicht nicht erkennen. Aber seine Körperhaltung verriet bestens, was in ihm vorging. Nichts war mehr vorhanden von seiner Lässigkeit, seiner Coolness, die alles und jeden zu übertrumpfen schien. Jakob konnte sich vorstellen, dass es in Patricks Kopf am Rotieren war. Von wem war der Brief? Weshalb konnte der Absender wissen …? Was sollte er tun?

Jakob fragte sich, was er seinen Mitbewohnern als Grund angegeben hatte, dass er die Wohnung so schnell verlassen musste.

Patrick lief die Straße entlang, und Jakob ging ihm hinterher. Mit sicherem Abstand und mit tief ins Gesicht gezogener Kapuze. Bei einem Vordach verlangsamte Patrick seinen Schritt und blieb stehen. Trotz des leichten Schneefalls beobachtete Jakob, wie er den Zettel auseinanderfaltete und ihn nochmals zu lesen schien. Zeile für Zeile, Wort für Wort. Jakob brauchte den Zettel nicht zu sehen. Er wusste, was drinstand:

Sehr geehrter Herr Landolt
Oder darf ich Sie Patrick nennen?

Ich weiß um Ihr Geheimnis, das Sie umgibt und das Sie vor allen zu verheimlichen versuchen. Ohne Ihnen zu nahetreten zu wollen, muss ich Ihnen sagen, dass ich Sie gesehen habe.
Dass ich gesehen habe, was ältere Herren mit Ihnen machen dürfen. Beinahe bin ich versucht zu glauben, dass Sie damit Ihr monatliches Gehalt aufbessern wollen. Oder tun Sie es einfach so? Aus freien Stücken?
So oder so versichere ich Ihnen – und dafür gebe ich Ihnen mein Wort – wird keiner Ihrer Mitbewohner etwas von meinem Wissen erfahren. Auch nicht Ihre Freundin. Sie haben doch eine Freundin, nicht wahr, geschätzter Patrick? Die junge Dame, die sich immer freut, bis Sie zur Tür rauskommen?

Nun ist es aber so, dass ich mein Stillschweigen an eine Abmachung koppeln muss. Schauen Sie, jeder muss darauf achten, dass er über die Runden kommt, oder nicht? Damit ich über meine Runden komme, danke ich Ihnen, wenn Sie mir regelmäßig etwas von Ihrem Gehalt zukommen lassen.
Da müsste sich doch einiges machen lassen. Und weil heute Weihnachten ist, würde ich mich über ein erstes Paket sehr freuen.

Sagen wir: Heute Abend, 17.30 Uhr. Der Eimer, der auf der linken Seite beim Eingang des Stadtparks steht, ist ein wundervoller Behälter für Pakete. Auch für jenes an mich.
Wenn Sie dieses entsprechend füllen würden, wäre ich Ihnen sehr verbunden. Sie fragen sich wahrscheinlich, wie viel Sie reinlegen sollen. Ja, das frage ich mich auch. Wie viel ist Ihnen mein Schweigen wert? Fühlen Sie sich frei. Es ist doch Weihnachten, und ich liebe Überraschungen. Und denken Sie daran, dass Sie es gut verpacken, damit ja nichts nass wird. Es könnte doch schneien. Vielleicht gibt es ja weiße Weihnachten. Wünschen Sie sich das? Oder sind es die Überraschungen unter dem Baum, die Sie erfreuen?

> *Nun, dieses Schreiben ist meine Weihnachtsüberraschung für Sie. Nicht unter einem Baum, aber trotzdem eine Überraschung von mir für Sie, und ich freue mich auf Ihre am heutigen Abend. Legen Sie das Paket doch liebenswürdigerweise in den Mülleimer und gehen Sie nach Hause. Sie feiern doch sicher im Kreis Ihrer Lieben. Oder werden Sie ältere Herren beschenken? Das steht Ihnen frei.*
> *Ich werde schweigen.*
> *Das verspreche ich Ihnen.*
>
> *Hochachtungsvoll! E.*

Patrick zerknüllte das Papier, steckte es in seine Jeans, und ohne sein Gesicht vor dem Schnee zu schützen, lief er weiter. Jakob blieb stehen. Er hatte genug gesehen. Er hatte den Brief mehrmals umformuliert, bis er zufrieden war und sicher, dass man keine Schlüsse auf ihn ziehen konnte. E. als Kürzel war ihm erst in den Sinn gekommen, als er den Brief mit der Maschine abgetippt hatte. E. wie Elliot. Mit Tinte hatte er den Buchstaben unter den Brief gesetzt. Schwungvoll und mit Schnörkel, um den Eindruck zu verstärken, dass der Absender ein älterer Mensch war.

Jakob schmunzelte und ging in die Richtung seiner Wohnung.

Er wollte sich aufwärmen, etwas essen und warten, bis die Bescherung begann.

7

16.30 Uhr.

Noch eine Stunde, bis Patrick mit dem Paket im Park auftauchen würde. Jakob war nicht sicher, ob Patrick kommen würde – und wenn, ob er das Geschenk bei sich haben würde. Er wollte früh im Park sein, sicher vor Patrick. Er hatte in den vergangenen Tagen alles genau geplant und wusste genau, wo er sich verstecken würde. Patrick würde keine Chance haben, ihn zu entdecken.

Er schloss die Tür seiner Wohnung, nahm beim Runtergehen zwei Stufen auf einmal und trat in den Wintertag hinaus. Es fiel kein Schnee mehr. Die Sonne schien, und auf den Straßen war wieder nur der schwarze Teer zu sehen. Nichts mehr von der Reinheit des Morgens. Trotzdem fühlte sich Jakob beschwingt und rein und glücklich.

Ja, Patrick, dachte Jakob, *jetzt kommt die Zeit der Brüderlichkeit. Du wirst lernen zu teilen, was du hast. Brüderlich zu teilen. So wie es sich die Väter der Revolution gedacht haben.*

Jakob schob seine Kapuze tiefer ins Gesicht. Es war kalt geworden, obwohl die Sonne ihr Bestes tat.

Er schüttelte den Kopf. Wann würde er dagegen gewappnet sein, alle seine Erinnerungen immer wieder auftauchen zu sehen? Gezwungen sein, ihnen immer wieder einen Platz zu geben?

Französische Revolution. Echt. Die spielte doch für ihn jetzt, heute, an diesem Weihnachtstag überhaupt keine Rolle, und er war sicher, dass Patrick keine Sekunde an sie dachte. Oder an die Stunde damals, als er ihn mit seinen Daumen ins soziale Jenseits befördert und dabei gegrinst hatte.

Ja, es war richtig, was er tat. Alles hatte seine Richtigkeit und alles war ein Puzzleteil, das nur wieder dafür sorgte, das Bild zu vollenden. Jakob wusste, dass dies noch dauern würde, schließlich war er eben erst zwanzig Jahre alt geworden. Aber in den letzten Wochen hatten sich so viele einzelne Teile zusammengefügt, dass es tief in seinem Innern nur so blubberte.

Alles war klar.

Alles war richtig.

Und alles geschah so, wie er es sich vorstellte. Dies alles war ihm eine gänzlich neue Erfahrung, und um nichts in der Welt wollte er diese missen.

Er liebte das Gefühl, etwas zu bewegen.

Er freute sich über die ausgeschütteten Hormone in seinem Körper, die ihm nur noch mehr Möglichkeiten offenbarten.

16.58 Uhr.
Jakob trat in den Park. Wie er erwartet hatte, war niemand da. Alle waren sie wohl bei ihren Familien und begannen das Fest der Liebe zu feiern. Das war gut. Das war perfekt. Er sah den metallenen Eimer beim Eingang stehen. Er blickte hinein, als er an ihm vorbeiging. Beinahe leer. Auch das war gut. Dann ging er weiter und versteckte sich hinter einer großen Hecke. Irgendein Nadelgehölz, dicht und deshalb sehr praktisch. Seine Schritte waren nicht zu sehen. Auch hier hatte die Sonne den Schnee bereits schmelzen lassen. Es war alles perfekt. Auch das, was er nicht beeinflussen konnte.

17.11 Uhr.
Jemand betrat den Park. Ein Mann. Nicht Patrick. Er schob einen Kinderwagen vor sich her, und an beiden Seiten waren ein Knabe und ein Mädchen, zwischen vier und sieben Jahre alt. Wahrscheinlich wurde er rausgeschickt, damit zu Hause das Christkind kommen konnte. Das hatte Jakob alles nie erlebt. Dafür würde das Christkind heute kommen und ihm das Geld bringen, das ihm zustand. Patrick hatte ihm beinahe alles genommen, was er hatte, und das wollte er zurück. Mit Zinsen. Und die waren hoch.

17.28 Uhr.
Patrick trat unter dem Eingangstor in den Park hinein. Er schien zu zögern und blickte sich um. Er war nicht blöd und wusste wohl, dass der Verfasser des Briefes in der Nähe war. In der Nähe sein musste. Lange stand er so da und schaute um sich.

Plötzlich drehte er sich und machte einige Schritte zum Parkausgang. Jakob hörte zu atmen auf. Aber dann entschied sich Patrick glücklicherweise um und ging mit eiligen Schritten auf den Mülleimer zu. Er kramte etwas aus seiner dunklen Jacke, blickte sich nochmals um und warf es in den Eimer. Dann drehte er sich und verließ den Park so schnell, dass man hätte glauben können, es sei ihm jemand auf den Fersen. Trotzdem wartete Jakob geduldig in seinem Versteck. Einmal mehr war Jakob dankbar für die Gabe der Geduld, die ihm schon lange Zeit vorher geschenkt worden war. Er fürchtete, dass Patrick es sich vielleicht anders überlegte und das Paket wieder zurückhaben wollte. Oder dass er zurückkam, um zu sehen, wer ihm da so übel mitspielen wollte.

Nach etwa zwanzig Minuten sah er den Vater von vorhin mit seinen Kindern den Park verlassen, und langsam verließ er sein Versteck. Er ging zum Eimer, fischte den Inhalt heraus, ließ den Ort der Beobachtung hinter sich. Er verließ den Park nicht auf demselben Weg. Er hatte noch einen anderen Ausgang auf der gegenüberliegenden Seite. Das bedeutete zwar einen langen Fußmarsch und zusätzlichen Aufwand, aber das war Jakob egal. Vorsicht war wichtiger als ein möglichst schneller Weg nach Hause. So lief er durch den Park, der nur schwach beleuchtet war, dem hinteren Ausgang zu und hielt in seiner Hand unter seinem beigen Anorak das Paket von Patrick. In der Hand hielt er ein Geschenk, das ihm zustand. Das er verdiente.

Als er den Park verließ, blickte er auf die Uhr.

19.45 Uhr.

Er steckte das schmale Paket in die Innentasche seines Anoraks und ging außerhalb des Parks zurück in Richtung des Haupteingangs. Er umrundete diesen weitläufig und drehte dann um, als wenn er in den Park gehen wollte. Dort sah er Patrick im Dunkel an einer Hausecke stehen. Er hatte sich also nicht getäuscht. Patrick war nicht dumm. Er war nur verzweifelt. Er schien zu frieren. Wie gebannt starrte er auf den Eingang des Parks. Von der Seite ging Jakob auf ihn zu.

„Patrick? Bist du das?"

Der Gerufene drehte sich erschrocken um.

„Was machst du denn hier?", fragte Jakob. „Es ist doch kalt, und eigentlich sollte man doch jetzt nicht allein sein."

Patrick zuckte mit den Schultern. „Weiß nicht. Es war mir so. Zu Hause ist niemand, und Nadja ist bei ihren Eltern. Ich wollte eigentlich in den Park. Aber irgendwie …"

Jakob klopfte ihm auf die Schulter.

„Was wolltest du denn im Park? Um diese Zeit?"

Er beobachtete, wie Patrick leicht errötete.

Gut gelaunt fuhr er fort: „Komm doch zu mir. Bei mir ist auch niemand, und diesen Abend sollte man doch nicht allein verbringen, meinst du nicht auch?"

„Das sagtest du bereits."

Jakob nickte. „Klar, weil es stimmt. Heute allein zu sein ist nicht gut."

Patrick blickte ihn an. Niedergeschlagen. „Eigentlich hatte ich mit Freunden was abgemacht, aber irgendwie war es mir nicht zum Feiern."

Dann grinste er Jakob schief an. „Und du servierst mir keine Bowle?"

Jakob lachte. „Versprochen!"

Und zusammen verließen sie den Parkeingang und gingen in die Wohnung von Jakob, dessen Vorahnung, ja Überzeugung, den Weihnachtsabend nicht allein verbringen zu müssen, vor wenigen Augenblicken bestätigt worden war.

25. Dezember 1983
02.00 Uhr

1

Sie hatten eine Fertigpizza in den Ofen geschoben, und Jakob hatte Wasser aufgetischt.

„Garantiert keine Bowle!"

Beide hatten sie gelacht, wenn Jakob auch wusste, dass es Patrick nicht zum Lachen war. Sie hatten gegessen, wenig gesprochen und Musik gehört aus dem kleinen Radio, dem einzigen technischen Musikgerät, das sich in Jakobs Besitz befand. Zu mehr hatte es bis jetzt nicht gereicht. Mit dem Inhalt des Pakets, das sich im Anorak an der Tür befand, würde er sich vielleicht eine Anlage kaufen können. Aber er hatte noch keine Ahnung, wie viel Patrick das Schweigen von E. wert war. Er war gespannt und fand es irgendwie skurril, dass er hier vor ihm saß und in Gedanken versunken ein Stück Pizza in seinem Mund verschwinden ließ und an die Bescherung dachte, die ihm bevorstand. Jakob war nicht hungrig und kaute viel länger, damit es nicht auffiel, dass er nicht wirklich viel ass. Patrick hingegen schien hungrig zu sein. Erneut nahm er sich nochmals ein Stück.

„Tut mir leid, aber ich habe heute kaum was gegessen. Ich war irgendwie nie hungrig. Oder habe es gar nicht gemerkt. Cool, dass ich bei dir sein darf. Wirklich. Echt nett!"

Blitze durchzuckten Jakob. Sein Körper wurde von einem angenehmen Kribbeln durchgespült. Patrick redete mit ihm wie mit einem guten Freund. Vielleicht wie mit seinen Kumpels in der Wohnung, die er mit ihnen bewohnte.

„Du bist, ich weiß nicht, irgendwie anders als die Jungs, mit denen ich sonst rumhänge. Du redest nicht viel, was? Aber du bist ein guter Zuhörer, und ich glaube, du siehst mehr, als man denkt." Patrick schaute ihn fragend an, wie um zu überprüfen, ob irgendeines seiner Worte Anklang fand.

Jakob zuckte mit den Schultern. „Keine Ahnung. Weiß ich nicht. Aber ja. Ich höre zu und mache mir so meine Gedanken. War nicht immer so. Aber jetzt schon." Er zögerte kurz, bevor er fortfuhr: „Was machen denn die Typen in eurer Wohnung? Heute, meine ich."

„Ach, sie haben irgendetwas von einen Draufmachen gesagt. Zuerst wollte ich ja auch, aber dann …!" Er stockte.

Jakob nahm einen Schluck aus seinem Glas. „Was ist denn passiert?"

Patrick schüttelte den Kopf und schob sich ein Stück Pizza mit der Hand in seinen Mund. „Nein, Jakob, lass es gut sein. Es ist erledigt, und ich habe getan, was ich tun musste. Lassen wir das jetzt besser. Wir kennen uns noch nicht gut genug, als dass ich darüber sprechen könnte."

Die Blitze verschwanden.

Auch das Kribbeln. Schlagartig.

Kurz darauf stand Jakob in der Küche und spülte das Geschirr. Patrick war auf dem Sofa eingeschlafen. Während Jakob die Teller in den Kasten über der Spüle stapelte, wurde ihm bewusst, dass Patrick gut zwei Meter vom Konfitürenglas entfernt schlief, in dem sich dessen Sperma befand. Aber zum Glück war es in einer Schublade und Patrick zu müde und wohl auch zu anständig, in der heutigen Nacht seine Wohnung zu durchsuchen.

Er legte ihm ein Frottiertuch auf den kleinen Holztisch und legte eine Decke über ihn. Patrick war hier, und in Jakobs Anorak befand sich sein Geschenk, von dem Patrick gar nicht wusste, dass es sich in seiner unmittelbaren Nähe befand. Es war wirklich grotesk.

Alles.

Die ganze Atmosphäre war nur so von Skurrilität aufgeladen. Aber nur für Jakob. Patrick war komplett ahnungslos. Klar war er ahnungslos. Nur Jakob wusste, was sich in der Schublade befand, und nur er wusste, was sich in der Innentasche seines Anoraks befand. Nur er wusste, wer sich hinter E. verbarg.

Er betrachtete Patricks Gesicht, hörte seinen gleichmäßigen Atem, und beinahe fühlte er etwas wie Zärtlichkeit. Nicht jenes des Zusammenseins, das er mit Angelika erlebt hatte. Oder wie er es sich zwischen Anita und dem Secondo vorstellte. Natürlich nicht. Es war anders.

Es war die Erfüllung des Wunsches, sich um jemanden kümmern zu können. Oder noch besser. Zu fühlen, dass er für jemanden wichtig war. Jakob hatte es geliebt, Patrick zuzudecken, und während er kurze Zeit später in seinem Bett lag, fühlte er sich einfach nur großartig. In seinem Wohnzimmer lag jemand, der gar nicht wusste, wie abhängig er von ihm, Jakob, war. Der nicht die leiseste Ahnung davon hatte, dass dies für Jakob einer der schönsten und bewegendsten Weihnachtsabende war, die er je erlebt hatte und ihm ewig in Erinnerung bleiben würde. Patrick hatte mit ihm geredet. Er hatte seine Pizza sichtlich genossen und über alte Geschichten gesprochen. Einige davon waren lustig.

Wenigstens in der Erinnerung.

Wenigstens für Patrick.

„Weshalb hast du eigentlich nie aufgemuckt? So wie dich alle behandelten, hättest du doch eigentlich zu einem Amokläufer werden müssen. Mindestens. Auch ich war nicht gerade von der feinsten Sorte, oder täusch ich mich?"

Jakob hatte kein Interesse, die Bilder der Vergangenheit hochleben zu lassen. Beinahe hörte es sich an, als sei sein Gast auf Absolution aus, auf billige Vergebung. Und das war für Jakob noch zu früh.

Er blickte Patrick an, der das letzte Stück Pizza vom Teller nahm und sich die Spitze in den Mund schob.

„Es war manchmal schwierig. Also meistens. Oder eigentlich immer. Aber weißt du, wir kennen uns einfach noch zu wenig, als dass ich jetzt meine Traumata vor dir ausbreiten möchte."

Patrick begann zu lachen, was der Situation noch mehr Groteskes verlieh. Seine von der Pizza gefüllten Backen und das gleichzeitige Lachen. Seine Hände, die verhindern wollten, dass er etwas aus seinem Mund verlor, unverständliche Worte aus seinem Mund. Vom Lachen erstickt. Und durch die Pizza.

Jakob schaute ihn an, leicht belustigt. „Was?"

Patrick schluckte und lachte noch weiter. Er wischte sich eine Träne aus den Augen und sagte: „Das war echt gut gekontert, Morello. Echt gut. Wer weiß, was wir uns alles erzählen werden, wenn wir uns erst besser kennen. Gut gekontert, meine Güte. Aber nichts für ungut. Ich war schon ziemlich mies zu dir."

Immer noch die Hoffnung auf Absolution. Jakob hätte ihm am liebsten in die Fresse geschlagen. Stattdessen nahm er einen letzten Schluck aus seinem Glas und fragte: „Hast du genug gegessen? Oder soll ich noch mal eine in den Ofen schieben?"

Patrick verwarf die Hände und hielt sich den Bauch. „Alles gut. Ich bin mehr als satt. Ich wusste gar nicht, dass du ein so exzellenter Koch bist."

Jakob stand auf und stellte die Teller zusammen. „Du weißt noch vieles nicht."

Dann war er in die Küche gegangen. Hatte alles aufgeräumt. Er liebte Ordnung. Und anders als gestern, als Angelika in seiner Wohnung war, liebte er es, einen Gast zu haben. Einen Gast, der in seinem Wohnzimmer auf der Couch schlief und nicht wusste, dass er von seinem Erpresser zugedeckt worden war.

2.00 Uhr.

Jakob wachte auf. Nicht wegen eines Hundes und auch nicht, weil er aufs Klo musste. Aufgewacht war er, weil er im Traum festgestellt hatte, dass er an diesem Weihnachtabend noch kein einziges Geschenk ausgepackt hatte. Dabei war Weihnachten doch eine Zeit der Geschenke, oder etwa nicht? Kein Knistern von Papier. Keine Schere, die es einem erst möglich machte, das festgezogene Band zu lösen. Kein Kerzenschein und kein Glitzern des Lamettas. Okay, auf all dies konnte er verzichten. Hatte er schon früh gelernt. Früh lernen müssen.

In seinem Traum, der ihn schlussendlich mitten in der Nacht hochschrecken ließ, lag er unter einem Baum. Also wirklich unter einem Baum. Einem Weihnachtsbaum, draußen im Wald. Klar, es war eine Tanne. Eine unter vielen. Aber der Baum über ihm war ein wirklicher Weihnachtsbaum, geschmückt mit Engelshaar und Kugeln. Rot und golden. Im Wohnzimmer passend. Hier in der Tiefe des Waldes fremd. Er spürte das Wurzelwerk, das sich um seine Beine und seine Brust schloss, und die Geschenke, die sich über ihm befanden, waren zwar in Griffnähe und trotzdem unerreichbar. Kleine Pakete, eines länglich und mit grünem Band auf beiden Seiten zusammengebunden. Jakob, inmitten der Wurzeln des leuchtenden Weihnachtsbaumes, nackt. Ein kleiner Junge. Unfähig, etwas zu sagen. Eine kleine Wurzel, die über seinen Mund zu wachsen schien. Wurzeln, wie jene des Märchens, das er einmal gehört hatte. Dornröschen. Die Dornenranken, die alles zu bedecken schienen und es dem Prinzen unmöglich machten, seine Prinzessin zu retten. Vorerst. Aber hier gab es keinen Prinzen. Nur Jakob. Er sah sich. Nun als erwachsenen Mann. Die Wurzeln des Weihnachtsbaumes, die sich um seinen Körper legten. Um seine Arme. Seinen Bauch. Das Atmen fiel ihm schwer. Er spürte das Holz an seinem Hals. Es zog sich zusammen. Mehr und mehr. Die Geschenke waren immer weiter weg. Immer kleiner. Eine weitere Wurzel legte sich um seinen Hals, schmiegte sich an ihn. Zärtlich und gefährlich. Beinahe glaubte er, ersticken zu müssen. Zu ersticken, ohne je ein Geschenk erhalten zu haben. Aber da musste doch eines für ihn eingepackt worden sein.

Wenigstens eines.

Er wachte auf und griff sich unwillkürlich an den Hals.

Er stand auf und öffnete die Tür seines Zimmers. Im Gang konnte er das Atmen von Patrick hören. Da war ein Geschenk. An einem Haken an der Tür. Im Anorak. In dessen Innentasche. Es sollte kein Weihnachten ohne Geschenke geben. Niemals. Er ging am Wohnzimmer vorbei. Das Mondlicht schien auf seinen schlafenden Gast. Die Decke auf dem Boden und nur noch in seinen Unterhosen und einem weißen Shirt. Er war wohl aufgewacht und hatte es sich bequemer gemacht. Sich richtig zur Ruhe gelegt, um den Schlaf des Gerechten zu schlafen.

Jakob ging weiter zum Wohnungseingang und griff in die Jacke. Spürte das Couvert. Gefüllt. Er wusste nicht, wie viel sich darin befand. Er zog es raus und drehte sich um.

„Wohin gehst du?"

Patrick stand im schmalen Gang der Wohnung. Stand da in seiner Feinrippunterhose und blinzelte ihn an. Schlaftrunken. Wie ein Kind, das beim Naschen entdeckt worden war, versteckte Jakob seine Hände hinter seinem Rücken. „Nichts. Ich meine, ich gehe nirgendwo hin. Alles gut. Du kannst weiterschlafen. Tut mir leid. Wollte dich nicht wecken."

„Schon okay. Muss eh pissen."

Er drehte sich um und ging Richtung Toilette. Beinahe wollte er ihm nachrufen, er solle die Klobrille hochheben, unterließ es aber. Er ging in sein Zimmer. Das Geschenk in seiner Hand brannte.

Er schloss die Tür und setzte sich aufs Bett. Mit zittrigen Fingern öffnete er das Couvert. Es war schwieriger als gedacht. Viel Plastik und Klebstreifen. Patrick hatte E's Zeilen, beim Einpacken das Wetter zu beachten, sehr ernst genommen. Er nahm das Couvert und versuchte, eines der Klebebänder mit den Zähnen zu lösen. Er riss es auseinander, darauf bedacht, seinen Inhalt nicht kaputt zu machen. Aber alles blieb ganz.

Jakob hielt die unzähligen Geldnoten in seiner Hand und traute seinen Augen nicht. So viel war Patrick das Schweigen von E. wert? So viel?

Er würde sich damit nicht nur irgendeine Musikanlage kaufen können, sondern die beste. Eine bessere als den Turm, den er bei Markus gesehen hatte, als er auf dessen Geburtstagsparty gewesen war. Er hielt das viele Geld in seinen Händen und legte sich aufs Kissen.

Und jauchzte.

So schön konnte Weihnachten sein. Kein Wurzelwerk, das ihm den Atem nahm. Nichts, das ihn am Auspacken hinderte.

Es war einfach unglaublich.

Es klopfte an seine Tür, und er hörte Patricks Stimme.

„Alles in Ordnung bei dir?"

Jakob nickte. Nickte mehrmals, bis er feststellte, dass dies Patrick nicht sehen konnte.

„Ja, alles okay. Habe geträumt."

Er lag auf seinem Bett und spürte das viele Geld auf seinem Oberkörper. Das Geld, das er verdient hatte.

Das war ein Geschenk.

Ein richtiges Weihnachtsgeschenk!

4. Oktober 2013
7.00 Uhr

1

Es war eine richtig gute Nacht.
 Kein Traum.
 Keine Unruhe.
 Kein Hund, der glaubte, Jakobs Ruhe stören zu müssen.
 Kein Aufleuchten des Displays am Morgen.
 Es war geschrieben worden, was hatte geschrieben werden müssen.
 Er würde sich im Park treffen. Mit Andreas. Davon war er überzeugt. Es konnte nur er gewesen sein, der ihn per SMS fragte, ob er genug habe.
 Andreas.
 Niemand anderes.
 Er, der immer alles im Griff hatte. Auf alles vorbereitet war und zu jeder Frage die passende Antwort liefern konnte – und für jedes Problem die Lösung, nach der verlangt wurde.
 Andreas, der mit seiner Musikanlage zu seinem 20. Geburtstag gekommen war, weil er doch wusste, dass Jakob nur ein kleines Transistorradio besaß und nicht wollte, dass sich seine Gäste langweilen sollten. Was sie ja auch nicht taten. Nicht wegen der Musik. Vielmehr, weil sie zu kurz geblieben waren, als dass Langeweile hatte aufkommen können.
 Andreas, der seinen Magen erst beim Ausgang geleert hatte, weil er als Letzter gekommen war. Jakob hatte seinen Blick immer noch vor Augen. Noch in der Wohnung, als Angelika ihren Mageninhalt auf seine Schuhe erbrochen hatte.
 Seine Augen, die fragen: *Was? Was hast du getan?*
 Andreas hatte ihn nie wieder auf diesen Abend angesprochen. Jakob hatte seinen fragenden Blick gespürt. Denselben wie in der Wohnung. Später. In der Schule und in den weni-

gen Momenten, in denen sie sich zufällig auf der Straße begegnet waren.

Was? Was hast du getan?

Jakob hatte sich natürlich gehütet, jemandem davon zu erzählen, und offiziell war etwas mit den Früchten gewesen. Oder dem Wasser. Jakob wusste aber stets, dass Andreas für diese Erklärungen kein offenes Ohr hatte. Hinter seiner Frage nach dem „Was?" steckte allerdings eher die Frage nach dem „Warum?".

Warum, Jakob, hast du das getan? Welcher Teufel hat dich denn da geritten? Wie konntest du nur auf diese wahnsinnige Idee kommen? Was geht denn in deinem kleinen Hirn ab? Wie krank muss man denn sein? Wie kaputt?

Jakob hatte sich die Fragen förmlich vorstellen können, die Andreas durch die Gänge hinter dessen Hirnrinde herumkurvten. So oder ähnlich stellte er sich die Überlegungen vor, die sich hinter Andreas' dunklem Blick manifestiert hatten. Ein Wort darüber wurde allerdings niemals laut ausgesprochen. Wenigstens nicht ihm gegenüber.

6.54 Uhr.
Jakob lag wach in seinem Bett.

Nicht wegen eines Hundes oder der bläulichen Farbe, die ein Display ausstrahlte, wenn es etwas Ankommendes, eine Neuigkeit oder Nachricht anzuzeigen galt.

Dafür, dass Jakob wach in seinem Bett lag, gab es nur eine logische Erklärung. Jakob war ganz einfach aufgewacht, weil sein Körper bereit war für den kommenden Tag. Die Stunden, die er geschlafen hatte, waren genug. Mehr brauchte er nicht. Er war bereit für die Arbeit, die der neue Tag bringen würde. Die Arbeit am Tag und die Arbeit am Abend. Er war bereit für das Treffen im Park mit Andreas. 21.00 Uhr, wenn er wirklich genug habe. So hatte es in der Mail gestanden, und er hatte mit einem einfachen „Okay" geantwortet.

In seinem Kopf war alles da. Das Treffen mit dem Verfasser der anonymen Mail, der für ihn nicht anonym war. Zumindest nicht wirklich. Oder dem Treffen mit mehreren Leuten, die er aber doch besser kannte, als diese vermuteten. Vielleicht kamen sie ja alle? Das glaubte er allerdings nicht, musste es doch aber in seine Pläne einbauen.

6.58 Uhr.
Andreas. Konnte er es schaffen, alle zusammenzutrommeln und gegen ihn zu hetzen? Ihm zu drohen? Glaubte er wirklich, er hätte alles im Griff? Heute Abend? Und wenn ja? Weshalb hatte er so lange damit gewartet?

Jakob hatte immer gewusst, dass dieser Moment irgendwann kommen würde. Dieser Augenblick der Konfrontation. Aber jetzt, als dieser kurz bevorstand, empfand er es doch als plötzlich. Beinahe empfand er es einen Akt der Willkür.

Plötzlich. Aber erwartet. Trotz allem.

Und deshalb war es ihm auch möglich, sehr ruhig zu bleiben und auf eine richtig gute Nacht zurückblicken zu können.

Jakob lächelte ins Dunkel des Zimmers.

6.59 Uhr.
Jakob stellte den Wecker auf seinem Handy aus. Damit verhinderte er den Klingelton des Weckrufs.

7.00 Uhr.
Er verhinderte damit den Ton, nicht aber das kurze Aufleuchten des Displays. Es erhellte für einen Moment sein Zimmer, das außer einem Büchergestell, einem kleinen Pult, einem Stuhl aus Holz ohne Lehne und natürlich dem Bett leer war.

Leer, was die Aufstellung von persönlichen Gegenständen und Erinnerungen betraf. Leer auch, was die Wände betraf. Denn da war nichts. Kein Bild, kein Poster.

Nichts.

Nur er wusste, wo das Bild von Elliot, dem Schmunzelmonster, geklebt hatte, bevor es seine Mutter heruntergerissen hatte.

Jakob Morello war beinahe fünfzig Jahre alt, und trotzdem schaute er auf die leere Wand und lächelte. Denn Elliot war gestorben und beerdigt. Trotzdem sah er ihn manchmal aufleuchten. Heller als sein Handy. Dort an der Wand. Seinem kleinen Bett gegenüber. Sah ihn schmunzeln aus seinen treuherzigen Augen. Seinem vergnügten Blick. Sah ihn mit seinem grünen Kopf und den lila Haaren.

All die Jahre hatte er ihn angeschaut, wenn er mit einem neuen Konfitürenglas ins Zimmer gekommen war und dieses in der Schublade seines Pultes versorgte. Es war ihm zu unsicher, seine Schätze im Wohnzimmer zu lagern. Zudem hätte sie Elliot dort auch nicht sehen können. Und auch wenn die Wand leer war, glaubte er manchmal zu sehen, wie Elliot leicht den Kopf bewegte, als ob er nicken würde.

Elliot war tot und unter der Erde. Oder wo auch immer. Aber Jakob sah ihn lächeln. All die Jahre hatte er ihn lächeln sehen. Ein guter Freund, der immer da war. Geduldig zu Hause auf ihn wartete und lächelte. Nie wurde ihm dieses Lächeln zuwider. Und niemals hätte er an die Stelle, wo er gehangen hatte, ein anderes Bild an die Wand hängen können. Es war Elliots Platz und würde immer sein Platz bleiben.

Er war dort und ließ Jakob beinahe an eine Art der Auferstehung glauben.

Von Elliot.

Nicht seiner Mutter.

Deren Zimmer hatte er zugesperrt und war all die Jahre nie wieder drin gewesen.

Erstens hatte er keine Verwendung für den Raum, und zweitens wollte er nicht, dass sein Glaube an die Auferstehung mit dem Bild seiner Mutter seiner Beweiskette hinzugefügt wurde.

7.30 Uhr.
Frisch geduscht und bereit für den Tag, saß er in seiner Küche. Vor sich ein Stück Brot, das er sich zuvor im Stehen geschmiert hatte. Er musste etwas essen, auch wenn er nicht hungrig war. Trotz seiner Überzeugung, dass die SMS von Andreas stamm-

te, versetzte ihn die fehlende Gewissheit in eine gewisse Spannung. Beinahe fühlte er sich wie damals, als er seine Noten erhalten hatte und dachte, die Prüfung bestanden zu haben und trotzdem die Sicherheit darüber erst besaß, als er den Brief mit der Bestätigung in den Händen gehalten hatte.

Schwarz auf weiß.

Heute, kurz nach neun, würde er es genau wissen. Er biss in sein Brot und schaute vor sich auf den Tisch, während er kaute. Spielte es überhaupt eine Rolle, wer kommen würde? Einer hatte die Nachricht geschickt. Vielleicht Andreas. Vielleicht einer der andern. Es gab so viele Möglichkeiten. Eigentlich spielte es für Jakob absolut keine Rolle, wer ihn da in seinem normalen Tageslauf stören wollte. Für ihn war es nur insofern wichtig, als er damit die Möglichkeit besaß, vielleicht richtig zu liegen. Recht zu haben mit seiner Vermutung. Er liebte es, Voraussagen zu machen, und noch mehr liebte er es, wenn er mit diesen richtig lag. Heute Abend würde er mehr wissen und wohl einmal mehr bestätigt bekommen, dass er mit seinen Prognosen richtig gelegen hatte.

Wie meistens. Wie eigentlich immer.

Seit jenem Tag, als er angefangen hatte, sich über die Leute in seinem Umfeld Gedanken zu machen. Er lag richtig.

Er versuchte, nichts als unmöglich anzusehen. Nichts, das es doch nicht geben kann. Keine Sache, die kaum zu glauben ist.

Alles Schattenhafte sollte sich lichten, und es lichtete sich. Immer mehr.

In den letzten dreißig Jahren hatte er Schatten entdeckt und Konfitürengläser gefüllt.

28. März 1987
17.30 Uhr

1

Wochenende.

Jeder andere würde sich darauf freuen. Mit Freunden was abmachen, um in die Disco zu gehen. Oder in einer Bar mit netten Mädchen zu flirten. Dies würde Patrick normalerweise auch tun, aber nicht heute. Nicht an diesem Samstag. Weil es der letzte Samstag des Monats war. Und am letzten Samstag des Monats hatte er jeweils Geld abzuliefern. Nicht so viel, dass es ihn schmerzte, und trotzdem genug, dass der andere schweigen würde. Jeden letzten Samstag im Monat musste er ein eingetütetes Geldbündel irgendwo deponieren. Und das hatte er in den vergangenen vier Jahren getan. Natürlich hatte er zu Beginn versucht herauszufinden, wer hinter E. steckte. Wer die Frechheit besaß, ihn, Patrick, zu erpressen. Er blieb lange vor irgendwelchen Kaufhauseingängen stehen. In Unterführungen und Parks. Niemals war es ihm jedoch gelungen zu sehen, dass jemand das Paket entgegengenommen hatte. Erklären konnte er sich das nicht. Mit der Zeit war er es leid geworden, irgendwo dumm herumzustehen und hatte nicht mehr darüber nachgedacht. Bis es wieder der letzte Samstag im Monat war und ein Zettel mit den haargenauen Anweisungen zur Übergabe in seinem Briefkasten lag. In der Regel in seinem Briefkasten lag.

Er erinnerte sich noch genau daran, wie erschrocken er gewesen war, als er etwa drei Monate nach dem ersten Mal einen Zettel mit Anweisungen in seiner Jeansjacke gefunden hatte. Drei Monate nach diesem schrecklichen Weihnachtstag war das geschehen.

Er war in einer Bar gewesen, mit Freunden. Andreas war auch dabei gewesen. Und Markus. Er hatte wie sie die Jacke über die Stuhllehne gehängt und gequatscht und getrunken. Mehr getrunken, klar. Aber trotzdem nicht so viel, als dass er es nicht gemerkt hätte, wenn ihm jemand einen Zettel zugesteckt hätte.

Erst auf dem Nachhauseweg hatte er feststellen müssen, dass er sich getäuscht hatte. Als er nämlich die Jacke mit einer Hand über die Schulter werfen wollte, war das Papier rausgefallen. Eigentlich war es ein zugeklebtes Couvert. Markus und Andreas waren zum Glück noch länger geblieben, denn Patrick hatte sofort erkannt, von wem es war. Weniger bestürzte ihn damals, dass er wieder eine Forderung erhalten hatte. Vielmehr war es die Erkenntnis, dass der Typ – und Patrick war davon überzeugt, dass es ein Mann war, der solche Spielchen mit ihm trieb – in derselben Bar gewesen war wie er. Dass er zum selben Zeitpunkt da gewesen war und, noch schlimmer, dass er ihm so nah gekommen war, dass er etwas in seine Jacke hatte stecken können.

Ihm war nichts aufgefallen. Überhaupt nichts. Auch Andreas und Markus nicht. Die hätten was gesagt, wenn ein Kerl so nahe an ihren Tisch herangekommen wäre. Zum Glück hatten die nichts mitbekommen. Patrick hätte nicht gewusst, wie er hätte reagieren sollen, wenn sie den Zettel gesehen und gemerkt hätten, dass Patrick nicht offenbaren wollte, von wem er stammte. Sie hätten wieder alle Mädchen rauf und runter gezählt, um zu sehen, bei welchem Namen er rote Ohren bekommen hätte.

So lebte Patrick schnell in der Gewissheit, dass er beobachtet wurde und wohl nie mehr ganz frei sein würde. Er gewöhnte sich an, unbemerkt nach allen Seiten zu schauen, nur um festzustellen, dass da niemand war. Geräusche in der Nacht ließen ihn hochfahren. Komische Gestalten, die sich ihm näherten, versuchte er zu fixieren, nur um festzustellen, dass er sie kein zweites Mal sah. Wenigstens nicht bewusst.

Einmal war er im Hallenbad. Als er einige Längen gezogen hatte und zu seinem Tuch zurückkam, lag da ein Ovosport. Ein Riegel, der Fitness versprach. Klar hatte er sich umgeschaut. Früher hätte er an Nadja gedacht oder sonst eines der Mädchen, die ihn anhimmelten. Damals war er aber sicher, dass es kein Mädchen gewesen war, das sich um seine Fitness sorgte. Er hatte sich umgeschaut und niemanden erkannt. Nur weit hinten in der gegenüberliegenden Ecke hatte er Marianne und Helen gesehen. Die beiden Girls von Markus. Sie hatten ihm zugewinkt, und er hatte zurückgewinkt. Er wusste, dass es der Typ gewesen war. Dass er ihm den Riegel hingelegt hatte.

In den beinahe vier Jahren, die das nun andauerte, hatte sich Patrick oft gefragt, ob der Typ denn keine andere Arbeit habe, als ihm die ganze Zeit nachzuspionieren. Etwas Gutes hatte das Ganze doch. Er hatte aufgehört, sich in irgendwelchen Gassen und Parks auf der Suche nach Männern rumzutreiben. Er war vorsichtig geworden, und wenn er doch mal mit einem Kerl zusammen war, war Patrick sicher, dass davon niemand etwas mitbekam. Oft kam dies allerdings nicht vor. Mit Nadja traf er sich hingegen regelmäßig und genoss es auch, mit ihr zusammen zu sein.

Irgendwie.

Klar genoss er es. So, wie er es genoss, mit Andreas und Markus in ihrer Lieblingsbar über die Zeit in der Schule zu reden und die Lehrer immer wieder aufs Neue zu sezieren, auch wenn diese Momente immer seltener waren.

„Bist du eigentlich immer noch mit Nadja zusammen?", hatte Andreas vor etwa einem Jahr gefragt, als sie sich wieder einmal auf einen Drink trafen und über die Vergangenheit sprachen. Er hatte genickt. „Ja, klar, irgendwie."

„Was jetzt. Seid ihr oder seid ihr nicht?"

„Ja, schon. Aber weißt du, wir sehen das nicht so eng. Es gibt doch so viele hübsche Mädchen." Dabei hatte Patrick gegrinst und einen Schluck seiner Whiskey-Cola genommen. Andreas hatte den Kopf geschüttelt und wollte wissen, ob er denn schon mit ihr rumgemacht hätte. Andreas, der immer alles zu wissen glaubte und sich die wichtigsten Neuigkeiten auch immer irgendwie besorgen konnte. Er ließ nicht locker. Niemals. Er fragte, bis er die Antwort erfahren hatte. „Nun, sag schon, Kumpel. Habt ihr oder habt ihr nicht? Jetzt haben wir uns schon so lange nicht mehr gesehen. Ich muss unbedingt wieder auf den neuesten Stand gebracht werden."

„Vergiss es, Andreas. Darüber bewahre ich Stillschweigen." Und wieder ein Schluck aus seinem Glas. Andreas schien darauf anzuspringen und grinste ihn an. „Okay, okay. Ich wollte doch nur meinem Interesse für dein Liebesleben Ausdruck verleihen." Auch er kippte einen Schluck seines Wodka Orange in den Mund. „Du scheinst mir nur irgendwie unruhig zu sein. Schaust die ganze Zeit um dich, als würdest du auf der Suche nach einem Mädchen sein. Deshalb meine Frage, ob es dir mit Nadja gut geht."

„Erstens", entgegnete Patrick, „hatte deine Frage einen anderen Ursprung und wohl auch ein anderes Ziel. Zweitens: Es geht mir gut und Nadja auch. Drittens bin ich nicht unruhig, sondern durstig. Mein Glas ist fast leer, und ich halte Ausschau nach dem Kellner. Und viertens … Ach, weiß auch nicht."

Er stieß sein Glas an jenes von Andreas, der es ihm entgegengehalten hatte. „Auf die Mädchen", hatte Andreas gesagt und dann dem Mann hinter der Bar ein Zeichen gegeben, dass sie nochmals eine Runde nehmen würden. An jenem Abend und auch später war es Andreas nicht möglich herauszufinden, wie nahe sich Nadja und er gekommen waren. Ging ihn ja auch nichts an. Aber innerlich stellte Patrick trotzdem fest, dass es auch Andreas nicht möglich war, jedes Detail des Liebeslebens seiner Zeitgenossen herauszufinden. Egal, wie charmant er danach fragte.

Patrick war an jenem Abend nach Hause zurückgekehrt mit einem Chaos in seinem Kopf, für das nicht nur der Alkohol verantwortlich war, der aber dennoch keine geringe Mitschuld daran trug. Andreas hatte keine Ahnung. Andreas nicht und auch Markus nicht. Nadja schon gar nicht. Niemand. Nur der Typ, der ihn regelmäßig mit Post und kleinen Aufmerksamkeiten beehrte.

„Auf die Mädchen!"

Ja klar. Wieso auch nicht. Er war gerne mit ihnen zusammen, und was noch verrückter war: sie vor allem mit ihm. Er konnte irgendwo sein, und es dauerte meist nicht lange, bis er von hübschen, blonden Mädchen angehimmelt wurde, auch wenn sie mit einem Freund am Tisch saßen. Dass er sich eher für deren Freunde interessierte oder noch besser für deren Väter, schien niemand zu ahnen, und das war auch gut so. Sein Spiel war perfekt. Okay. Nicht perfekt genug, wenn er an E. dachte. Trotzdem. Er konnte sich mit Nadja hinter Büschen im Park oder auch bei ihr zu

Hause treffen, und er genoss es auch irgendwie. Jedenfalls schien es Nadja zu gefallen, wie er zu ihr war.

9.00 Uhr.

Er lebte nicht mehr in der WG, sondern wieder bei seiner Mutter. Das sollte natürlich nicht für lange sein. Nur so lange, bis er etwas Neues gefunden hatte. Seine Mutter freute sich, ihren Sohn wieder bei sich zu haben, und für Patrick war es in Ordnung. So konnte er Geld sparen und hatte Zeit, sein Leben einzurichten.

Oder besser: seine Leben.

Wenn er sich vorstellte, dass irgendjemand herausfinden würde, was in seinem Innersten vorging: Es wäre die Hölle. Deshalb war es für ihn auch nie eine Frage gewesen, ob er zahlte oder nicht. Er glaubte nicht, dass der Typ bluffte.

Dazu war er irgendwie auch zu nett.

Als er im letzten Jahr seinen 22. Geburtstag feierte, erhielt er wieder ein weißes Couvert. Dieses Mal allerdings mit der Post. Und von Hand geschrieben. Er hatte sich noch keinen Reim darauf machen können, wann sie mit Schreibmaschine verfasst wurden und wann eine säuberliche Handschrift des Verfassers ihm entgegenblickte. Wahrscheinlich kam es auf die Tagesverfassung des Schreibers an. Patrick wusste es nicht. Die Unterschrift war immer mit Tinte geschrieben. Und sie passte zur unverkennbaren Schrift, bei der sofort klar wurde, dass sie von einem älteren Menschen stammte.

Schwunghafte Schnörkel bei den Großbuchstaben. Ausladende As. Und die Sprache: Getippt oder mit Tinte, sie war definitiv nicht von einem jungen Menschen. Abgestempelt war er in Hamburg. Das konnte er sehen.

Darin hieß es, dass aufgrund seines Geburtstages die monatliche Zahlung entfalle, und gleichzeitig wünschte ihm der Typ einen tollen Tag und ein erfolgreiches neues Lebensjahr. Im selben gestelzten Deutsch wie alle anderen Briefe und Zettel und Karten. Nicht nur ein alter Mensch. Eher wie ein alter Herr aus früheren Zeiten. So waren die Zeilen verfasst. Ja, irgendwie war er anständig, und doch wusste Patrick, dass er ernst machen würde. Natürlich fragte er sich manchmal, ob er denn irgendwelche Beweise hätte und schob einmal die scheue Frage auf einem Notizzettel in den Geldumschlag.

Im folgenden Monat hatte er ein Polaroid erhalten. Ein Foto, wie er mit zwei Kerlen bei der Autobahnbrücke war. Und es war eindeutig, dass es sich nicht um ein Treffen von Bauarbeitern oder Pfadfindern handelte. Eindeutig, da sie alle die Hosen unten hatten und einander befummelten. Patrick konnte sich gut an jenen Nachmittag erinnern. Auch daran, wie achtsam er darauf bedacht gewesen war, dass ihm niemand gefolgt war. Und wie sicher er gewesen war, dass da keiner war, außer die zwei Kerle. Einmal mehr hatte er sich getäuscht. Er hatte die Polaroid in der Hand gehalten und gespürt, wie ihm Tränen über die Wangen geflossen waren.

Okay, hatte er gedacht. *Dann sollte er kriegen, was er verlangte. War immerhin eine bezahlbare Forderung.*

Angst hatte er nur gehabt, dass er mehr verlangen könnte. Immer mehr. Aber das geschah nicht, und 100 Schweizer Franken war eine Summe, die er verkraften konnte. Wie ein teures Hobby. Nur das allererste Mal. Da hatte der Kerl viel mehr verlangt, und Patrick hatte es damals in den Mülleimer im Parkeingang geworfen. Also eigentlich hatte er keinen Betrag genannt. Trotzdem war ihm klar gewesen, dass er einen hohen Betrag geben musste. Schweigen kostet viel. 3000 Franken hatte er eingelegt. Beinahe alles, was er damals auf der hohen Kante hatte.

Es war Weihnachten gewesen. Daran erinnerte er sich noch gut. Auch daran, dass es dank dem Typen aus seiner ehemaligen Klasse trotzdem ein gutes Weihnachten geworden war. Ein komischer Mensch, dieser Morello. Aber irgendwie nett. Jedenfalls nicht nachtragend. Er und Nadja hatten ihm ja ziemlich übel mitgespielt und eigentlich auch alle anderen. Aber er war ja auch selber schuld. So wie er war. So alt angezogen, und wenn er etwas erzählte …

9.35 Uhr.
Heute Abend würde er das Geld abliefern. Erneut. Der letzte Samstag des Monats. Jakob, so hieß er, genau. Jakob Morello. Wie ein

Italiener. Dabei war er so bleich, als käme er aus dem nördlichsten Lappland und hätte so viel Sonne abbekommen wie dort die Rentiere. Er hatte ihn seit jenem Weihnachten nicht mehr gesehen, und das war auch gut so. Er hätte gar nicht gewusst, was er mit ihm hätte diskutieren sollen.

Er war nicht wie Andreas und die anderen. Mit denen war es interessant. Cool und lustig. Und immer gab ein Witz den anderen und jeder schaute, dass das Glas voll war.

Es war ein gutes Weihnachten gewesen, vielleicht eines der besten. Aber darüber war sich dieser Jakob Morello wohl nicht bewusst, darüber, wie sehr er ihm geholfen hatte, an jenem dunklen Tag in seinem Leben. Welche Unterstützung er ihm hatte zukommen lassen an jenem Tag, als er geglaubt hatte, alles würde in sich zusammenstürzen. Wie sehr er die Pizza genossen hatte, die er aufgetischt hatte und es sogar interessant gefunden hatte, sich mit ihm zu unterhalten. Erzählt hatte er nie jemandem davon. Denn dann hätte er auch erzählen müssen, weshalb er allein vor dem Park gestanden hatte und weshalb …

Nein. Von diesem Weihnachtsabend wussten nur Morello und er. Und das würde auch so bleiben. Er hatte gehört, dass er eine feste Anstellung bei einer Versicherung erhalten hatte und dort für die Korrespondenz von irgendetwas verantwortlich war.

10.00 Uhr.
Patrick schlug die Bettdecke zurück. Er hatte genug nachgedacht. Jetzt galt es zu frühstücken und sich zu stärken, um ein weiteres Mal 100 Franken loszuwerden.

2

16.00 Uhr.
Jakob Morello ging durch das Einkaufscenter. Langsam, denn er hatte Zeit. Er betrachtete die Auslagen hinter den Schaufenstern, und wenn ihm etwas ins Auge stach, nahm er es im Laden

in Augenschein, darauf bedacht, nichts anzufassen. Er wusste, dass die Verkäuferinnen das nicht gerne sahen. Meist kamen sie auf Kunden zu und erkundigten sich, ob sie ihnen etwas zeigen dürfen. Ihn fragten sie nie. Das kam wirklich nicht vor. Er schien beinahe unsichtbar, und manchmal war er versucht, ein Gerät oder etwas anderes auszupacken. Nicht, um es genauer ansehen zu können, sondern um zu testen, ob irgendjemand des Ladenpersonals reagieren würde. Aber er tat es nicht. Er war unsichtbar, und das war perfekt für seine Mission. Er wollte nicht etwas herausfordern, das er nicht mehr rückgängig machen konnte.

Es war nun vier Jahre nach seinem 20. Geburtstag. Vier Jahre, in denen das abscheuliche Lachen seiner Mutter nicht mehr durch den Gang der Wohnung schallte. Beinahe vier Jahre, seit er regelmässig 100 Franken von Patrick erhielt und in der Versicherung seines Vaters langweilige Briefe ordnete und passende Antworten verfasste. Sein Gehalt war nicht großartig, aber es reichte, und eigentlich bräuchte er Patricks Geld gar nicht. Da war jedoch etwas, das ihm mehr wert war als die paar Franken.

Es war die Macht, die er über ihn besaß. Immer wieder hatte er ihn beobachtet und gestaunt, dass Patrick ihn nie bemerkte. Natürlich hatte er sich manchmal leicht verkleidet. Meist vertraute er jedoch auf seine Unsichtbarkeit. Nie wurde er entdeckt. Nicht einmal im Hallenbad, obwohl da ja auch noch Helen und die andere waren. Marianne. Aber die hatten so oder so nur Augen für den gut aussehenden, strahlenden Patrick.

Nur, dass diesem sein Strahlen immer mehr abhandenkam. Vielleicht bildete sich Jakob dies aber auch nur ein. Trotzdem. Als er ihn vor einigen Wochen beobachtet hatte, wie er ein Couvert in das Schließfach beim Hauptbahnhof gelegt hatte und den Schlüssel zwar drehte, aber stecken ließ, genauso, wie er ihn geheißen hatte, freute er sich ungemein festzustellen, wie zerknirscht er wirkte. Ohne den Glanz einige Jahre zuvor. Die Schultern hängend, beladen, als wenn er ein alter Mann wäre. 100 Franken und nur wenige Jahre, und schon begann Glanz abzublättern.

Glanz war vergänglich.

Unsichtbarkeit blieb.

Jakobs Glück.

Seit wenigen Jahren war er sich sicher, 100 Franken zu erhalten. Jeden letzten Samstag im Monat, und immer hatte er sich für die Übergabe etwas anderes überlegt und eigentlich gestaunt, wie einfach es jedes Mal gewesen war. Patrick musste eine unglaubliche Angst haben, dass sein Geheimnis öffentlich wurde. Unglaubliche Angst und ein ungeheurer Druck, der auf den Schultern des jungen Mannes lasteten, die nicht mehr so stark schienen wie früher. Von ihm erhielt er regelmäßig den kleinen Zustupf und von Herrn Koller ideale Arbeitsbedingungen. Dass es so einfach war, sich die Geheimnisse der Umwelt zu seinem Nutzen umzufunktionieren? Er hätte dies niemals für möglich gehalten.

Koller saß in seinem Glaskasten, und manchmal beobachtete ihn Jakob, wie er sich den Schweiß von der Stirn wischte, obwohl sein Büro runtergekühlt war, dass sich die Eisbären wie im Paradies gefühlt hätten. Er war immer nervös und schaute unsicher zu Jakob, wenn es um die Frage eines freien Tages oder mehr Lohn ging. Einmal war Jakob so dreist, für Anita eine Lohnerhöhung zu fordern. Er musste nicht mal viel sagen. Koller hatte nur genickt und ihn mit einer unbestimmten Kopfbewegung aus dem Büro gescheucht. Er konnte alles verlangen und erhielt es. Trotzdem war er so anständig, seine Forderungen nicht zu übertreiben. Er verdiente sein Geld, indem er den ganzen Tag Briefe verfasste. Er wollte diese Arbeit machen und nicht nur sein Spiel treiben. Es war auch nicht das Geld, das ihn trieb, und Patrick war nur eine von bisher drei Personen, die ihm regelmäßig etwas zukommen ließen. Nein, es war nicht das Geld. Es war viel mehr.

Das Geld war höchstens ein willkommener Nebenaspekt.

Viel wertvoller als alles Geld der Welt war mitzuerleben, wie Glanz verschwand. Wie Lächeln sich verzerrte. Mitzuerleben, wie Körperhaltungen sich veränderten. Schlaffer wurden. Gebückter. Augen, die gehetzt um sich blickten. Augen, die davon zeugten, dass jene, die dunkel aus ihnen blickten, nicht viel geschlafen hatten.

Jakob Morello konnte sogar feststellen, wie sich Hautfarbe änderte. Erfolg, Glanz und im Mittelpunkt des Geschehens sein waren vom Ende gezeichnet, sobald die Leute mit ihren Geheimnissen konfrontiert werden, von denen sie glaubten, sie wären die einzigen Personen, die davon wüssten.

Aber sie waren nicht die einzigen. Mindestens einer wusste es auch und würde dies auch schön für sich behalten, wenn sie denn sein Salär noch schöner aufrundeten. Sein Salär und mit ihrem verblassenden Schein Jakobs Herz erleuchteten. Er war überzeugt, dass dies alles direkt in sein Herz ging. Dass alles, was er beobachtete, ihn selber größer machte. Macht über die anderen zu haben würde ihm nicht genügen. In der Paarung aber mit jenem wundervollen Glücksgefühl, das der Glanzverlust seiner Opfer in ihm auslöste, war es einfach nur perfekt.

Patrick war der Erste gewesen, beinahe zur selben Zeit wie Koller. Dieser hat ihm zwar nicht regelmäßig etwas zukommen lassen, sondern gab ihm das, was Jakob verlangte und wann er es verlangte. Auch Koller hatte sich verändert. Ging nicht mehr hoch erhobenen Hauptes von seinem Büro zum Lift, sondern manchmal schien es, als ob er schleichen würde. Kollers Büro, in dem er sich nun viel länger befand als noch in Jakobs Anfangszeiten in der Firma. Er verließ es wohl nie mehr länger, als eine Pinkelpause dauerte. Einmal hatte er jemanden gehört, der sich bei Anita erkundigt hatte, ob der Koller krank sei. Dass er damit nicht seiner Furcht Ausdruck verlieh, Koller könnte an einer Grippe herummachen, war klar.

Krank.

Das war es, was Jakob tat.

Er machte die Leute krank. Zumindest half er dabei, dass sie ihr gesundes, starkes und überlegenes Äußere verloren. Dass sich die Leute nicht mehr nach ihnen umdrehten, um etwas von ihrem Glanz zu erhalten. Sie drehten sich schon noch nach ihnen um. Im besten Fall aus Sorge, im schlechtesten Fall, weil sie sich vergewissern wollten, dass es sich nicht um etwas Ansteckendes handelte.

16.30 Uhr.

Jakob setzte sich in ein Café, das sich im Dachgeschoss des großen Einkaufscenters befand. Er bestellte ein Wasser und blickte sich um. In einer Stunde würde Patrick hierherkommen. Aber er würde ihn nicht erkennen. Davon war er überzeugt. Er sah aus wie ein alter Mann, der es sich zur Tagesaufgabe gemacht hatte, das oberste Stockwerk zu erreichen, und sich für diesen Einsatz mit einem Wasser und einem Gebäck zu belohnen. Patrick würde kommen, in der hintersten Ecke einen Kaffee trinken und dort ein Couvert in einem Plastiksack liegen lassen. Direkt auf der Bank. Er, Morello, würde hier sitzen bleiben. Mit direktem Blick in den hinteren, dunkleren Teil des Cafés. Er würde sich nicht umdrehen müssen, um zu sehen, wie Patrick am Leiden war und sich daran mehr ergötzen als an der Hefeschnecke, die vor ihm lag.

Nadja war die Zweite gewesen. Klar war sie die Zweite gewesen, von deren Glanz es etwas abzukratzen galt. Ähnlich wie bei Patrick war es auch bei ihr mehr ein Zufall gewesen, dass er hinter ihr Geheimnis kam. Auch wenn er Augen und Ohren offen gehabt hatte, war es ihm auf leisen Sohlen vor die Füße gelegt worden. Dass Patrick der Überbringer gewesen war, wusste der bis zum heutigen Tag nicht. Und das würde auch so bleiben.

Es war etwa zwei Jahre her. Jakob hatte es mit den Zeiten nicht so gut drauf. Was kam genau der Reihe nach? Was war zuerst? Was kam danach? Womit hatte es angefangen? Wie hatte es überhaupt angefangen? Gleichzeitig war er aber auch der Überzeugung, dass diese Fragen nicht jene waren, die es zu beantworten galt. Wenn er ganz ehrlich war, waren es überhaupt keine Fragen, die ihn vorwärts brachten.

Das Einzige, was ihn vorwärts brachte, war mitzuerleben, wie etwas brechen konnte. Mit einem einfachen Brief. In gutem Deutsch. Vielleicht ein wenig gestelzt. Beinahe als Kunstform. Ein kleiner Input ins Leben eines Menschen, und nichts war mehr, wie es einmal war. Bei diesem Schauspiel der Auslöser zu sein, war mehr wert als alle Antworten auf alle Fragen.

Okay! Eine Frage gab es schon, die immer im Raum stand. Immer wenn er an die vielen erfolgsverwöhnten Leute seiner ehemaligen Klasse dachte. An Menschen wie Koller, die aufgrund ihrer Stellung größer zu sein schienen, als sie waren und die von der Umwelt auch größer angesehen wurden. Bei all diesen Menschen, die angehimmelt und geliebt, bewundert und verehrt, ja, beinahe vergöttert wurden. Bei all diesen Menschen stellte sich bei Jakob die einzige Frage ein, die für ihn von Bedeutung war. Nur dieser Frage konnte er einen Hauch von Relevanz attestieren, und in den letzten Jahren hatte er sich beinahe einen Sport daraus gemacht, passende Antworten auf diese eine Frage zu finden.

Was ist dein Geheimnis?

Jakob schaute auf die Uhr an seinem Handgelenk.

16.43 Uhr.

Die Hefeschnecke schmeckte köstlich. Während er sich den Mund wischte, darauf bedacht, seinen angeklebten Bart nicht zu verschieben, schob er seinen Hut tief in die Stirn und schaute sich unauffällig um. Patrick war noch nicht da. Er würde auch nicht zu früh kommen. Kam er nie. Immer auf den letzten Drücker. Abgabe des Couverts und weg. Jakob konnte dies irgendwie nicht verstehen.

Weshalb blieb er nicht sitzen, bis etwas geschah?

Weshalb setzte er nicht einen Freund in Bewegung, um den Erpresser zu erwischen?

Ein kleiner Ruck durch seinen gebeugten Körper. Er hatte anscheinend doch noch mehr Fragen als nur diejenige nach den Geheimnissen seiner Umwelt. Er lächelte und nahm einen Schluck aus seinem Glas.

Nadja. Sie, die so oft die Ideenlieferantin war, wenn es darum ging, Jakob Morello zu verarschen.

Nadja, die mit ziemlicher Sicherheit hinter dem fiesen Plan mit Venedig gesteckt und Patrick und die anderen dazu angestiftet hatte.

Sie, die nicht nur von Patrick geliebt wurde, sondern sich auch von jedem anderen lieben ließ. Sie war eine jener jungen Frauen, die nur mit den Fingern zu schnippen brauchten, und die Hunde kamen angekrochen. Sie brauchte nicht mal zu schnippen. Und sie kamen angekrochen. Alle. Nur er nicht.

Sie hätte es wohl auch nicht bemerkt.

Er hatte sie auch bewundert. An ihrem Lachen teilgenommen und jeweils so getan, als merke er nicht, dass sie sich über ihn lustig machte. Sie war gut drauf. Immer. Hatte Ideen, die den schulischen Alltag auflockerten, und sie war immer bereit für Partys, und wohl deshalb hatte sie damals auch die Einladung zu seinem Geburtstag angenommen. Wer weiß, was sie mit den Hunden alles angestellt hätte, wäre es ihr nicht vorher bereits übel geworden. Nadja war ein tolles Mädchen, und lange hatte Jakob gedacht, dass er ihre Beachtung erhalten würde, wenn er größer wäre. Da er dazu nichts beitragen konnte, ließ er die anderen vor und nahm wahr, wie sie wie die Bienen um den Honig tanzten. Es war verrückt. Wenn sie wüsste, dass eine der Bienen nicht nur auf Mädchen stand? Würde sie das kränken? Aber sie hatte genügend eigene Probleme, seit sie den Brief in ihrem Briefkasten gefunden hatte.

> *Sehr geehrte Frau Ammer*
> *Erweisen Sie mir doch kurz Ihre Aufmerksamkeit.*
> *In der Sicherheit, dass Sie diese keinem Unbekannten schenken, muss ich Sie dennoch enttäuschen. Ich werde für Sie ein Unbekannter bleiben. Unbekannt und dennoch von hoher Wichtigkeit.*
>
> *Kürzlich wurde ich Zeuge, wie Sie eine illegale Substanz zu sich genommen haben. Diese in Flüssigkeit getauchten Löschpapierchen, fein auf die Zunge gebracht und runtergeschluckt. Tröpfeln Sie es auch manchmal auf ein Stück Würfelzucker? Die Wirkung soll fantastisch sein.*
> *Aber eben: nicht legal.*
> *Verstehen Sie mich richtig, verehrte Frau Ammer, ich habe nichts gegen illegale Substanzen.*
> *Wenn ich auch davon überzeugt bin, dass sie letzten Endes nicht zu unserem Besten dienen. Nicht wahr?*
>
> *Viel eher stellt sich aber die Frage, was Ihr geschätzter Herr Vater sagen würde, sollte er von Ihren Aktivitäten rund um Ihre teilweise recht einseitige Ernährung erfahren?*

> *Das wäre nicht im Sinne der Erziehung, die er für seine Tochter gedacht hatte. Würde es nicht auch Ihrer Frau Mutter das Herz brechen zu sehen, wie ihre Tochter mit einem Bein in der offenen Drogenszene steht?*
> *Ich versichere Ihnen, bei mir wird Ihr Geheimnis auch ein Geheimnis bleiben. Allerdings muss Ihnen diese teure Zusicherung auch etwas wert sein, was schon ein wenig mehr als nur kleine Markierungspunkte der Logik aufweist. Finden Sie nicht auch? Ich bitte Sie, mir in einem gut verschlossenen Couvert 100 Franken zukommen zu lassen. Legen Sie es am nächsten Montagabend um 18.00 Uhr in den Mülleimer beim Haupteingang des Stadtparks und verlassen Sie diesen so schnell wie möglich. Sollten Sie jemanden darüber informieren,*
> *haben Sie meine unbedingte Zusage, dass Sie von Ihren Eltern in eine Anstalt geschickt werden.*
> *Hochachtungsvoll! E.*

Das hatte er geschrieben.

Und damit dieselbe Wirkung wie bei Patrick erzielt. Dass er hinter Nadjas Drogenproblem gekommen war, war auch einem Akt des Zufalls entsprungen. Patrick hatte ihm einmal mehr seine Lieferung überbringen müssen, und ähnlich wie heute wollte er ihn damals dabei beobachten. Er kam überraschenderweise nicht allein. Im Schlepptau hatte er Nadja. Er wusste noch, dass er leicht unsicher wurde. Würden sie ihn beide nicht erkennen? Und weshalb hatte er sie überhaupt mitgenommen?

Hatte er ihr womöglich etwas erzählt?

Er blieb ruhig und beobachtete, wie Patrick Nadja etwas fragte und sie daraufhin aus ihrer Tasche einen kleinen Plastiksack nahm und ihm gab. Er bestellte etwas zu trinken, und Nadja ging zur Telefonkabine, die sich um die Ecke befand. Patrick nahm das Couvert und steckte es in den Sack, den er wenig später auf dem Sitz liegen ließ. Nadja, die wieder zurückgekommen war, schien davon keine Notiz genommen zu haben. Wenig später hatte er das Couvert zu Hause ausgepackt, und dabei war ein kleines Papierstück aus dem Plastiksack gefallen. Vor ihn hin auf den Tisch im Wohnzimmer. Aus Nadjas Plastiksack, wohlgemerkt.

Zuerst dachte er sich nichts dabei und legte die Hunderternote auf den Tisch. Einmal mehr hatte es geklappt. Sein Blick war dann aber doch wieder zu dem kleinen Fetzchen gewandert. Seine Kanten waren rundlich.

Es war nicht gerissen. Kein Müll. Es war etwas, das ganz war.

Vorsichtig nahm er es auf. Und roch daran. Ein schwacher Duft, der ihn an Benzin erinnerte. Oder die Flüssigkeit, die sein Vater einmal gebraucht hatte, um das Rechaud anzuzünden. Oder roch es süßlich? Wegen der Art des Papierstücks dachte er sogleich an eine Schnüffeldroge. LSD. Ein Löschpapier. Ganz weich. Er wusste, was das war. Hatte darüber gelesen, vor Jahren schon. Es hatte ihn fasziniert, dass man ein solch präpariertes Papierchen runterschlucken konnte und nach kurzer Zeit die Wirkung der Droge einsetzte. Ein Trip. So wurde ein solches Papierstück genannt. Und ein Trip konnte es werden, wenn man ein solches runterschluckte. Er wusste aber auch, dass LSD eigentlich keinen Geruch besaß. Er hielt es sich nochmals an die Nase. Da war nichts. Oder doch? Es war ihm gleichgültig. Er wusste, dass es kein normales Papier war und dass es ihm doch neue Möglichkeiten schenken würde.

LSD. Gefährlich. Leute, die aus dem Fenster sprangen im Glauben daran, Flügel zu haben und diesen Glauben mit ihrem Leben bezahlten. Das war ihm geblieben und die Erinnerung an die Berichte darüber, wie das Zeit- und Raumgefühl völlig verändert werden, nachdem man diese Substanz eingenommen hat. Alle Wahrnehmungen werden intensiver. Verfälscht. Falsch und verstärkt. Eine gefährliche Mischung. Man hat das Gefühl, in derselben Zeitspanne viel mehr zu erleben, und dieser Zustand kann Stunden anhalten.

Es war ein Artikel gewesen, den er im Zusammenhang mit Alkoholismus und sonstigem Drogenkonsum gelesen hatte, und wie vom Alkohol würde er auch von harmlos aussehenden Papierschnipselchen die Finger lassen. Oder auch von Würfelzuckerstücken, die mit der Droge getränkt waren.

Aber das spielte damals auch überhaupt keine Rolle. Er hatte ein neues Geheimnis gefunden und brauchte dieses nur noch zu verifizieren. Und das war nicht schwierig. Schnell fand er heraus, wo und bei wem Nadja den Nachschub herbekam. Es waren nicht die Gegenden, die für ein Mädchen in ihrem Alter passend waren, und auch Jakob war jeweils froh, wieder zurück in seiner Wohnung zu sein.

Er hatte gelächelt, als er das Papierchen nahm, es beinahe zärtlich in ein leeres Konfitürenglas legte und dieses mit einem Deckel zuschraubte. Zwei Gläser waren gefüllt mit Geheimnissen, und nur kurze Zeit später kam ein drittes dazu.

17.10 Uhr.
Jetzt würde es nicht mehr lange dauern, und Patrick wäre hier. Erneut ein Bissen des Hefegebäcks. Wirklich vorzüglich. Er musste vermehrt Übergaben dieser Art organisieren.

Ja, er hatte bereits drei gefüllte Gläser, und jedes brachte ihm einen regelmäßigen Geldbetrag, den er nicht versteuern musste. Er war sicher, dass Patrick heute allein kommen würde. Es war wohl auch damals ein Zufall gewesen, dass sie dabei war. Ein Zufall oder aber Vorsehung, dass der Zeitpunkt gekommen war, Nadjas Glanz ermatten zu lassen. Die Vorsehung, die es gut mit ihm meinte und ihn dabei unterstützte, Licht ins Dunkel zu bringen und das Wesen hinter dem Strahlen aufzudecken.

Nadja hatte aufgehört zu glänzen. Schon bald nach dem Erhalt des Briefes. Ihr Lachen war weniger laut, ihre Augen weniger weit offen, wenn sie mit den jungen Männern sprach, die noch lange um sie herumschlichen, obwohl sie merkten, dass etwas anders war. Trotzdem oder ganz sicher mit der Hoffnung, dass genau er vielleicht derjenige wäre, der sie wieder in altem Glanz erstrahlen lassen würde.

Aber eine Sonne, die nicht mehr strahlt, nützt auch dem Mond nichts mehr, und so konnte er im letzten Jahr beobachten, wie sich Nadja mehr und mehr zurückzog, an Körpergewicht verlor, obwohl sie vorher schon nicht viel hatte, blass wurde und sich nicht mehr so pflegte, wie sie es in früheren Jahren getan hatte.

Nur manchmal wirkte sie ein wenig euphorisch. Schien einen alten Teil des Glanzes nochmals erstrahlen zu lassen. Wahrscheinlich aufgrund eines kleinen unschuldigen Papierchens. Aber es waren zu wenige Papierstücke. Sie konnten nicht helfen. Sicher nicht auf Dauer.

Für Jakob Morello war dies das Größte. Diesen Niedergang einer Sonne zu erleben. Beinahe hautnah. Obwohl Nadja oft gar nicht wusste, wie nahe er ihr war. Niemand bemerkte ihn, denn er war ein Stern, der keine Sonne brauchte.

17.30 Uhr.

Jetzt war es soweit.

Genug in der Vergangenheit herumgegeistert.

Ein junger Mann, dem man nicht ansah, dass er noch sein ganzes Leben vor sich hatte, betrat das Café und setzte sich in die hinterste Ecke. Ein junger Mann, wie ein gehetztes Tier, die Kapuze ins Gesicht gezogen, Jeansjacke und Jeanshose. Weiße Turnschuhe. Er war da und mit ihm ein Couvert, dessen Inhalt Jakob nicht dieselbe Befriedigung geben würde wie der abgelebte Gesichtsausdruck, den er wahrnahm, als Patrick eingetreten war und die Umgebung gemustert hatte. Sie gemustert hatte, ohne sie wirklich wahrzunehmen. Ob er auch auf Droge war?

Drei Gläser waren in der Schublade in seinem Zimmer. Drei gefüllte Gläser. In seiner Küche standen noch viele Gläser, bereit, gefüllt zu werden. Jakob war dankbar um die glücklichen Fügungen, die ihm das Schicksal beschert und dabei geholfen hatte, drei Gläser zu füllen. Die nächsten Gläser sollten nicht mehr nur nach dem Zufallsprinzip gefüllt werden. Er würde nachforschen, graben, verfolgen, beobachten, zuhören.

Er würde alles daransetzen, Geheimnisse aufzudecken, seine Gläser zu füllen und Sonnen sterben zu lassen.

Das dritte Glas war ein gutes Jahr zuvor gefüllt worden. Wieder war es mehr ein Zufall gewesen, der dazu geführt hatte.

19. April 1986
19.00 Uhr

1

Jakob Morello wollte sich einige Tage frei nehmen und musste auch nicht lange darum bitten. Vielleicht war es wegen des heimlichen Doppellebens seines Chefs, vielleicht aber auch einfach, weil dieser einfach froh war, Jakob eine gewisse Zeit nicht mehr um sich haben zu müssen. Jakob war es gleichgültig. Die Hauptsache war, dass er wegkonnte.

Hamburg war das Ziel. Eine pulsierende Stadt, in der er die Sprache verstand und die doch nahe am Meer war. Es war wohl weniger der Puls der Großstadt, der ihn nach Hamburg trieb, als vielmehr der Gedanke, jederzeit die Ruhe des Meeres ansteuern zu können. Der Gegensatz von Hektik und Nichtstun, von Autolärm und dem Lauschen auf den Wind im Norden, von „kaufen" und „bereits haben" faszinierten ihn, und natürlich wollte er die Sehenswürdigkeiten anschauen. Natürlich wollte er das.

Aber vielmehr wollte er einfach nur sehen. Beobachten und seinem Geist die Möglichkeit zur Expansion geben. Er würde die verschiedenen Kirchen ansehen und in ihrem Innern ganz genau auf seinen Herzschlag achten. Würde sich etwas verändern? Würde er etwas spüren? Das letzte Mal war er schließlich bei der Beerdigung seiner Mutter in einer Kirche gewesen, und da hatte sich überhaupt nichts geregt. Wenigstens nicht wegen der Kirche. Er hatte über die Sankt-Michaelis-Kirche gelesen. Diese würde er sicher besuchen. Wie auch den Elbtunnel, den Hafen und das Rathaus.

Jakob Morello hatte sich einen kleinen Reiseführer gekauft und sich informiert, was man in wenigen Tagen alles sehen kann. Unzählige Konzerte und sonstige kulturelle Angebote wurden beworben. Jakob wusste, dass er keines davon besuchen würde. Er war nicht an Museen oder sonstigen Touristenattraktionen interessiert, und schon gar nicht an etwas, das auf Bühnen präsentiert wurde.

Er glaubte nicht daran, dass ihn etwas, das auf einer Bühne geschah, in irgendeiner Weise berühren konnte. Nichts, was auf einer Bühne gezeigt wurde, war sehenswerter und echter als die wunderbaren Bilder, die sich in seinem inneren Sehen ineinanderfügten. Wie ein Tropfen roter Farbe, der, in einen Becher Wasser gegeben, sich mit dem blauen Tropfen vermischt, den man anschließend dazugegeben hat.

Farben, die ineinanderfließen.

Formen, die sich verändern, sobald man dem Becher einen leichten Stoß versetzt. Wunderbarste Formen.

Und dennoch die lang anhaltende Eigenständigkeit der einzelnen Farbpigmente, die jeder Erschütterung trotzen und erst nach einiger Zeit ihre persönliche Erhabenheit einbüßen. Spätestens dann, wenn das Wasser umgerührt wird, geht die Persönlichkeit verloren. Die Individualität der einzelnen Farbe stirbt. Man kann sachte rühren. Dann dauert es länger. Oder man rührt grob und energisch. Dann …

Wie die Bilder Jakobs, die sich immer wieder verändern. Konturen von Gebäuden, Hüllen gleich. Menschen. Gesichter, die den Ausdruck verändern. Er brauchte keine Bühne. Die Bilder in ihm reichten völlig aus. Verschwammen ineinander wie die beiden Farbtropfen im Glas. Ergaben neue Bilder.

Nichts sah besser aus als Jakob Morellos Bilder. Nichts tönte besser als die Geräusche, die sich in seinem Innern zusammensetzten, wenn er nur lange genug in einer Fussgängerzone stand und die Menschen beobachtete, die an ihm vorbeihasteten. Die Kakophonie vor ihm wurde in ihre Einzelteile zerlegt, wurde dumpf oder klar, je nachdem, wie er seinen Kopf legte, und manchmal, ja, manchmal geschah es, dass die einzelnen Geräusche und Töne eine neue Welt des Klanges ergaben, die ihm besser gefiel als die Realität und die nur er wahrzunehmen schien. Neu und anders.

Einfach wundervoll.

Anita hatte ihn gefragt, wo er denn hingehe. Zuerst war er erstaunt gewesen, dass sie überhaupt davon wusste. Als er es ihr gesagt hatte, machte sie große Augen und erkundigte sich mit einem wissenden Lächeln, ob er denn auch auf die Reeperbahn gehe. Jakob schüttelte den Kopf. Anita schien ihn nicht ernst zu nehmen. „Ja, ja, das sagen alle. Und dann gehen sie trotzdem und sehen sich an, was denn alles angeboten wird in diesen Fenstern." Jakob hatte gespürt, dass er sie hätte fragen müssen, ob sie denn auch schon dort gewesen sei. Oder wo sie denn schon gewesen sei. Irgendetwas in der Art halt. Aber er zuckte nur leicht mit den Schultern und verließ die Kantine. Er wollte nicht etwas fragen, das für ihn ohne Bedeutung war. Er wollte nicht sprechen, wenn es nicht notwendig war, und er hatte keine Lust, Dinge von sich preiszugeben. Er wollte nur beobachten und hinhören. Bilder und Geräusche sammeln und so ordnen, bis es für ihn und sein Leben einen Sinn ergab. Damit hatte er mehr als genug zu tun. Natürlich wusste er über die Vergnügungsmeile in Hamburg Bescheid. Aber sie war mit Sicherheit nicht der Grund, weshalb er diese Stadt besuchte. In seiner Vorstellung war sie der Sündenpfuhl schlechthin und der Inbegriff der Perversion. Sie interessierte ihn schlichtweg nicht.

Als er an jenem 19. April die Kaiserkaipromenade entlangging und den Geruch des Meerwassers vom Sandtorhafen aufnahm, hatte er keine Ahnung, wie lange er schon unterwegs war, als er unwillkürlich in der Nähe eines Spielplatzes anhielt und den Weg zurückschaute, der hinter ihm lag. Einige Familien waren zu sehen. Spaziergänger mit und ohne Hund. Ein junger Mann, der wohl bereits lange am Rennen war. Sein verschwitztes Shirt war dunkel vom Schweiß. Als er an ihm vorbeirannte, nahm er den leicht süßlichen Geruch wahr. Jakob blickte nach vorn, sah, wie der Jogger weiterrannte und immer kleiner wurde. Auf der Schaukel des Spielplatzes saß ein kleines Mädchen und schaute zu ihm. Eine Frau rief dem Kind etwas zu. Wahrscheinlich die Mutter. Ein älteres Paar mit einem noch älter aussehenden Hund kam an ihm vorbei. Sie blickten ihn nicht an. Ihre Aufmerksamkeit galt dem Vierbeiner, dessen Fähigkeit, das Jahr zu überleben, Jakob bezweifelte. Aber was kümmerte es ihn. Nicht das Alter von Hunden und auch nicht jenes der Menschen. Er beobachtete, betrachtete, analysierte und sezierte die Einzelteile, nahm alles von außen wahr, begann alles neu zusammenzusetzen und machte sie so zu einem Teil des neuen Ganzen.

Woher kamen all diese Menschen?
Wohin führte sie der weitere Weg?
Was machten sie, wenn sie allein waren?
Wie sahen ihre kühnsten Träume aus?
Ihre Sorgen?
Ihre Ängste?
Was waren ihre Geschichten?
Und was würde wohl dazu führen, dass ihre Leben aus der Bahn geworfen wurden? Direkt in den Kanal neben ihnen?
Wie sahen sie aus in seinem neuen Bild, das er zusammensetzte?

Manchmal hatte Jakob das Gefühl, der Einzige zu sein, der solchen Gedanken nachhing. Er sah die Mutter, die den Kinderwagen aus rotem Manchesterstoff vor sich herschob und in die Ferne zu blicken schien, in Richtung Elbe. Vielleicht in der Hoffnung, dass sie ein Schiff zur Nordsee brachte, weg aus der Stadt hinter ihr. Sie sah so aus, und Jakob konnte sich gut vorstellen, dass dies einer der drei berühmten Wünsche sein könnte, die sie formulieren würde. Aber sie wurde ja nicht gefragt, und es gab auch keine leere Flasche mit einem Geist, der für die Erfüllung von Wünschen zur Verfügung stand. Würde sie sich einen solchen Geist wünschen?

Oder der Mann in seiner Nähe, der gerade damit beschäftigt war, seinen Golden Retriever zum Sitzen zu bewegen.

Menschen mit Wünschen und Sehnsüchten. Mit Träumen. Solchen, die sich vielleicht irgendwann erfüllen würden. Vielleicht aber auch nicht.

Jakob konnte es nicht mit Sicherheit sagen, wusste jedoch, dass er lieber hier am Wasser war als in den Straßenschluchten der Stadt. Auch wenn es nur das Wasser der Elbe war. Wasser war Wasser. Und hier war es ruhiger. Viel ruhiger. Und der Geruch war besser und mit dem Hauch einer Ahnung davon versehen, dass er sich auf dem blauen Planeten befand. Dem Planeten, von dem er bis heute so wenig gesehen hatte.

Gestern hatte er einen Ausflug an die Nordsee unternommen. Er war einfach in den Zug gestiegen und nach Cuxhaven gefahren. Der Sandstrand mit den vielen bunten Strandkörben hatte ihm gefallen. In einen hatte er sich sogar hineingesetzt und das Gefühl genossen, viel weniger von seiner Umwelt wahrzunehmen. Sein Gesichtsfeld war eingeschränkt, und auch die Geräusche waren auf ein Minimum reduziert. Der Blick aufs Meer hinaus. Ein paar Möwen, die mit ihrem Kreischen den Eindruck von Wildheit verstärkten, und noch weniger Menschen als vorhin auf dem Strandweg. Ein wenig hatte er es zu Beginn bereut, nach Hamburg gereist zu sein und nicht direkt ans Meer.

Die Weite des Horizonts. Die Schiffe, die in weiter Entfernung zu sehen waren. Die meisten davon unglaublich riesige Frachtkähne.

Ein unglaublicher Friede war in diesem Schauen zu erfahren.

Ohne die Energie, die es brauchte, neue Bilder zu kreieren. Es reichte vollends aus, was er im Strandkorb sitzend vor sich erkennen konnte.

Jakob Morello blickte auf seine Armbanduhr.

15.45 Uhr.

Es war langsam Zeit, wieder zurück ins Hotel zu gehen. Um halb acht würde er trotz allem eines der angepriesenen Konzerte besuchen. Spontan hatte er sich eine Karte gekauft und dabei insgeheim lächeln müssen. Er hatte sich doch noch dazu entschlossen, etwas für seine Bildung zu tun. Vielleicht ließ er sich davon überzeugen, dass es Melodien gab, die sein Herz rühren konnten und nicht in ihre Einzelteile zerlegt werden mussten. Vielleicht gab es ja doch etwas, das auf der Bühne vor sich ging und ihn nicht unberührt ließ.

Er konnte überhaupt nicht abschätzen, ob es ihm gefallen würde, sich einen Abend lang verschiedene Klavierstücke anzuhören. Da es sich aber um Mozart handelte, über den er einen wirklich tollen Film gesehen hatte, war er irgendwie davon überzeugt, dass er es gut finden würde. Zumindest bestand die Möglichkeit. Mozart, der auch alles anders gesehen hatte, als dies seiner Umwelt möglich war. Ebenfalls anders war als alle anderen. Nur dass Herr Mozart nicht genau hinhören musste, um etwas hinzukriegen. Er hatte alles bereits in sich drin. Jeden einzelnen Ton, jedes Instrument und jede Melodie. Wenn er sich hinsetzte, um seine Stücke zu notieren, klangen sie bereits in seinem Innern. Sie mussten nur noch aufgeschrieben werden. Wenn denn der Film der Wahrheit entsprach.

Jakob besaß diese Eigenschaft nicht. Und es wäre wohl auch ein Akt der Vermessenheit, überhaupt nur ansatzweise darüber nachzudenken, diesem Genie nachzueifern. Trotzdem musste er unwillkürlich daran denken, wie es ihm gehen würde, wenn er alles bereits in sich hätte. Wenn alles bereits klingen würde, wie es klingen soll. Wenn seine Umwelt so wäre, wie er sie sich ausmalte. Er hatte nicht diesen Anspruch an sich. Wollte diesen auch nicht haben, war sich aber bewusst, wie viel einfacher alles wäre. Jetzt waren es Mutmaßungen, Vorstellungen. Wie die junge Mutter mit ihrem Traum, über die Elbe an die Nordsee und weiter in die fremde Welt hinausgefahren zu werden.

18.00 Uhr.

Er saß auf seinem Bett im Hotelzimmer und studierte den Stadtplan, um sich zu vergewissern, welche Straßen er entlanggehen musste, um zum Aufführungsort des Konzerts zu gelangen. Zum Glück war es nicht so weit, wie er heute bereits gegangen war. Das würde er nicht nochmals wollen. Er würde höchstens zwanzig Minuten benötigen und kein Geld für ein Taxi ausgeben müssen. Das war perfekt.

Mozart. Ein Wunderkind. Früh gestorben und trotzdem mit dem Privileg ausgestattet, auch heute noch von aller Welt bewundert, ja, beinahe verehrt zu werden. Man musste nur mit den richtigen Personen sprechen, um zu spüren, dass er wirklich ein Genie war. Jakob hatte nicht mit Leuten gesprochen. Dazu gab es keinen Anlass. Aber er hatte jeweils zugehört, wenn die Leute sich unterhielten. Seine unglaubliche Speicherfähigkeit, mit der er die gehörten Details jederzeit abrufen konnte, war ihm immer wieder eine große Hilfe, wenn er daran war, seine Gedankenwelt in eine saubere Ordnung zu bringen. Wie eben die Lobeshymnen über Wolfgang Amadeus Mozart. Natürlich gab es Stimmen, die darauf hingewiesen hatten, dass der Film alles übertrieben habe und wohl nicht alles so war, wie es im Drehbuch gestanden hatte. Von Mozart als einem Genie und Wunderkind zu sprechen, darüber waren sich allerdings alle einig.

Würden sie dies auch einmal über ihn sagen? Ihn, Jakob Morello? Sicher nicht, weil er etwas komponierte. Davon verstand er nichts. Auch wenn er es bewunderte.

Er stand auf und ging ins Bad. Eine gute Viertelstunde blieb ihm noch, um sich konzerttauglich zu machen. Als er in den Spiegel blickte, spürte er, dass er Mühe hatte, sich anzusehen. In die Augen. Er wusste auch, weshalb. Er war kein Wunderkind. Er war überhaupt kein Genie. Er tat nichts, das es wert war, sich einmal an ihn zu erinnern. Keine Laudatio für ihn würde länger als 45 Sekunden dauern, und kein Gespräch über ihn würde Erfolge oder seinen Einfluss auf die Welt beinhalten. Er blickte auf seine Hände, die er auf dem Rand des Waschbeckens abgestützt hatte, hob sie leicht an und betrachtete die Handinnenflächen. Nicht einmal seine Hände hatte er jemals dazu verwendet, etwas von Bestand zusammenzubauen. Kein Klavierstück, das durch seine Finger in einen Saal getragen wurde. Kein Publikum, das in stiller Andacht auf den Stühlen saß und lauschte.

Er schloss die Augen und stellte sich vor, wie es wäre.

Wie es wäre, am Ende des Vortrages aufzustehen und zu warten, bis sich die Ergriffenheit der Menschen langsam zu lösen begann. Das zaghafte Applaudieren. Nicht, weil es nicht gefallen hat, sondern viel mehr die Angst ausdrückend, die Magie des Moments zu zerstören. Und dann das Tosen der vielen Hände, die klatschen. Einzelne, die aufstehen. Die hintersten Reihen. Ein lautes „Bravo", irgendwie nicht passend und doch für alles stehend, was in der letzten Stunde geschehen war. Dann stehen sie alle. Blicken zur Bühne und sehen, wie der Musiker die Augen schließt.

Er spürte ein Kribbeln in seiner Leistengegend. Eine leichte Erregung. Nicht sexueller Art, und doch in derselben angenehmen Empfindung.

Noch ein „Bravo". Dieses Mal von der rechten Seite. Ergriffenheit über die demütige Haltung des Mannes auf der Bühne. Aber Jakob hat die Augen nicht aus Gründen der Demut geschlossen, sondern einzig und allein, um zu genießen. Als er sie öffnet, sieht er Tränen in den Augen einer jungen Frau in der ersten Reihe. Sie erinnert ihn an jemanden. Das Klatschen hält an, und er setzt sich erneut an seinen glänzenden Flügel. Schwarz wie sein Anzug. Elegant. Sein Gesicht leuchtend. Im Saal wird es ruhig, und während er erneut etwas aus seinem Repertoire spielt, spürt er die Blicke auf sich. Die Aufmerksamkeit von Hunderten von Menschen, die alle hier sind, um ein Teil dieses Augenblicks zu werden. Menschen, die hier sind, um einen Part in diesem beinahe heiligen Moment wahrzunehmen. Dann bleibt er sitzen, beugt seinen Oberkörper leicht nach unten. Wartet, bis der Applaus einsetzt. Glaubt im Spiegeln des schwarzen Bechsteins die Augen der jungen Frau zu sehen. Mit Tränen gefüllt. Verblassend.

Jakob sieht wieder seine eigenen Augen. Sein Spiegelbild. Das Geräusch des Applauses verhallt. Beinahe scheint er es noch zu hören. Entfernt. Nichts mehr vom Glanz um sein Gesicht. Er lässt Wasser laufen und hält seine Hände darunter, ohne nochmals in den Spiegel zu blicken. Mit einer raschen Bewegung spritzt er eine Ladung Wasser auf den Spiegel.

Er war kein Musiker. Kein Wunderkind. Kein Genie. Er baute nichts. Er erschuf nichts. Er kreierte nichts, und er war für niemanden von Bedeutung. Er blickte in den Spiegel, ohne sich wirklich zu sehen. Die Wassertropfen bildeten Streifen, die seinem Gesicht einen länglichen und verzerrten Ausdruck verliehen. Er hatte wirklich absolut keinen Nutzen davon, sich selbst im Spiegel zu betrachten, und er wusste, weshalb er dies auch nur in den seltensten Fällen tat.

18.23 Uhr.
Er schloss die Zimmertür hinter sich und machte sich auf in Richtung der Tonhalle, in der wohl in zwei oder drei Stunden einem wirklichen Künstler applaudiert werden würde.

Jakob Morello und eine Bühne waren wie eine Blindschleiche mit Rollschuhen.

Als er auf die Straße hinaustrat, spürte er immer noch die Wärme der Aprilsonne. Verwunderlich, wenn er daran dachte, dass er sich doch im Norden befand und es noch nicht Sommer war. Er hatte sich wirklich gut angezogen. Eine schwarze Stoffhose und ein weißes Hemd. Das, was er getragen hatte, als seine Mutter beerdigt worden war. In seiner Vorstellung lag dies schon viele Jahrzehnte zurück und nicht erst drei Jahre. Verrückt, was der menschliche Verstand mit der Zeit anstellen konnte. Er dachte nicht mehr oft daran zurück und hatte auch alles aus der Wohnung entfernt, das ihn an seine Mutter erinnerte. Nur ihr Zimmer ließ er geschlossen. Das wollte er nie mehr betreten. Nicht einmal zum Ausräumen.

Eine Blindschleiche auf Rollschuhen. Jakob lächelte. Wieso dachte er an eine Blindschleiche? Weshalb nicht ein Eisbär oder eine Ameise? Ein Känguru oder was auch immer. Eine Blindschleiche. Verrückt.

18.47 Uhr.
Je näher er der Tonhalle kam, desto mehr Menschen sah er, die in dieselbe Richtung gingen. Festlich gekleidete Männer und Frauen. Eher älter als er. Die Männer mit Krawatte. Zum Glück hatte er sich diese auch noch umgebunden. Er war nicht sicher gewesen, ob dies nicht doch übertrieben war. Jetzt war er froh.

18.52 Uhr.
Als er zum Eingang trat und an der Kasse seine Eintrittskarte zeigte, wusste er, weshalb eine Blindschleiche: Bei allen anderen Tieren konnte man sich noch mit Mühe und Not Rollschuhe vorstellen. Beim Eisbären mit speziell verstärkten Rädern. Für die Ameise müssten sie klein sein und in mehrfacher Ausführung. Sechs Stück, wenn er sich richtig erinnerte. Und auch das Känguru konnte lernen zu rollen anstatt zu hüpfen. Aber Rollschuhe für ein schleichendes Geschöpf machten einfach keinen Sinn, da ihm schlicht die Füße fehlten.

Nein, Jakob würde nie eine Bühne betreten. Er würde nie vor einem Publikum stehen. Aber er würde andere Möglichkeiten finden, damit man auf ihn aufmerksam werden würde. Davon war er überzeugt, wenn er auch schon lange darauf wartete, dass er wieder einmal einen solchen Moment erlebte. Einen Moment, in dem alle ihn betrachteten. Es war ihm gleichgültig mit welchen Gefühlen. Angesehen werden ging auch ohne Anschauen. Wahrgenommen werden allerdings brauchte das Wahrnehmen des Gegenübers. Die Feststellung, dass er da war, dass er etwas getan hatte, das irgendetwas bewegt oder verändert hatte.

19.00 Uhr.
Der Eingang war nur schwach beleuchtet. Die Stimmen der Menschen waren gedämpft, und die ganze Atmosphäre deutete darauf hin, dass man sich in einem Kreis von Auserwählten befand. Von Kunstkennern. Von Liebhabern des Außergewöhnlichen. Er drehte sich einmal um sich selber. Sah die Kasse, die er eben passiert hatte und weitere dunkel gekleidete Leute. An der Seitenwand wurden Mäntel und Jacken entgegengenommen. An einem Stehtisch stand eine Gruppe von Frauen mit hohen Gläsern vor sich. Wahrscheinlich Champagner. Oder Sekt. Billiger. Dennoch. In seinem Innern ließ er es den teuersten Champagner sein, den es gab. Bevor er seine Drehung vollendete, blickte er auf seine Eintrittskarte, um nochmals zu schauen, welchen der Eingänge in den Konzertsaal er nehmen musste. Gleichzeitig machte er einen Schritt nach vorne und stieß jemanden an, der sich sogleich umdrehte.

Jakob traute seinen Augen nicht.

Vor ihm stand Angelika.

Und dann wurde ihm klar, an wen ihn die junge Frau in der ersten Reihe in seinem Spiegeltraum erinnert hatte.

„Jakob? Was machst du denn hier?"

2

Er hatte im Publikum gesessen und Mozarts Kompositionen gelauscht und trotzdem nicht recht gewusst, was er hier eigentlich tat. Im Wissen, dass Angelika irgendwo in der Menge saß oder gar aus einer der Logen aufs Parkett oder gar auf ihn blicken konnte, ließen ihn die Fähigkeiten des Pianisten in den Hintergrund rücken. Er blickte sich nicht um. Er schaute nicht in die Richtung der Logen in der Höhe. Er wollte nicht zu erkennen geben, dass er sich ihrer Gegenwart bewusst war. Er wollte nicht das Gefühl vermitteln, dass er jemanden suchte. Nach jemandem Ausschau hielt.

Er war nicht wegen ihr hier, sondern wegen der Musik, die auf der Bühne gespielt wurde. Auf einer Bühne, auf der er sich erst vor weniger als zwei Stunden selber gesehen hatte. In seiner Vorstellung. Obwohl er niemals auf einer Bühne sein würde und sich niemals an ein solches Erlebnis würde erinnern können. Aber an das Gefühl, das es auslösen konnte! Daran konnte er denken. Diese Empfindung konnte er problemlos herbeirufen. Alle Blicke auf ihn gerichtet. Alle Emotionen, die er mit seinem Talent ausgelöst hatte. Er versuchte wahrzunehmen, was im Saal vorging, ohne sich umzublicken.

Vor sich unzählige Köpfe, alle in Richtung des Pianisten, dessen Flügel leicht links stand. Nicht in der Mitte, wie er es logisch empfunden hätte. Beinahe regungslos schienen sie alle dazusitzen. Auch schien es, als ob im gedimmten Licht alle dieselbe Kleidung trugen. Grau, dunkel, schwarz, silbern. Auch Rot konnte er sehen. Aber selbst dies schien irgendwie dunkel. Er spürte die Blicke hinter sich, die an ihm vorbeiglitten, direkt auf die Bühne.

Würde der Musiker sein Spiel unterbrechen, wäre es totenstill im Saal. Genauso kam es Jakob Morello an diesem Abend vor. Wie der Besuch auf einem Friedhof. Rechts neben ihm saß ein Mann, der mit geradem Rücken nur auf der vordersten Stuhlkante saß. Beide Hände auf den Knien. Er rührte sich nicht. Nur manchmal spürte Jakob, wie er mit seinen Fingern einen Takt schlug, der allerdings nichts mit dem Stück gemein zu haben schien, das auf der Bühne gespielt wurde. Vorne stand ein Platzanweiser im Dunkel einer Tür, in seine Richtung blickend. Und doch nichts sehend. Grün leuchtete über ihm das Exit-Zeichen. Notausgang. Jedes öffentliche Gebäude war damit ausgestattet. Schon als er zur Schule ging, hatte sich ein solches in der Aula befunden. Aber die Tür dort vorne bedeutete nicht einen Ausgang aus jeder Not. Bedeutete es nie. Das wusste Jakob, auch wenn er sich überlegte, wie praktisch eine solche Möglichkeit wäre. Praktisch und zeitsparend. Und es würde helfen, etwas gegen den Schmerz zu erhalten, oder zumindest, diesem auszuweichen.

Exit.

Jakob sah, wie der Pianist die Hände theatralisch in die Höhe hob und mit gewollter Pause zu einem Fortissimo ausholte, das in klarem Gegensatz zu seiner Bewegung schien. Jetzt würde die Pause kommen. Zumindest hoffte er, dass es bald eine Pause gab. Er musste auf die Toilette, und er hoffte, Angelika nochmals zu sehen. Er hatte nicht mitbekommen, mit wem sie hier war. Allein war sie sicher nicht hier. Nicht Angelika. Er schon.

Er stellte sich vor, wie es wäre, neben sich Angelika zu wissen und nicht den steif dasitzenden Mann, der nun leicht den Kopf senkte, als der letzte Ton am Verklingen war. Die Vorstellung gefiel Jakob und er schloss für einen kurzen Moment die Augen, um sich ihren Kuss in Erinnerung zu rufen. Sie konnte gut küssen, Angelika. Das konnte sie wirklich. Er hatte zwar keine Vergleichsmöglichkeiten. Aber es hatte ihm gefallen, wenn sie sich geküsst hatten, und manchmal hatte es ihn auch erregt. Auch jetzt. Das Wissen, dass sie so nahe war. Welcher Zufall, dass sie sich beide in einer fremden Stadt, in der unzählige Konzerte angeboten wurden, für Mozart entschieden hatten. Unglaublich. Die Stille war ihm beinahe unerträglich. Wann kam der Applaus? Er würde ihm helfen, auf andere Gedanken zu kommen, anderes Bildmaterial aufleuchten zu lassen. Die Gegenwart. Denn in dieser gab es keine Angelika. Jedenfalls nicht für ihn. Er fragte sich wirklich, mit wem sie hier war.

Andächtige Stille.

Der Pianist, der auf seine Tasten blickte, wie um ihnen seine demütige Dankbarkeit zu zeigen. Oder um zu sehen, ob sie noch alle an Ort und Stelle waren. Langsam einsetzender Applaus. Köpfe, die sich zu ihrer Begleitung drehten und zustimmend nickten. Alles wie in seiner Vorstellung. Nur die Bravorufe fehlten. Zum Glück. Sie hätten die feierliche Atmosphäre direkt durch den Notausgang gedrückt.

Der Musiker stand auf, verbeugte sich leicht, drückte seine Handflächen vor seiner Brust aneinander wie zum Gebet und formte ein „Danke" mit den Lippen. Das Licht im Saal wurde heller. Erste Leute standen auf. Die Champagnergläser draußen warteten darauf, geleert zu werden.

Der Mann neben ihm wischte sich die Hände an den Hosenbeinen ab und erhob sich. Jakob stand ebenfalls auf und trat mit langsamen Schritten ins Foyer hinaus. Langsam, weil die vielen Leute nichts anderes zuließen und weil es ihm erlaubte, sich diskret umzublicken, um allenfalls Angelika in der Menge zu sehen. Irgendwo musste sie doch sein.

Einen kurzen Moment später stand er an einer Wand und blickte auf die Männer, die für ihre Frauen etwas zu trinken organisierten. Beobachtete die Konzertbesucher, die sich langsam zu den Toiletten begaben, zielstrebig und doch nicht in Eile. Sein Blick ging von den Schlangen, die sich von Sekunde zu Sekunde vor den Toilettentüren verlängerten, jene der Damen um ein Vielfaches schneller, zu den Leuten hinter der Theke, die im Akkord Gläser füllten und einkassierten.

Jakob kaufte nichts. Zu übertreuert waren die Preise. Er verstand nicht, weshalb etwas so viel teurer war, als wenn man es im Supermarkt kaufte. Schließlich konnte es nicht wegen des Konzerts sein, denn dafür wurde ebenfalls schon ein hoher Betrag verlangt. Nein, er wollte nichts trinken und schon gar nichts essen. Auch wenn sich sein Mund trocken anfühlte. Aber daran würde auch Champagner nichts ändern.

Die Trockenheit rührte nicht von mangelnder Speichelproduktion, sondern vielmehr von der inneren Unruhe, von der er ergriffen war, seit er Angelika vor sich erblickt hatte. Bilder, die ihn zur Klaviermusik begleitet hatten und seinen Mund hatten trockener und trockener werden lassen.

Angelika im roten Hosenanzug, Schokosauce ihres Bananensplits auf der Lippe, der Blick zu ihm, bevor sie im Haus verschwand, ihr Lachen, die gemeinsame Stille, die sie beide so genossen hatten. Dann aber auch, wie sie unter dem nackten Hintern von Thomas gelegen hatte. Es war richtig gewesen, es zu beenden, bevor es richtig begonnen hatte. Wenn er jedoch darüber nachdachte, was in der letzten Stunde alles seine Hirnbahnen durchwandert hatte, war er sich nicht mehr so sicher, ob es wirklich die richtige Entscheidung gewesen war. Für ihn war es damals ein Notausgang gewesen, den er selbst gewählt hatte. Es hatte kein grün leuchtendes Schild hatte über einer Tür gehangen. Er hatte den Weg gewählt. Er hatte die Entscheidung getroffen. Es ertönte kein Alarm. Keine Sirene.

Oder war Flucht und Schweigen am Ende gar kein Notausgang? Nur vielmehr eine billige Notlösung? Er wusste es nicht.

Er blickte auf die Uhr und machte sich ebenfalls daran, aufs Klo zu gehen. Die Kolonne der Männer war verschwunden. Vor den Toiletten der Damen sah es anders aus.

Als er wieder rauskam, erblickte er sie. Sie stand in der Kolonne und war daran, sich den Lippenstift nachzuziehen, indem sie auf einen kleinen Spiegel blickte, der in ihre rote Handtasche integriert war. Sie sah ihn nicht, und Jakob war nicht sicher, ob er sie ansprechen sollte. Schließlich war sie nicht mit ihm da. Er ging an ihr vorbei.

„Jakob?"

Er drehte sich um. Sie lächelte ihn an. Wüsste er es nicht besser, hätte er ihrem Blick die Kunst der Verführung zugeschrieben. Sie versorgte den Lippenstift in ihrer kleinen Handtasche.

„Du wolltest an mir vorbeigehen? Einfach so?"

Jakob spürte, wie eine leichte Röte in sein Gesicht trat. Er machte einen Schritt auf sie zu. „Tut mir leid, ich wollte …"

„Ach Jakob, ich mach doch nur Spaß. Du musst dich doch nicht entschuldigen. Du willst sicher deine Freundin nicht warten lassen. Ich hatte gar keine Zeit für eine Unterhaltung, vorhin, als das Konzert begonnen hatte."

Die Tür zur Toilette öffnete sich, und die Kolonne bewegte sich einen Meter auf sie zu.

„Ja, tut mir leid. Wollte ich nicht. Ich meine, will ich nicht." Jakob spürte, dass es ein Fehler gewesen war, nichts zu trinken. Sein Mund fühlte sich an, als würden sich darin die Sahara und die Wüste Gobi vereinen.

Er räusperte sich und schluckte. „Wollen wir nachher was trinken? Ich meine, wenn es fertig ist? Ähm, ich bin allein hier."

Angelika schaute ihn leicht fragend an. „Ja, das wäre irgendwie nett. Ich hatte gar keine Zeit für eine Unterhaltung, vorher, als das Konzert begonnen hatte. Sagte ich das nicht schon? Aber leider kann ich nicht. Ich bin in Begleitung hier."

Jakob nickte. Er spürte, wie er nickte, war aber nicht sicher, ob es auch so aussah, oder nicht doch viel eher wie das unterwürfige Kopfsenken eines Opfertieres, das den Todesstoß erwartete. Aber er war nicht bereit für einen Todesstoß. Niemals. Lieber auf dem Beobachtungsposten bleiben, lauern und warten. Keine Gespräche, die verletzen können. Keine Äußerungen, die sein Innerstes offenlegen. Keine Angriffsfläche bieten. Nur Waffen sammeln.

„Ja, klar."

Angelika blickte ihn an, während sie einen weiteren Schritt zur Tür machte. Irgendwie grotesk, wie er da in der Reihe der vielen Frauen stand und Meter um Meter der Tür zur Damentoilette näherkam. Weit und breit kein Notausgang. Nichts. „Was meinst du damit?"

„Womit?" Jakob blickte über die Frauen hinweg in Richtung Konzertsaal.

„Mit, ja, klar' und dem Ton in der Stimme. Diesem Ton, den du früher immer hattest, wenn etwas eben gar nicht so klar war."

Was sollte er ihr jetzt antworten? Wie konnte er sich rauswinden? Wie konnte er es anstellen, einfach in sein Hotel zurückzukehren?

„Ich habe gar keinen Ton. Ich wollte nur sagen, dass es klar ist, dass du dir Mozart sicher nicht allein antust." Er versuchte seiner Mimik einen Ausdruck zu geben, der absolut nicht zu lesen war. Neutralität auf allen Ebenen. Ein weiterer Meter Richtung Tür. Ein Dreiklang, der daran erinnerte, dass das Konzert bald weiterging.

Jakob blickte auf seine Uhr. „Ich geh dann mal. Tschüss! War schön, dich zu sehen."

„Ja, finde ich auch."

Angelika lächelte ihn an, und jetzt war er sicher, dass sie ihn mit ihrem Blick herausfordern wollte. Aber er war nicht empfänglich für das Spiel der Verführung. Nicht mehr. Während des ersten Teils des Konzertes hätte dieser Blick Wunder gewirkt, und Angelika hätte mit ihm anstellen können, was sie gewollt hätte. Aber jetzt nicht mehr. Nicht mit der Gewissheit, dass ein Kerl in diesem Gebäude war, der anschließend eng umschlungen mit ihr zusammen in ein Hotel verschwinden würde, um ein schönes Glas Wein oder was auch immer zu genießen – und dann ...

Nein, er wollte das nicht zu Ende denken. Das zarte Band ihrer Bindung war vor Jahren gerissen, und es war zwecklos, die losen Enden einfach wieder zusammenzuschnüren und so zu tun, als sei alles in Ordnung. Angelika war nicht treu gewesen. Ihm nicht und nicht ihrem Herzen. Und sie war nicht ehrlich gewesen. Zu ihm nicht, und er war sich nicht sicher, wie ehrlich sie zu sich selbst gewesen war. Oder immer noch ist. Er drehte sich um und ging. Es war kein Notausgang, vielmehr die logische Folge. Die einzige ihm mögliche Reaktion. Verschwinden. Allem den Rücken kehren. Keine Konfrontation.

„Jakob!" Er drehte sich um. Mit einer Kopfbewegung bat sie ihn zu sich heran. Zurück zu ihr. Er wollte keine Konfrontation. Er zögerte, blickte zum Eingang des Saales. Bittend schaute sie ihn an, und er ging zu ihr. In ihren hohen Schuhen war sie noch größer als sonst und blickte mit wachem Blick zu ihm hinunter. Er kam sich trotzdem nicht klein vor. Im Gegenteil. Da war etwas, das dieser Blick auslöste. Er wusste nicht, was.

„Jakob, in welchem Hotel wohnst du?"

Er nannte ihr den Namen, automatisch. Er antwortete einfach nur auf die Frage, ohne sich mehr zu überlegen.

Sie beugte sich leicht zu ihm und flüsterte ihm ins Ohr: „Ich komme zu dir, heute Abend, wenn du magst. Ich komme zu dir, aber erst nach Mitternacht. Willst du?"

Sie hielt die Tür zur Damentoilette offen. Die wenigen Frauen hinter ihr schauten alle auf ihn. Sie hatten nicht gehört, was sie geflüstert hatte, konnten es sich wohl aber vorstellen, wenn er ihre Gesichtsausdrücke richtig interpretierte. Er nickte leicht.

Obwohl er nicht sicher war, ob das nicht die eindeutige Einladung zum Erhalt des Todesstoßes gewesen war.

Die Tür schloss sich, und Angelika war verschwunden.

Er hatte den Notausgang nicht betreten. Im Gegenteil. Er war drauf und dran, sich mitten ins Feuer zu begeben.

Jakob hatte keine Lust mehr, den zweiten Teil des Konzerts zu hören. Er verließ das Gebäude. Die Garderobieren schienen ihn nicht zu beachten, und an der Kasse war niemand mehr zu sehen. Er trat ins Freie. Einige Autos fuhren vorbei, zu Fuß war niemand unterwegs.

Sie würde also zu ihm kommen. Jakob wusste nicht, ob das gut war. Und er wusste nicht, ob es vielleicht doch noch eine Möglichkeit für einen Ausweg gab. Eine Möglichkeit der Verhinderung der kommenden Konfrontation. Denn die würde kommen. Davon war er überzeugt.

Er wollte, dass sie kam. Insgeheim wünschte er es sich. Er glaubte nicht, dass er den Notausgang benutzen würde, wenn sich dieser jetzt vor ihm öffnen würde. Es war zu spät. Er hatte ihr zugenickt und sie eingeladen. Und das war gut. Es fühlte sich zumindest gut an. Viel besser, als Angelika neben sich im Theatersaal zu wissen war es, mit ihr allein in einem Hotelzimmer zu sein.

Würden sie über die Vergangenheit sprechen? Er hoffte es nicht. Weshalb konnte sie erst nach Mitternacht zu ihm kommen? Oder noch präziser: Weshalb konnte sie um Mitternacht kommen? Mit wem war sie hier? Ob er warten sollte? Draußen stehen und warten, bis sie kommt? Bis sie kommen? Ihnen folgen? Herausfinden, wer der Glückliche war, der mit Angelika zusammen im Konzert sitzen und verfolgen konnte, ob die Interpretation von Mozart ihrer Empfindung entsprach. Dass sie überhaupt ein solches Konzert besuchte?

Jakob schüttelte den Kopf. Er war ja schließlich auch drinnen gewesen.

Allerdings wusste er, dass er das nicht nochmals erleben musste. Er hatte kein Interesse daran mitzuerleben, wie jemand auf der Bühne alle Aufmerksamkeit auf sich zog. Es sei denn, er selbst war derjenige, der auf der Bühne seine Talente präsentierte. Aber Jakob Morello hatte keine herausragenden Talente. Keine, die auf einer Bühne zu zeigen einen Genuss in den Augen oder Ohren der Besucher auslösen würden.

Er nahm nicht die Straßenbahn, sondern ließ sich Zeit. Es dauerte noch gut drei Stunden, bis Angelika in seinem Zimmer sein würde. Er kaufte sich an einem Imbisstand eine Currywurst. Erst als er ein Stück in den Mund schob, merkte er, wie groß sein Hunger gewesen war. Er würde ihnen nicht nachspionieren. Ihnen nicht. Es würde höchstens wehtun, wenn er Angelika zusammen mit Thomas sehen würde. Thomas, auch einer jener Typen, die nichts anbrennen ließen. Der keine Mühe damit hatte, Christine zu betrügen, während sie im selben Haus war. Verrücktheit musste es sein, die ihn umtrieb. Oder schlicht Geilheit. Nein, er hatte wirklich kein Interesse daran, ihn zu sehen. Interessant wäre es allerdings zu erfahren, was Thomas tat, wenn er ganz allein war. Was waren seine Geheimnisse? Was war sein anderes Leben? Oder gab es bei ihm vielleicht sogar mehrere? Zutrauen würde er es ihm. Denn auch er musste etwas haben, von dem niemand etwas wissen durfte. Etwas, das schlimmer war als eine Affäre mit einer Freundin der Freundin. Er würde es herausfinden. Später.

Diese Nacht sollte nun aber ihm gehören. Wieder spürte er Trockenheit in seinem Mund, und er kaufte sich eine Orangenlimonade. Süß. Klebrig. Erfrischend, trotzdem, weil sie kalt war. Wenigstens das. Beinahe wie der Kuss Angelikas, der nach Bananensplit schmeckte. Er spürte, wie er lächelte.

Jakob freute sich. Freute sich riesig. Er lief in Richtung seines Hotels und überlegte sich dabei, ob er etwas Stärkeres zum Trinken kaufen sollte. Am Bahnhof war sicher noch was zu haben. Die Sachen in der Zimmerbar waren schlicht zu teuer. Es sollte ein guter Abend werden. Eine gute Nacht. Er brauchte sich nicht um den Notausgang zu kümmern, da er heute Nacht keine Not erleben würde. Er würde mit Angelika zusammen sein, und das war gut. Thomas' nackter Arsch interessierte ihn nicht mehr und auch nicht, wo der überall gelegen hatte. Seine Aufmerksamkeit galt einzig und allein Angelika. Ihr Geruch, als sie sich zu ihm niedergebeugt hatte, war immer noch in seiner Nase. Süß, aber nicht zu sehr. Frisch und trotzdem betörend. Kein billiges Deo, sondern edles Parfum. Davon war er überzeugt. Und heute Nacht würde er es nochmals riechen.

3

Eine halbe Stunde nach Mitternacht klopfte es an seiner Tür. Der Nachtwächter hatte ihr anscheinend den Eingang geöffnet.
„Hier bin ich."
Jakob nickte und ließ sie eintreten. Sie legte ihre Tasche und Jacke aufs Bett und setzte sich neben der Kante auf den Boden. Er schloss die Tür. „Willst du etwas trinken?"
„Ich nehme an, du hast nur Wasser, nicht wahr?"
Sie lächelte, während Jakob nickte. „In der Bar hat es schon Dinge mit Alkohol. Aber es ist elend teuer und überhaupt, ich … Tut mir leid."
„Bring doch das Wasser und setz dich zu mir. Und hör auf, dich immer zu entschuldigen. Ehrlich. Das musst du nicht. Für nichts. Alles ist einfach so, wie es ist. Und ich weiß wegen dir und dem Alkohol. Finde ich gut. Finde ich wirklich gut. Richtet unter dem Strich nur Schaden an. Ziemlich teuren Schaden. Für das Portemonnaie und für einen selber. Einfach alles."
Sie hatte sich in Fahrt geredet. Beinahe schien es Jakob, als wolle sie von schwierigen Themen ablenken. Oder von der Stille. Er hielt ihr das eingeschenkte Glas hin und setzte sich auf den Boden vor ihr. Seinen Rücken lehnte er an die Wand, die vom Bett nur wenig mehr als zwei Meter entfernt war. Angelika legte sich nach hinten und starrte zur Decke. „Du glaubst gar nicht, wie gut es tut, hier zu sein."
„Wieso das?"
„Weiß nicht. Einfach so. Wegen früher. Wegen uns? Einfach alles. Es ist fast wie zu Hause sein, obwohl man weit weg

ist. Findest du nicht auch? Jetzt wo wir zusammen in diesem Zimmer sind?"

Sie setzte sich auf und kam auf ihn zu, ohne aufzustehen. Jakob musste unwillkürlich an eine Katze denken. Eine Raubkatze. Auf allen Vieren war sie nun vor ihm und blickte ihn an. Direkt. Erneut mit diesem Blick. Und nun wusste er, was er auslöste: Er war drauf und dran, sich erneut zu verlieben. Er wollte in diesen Augen versinken, diesen Mund kosten und den Geruch ihres Parfums in sämtliche Nervenzellen eindringen lassen, die für den Geruchsinn zuständig waren. Ganz nahe kam sie seinem Gesicht. So nahe, dass er ihren Atem riechen konnte. Kaugummi. Frisch. Ob Thomas diesen Mund vor noch nicht allzu langer Zeit geküsst hatte? Unvermittelt erhob sich Jakob und trat ans Fenster.

„Was ist?"

Angelika blickte ihn fragend an, stand auf und setzte sich aufs Bett. „Du hast doch gewollt, dass ich komme."

„Ist es Thomas?"

„Was meinst du? Ich verstehe nicht."

„Hast du mit Thomas die Leidenschaft für Mozart entdeckt?"

Jetzt lachte sie auf.

„Ach so, die Begleitung. Wie kommst du denn auf Thomas? Nein, sicher nicht. Ich bin mit einer guten Freundin dort gewesen. Thomas? Also wirklich. Du kommst auf Ideen."

Jakob konnte erkennen, dass sich etwas in Angelikas Blick verändert hatte. Irgendetwas war weniger geworden und irgendetwas mehr. Sie schien drauf und dran zu sein, nach einem Notausgang zu suchen. Unbewusst. Aber sie suchte. Das realisierte er klar. Gleichzeitig horchte er auf. Sie war nicht mit einem Mann hier. Klar. Deshalb konnte sie auch zu ihm kommen. Ihn besuchen. Ohne Verwerflichkeit. Ohne die Gefahr einer Konfrontation mit wem auch immer.

„Und diese Freundin erwartet dich nicht zurück? Macht sie sich keine Sorgen?"

Sie schüttelte den Kopf. „Ich habe ihr gesagt, dass ich einen alten Freund getroffen hätte und ihn besuchen würde." Mit der

Hand klopfte sie leicht auf die Decke und bat ihn mit ihrem Blick, sich neben sie zu setzen.

Alles war gut. Die Vergangenheit war aufgeholt, kein Thema mehr. Langsam trat er ans Bett und setzte sich. Sie lehnte ihren Kopf an seine Schulter. „Stimmt es?"

„Was denn?" Jakob bewegte sich nicht, spürte Angelikas Haare an seinem Hals. Den blumigen Duft des Shampoos.

„Dass ich einen alten Freund getroffen habe."

Zaghaft legte er einen Arm um sie. „Ja, das könnte der Wahrheit entsprechen. Obwohl noch nicht so alt."

Sie blickte ihn an, setzte sich auf. „Leg dich hin, mein alter Freund." Jakob legte sich nach hinten. Die Füße immer noch auf dem Boden. Angelika setzte sich auf ihn. Ihre Knie an seinen Schultern. Sie beugte sich zu seinem Gesicht. „Schließ deine Augen."

Jakob hörte, wie ihre Stiefel auf den Boden klatschten. Spürte die zarte Berührung ihrer Lippen auf den seinen. Bevor er seinen Mund öffnen konnte, waren sie wieder weg. Er lag da, spürte das angenehme Gewicht von Angelikas Körper auf seinem, hörte einen Reißverschluss, spürte Hände, die die Knöpfe seines Hemdes öffneten. Lippen an seinem Hals, Zähne, die leicht in sein rechtes Ohr bissen.

Er fröstelte. Angenehm. Er hatte nicht gewusst, dass das Ohr eine Zone der Erregung sein konnte. Jetzt wusste er es, und er wusste, dass er nach dieser Nacht noch einiges mehr wissen würde. Er hielt die Augen geschlossen, spürte eine Hand, die versuchte, seinen Gürtel zu öffnen. Er half ihr, doch sie packte seine Hände und streckte sie nach hinten. Sie hatte die Führung. Sie wollte die Führung, und Jakob gab sie gerne ab. Angelika entfernte sich, öffnete seine Hose und zog sie runter. Er hob seinen Po, um ihr zu helfen. Und wieder setzte sie sich auf ihn. Sie näherte sich seinem Gesicht, und wieder spürte er den Duft ihrer Haare und ihres Parfums. Berauschend. Ihre Lippen auf den seinen, und nun öffnete er seinen Mund. Ließ es zu, geliebt zu werden. Spürte gleichzeitig, wie sein Herz zu explodieren schien. Das musste Liebe sein. Liebe und Vorsehung. Sich wieder zu treffen. Wer musste schon ein Schiff besteigen und über die Nordsee in andere Länder fahren? Es reichte vollkommen, in Hamburg ein Mozart-Konzert zu besuchen. Reichte vollkommen. Es war vorherbestimmt gewesen, dass sie sich begegnet waren. Ganz ohne sein Zutun.

Und diese Nacht nun war ebenfalls vorherbestimmt. Ein Zeichen aller Götter dieser Welt, dass alles gut werden würde. Dass er beachtet wurde. Wahrgenommen. Geliebt. Nicht von irgendwem. Sondern von ihr. Von Angelika. Mit ihr würde er jedes Mozart-Konzert auf dieser Welt besuchen. Wirklich jedes. Wenn sie es wollte, natürlich. Er wollte in Zukunft tun, was sie wollte. Sie glücklich sehen und dabei sein, wenn sie sich ein Parfum kaufte. Was waren schon die Blicke der Zuschauer nach einem Konzert, die auf den Künstler gerichtet waren im Vergleich zum Versinken in Angelikas Augen. Ein Blick, den er als das persönlichste Geschenk empfand, das er jemals in seinem Leben erhalten hatte. Dieser Blick, der alles bedeutete und in ihm etwas auslöste, an das er nicht mehr geglaubt hatte, es jemals erleben zu dürfen. Er hob seine Hände und griff in ihre Haare. Umfasste ihr Gesicht und drückte es ein wenig von sich und öffnete die Augen. Er flüsterte etwas.

Angelika schien ihn nicht zu verstehen. Ihr Gesicht schien zu glühen. „Was sagst du?"

Er drückte seine Lippen an ihr Ohr. „Ich … ich liebe dich. Liebe dich!"

Sie saß auf, zog ihn zu sich und umarmte ihn. Beide trugen sie noch ihre Slips. Jakob genoss die Umarmung, spürte, dass sie fühlte wie er. Glück und Liebe. Dass er beides zusammen erleben durfte. Er sah nicht, dass Angelikas Wangen nass waren von Tränen.

20. April 1986
7.12 Uhr

1

06.42 Uhr.
Jakob öffnete die Augen, ohne sich zu bewegen oder den Fluss seines Atems zu verändern. Er spürte, dass der Platz neben ihm leer war. Spürte es und wusste es. Er musste weder die Hand ausstrecken noch seinen Kopf drehen. Die Matratze würde leer sein. Kalt. Angelika war nicht mehr in seinem Bett, und er glaubte auch nicht, dass sie noch im Zimmer war.

Alles nur eine Farce? Eine Wunschvorstellung, von der er überzeugt gewesen war, dass sie sich erfüllen würde? Irgendwann?

Er lag nackt unter der Decke, und genauso fühlte er sich. Wie hatte er nur so dämlich sein können zu glauben, dass sie wirklich etwas in ihm sah? Wie konnte er nur so leichtgläubig sein und sein Herz verschenken wegen eines Kusses, der entfernt nach Schokolade geschmeckt und wegen des betörenden Blickes, der ihn beinahe um den Verstand gebracht hatte?

Alles war vergessen gewesen. Alles. Vergessen und vorbei. Vergangenheit. Dass sie ihn betrogen hatte. Mit Thomas. Und sie sich dabei ohne Schuldbewusstsein fragte, weshalb er den Kontakt abgebrochen hatte. Sie fühlte sich unschuldig, weil sie keine Ahnung hatte, dass Jakob sie gesehen hatte. Wollte sie ihn einfach testen? Wissen, wie es mit ihm war? Ob er besser war als …? Jakob war wütend. Wütend auf Angelika, auf Thomas. Einfach auf alle und jeden. Am allermeisten jedoch auf sich selbst.

Er hasste seine Leichtgläubigkeit.

Seine Verführbarkeit.

Seine Schwäche.

Ja, genau. Das war es. Er war einfach nur unglaublich schwach. Schwach und dumm.

Er drehte sich auf den Rücken und sah sich darin bestätigt, dass er sich allein im Zimmer befand. Es war kurz vor sieben, und schummeriges Licht erhellte durch die gezogenen Vorhänge den Raum. Wie hätte er sich gefreut, zusammen mit Angelika aufzuwachen. Mit ihr den Tag zu starten und diesen zu planen und zu füllen.

Oder auch einfach nur im Bett zu bleiben.

Frühstück im Bett?

Das hatte er nur einmal erlebt. Früher. Als kleiner Junge. Es war sicher ein Sonntag gewesen. Davon war er überzeugt, denn seine Mutter hatte Zeit, und sie war glücklich. Glücklich und entspannt. Sie hatten altes Brot getoastet, und dann durfte er dieses im Bett seiner Mutter essen. Sie hatte nichts gegessen, aber immer so getan, als ob sie ihm einen Bissen stibitzen wollte. Er erinnerte sich noch gut, wie er lachen musste und sich gefreut hatte, dass er schneller als sie gewesen war und sie nichts vom Brot abbekommen hatte. Er erinnerte sich auch, dass seine Mutter gar nicht geschimpft hatte, weil danach auf dem Bett ganz viele Brotkrumen verstreut lagen.

Mit Angelika im Bett zu frühstücken und dieses gar nicht mehr zu verlassen. Den ganzen Tag einfach nur liegen bleiben und sich immer wieder lieben. Das wäre seine Vorstellung für den heutigen Morgen gewesen und nicht ein leeres, kaltes Hotelzimmer.

Ein Tag mit Angelika. Heute. Und morgen und viele weitere Tage. Sie als seine Frau. Er als ihr Mann. Es wäre ihm sogar recht gewesen, wenn sie ein Konzert von Mozart hätte besuchen wollen. Oder sonst etwas von einem dieser Genies, die doch in erster Linie einfach nur mit einem Talent gesegnet waren, das zufälligerweise einem großen Teil der Menschheit zusagte. Über Jahrhunderte hinweg. Und wohl über Jahrzehnte hinaus.

Sie war merkwürdig leise gewesen gestern Nacht, als er ihr seine Unschuld geschenkt hatte. Sie hatte nichts gesagt, und er hatte die Stille genossen. Und trotzdem war da etwas gewesen, das ihn leicht beunruhigt hatte. Was, wenn alles wie ein böser Traum enden würde? Wenn sie nur mit ihm spielte? Aber er verscheuchte diese Gedanken, vernichtete seine Selbstzweifel und ließ sich treiben. Gab sich ihren Lippen hin. Sog ihren Duft auf. Genoss ihre Hände, die jede einzelne Stelle seines Körpers zu erforschen schienen. Genoss es und ließ es zu. Stellte fest, dass er sich seiner Nacktheit nicht schämte. Im Gegenteil. Er und Angelika. Wie Gott sie geschaffen hatte. Rein und unschuldig. So zumindest fühlte er sich in jener Nacht.

An diesem Morgen jedoch erkannte er, dass er auf seine Zweifel hätte hören müssen.

Er blickte auf die Leuchtziffern der Uhr auf dem Nachttisch.

06.58 Uhr.
Beinahe sieben Uhr. Er stand auf und ging ins kleine Bad. Er machte kein Licht, stellte sich im Dunkeln unter die Dusche und ließ das Wasser alles abspülen.

Die Enttäuschung.

Die Einsamkeit.

Das Glimmen der stillen Hoffnung, die gestern noch als helles Feuer gelodert hatte.

Die Traurigkeit.

Er schloss die Augen und stellte fest, dass es nur unmerklich dunkler war, als wenn er sie geöffnet hielt. Vielleicht hätte er doch Licht machen müssen. Die Badezimmertür hatte sich beinahe geschlossen und ließ nur noch durch einen geringen Spalt fahles Licht herein. Aber dies war ihm egal. In seinem Innern war es sowieso dunkler als im dunkelsten Raum. Er genoss das Wasser, das auf seine schmalen Schultern prasselte. Ja, es sollte auf ihn fallen und alles mitnehmen. Alles wegschwemmen. Niemals mehr würde er sich auf jemanden einlassen. Niemals mehr würde er sein Herz öffnen, geschweige denn, das Bild einer gemeinsamen Zukunft malen. Denn genau das hatte Jakob Morello getan. In den schillerndsten Farben. Wäre es ein Musikstück gewesen, würde sich Mozart ärgern, nicht länger auf diesem Planeten verweilt zu haben, um es mit eigener Feder geschrieben zu haben. Ja, Jakob Morello war enttäuscht und traurig.

Er stellte das Wasser ab und spürte sogleich, wie eine leichte Frische seine Beine hochzog. Er trat aus der Kabine und trocknete sich ab. Gleichzeitig gab er der Badezimmertür einen leichten Stoß, um Licht hereinzulassen.

Und erschrak. Auf dem Bett lag Angelika, und vor sich hatte sie Croissants auf einer Serviette ausgebreitet. Jakob stand nackt in der Tür und blickte sie an. Fragend. Angelika selbst trug nur ihre Unterwäsche. Jakob verschlug es beinahe den Atem. Was war das jetzt? Waren alle seine Gedanken nur die Irrlichter seines Unterbewusstseins? Bilder seiner Urängste? Szenarien seiner gedanklichen Achterbahnen? Er stand da und verstand nicht, was gerade passierte. Sollte sich am Ende sein gemaltes Bild doch noch zu einer noch nie gehörten Symphonie entwickeln?

„Du warst nicht mehr da", stotterte er und verzog den Mund zu einem schiefen, ungläubigen Lächeln, das noch kein Lächeln war.

Aber Angelika lächelte. Lächelte ihn mit leuchtenden Augen an und nahm vom Nachttisch eine Kaffeetasse. „Ja, aber nur kurz. Ich dachte, Frühstück im Bett wäre doch was. Hier habe ich auch Kaffee. Mit viel Milch, nicht wahr? So magst du ihn?"

Jakob nickte. Das heißt, er glaubte, dass er nickte. Wirklich bezeugen konnte er es nicht. Es konnte doch eine Symphonie werden. Ein Werk für ein noch nie zusammengestelltes Orchester. Mozart zum Ärger.

Er wollte sich seine Unterhose anziehen.

„Die brauchst du doch nicht, Jakob. Komm einfach her zu mir. So wie du bist."

Allein dieser Satz war es wert, als Ouvertüre für eine Oper vertont zu werden. Jakob lächelte. Jetzt nicht mehr schief. Vielleicht hätte er Komponist werden sollen.

„Was ist? Habe ich etwas Lustiges gesagt?"

Jakob nahm die Tasse entgegen und setzte sich neben sie. „Nein, überhaupt nicht. Im Gegenteil."

Angelika blickte ihn verwundert an und nahm einen Schluck aus ihrer Tasse. „Ich habe etwas Trauriges gesagt? Und du lächelst?"

Jakob schüttelte den Kopf. „Nein, was sag ich denn. Es ist das Schönste, was mir je jemand gesagt hat. Dass ich sein darf, wie ich bin, meine ich." Angelika blickte ihn an. Nicht mit derselben

Wirkung wie in der Nacht zuvor. Jetzt ging es nicht um Betörung oder Verführung. Jetzt ging es um mehr. Jetzt ging es um alles.

„Komm her, mein Lieber."

Jakob trat zu ihr hin und setzte sich auf den Rand des Bettes. Unwillkürlich betrachtete er die Leuchtuhr.

07.12 Uhr.

Er spürte ihre Hand auf seinem Rücken und gleichzeitig eine Träne, die ihm aus den Augen trat. Jakob weinte, und es fühlte sich richtig gut an.

Alles würde anders werden.

20. April 1986
19.12 Uhr

1

09.30 Uhr.
Jakob Morello hatte nicht die entfernteste Ahnung darüber, wie anders alles werden würde. Und das in genau zwölf Stunden. Wenn dies wohl auch eher einem Zufall als kühner Berechnung zugrunde lag.

Jetzt, an diesem Morgen, war seine Welt aber noch in Ordnung. Mehr, als sie es je gewesen war. Frühstück im Bett. An seiner Schulter der sanfte Druck von Angelikas Kopf, der betörende Duft ihrer Haare in seiner Nase. Seite um Seite schrieb er in Gedanken die wunderbarsten Symphonien mit allen Instrumenten, die die Welt in allen Ländern und Flecken der Erde jemals hervorgebracht hat. Vielleicht war er sogar daran, neue Instrumente zu erfinden, die wirklich jene Musik hervorzubringen vermochten, die Angelika in ihm auslöste. Eine Musik, die es in dieser Form noch gar nie gegeben hatte. Nie wieder würde er etwas gegen klassische Musik sagen. Oder gegen Musik überhaupt. Wer wusste denn schon wirklich, was der Komponist beim Schreiben seiner Musik empfand?

Er drückte Angelika einen leichten Kuss ins Haar und spürte, dass sie die Augen geschlossen hielt. Auch sie genoss es. Ob sie dieselbe Musik hörte wie er?

Sie hatten sich nach dem ersten Kaffee erneut geliebt. Noch inniger. Noch tiefer. Jakob wusste, dass sein Leben nun eine völlig neue Dimension erhalten würde. Ein vielleicht einmal gezeichneter Plan würde nun konkret werden. Alles andere zum Verblassen bringen. Oder zum Verschwinden. Seine Mutter, sein Leben mit ihr, die Schläge, die Männer in seinem Zuhause, die Demütigungen, die Konfitürengläser zu Hause. Vielleicht war das der Moment, der alles andere nicht mehr wichtig erscheinen ließ.

Angelika setzte sich auf und drehte sich zu ihm hin. „Ich mag dich, Jakob. Mag dich wirklich sehr."

„Aber?"

„Nichts aber. Ich habe es genossen mit dir. Es war sehr schön."

Sie drehte sich um und legte ihren Kopf an seine Brust. Er fühlte sich größer als sie. Aber er hatte auch gehört, dass sie in der Vergangenheit gesprochen hatte. Er verscheuchte seine dunklen Gedanken. Wie sollte er sicheren Boden erreichen, wenn ihn das Misstrauen immer wieder in den Ozean spülte?

„Das finde ich auch", sagte er und umschlang sie mit beiden Händen.

„Wie lange wirst du in Hamburg sein?"

„Heute Abend geht mein Zug. Um zwölf muss ich das Hotel verlassen." Er fühlte ihren Atem auf seinem Bauch. Konnte ihn nicht deuten. Er drückte seinen Kopf an die Rückwand des Bettes und blickte ins Zimmer, zur Tür der Toilette, die sich erneut leicht geschlossen hatte. Er hatte sich gar nicht überlegt, weshalb sie eigentlich hier war. Hier in Hamburg. Er hatte überhaupt nichts von ihr erfahren. Gut. Immerhin das war gegenseitig. Sie hatten sich einfach nur geliebt und in der Ruhe der Zweisamkeit gebadet. Belanglosigkeiten. Das Früher hatten sie ausgeblendet und auch das Morgen. Einfach nur das Hier und Jetzt. Jakob war das richtig vorgekommen, aber jetzt, in diesem Moment, bereute er es zutiefst. Nur noch wenige Stunden.

„Was wirst du machen? Ich meine, wann musst du nach Hause?"

„Hamburg ist zurzeit mein Zuhause." Sie setzte sich auf und suchte nach ihrer Unterwäsche. Sie zog sie an und stand auf. „Für mich wird es Zeit, ich muss gehen."

Jakob verstand nicht. „Es ist doch erst halb elf. Wir könnten doch noch …"

Angelika drehte sich zu ihm um, während sie ihre Jeans anzog.

„Nein, Jakob, können wir nicht. Tut mir leid. Es war schön mit dir, und ich mag dich, aber …"

„Also doch ein Aber?"

Angelika schaute ihn traurig an.

Jakob schaute an ihr vorbei, zur Tür des Badezimmers. „Du meinst, das war es jetzt? Eine tolle Nacht und Frühstück im Bett und tschüs?"

Angelika nickte. Traurig und trotzdem entschlossen, das Richtige zu tun. „Du und ich, Jakob, das hätte doch keine Chance. Du bist zu gut für mich. Wir sind zu verschieden. Wir leben ganz andere Leben." Sie zog ihre kurze Jacke an, beugte sich zu ihm hinunter und drückte ihm einen Kuss auf die Stirn. Jakob sagte nichts mehr, blickte sie nur an. Sah, wie sie zur Tür des Zimmers ging und diese öffnete, sich nochmals kurz umdrehte und ein *Tut mir leid* mit den Lippen formte. Hörte mehr, als dass er sah, wie sich die Tür schloss. Seine Augen waren gefüllt mit Tränen. Und auf seiner Stirn brannte der Kuss.

Der Judaskuss. Angelika hatte ihn verraten, und er spürte, wie sich die Musik zu verändern begann.

2

Fünf Minuten nachdem sich die Tür des Hoteleingangs hinter Angelika geschlossen hatte, stand Jakob mit Jeans und Hemd vor dem Hotel und spähte in alle Richtungen in der Hoffnung, nicht zu spät zu sein.

Er war schnell genug gewesen. Er sah sie gerade in einer Seitenstraße verschwinden und rannte hinterher. Er musste wissen, wohin sie ging. Musste es einfach wissen. Die Uhr an einem kleinen SPAR-Laden zeigte die Zeit.

10.45 Uhr.
Er würde noch genügend Zeit haben auszuchecken. Und wenn nicht, würde er halt die Zusatzkosten bezahlen. Ohne zu überlegen rieb er sich über die Stirn. Sollte das die letzte Berührung gewesen sein? Weit vorne sah er Angelika gehen. Schnell. Zielstrebig. So kannte er sie. Er blieb im Schatten der Häuserfronten, damit sie ihn nicht erblickte, sollte sie sich umdrehen.

Sie überquerte eine Straße, und er wartete, bis sie einige Schritte weitergegangen war. Dann ging er schräg über die Fahrbahn, achtete nicht auf den schwarzen Kombi, dessen Bremsen quietschten. Der Fahrer ließ das Fenster runter und fluchte. Jakob beachtete ihn nicht. Vielmehr war er darauf konzentriert, ob Angelika etwas von der Unruhe auf der Straße hinter ihr mitbekommen hatte. Aber sie schaute sich nicht um, sondern ging weiter entlang der Straße und schien sich weder für die Schaufenster noch die Menschen auf dem Gehsteig zu interessieren. Jakob war nun nur noch etwa fünfzig Meter hinter ihr, immer bereit, sich umzudrehen, sollte Angelika in seine Richtung blicken. Was sie aber nicht tat. Er sah, wie sie kurz stoppte und etwas aus ihrer Tasche nahm. Einen Lippenstift. Sie trug sich den Lippenstift neu auf.

Dann trat sie ins Innere des Gebäudes vor ihr. Jakob stand zu weit entfernt, um zu sehen, wohin sie verschwunden war. Er ging ihr nach und stand kurze Zeit später vor einem Hotel. Ein besseres als jenes, das er selber bezogen hatte, wenige Tage zuvor. Was wollte sie in einem Hotel? Sie lebte doch hier in dieser Stadt? Weshalb ging sie nicht einfach zurück in ihre Wohnung? Er trat näher an den Eingang, worauf sich eine Glastür automatisch öffnete. Es war wirklich ein besseres Hotel. Er trat ein. Eine große Eingangshalle mit marmornen Säulen und weißen Fliesen tat sich vor ihm auf. Alles sehr hell. Hell und freundlich. Die Rezeption war in dunklem Holz gehalten. Dahinter hingen Zimmerschlüssel mit überdimensionierten, goldenen Metallplaketten. Eine junge Dame in einem grauen Kostüm stand dahinter und redete mit einem älteren Ehepaar. Sonst war niemand zu sehen. Ihn schien niemand zu beachten. Er ging am Tresen vorbei, blickte zu den unglaublich vielen Schlüsseln und hörte, wie das Paar ein Zimmer mit Aussicht auf den Park buchte. Er hörte entfernt Gläser klirren. Dort musste die Küche sein. Oder der Speisesaal. Er ging weiter.

Unter seinen Füßen nun roter Samtteppich. Mit Straßenschuhen auf Teppich gehen. Ob das erlaubt war? Alles war ruhig. Und dunkler als im Eingangsbereich. Ein junger Mann kam ihm mit zwei Koffern entgegen. Jakob grüsste ihn, was jedoch zwecklos war. Er schien sich nur um Koffer zu kümmern, nicht um allfällige Gäste des Hauses.

Er hörte leise Klaviermusik. Nicht Mozart. Vielleicht doch. So gut kannte er sich ja nun wirklich nicht aus. Von der Seite drang mattes Licht in den Gang. Und Stimmen. Es war keine Küche und auch kein Speisesaal. Es war die Hotelbar. Jakob stand in der Öffnung des Ganges. Die Bar hatte keine Tür. Eine schwarze Schiefertafel pries die Zeiten der Happy Hour an: 17.00 Uhr. Er blickte auf sein Handgelenk. Seine Uhr hatte er in der Eile nicht umgebunden. Er wusste nicht, ob er nicht doch zu spät zum Hotel zurückkommen würde, aber es war ihm egal.

Vollkommen egal.

Denn in einer Ecke der Bar sah er Angelika sitzen. Mit übereinandergeschlagenen Beinen saß sie auf einem Sofa. Mit dem Rücken zu ihm. Sie hätte sich um neunzig Grad drehen müssen, um ihn zu entdecken. Ihre Aufmerksamkeit galt jedoch dem Sektglas in ihrer Hand. Neben ihr saß ein Mann, der ihn hätte sehen können, wenn er seine Aufmerksamkeit nicht ausschließlich der jungen Frau neben sich geschenkt hätte.

Jakob traute seinen Augen nicht. Was sollte das bedeuten, dass dieser Mann mit Angelika an einem Sonntagmorgen in Hamburg in einer Hotelbar saß? Er blieb wie angewurzelt bei der schwarzen Tafel stehen. Hinter der Bar stand eine blonde Frau mit zusammengebundenem Haar, ebenfalls im grauen Kostüm, der Uniform des Hauses. Sie hatte ihn anscheinend noch nicht bemerkt und trocknete sorgfältig hohe Gläser ab. Der Mann bei Angelika lehnte sich leicht zum Tisch, und jetzt konnte Jakob sehen, was es für ein Mann war. Er schien Mühe zu haben, seinen massigen Oberkörper zum niedrigen Tisch zu bewegen, um sein Bierglas zu ergreifen.

Bier um diese Uhrzeit? Dass die Bar überhaupt offen war?

Der Mann war dick und mindestens fünfzig Jahre alt. Eher älter. Er setzte sein Glas an die Lippen und leerte es in einem Zug. Nachdem er es wieder hingestellt hatte, wischte er sich mit dem Handrücken den Mund und drehte sich zu seiner Begleitung. Jakob konnte hören, wie sie kicherte. Er sah, wie sich eine Hand des Mannes auf Angelikas Oberschenkel legte. Jakobs Magen begann zu brodeln. Angelika drückte ihm einen Kuss auf den Mund, kicherte wieder, und die Hand des Mannes strich über ihre Schenkel. Jakobs Mund war trocken, seine Augen flirrten, und beinahe glaubte er, umzukippen. Er hatte genug gesehen.

Auf einer Seite des Ganges befand sich eine Toilette. Er trat ein, und automatisch ging Licht an. Klaviermusik war zu hören. Es war definitiv ein teurer Schuppen. Dumpf nahm Jakob alles wahr. Das Licht, die Musik, alles dumpf. Als wenn ein Gazetuch über seine Augen und Ohren gelegt worden wäre.

Er trat in eine Kabine, schlug den Deckel hoch und erbrach sich. Sein Mund brannte. Er würgte, und doch kam nichts Festes die Speiseröhre herauf. Er spuckte, seine Augen tränten. Scharfe Flüssigkeit schien seinen Hals zu verätzen. Von Weitem hörte er, wie die Tür zur Toilette geöffnet wurde. Er blieb ruhig, stand auf und drückte die Spülung. Er musste weg von hier. So schnell wie möglich.

Als er raustrat, stand der Dicke am Pissoir. Am liebsten hätte er ihn an die Wand gedrückt, aber er fühlte sich nicht in der Verfassung, irgendetwas zu tun, was Kraft brauchte. Auch nicht etwas, das keine Kraft brauchte. Einfach nur weg und überlegen, was die Konsequenz des Gesehenen war. Er ging am Dicken vorbei, spülte sich am Lavabo den Mund und wusch sich die Hände. Ein Rülpsen des Dicken verstärkte seinen Würgreflex erneut. Er verließ die Toilette, sah Angelika, die immer noch auf dem Sofa saß und in einen kleinen Taschenspiegel blickte. Er hatte gar nicht mitbekommen, dass sie so um ihr Make-up besorgt gewesen war.

Er verließ das Hotel und saugte die Luft draußen ein. Stadtluft. Und trotzdem erfrischend. Er setzte sich auf eine Bank auf der anderen Straßenseite gegenüber dem Hotel und wartete. Er wartete und spürte, dass dieses Warten dazu diente, ein neues Musikstück zusammenzubauen.

Er hatte keine Ahnung, wie lange er dagesessen hatte.

Eine gute Stunde musste es gewesen sein. Eher mehr. Angelika trat auf die Straße. Allein. Ohne die Begleitung des Dicken. Jakob stand auf und folgte ihr. Zwei Straßen weiter kramte sie etwas aus ihrer Tasche und steckte den Schlüssel ins Schloss eines Hauses mit vielen Wohnungen. Jakob beschleunigte seine Schritte und stand plötzlich hinter ihr.

„Wo warst du?"

Angelika drehte sich erschrocken um. Sie schrie nicht auf wie in einem der billigen Filme, die meistens und zum Glück direkt auf VHS rauskamen.

„Jakob, was machst du hier?"

„Ich bin dir gefolgt. Ich habe gesehen, was du tust. Und mit wem. Angelika, was tust du da?"

„Das verstehst du nicht, Jakob. Du musst jetzt gehen. Es war schön mit dir, ehrlich. Aber jetzt musst du gehen."

Jakob schüttelte den Kopf. „Vergiss es. Ich komm mit dir jetzt da rein, und wir setzen uns zusammen und du erklärst mir, was das alles soll."

Angelika schaute ihn flehend an. „Ich glaube nicht, dass das eine gute Idee ist."

„Doch, mein Liebling, das ist sogar eine ganz gute Idee." Er hatte nicht gewusst, dass man eine solch liebliche Anrede so scharf aussprechen konnte. Scharf und drohend. Jakob drückte sie an die Tür, und zusammen betraten sie das Treppenhaus.

„Also gut, komm rein." Sie hatte kapituliert.

Ein Teil seiner Musik reihte sich an den Nächsten.

Im fünften Stock war ihre Wohnung, in der sie allein zu leben schien. Auf der Klingel befand sich nur ein A. Ein Wohnzimmer, eine kleine Küche und ein Schlafzimmer. Dieses schloss sie allerdings sofort, als sie die Wohnung betreten hatten.

„Willst du etwas trinken?"

„Vielleicht ein Bier?"

Angelika schaute ihn erstaunt an.

„Das war ein Witz. Ich gehöre nicht zu der Sorte, die am Morgen bereits trinken."

Angelika nickte. Sie lächelte nicht. Sie wusste, dass es nicht wirklich ein Witz gewesen war. „Ich weiß, du trinkst gar keinen Alkohol."

„Was machst du? Wieso tust du mir das an?"

Angelika ging in die Küche. Jakob folgte ihr und blieb in der Tür stehen. Sie füllte sich ein Glas mit Wasser und leerte es in einem Zug. Dann stellte sie es hin und schaute ihn an. „Was willst du von mir, Jakob? Was willst du?"

Er schüttelte den Kopf. „Nichts mehr."

Erstaunt blickte sie auf. „Was meinst du damit?"

„Einfach nur, dass ich nichts mehr will. Von dir. Ich dachte, es sei dir ernst mit uns. Wirklich ernst, verstehst du? Und dann gehst du los, eine Stunde nachdem wir uns geliebt haben, und steckst einem alten dicken Kerl die Zunge in den Hals."

Sie zuckte mit den Schultern und drehte sich zum Spülbecken. „So ist das Leben, mein Lieber. So ist das Leben. Und das mit uns, Jakob …" Sie verwarf die Hand. „Ach, Jakob, sei doch nicht kindisch."

Sie drehte den Wasserhahn auf und füllte ihr Glas erneut. Jakob trat hinter sie, packte sie am Hinterkopf und schlug ihr Gesicht mit voller Wucht an den Küchenkasten vor ihr. Einmal, zweimal. Er wusste nicht, wie oft. Aber auf jeden Fall so heftig, dass kein Laut des Schmerzes zu hören war. Das Glas hatte sie fallen lassen. Scherben lagen im Spülbecken. Blut spritzte nach allen Seiten, vermischte sich mit dem Wasser, das immer noch aus dem Hahn floss. Er schlug Angelikas Kopf immer wieder gegen die Kastenfront und drückte ihn anschließend ins Spülbecken. In das Wasser und in die Scherben. Er packte sie um den Hals und drückte zu. Drückte zu und schloss dabei die Augen. Er spürte, wie das Leben aus Angelikas Körper floss und die Musik in seinem Innern vollendet wurde. Keine Symphonie, keine Oper. Keine Serenade. Vielmehr eine Totenmesse.

3

Jakob Morello saß im Abteil des Fernverkehrszuges nach Basel. Passagiere waren dabei, Koffer über den Sitzen in die viel zu engen Ablagen zu heben, Essen auszupacken oder sich durchs Fenster von den Liebsten zu verabschieden. Er schaute auf die Armbanduhr, die sich wieder an seinem Arm befand.

19.07 Uhr.
Jakob blickte aus dem Fenster. Niemand stand da, der ihm zuwinken würde, wenn sich der Zug in Bewegung setzte. Geschäftigkeit. Unglaublich viele Menschen. Er sah ein junges Pärchen aus dem Zug steigen. Lachend. Rannten davon. Rucksäcke auf ihren Schultern. Wahrscheinlich waren sie in den falschen Zug gestiegen und hatten es gerade noch gemerkt. Sein Abteil war besetzt. Ein Mann las das Hamburger Abendblatt. Allerdings die Ausgabe von gestern, denn heute war Sonntag, und die Zeitung lieferte keine Nachrichten. Obwohl es doch oft gerade die Sonntage waren, die ein Leben verändern. Oder beenden. Eine Frau streckte einem etwa elfjährigen Jungen einen Apfel entgegen, der ihn nahm und sichtlich dankbar hineinbiss. Es würde eine lange Fahrt werden, aber das war Jakob gleichgültig. Er würde schlafen und am Morgen in der Schweiz sein.

Zu Hause? Nein, das konnte er so nicht sagen.

Einfach wieder zurück in der Schweiz.

Es raschelte. Er blickte zum Mann mit der Zeitung. Ein Bild in Farbe. Rotes Segel. Zwei Männer, die auf einem Boot saßen, das beinahe senkrecht im Wasser stand. Mit Sicherheit herrschte starker Wind. Die Überschrift ließ ihn schmunzeln. „Segeln wie im Rausch".

19.12 Uhr.
Jakob hörte einen schrillen Pfiff von draußen und blickte aus dem Fenster. Eine letzte Tür schloss sich, der Zug setzte sich langsam in Bewegung, Hände winkten. Eine Frau wischte sich warme Tränen aus dem Gesicht. Nein, er brauchte keine Segel, um in einen Zustand des Rausches zu gelangen. Keinen Wind und schon gar kein Wasser unter seinen Füßen. Das brauchte er wahrhaftig nicht.

Es genügte ihm vollends, dafür zu sorgen, dass Leben aus einem Körper entwich. Er war heute zu einem Mörder geworden.

Vor weniger als acht Stunden hatte er das einzige Mädchen, das er je geliebt hatte, davon erlöst, seinen Körper an schmierige Herren zu verkaufen. Er hatte Angelika aufgezeigt, dass man mit ihm nicht spielen durfte, und wahrscheinlich würde sie das jetzt auch so sehen. Aber jetzt war es zu spät. Viel zu spät. Er spürte keine Trauer. Keine Reue. Er hatte getan, was getan werden musste. Was er getan hatte, war die logische Folge ihres Handelns gewesen. Sie hätte es in der Hand gehabt, dass sich die Geschichte anders entwickeln würde.

Als er zugeschlagen hatte, war es nicht Zorn gewesen, der ihn angetrieben hatte. Keine Wut, keine Enttäuschung. Nicht mal Traurigkeit.

Es war Liebe gewesen.

Liebe in ihrer reinsten Form.

Und das war auch der Grund, weshalb er nicht groß außer Atem gewesen war, als Angelikas Körper leblos über dem Spülbecken gehangen hatte. Aber in seinen Ohren hatte es gerauscht. Und irgendetwas in seinem Innern hatte vibriert. Und er hatte seine Erregung gespürt, was ihn irritierte. Kein sexuelles Verlangen, und trotzdem hatte er sich gefühlt, als ob sich alles Blut seines Körpers in seiner Körpermitte ansammeln würde.

Er blickte aus dem Fenster. Leichter Regen setzte ein. Die Tropfen zogen längliche schräge Linien über die Scheibe, die an den Ecken leicht beschlug. Auch jetzt, wenn er an die letzten Sekunden im Leben Angelikas dachte, spürte er dasselbe Kribbeln. Unwillkürlich musste er daran danken, dass er ähnlich empfunden hatte, als ihn alle angesehen hatten, als seine Mutter beerdigt worden war. Oder auch, als sie sich die Seele aus dem Leib gekotzt hatten und mit bleichen Gesichtern an ihm vorbeigegangen waren. Ein unglaublich angenehmes Gefühl. Warm. Voller Leben. Pulsierend.

Er hatte Angelikas Körper aufs Bett gelegt, sie sauber gemacht und auch die Küche von allen Spuren befreit. Er hatte sie ausgezogen und zugedeckt und ihr einen sanften Kuss auf die kalten Lippen gehaucht. Ohne den Geschmack von Schokolade und Vanille. Ohne jeden Geschmack. Tod hatte keinen Geschmack.

Sie hatte friedlich ausgesehen. Bevor er ihre Wohnung verließ, hatte er sich nochmals umgesehen.

Alles war sauber.

Alles war rein.

Alles war friedlich.

Er hatte das Haus verlassen und war ins Hotel gegangen. Dort hatte er ein frisches Hemd angezogen, wenn auch das alte nicht mit Blut vollgespritzt worden war. Es schien ihm trotzdem nicht richtig zu sein, es anzubehalten. Es brauchte etwas Frisches. Er hatte gestaunt, dass es sauber geblieben war. Wenn er daran dachte, wie die Küche ausgesehen hatte, wäre es nur natürlich gewesen, dass auch seine Kleidung etwas abbekommen hätte. Aber das war nicht der Fall gewesen, und das war perfekt. Wie alles perfekt werden würde. Immer perfekter. Okay, nicht so, wie es geworden wäre, wenn Angelika jene Musik gespielt hätte, die er für sie beide geschrieben hatte.

Während des Nachmittages war er ein letztes Mal durch die Straßen Hamburgs gegangen, hatte irgendwo eine Ansichtskarte der Stadt und eine Packung Couverts gekauft, Patricks Adresse auf einen der Umschläge geschrieben und die Karte hineingeschoben, nachdem er in Blockschrift und Großbuchstaben eine kurze Notiz verfasst hatte. Patrick würde sich freuen, die Nachricht zu erhalten und zu lesen, dass er in diesem Monat nichts würde zahlen müssen.

Im Fenster des Zuges sah er die Spiegelung seines Gesichtes. Um ihn herum die anderen Reisenden.

Er schloss die Augen. Entfernt hörte er Klänge eines Pianos. Weit entfernt und doch nah an seinem Ohr. Sah Angelika in einem roten Hosenanzug an einem Flügel stehen. Sie stand da, eine Hand auf dem Flügel. Ihre langen Locken umrahmten ein bleiches Gesicht, das ihm zulächelte. Bleich, als wäre es weiß gepudert.

Mit ihrem Lächeln vor den Augen schlief Jakob Morello ein und wurde erst wieder wach, als Zöllner am Morgen seinen Pass sehen wollten. Zwei Stunden später öffnete er die Tür zu seiner Wohnung, trat ein und nahm die Stille in sich auf. Keine Bilder, die sich düster über ihm ausbreiteten.

Die Totenmesse war vorbei.

Er trat ins Schlafzimmer und zog sich aus. Unter der Dusche ließ er alles abfließen. Die Musik. Die Unterhaltung mit Angelika vor der Toilette. Die Croissants. Die Erinnerung an seine erste und einzige Liebe. Alles sollte sauber werden. Sein Äußeres und sein Inneres. Konnte es eine vollständige Reinigung geben? Eine Reinwaschung?

Als er aus der Dusche trat und zurück im Schlafzimmer ein Papier aus seiner Hose zog, die er aufs Bett gelegt hatte, war er davon überzeugt. Er fühlte sich so rein wie schon lange nicht mehr. Nackt ging er ins Wohnzimmer, öffnete die Schublade und nahm ein leeres Glas hervor. Von dem Stück Papier riss er eine Ecke weg und ließ sie ins Glas fallen. Er schraubte es zu und hob es vor sein Gesicht. Das Stück des Tickets ließ den Schluss zu, dass die Reise nach Hamburg geführt hatte. Viel mehr war nicht zu erkennen. Aber er, Jakob, wusste ganz genau, um welche Reise es sich gehandelt hatte. Und niemals würde in seinem inneren Kalender verblassen, wann diese stattgefunden hatte. Er würde es immer wissen und niemals vergessen. Er stellte das Glas in die Lade zurück und blickte sie an. Es würden noch mehr dazukommen. Alle diese Menschen, die ihn verletzt hatten. Sie würden über ihre eigenen Fehlbarkeiten stolpern, und er, Jakob, würde sie aufdecken. Mehr und mehr.

Er dachte an Patrick. An Koller, seinen Chef, der ihm auch den Montag frei gegeben hatte. An all die anderen, die seine Vergangenheit zu einem Ort gemacht hatten, der es ihm schwer machte, auch nur ansatzweise an Versöhnung zu denken. Wenn es auch das gewesen wäre, das ihm wirklich geholfen hätte. Aber Jakob wollte keine Hilfe. Er brauchte keine Hilfe. Er konnte es selbst schaffen, davon war er überzeugt. Er würde alles daransetzen, wieder in diesen Rausch zu gelangen, den andere nur mit Wind und Segel erreichten. Er würde weitere Gläser füllen, und wenn ihm auch sein Vater vorschwebte, müsste dieser noch warten. Seine Zeit der Abrechnung würde kommen. Irgendwann. Aber jetzt war jemand anderes in der Prioritätenliste nach oben gerutscht. Jemand, den er gar nicht auf dem Radar gehabt hatte.

Eine der nächsten Personen, um die er sich kümmern wollte, würde Ilka sein. Er wusste noch nicht, wann es soweit sein würde. Aber er hatte von Angelika etwas erfahren, das so niemand gedacht hätte und wohl auch heute niemand vermuten würde.

Ilka, die Deutsche, die mit ihm in der Klasse war und sich vor allem durch Schweigen bemerkbar gemacht hatte. Nicht hübsch, auch nicht hässlich. Irgendwie normal. Er hatte sich aber auch nie darüber Gedanken gemacht. Sie war ihm eigentlich gleichgültig. Damals und ehrlicherweise auch heute.

Sie hatte ihm auch nicht wirklich etwas angetan. Wenn man das Wegsehen und passive Mitmachen als harmlos einstufte. Angelika hatte ihm in einem Nebensatz etwas erzählt, was er automatisch abgespeichert hatte. Es war nur ein Gespräch über die Vergangenheit gewesen. Kurz. Harmlos und unverfänglich. Ein Durchgehen der alten Freunde. Namen. Erinnerungen. Vermutungen. Erzählen hatte Jakob nicht viel können und Angelika auch nur das, was sie noch wusste.

Es hatte ihn eigentlich nicht interessiert, bis sie von Ilka Jost zu sprechen begann, der ruhigen Deutschen, die nie jemandem etwas getan hatte, weil sie nie etwas tat. Angelika hatte auch nicht in klaren Worten den Missbrauch angesprochen. Musste sie auch nicht. Die Andeutungen hatten gereicht. Vollkommen gereicht. Jakob hatte zugehört und doch nur Augen für Angelika gehabt. Zu jenem Zeitpunkt hätte er nicht gedacht, dass das hübsche Mädchen vor ihm nur 36 Stunden später durch seine Hand sterben würde.

Aber was sie erzählt hatte, hatte er abgespeichert. Und jetzt, während er auf die gefüllten Gläser blickte, wurde er in seinem Wunsch bestätigt, weitere Gläser zu füllen, die damit Zeugnis seiner Aufdeckungen werden sollten.

Ilka Jost.

Jahrelang von ihrem Vater missbraucht. Ihrem Vater, Detlev Jost, einem führenden Geschäftsmann einer bekannten deutschen Firma, die eine Zweigniederlassung in Zürich gegründet hatte.

Detlev.

Jakob verstand nicht, wie man so heißen konnte. Der einzige Detlev, den er kannte, war der Freund von Christiane F., diesem berühmten Buch, das aufzeigte, wohin es führte, wenn man damit begann, Drogen zu konsumieren. Nun, kennen war sicher nicht das richtige Wort. Den Namen aber konnte er sich merken, weil er ihn schon damals als total unpassend empfunden hatte. Das Buch hatte ihm jedoch Eindruck gemacht.

Er erinnerte sich an die Erzählungen darüber, wie die jungen Drogensüchtigen im Sumpf von Strich und Gewalt zu versinken drohten, und manchmal hatte er gedacht, dass die Süchtigen auf der Straße ein ähnliches Leben führten wie er.

Von niemandem wirklich wahrgenommen.

Einfach da, leer.

Im Rausch oder auf dem Weg, in diesen zu gelangen.

Nur dass er keine Drogen brauchte, um diesen zu erreichen.

Keine Drogen.

Keine Segel.

Kein Meer.

Ein Detlev Jost genügte ihm vollends. Aber er musste nicht pressieren. Vielleicht würde ihm der Zufall noch andere Möglichkeiten eröffnen.

Er schloss die Schublade und schüttelte den Kopf.

Wie konnte man nur Detlev heißen.

4. Oktober 2013
14.18 Uhr

1

Es war kurz nach Mittag. Jakob hatte keinen Hunger und beobachtete, wie die anderen ihre Jacken und Mäntel nahmen, um sich irgendwo draußen mit Kohlenhydraten vollzustopfen. Er blieb auf seinem Stuhl sitzen und starrte auf den Bildschirm vor sich. Jakob war den ganzen Morgen schon in Gedanken weit weg gewesen. Niemanden im Büro schien es zu kümmern, was er tat oder was er nicht tat. Niemand fragte ihn, ob er auch was essen wolle. Er war Luft. Unsichtbar. Nicht von Bedeutung. Vielleicht war es aber auch einfach nur deshalb, weil er die letzten diesbezüglichen Anfragen in den vergangenen Jahren abgelehnt hatte. Es war ruhig, und das war gut so. Frühmorgens oder über die Mittagszeit war es in den Räumlichkeiten seines Arbeitsplatzes wie ausgestorben. Dies gab ihm Raum für seine Gedanken, die mit den Jahren immer komplexer zu werden schienen. Wenn er sich früher gewundert hatte, worüber er sich Gedanken machte und was ihm in allen erdenklichen Situationen durch den Sinn ging, nahm er dies heute einfach zur Kenntnis.

Er wusste immer noch nicht, wer ihm die SMS geschrieben hatte und wen er schlussendlich im Park antreffen würde. Er fragte sich, ob es vielleicht nicht doch sinnvoll wäre, sich eine Waffe zu besorgen, damit er nicht komplett schutzlos ausgeliefert sein würde. Denn zweifelsfrei würden sie ihn in die Mangel nehmen. Er war zur Überzeugung gekommen, dass Andreas nicht allein kommen würde. Er brauchte die Sicherheit, hatte immer den Überblick über alles, was geschah. Glaubte dies zumindest. All die Jahre hatte Andreas keine Ahnung gehabt, was Jakob umtrieb, und das schien sich nun aus irgendeinem Grund geändert zu haben.

Zuerst war Jakob beinahe gewiss, dass er seinen Geburtstag nicht erleben würde. Dann hatte er einen Plan gefasst, wie sich doch noch alles zum Guten wenden und er am Ende sein Ziel erreichen und seine Sehnsucht nach Sichtbarwerdung würde stillen können. Jetzt, wenige Stunden vor dem Treffen im Park, war er davon allerdings überhaupt nicht mehr überzeugt.

Gelächter drang zu ihm. Die anderen kamen zurück. Fröhlich, jünger als er. So wie er damals, als er begonnen hatte. Nur dass er nicht gelacht hatte. Wenigstens nicht hörbar. Und nicht sichtbar. Der Chef war ebenfalls jünger. Landolt, sein erster Vorgesetzter, der lieber vor jungen Männern in die Knie ging als sich um seine Arbeit zu kümmern, war bereits seit vielen Jahren weg. Pension oder gestorben. Jakob wusste es nicht. Vor dessen Abgang hatte er noch dafür gesorgt, dass er in der Firma arbeiten konnte, so lange er dies wollte. Anita hatte Kinder bekommen und die Firma ebenfalls verlassen, und auch Nick, der Secondo, war nicht mehr da.

Sie waren die einzigen zwei Mitarbeiter, deren Namen er sich gemerkt hatte. Die einzigen Mitarbeiter, an die er sich erinnerte, wenn er an seinen Start in diesem Gemäuer dachte. Die Gesichter der anderen würde er nicht vergessen. Aber mit deren Namen hatte er sich nicht auseinandergesetzt. Sie waren für ihn nicht von Bedeutung. Aber jetzt, kurz vor seinem 50. Geburtstag, war es doch ein erstaunlicher Gedanke, dass es nur zwei Namen waren. Zwei Namen, und doch letzten Endes auch nur Namen, weil sie für ihn keine Wichtigkeit besaßen.

Er brauchte niemanden.

Er beobachtete, wie sich die Angestellten auf ihre Stühle pflanzten und ihre Arbeit fortsetzten. Genährt und zufrieden.

Eigentlich war es falsch, was er da zusammendachte. Er brauchte sie alle. Aber weil er Angelika nicht hatte kriegen können, wollte er gar niemanden. Nur einmal in seinem ganzen Leben hatte er das Gefühl gehabt, von jemandem gebraucht zu werden. Von jemandem geliebt zu werden. Einmal nur war er nah daran gewesen, an eine Zukunft in Gemeinschaft mit jemandem zu glauben. Er dachte an die Tage in Hamburg zurück. Interessanterweise nicht ans Ende dieser Tage, sondern ans Dazwischen. Die schönsten und glücklichsten Stunden seines ganzen Lebens.

Er gab verschiedene Druckaufträge ein und lief zum Kopiergerät, um sie auszulösen. Während er auf die Papiere schaute, die von der Maschine ausgespuckt wurden, erinnerte er sich und fragte sich, welche Wendung sein Leben wohl genommen hätte ohne jenen Rausch, der ihn in Angelikas Küche übermannt hatte. Hätte er aufgehört, im Leben der Menschen zu wühlen und Gläser zu füllen? Hätte er aufgehört, mit gespannter Aufmerksamkeit und wach seine Umwelt zu beobachten und zu analysieren und Schlüsse zu ziehen? Hätte er sich ein beschauliches Leben mit Häuschen und Garten und Angelika an seiner Seite eingerichtet?

Jakob bezweifelte es.

Er dachte an Ilka.

An Detlev Jost, ihren Vater.

Detlev Jost, ein Vergewaltiger. Ein Pädophiler. Es war nicht Mitgefühl seiner Tochter Ilka gegenüber. Vielmehr das Nicht-Aushalten, dass ein Firmenboss hinter verschlossener Tür Dinge trieb, die illegal waren und die niemand zu kümmern schienen. Sich an der eigenen Tochter zu vergreifen war ein Verbrechen, und das musste geahndet werden. Und so hatte sich Jakob Morello zu jener Zeit immer wieder im Quartier der Josts herumgetrieben in der Hoffnung, etwas zu entdecken. Einen Weg, den Vater zu stellen. Eine Gelegenheit zu finden, ihn auszupressen wie eine Zitrone. Denn etwas war ihm zu jener Zeit klar gewesen. Er würde sicher nicht mit hundert Franken davonkommen. Detlev Jost sollte richtig bluten. So wie seine Tochter geblutet hatte.

Der Zufall hatte es dann aber gewollt, dass Nadja wegen ihrer Drogenpapierlein zuerst gemaßregelt worden war.

Jost musste warten, und Jakob war sich sicher gewesen, dass es nicht darauf ankam, ob eine Katastrophe noch einige Monate länger dauerte. Man konnte sich ja auch an etwas gewöhnen. Auch wenn es schlimm war. Er, Jakob, hatte die Erfahrung schließlich am eigenen Leib gemacht und rückblickend festgestellt, dass er in der Zeit der Not viel gelernt hatte. Sehr viel. Er war nicht sicher, ob er auch so viel gelernt hätte, wenn seine Mutter sich plötzlich zum Guten verändert hätte. Er wusste nicht, was Ilka lernen musste und hoffte einfach, dass sie die Zeit nutzte, um zu lernen. Was auch immer. Die stille Ilka, die immer mitgelacht hatte, wenn sich jemand über Jakob lustig gemacht hatte. Trotzdem war es ihr Vater, um den es ihm ging. Um den es gegangen war, als er das erste Mal von seinem abscheulichen Verhalten erfahren hatte. Damals, in Hamburg.

Der Druckvorgang war zu Ende, und Jakob nahm die Papiere und ging zurück zu seinem Platz. Er setzte sich auf seinen Stuhl und begann, einzelne Blätter als Briefe in vorfrankierte Couverts zu legen und andere Blätter in grünen Ordnern abzulegen. Er schaute zur Uhr über dem Eingang des Büros.

14.18 Uhr.
Er blickte aus dem Fenster, und in Gedanken ging er zurück in die Achtzigerjahre. Er lächelte, wenn er daran dachte, wie er damals mehr und mehr begonnen hatte, nichts mehr dem Zufall zu überlassen und die Bahnen so zu lenken, wie er sie haben wollte.

20. September 1988
20.23 Uhr

1

Er war wohl so Mitte zwanzig. Klein und immer noch schmächtig, ging er entlang der Allee in der Bernsteinstraße. Links und rechts standen hohe Birken, die mit ihren Blättern und Blüten eine rechte Sauerei auf der Straße hinterließen. Er ging auf dem Gehsteig, der übertrieben breit war, wenn er bedachte, dass er weit und breit der einzige Fußgänger war. Auch Autos konnte er keine sehen. Er blickte auf seine Uhr.

18.45 Uhr.
Er blieb vor einem großen weißen Haus mit heruntergelassenen Fensterläden stehen. Hier hatte Ilka mit ihrem Vater gewohnt. Jetzt wohnte der Herr alleine in diesem Haus mit mindestens sieben Zimmern, wie es Jakob bereits Wochen zuvor überschlagen hatte, als er immer wieder in der Straße gestanden hatte, um herauszufinden, wie er am besten reinkam. Was mit Ilka war, wusste er zu jenem Zeitpunkt nicht. Und es kümmerte ihn auch nicht. Ihn interessierte Detlev.

Er, der es immer wieder in die Zeitung und Illustrierten schaffte und letzthin in Deutschland sogar einen Preis erhalten hatte für besondere Innovationen und seine herausragende Leistung für die Automobilindustrie im Besonderen und die Wirtschaft Deutschlands im Allgemeinen. Jakob erinnerte sich noch gut daran, dass es ein langer Bericht gewesen war mit vielen Bildern. Und auch daran, dass dieser überhaupt nichts darüber aussagte, was denn nun genau die Innovation oder Leistung von Detlev Jost gewesen war. Sein strahlendes Zahnpastalächeln, seine unnatürlich gebräunte Haut, die nach hinten gegelten Haare. Home Story in einer Illustrierten.

Wenn die Leute wüssten, was sich in seinem Home wirklich abgespielt hatte? All die Jahre? Wer weiß, was sich heute noch alles abspielte? Jakob wollte es eigentlich nicht wissen, wusste aber, dass er es heute Abend haargenau erfahren würde. Diese Kenntnis würde dann eine wirkliche Home Story abgeben. Eine wahre Geschichte aus dem trauten Heim. Schließlich hatte er sich Wochen und Monate auf diesen Abend vorbereitet und kannte jeden Schritt, den er gehen und jedes Wort, das er sprechen würde. Zumindest den ungefähren Wortlaut.

Er war zeitlich perfekt unterwegs. Noch nicht neunzehn Uhr. Um diese Zeit kam Jost nämlich nach Hause. Keine Minute früher. Keine später. Exakt 19.00 Uhr. Nicht jeden Abend. Aber immer dienstags. Stets lief seine Heimkehr nach demselben Muster ab.

An diesem Tag fuhr er immer pünktlich um 19.00 Uhr in die Einfahrt, parkte seinen BMW vor dem Haus neben einer mittelhohen Tanne, stieg aus und verschwand durch das elektrische Garagentor. Jakob hatte ihn noch nie in der Haustür verschwinden sehen. Auch verstand er nicht, weshalb er an diesem Tag sein Fahrzeug nicht in die Garage stellte. Sobald er im Haus verschwunden war, gab es jeweils Licht im Wohnzimmer. Dies erlosch nach einer halben Stunde, und kurz darauf wurde im Bad Licht gemacht. Ein kleines Fenster zeugte davon, dass es sich nicht um das Schlafzimmer handelte. Zwei Stunden lang war er im Bad, und Jakob war davon überzeugt, dass er dann in der Wanne lag.

Weshalb sollte er sich sonst so lange da drinnen aufhalten?

18.56 Uhr.
Jakob versteckte sich im Schatten eines Gebüschs. Auch wenn er alles minutiös geplant hatte, wurde ihm bewusst, auf wie vielen Annahmen alles beruhte. Aber jetzt war er hier und würde es durchziehen und so an das ganz große Geld kommen.

Und er würde Ilkas Leiden etwas entgegensetzen.

Ilka und der ganzen Welt.

18.58 Uhr.
Er hörte einen Motor. Jost war zu früh. Das wäre das erste Mal. Vielleicht sollte er doch noch mehr Nachforschungen anstellen, bevor er ihn mit seiner dunklen Seite konfrontierte. Aber es war nicht Jost. Ein Volvo fuhr vorbei.

19.00 Uhr.
Exakt. Jost blieb sich treu. Sein BMW fuhr auf den Vorplatz. Während sich das Garagentor öffnete, sah Jakob, wie sich auch die Fahrertür des BMW öffnete und Jost mit Aktentasche und Mantel über dem Arm in der Garage verschwand, nachdem er seinen Wagen zugesperrt hatte. Jakob trat aus dem Schutz des Gebüschs, trat rasch über den kleinen Platz, vorbei am Wagen und der Tanne, und schlüpfte durch das Tor, bevor es sich gänzlich geschlossen hatte. Drinnen war es dunkel, und seine Augen mussten sich zuerst ans Restlicht gewöhnen. Eine kleine Treppe in der hinteren Ecke führte wohl in den Wohnraum. Von dort drang wenig Licht in die Garage herein. Er trat vorsichtig und langsam durch den leeren Raum und nahm die drei Stufen. Er atmete ruhig und lautlos. Horchte in die Stille. Vorsichtig zog er seine Schuhe und seinen schwarzen Kapuzenpullover aus. Er brauchte nicht zu pressieren. Er hatte Zeit. Er hatte dreißig Minuten Zeit. Es war still. Jost schien allein zu sein. Keine Stimmen. Keine Musikanlage, die er anstellte. Kein Geschirr, das tönte. Jakob stand vor der Verbindungstür zum Haus und spürte, wie ruhig er auch selber war. Absolut ruhig. Er blickte auf das Leuchtbild seiner Armbanduhr.

19.28 Uhr.
Noch zwei Minuten. Dann konnte er sich ins Haus wagen. Vielleicht eine Minute mehr. Man konnte ja nie wissen. Vier Minuten später drückte er die Falle der Tür und schob diese langsam auf. Es war dunkel. Jost schien energiebewusst zu leben. Das war ihm schon auf seinen Erkundungstouren aufgefallen. Nur aus dem kleinen Fenster schimmerte Licht durch. Jeweils zwei Stunden lang.

Er trat in die Dunkelheit des Wohnzimmers. Durch kleine Rillen der Fensterläden schimmerte Licht von draußen herein. Auf den Tisch im Wohnzimmer legte er ein Papier, das er aus seiner Hosentasche gezogen und aufgefaltet hatte. Dann ging er zur Treppe in den ersten Stock. Alles ohne Probleme. Er hörte Wasser plätschern. Er wartete auf der Treppe. Er hatte sich nicht getäuscht: Jost nahm ein Bad. Sein Dienstagbad. Er würde hören, wann der Mann in die Wanne stieg, und dann würde er ins Bad treten und der Home Story von Jost ein weiteres Kapitel hinzufügen.

Ein intensives Plätschern. Dann Ruhe.

19.37 Uhr.
Jetzt war der ideale Zeitpunkt. Er stopfte sich eine Baumnuss in den Mund und zog sich eine Strumpfmaske über das Gesicht. Dann trat er ins Badezimmer. Jost konnte ihn nicht sehen, da er sich einen Waschlappen übers Gesicht gelegt hatte und mit dem Rücken zur Tür lag. Ein Duft nach Wald lag im Raum. Im Wasser war kein Schaum. Also musste Jost wohl irgendein Öl ins Wasser geleert haben.

Im Gegensatz zu seinem gebräunten Gesicht schimmerte der Rest seines Körpers weiß durch das Wasser. Bleich und dicklich. Nicht der Strahlemann der Illustrierten. Jakobs Blick richtete sich unwillkürlich auf Josts Körper. Schutzlos und nackt lag er vor ihm, und wenn Jost jetzt den Lappen weggenommen und die Augen aufgeschlagen hätte, hätte er Jakob Morello direkt ins Gesicht geblickt. Das heißt vielmehr in die Verzerrtheit eines Gesichtes, die der Strumpf erzeugte. Aber Jost rührte sich nicht. Schien die Ruhe zu genießen. Und seine Träume.

Jakob ging in die Knie und umfasste in einer plötzlichen Bewegung den Hals von Detlev Jost.

„Scht, Detlev, ganz ruhig." Jost strampelte mit seinen Beinen und versuchte instinktiv, mit seinen Armen nach hinten zu greifen. Jakob drückte seinen Kehlkopf zusammen.

„Scht, Detlev, ganz ruhig. Aufhören, sonst drück' ich fester zu. Willst du das?" Seine Stimme klang fremd. Erstens, weil er nicht laut sprach, und zweitens, weil die Nuss sein Flüstern nur schwer verständlich machte. Jost schien es aber zu verstehen. Er hörte langsam auf, sich zu wehren. Der Lappen war weggerutscht, und seine weit aufgerissenen Augen blickten auf die Strumpfmaske über ihm.

„Was – wollen – Sie? Was wollen Sie?"

„Ich habe dich schon verstanden, Detlev. Du musst dich nicht wiederholen. Und was ich will, wirst du früh genug erfahren."

„Wollen Sie Geld? Geld kann ich Ihnen geben."

Die Strumpfmaske nickte. Sie beugte sich zu ihm hinunter, und Jost spürte den warmen Atem an seinem nassen Ohr.

Eine merkwürdige, flüsternde Stimme.

„Ja, ich will Geld. Aber zuerst will ich etwas anderes."

„Ich verstehe nicht. Wer sind Sie?"

„Das, mein Lieber, tut nichts zur Sache. Ich will mich nur mit dir unterhalten. Nur reden. Einverstanden?"

Jost nickte.

Schweigen.

Verwirrt blickte der Mann in der Wanne auf die Maske über ihm, der seinen Arm immer noch um seinen Hals gelegt hatte. Jost hatte keine Ahnung, was das alles zu bedeuten hatte. Blickte auf den Kerl über ihm, seine Maske, den nackten Oberkörper. Schmächtig. Dünn. Lächerlich. Er würde ihn mit einer Bewegung auf den Boden werfen, läge er nicht in einer Wanne. Er versuchte, die Gesichtszüge hinter der Maske zu erkennen. Vergeblich.

„Also gut, dann reden Sie doch. Ich habe Zeit." Jost presste ein mutiges Lächeln zwischen seinen Lippen hervor, wahrscheinlich selber erstaunt über seine Fähigkeit, in einer Situation wie dieser einen couragierten Witz zu versuchen.

An seinem Ohr hörte er wieder die Stimme. Abgehackt. Sehr undeutlich. Der Einbrecher hatte wahrscheinlich ein Gebiss, das überhaupt nicht angepasst war. Oder noch keines. Oder eine schlimme Verletzung im Mund.

„Falsch. Ich warte, dass du sprichst. Und Zeit habe ich auch."

„Und worüber soll ich sprechen? Was wollen Sie hören?"

„Sicher nicht darüber, welchen Duft du in dein Badewasser hineingeleert hast. Viel mehr interessiert mich, ob du Badeschaum verwendet hast, wenn du dein kleines Mädchen gebadet hast."

„Ich verstehe nicht …"

Der Maskierte blickte gesichtslos zu ihm runter. Jost konnte dies nur vage erkennen. Zu fest war er damit beschäftigt, kein Wasser zu schlucken.

„Du verstehst nicht? Klein Ilka ist ihr Name, nicht wahr? Hat sie gerne gebadet?"

Josts Körper versteifte sich, sobald er den Namen der Tochter erwähnte, und der Unbekannte verstärkte den Druck seines Unterarms auf seine Kehle. Jost hustete.

„Was?"

„Heißt sie nicht Ilka?"

Jost nickte, so gut es ihm möglich war.

„Doch, ja. Aber …"

„Und hast du ihr Badeschaum gegeben?"

„Wie?"

„Also hast du die kleine Ilka gebadet?"

„Ja, aber das tut doch jeder!"

Mit einem Ruck drückte Jakob den Mann unter Wasser und zog ihn nach einem kurzen Moment wieder rauf.

„Was? Was tut jeder?"

Jost japste nach Luft und musste erneut husten. Er hatte einen Schluck seines Pinienduftwassers geschluckt.

„Ich verstehe nicht. Was?"

„Was tut jeder?"

„Na ja, die Kinder baden."

„Und wie lange machen Eltern das? Wie lange? Bis die Kinder sechs sind? Oder sieben? Oder zehn? Oder vierzehn? Tut mir leid. Aber ich weiß ganz genau, wie alt Ilka war, und ich weiß auch, dass du sie sauber geschrubbt hast, nur um sie nachher wieder zu beschmutzen. Wo ist sie denn überhaupt? Die Ilka. Kommt sie noch vorbei, oder holst du dir mittlerweile andere?"

Josts Atmung schien beinahe auszusetzen. Tränen traten ihm in die Augen. Und plötzlich begann er zu weinen wie ein Kind.

„Aber ich verstehe nicht …"

„Doch, du verstehst ganz genau. Nicht wahr?" Jakob verstärkte den Druck, und Jost spürte, dass er wieder ins Wasser getaucht werden könnte. Seine Hände umklammerten Jakobs Unterarm.

„Bitte, was wollen Sie?"

„Ich will, dass du mir sagst, dass ich das alles richtig gehört habe. Und dann will ich, dass du dafür bezahlst."

„Sie wollen mich umbringen?"

„Du bist schon tot. Nun sag schon!"

„Was soll ich sagen?" Der Druck wurde größer, und beinahe verschluckte er sich erneut am Wasser, das in seinen Mund zu fließen begann.

„Ja, okay. Sie haben recht. Aber …"

„Was aber?"

„Ilka wollte es auch. Es hat ihr gefallen."

Jakob verschlug es unter seiner Maske die Sprache. Er konnte nichts erwidern. Er wollte auch nichts sagen. Im Gegenteil. Jedes Wort, das er mit diesem Kerl wechseln musste, ekelte ihn bis ins tiefste Mark seines Selbst. Er drückte den Mann erbarmungslos ins Wasser. Spürte, wie dieser sich wehrte. Dessen Beine schlugen um sich, Wasser spritzte durch den Raum. Kurz bevor Jost erlahmte, zog er ihn wieder rauf. Er sagte nichts, blickte ihn aber an mit Augen, die dem Tod ins Gesicht geblickt hatten. Er schluckte heftig, hustete und heulte wie ein kleines Kind.

„Nie wieder sagst du einen solchen Scheiß, klar?"

Jost nickte. Jakob spürte einen heftigen Würgereiz in seinem Hals.

„Unten auf dem Tisch habe ich dir aufgeschrieben, wo du wie viel Geld deponieren musst, um dafür zu sorgen, dass ich nicht die Polizei einschalte. Und glaube mir: Ich würde es tun, wenn die Zahlung ausbleibt. Hast du das verstanden?"

Jost nickte. Wohl froh, dem Tod nochmals von der Schippe gesprungen zu sein.

„Ich kann nichts hören."

„Ja, ich habe es verstanden. Ich werde das Geld deponieren. Alles, was Sie wollen und so, wie Sie es wollen."

„Du schließt jetzt die Augen und genießt dein Waldduftbad. Ich werde dich einschließen. Bis du die Tür aufgebrochen hast, werde ich über alle Berge sein und auf dein Geld warten. Alles klar?"

Jost nickte. „Ja, klar. Alles klar." Er schloss die Augen. Jakob legte ihm den Lappen übers Gesicht, was Jost geschehen ließ. Jost konnte hören, wie sich die Tür schloss und der Schlüssel gedreht wurde. Er atmete tief durch und fragte sich, ob das alles nur ein schlechter Traum gewesen war.

2

Er brauchte nicht lange zu überlegen, um zu wissen, womit er Detlev Josts Glas füllen würde. Vor dessen Haus nahm Jakob sich einen kleinen Zweig der Tanne, der auf dem Platz vor dem Haus gelegen hatte. Noch grün und duftend. Ähnlich dem Duft des Badeöls, der nach seinem Einsatz in Josts Haus überall auf seinem Oberkörper zu haften schien.

Zum Glück nur der Duft.

Wie frischer Wald, wenn die Förster einige Bäume gefällt hatten. Der Duft nach frischem Holz und den Nadeln, die mit ihrem intensiven Geruch auf sich aufmerksam machen wollen, obwohl es zwecklos ist, wenn man bereits am Boden liegt.

Zurück in seiner Wohnung deponierte er zuerst das kleine Stück des Zweigleins im Glas und schraubte dieses zu. Dann ging er in die Küche und füllte sich ein Glas Wasser.

Jost würde ihm viel Kohle bringen. Nicht allzu regelmäßig, aber immer wieder mal. Er konnte sich vorstellen, dass sonst irgendein Bankinstitut auf die hohen Beträge aufmerksam werden könnte. Vor allem, wenn sich ein solcher Bezug regelmäßig wiederholte. Nein, Jakob Morello würde darauf achten, dass sowohl die Höhe des Betrages als auch der Zeitpunkt stets variieren würden. Das war sicherer.

Genauso sicher war es, dass Jost zahlen würde. Es war also nicht bloß ein Gerücht gewesen, was Angelika in Hamburg in einer kleinen Andeutung von sich gegeben hatte. Es war in echt passiert, und wahrscheinlich noch viel schlimmer, als man es sich vorstellen konnte. Er fragte sich nur, weshalb das Mädchen keine Hilfe gerufen hatte. Damals. Weshalb Ilka es einfach hingenommen hatte, von ihrem Vater mit Seifenschaum eingerieben zu werden.

Es war verrückt. Die ganze Welt stand kopf, und niemanden schien es zu kümmern. So viel Schein. So viel Lachen und Freundlichkeit, obwohl sich hinter den Türen die Hölle in ihrer schieren Vollendung abspielte. Dass Jost überhaupt Interviews über seine Leistung geben konnte, ohne rot zu werden. Wie war es möglich, dass er sich strahlend vor den Journalisten präsentieren konnte mit gebräuntem Teint und makellos blitzenden Zähnen? Dies würde er ihm irgendwann austreiben. Er wollte nicht nur, dass Jost finanziell blutete. Er wollte, dass er keine Chance mehr hatte, von seiner Umwelt bewundert und angehimmelt zu werden.

Jakob nahm einen Schluck seines Wassers.

Innovationen und Visionen. Pha! Darüber konnte er nur lachen. Er würde seinen weiteren Lebensweg genauestens verfolgen und bei der nächsten Gelegenheit zuschlagen. Nicht wirklich, natürlich. Nicht körperlich. Körperliche Gewalt lag ihm eigentlich nicht. Dafür hatte er auch nicht die Kraft, was ihm einmal mehr bewusst geworden war, als er gespürt hatte, wie viel Anstrengung es ihn gekostet hatte, Jost ins Wasser zu tauchen. Dass er es trotzdem geschafft hatte, konnte er sich nur damit erklären, dass er das Überraschungsmoment auf seiner Seite voll hatte ausnutzen können.

Nein. Jakob Morello wollte in einer Art zuschlagen, mit der er mehr Schaden anrichtete, als wenn er die Faust erheben würde. Viel mehr Schaden. Einen ersten Schritt hatte er heute getan, und dieser würde ihm erlauben, einen Feldstecher und andere Utensilien und Hilfsmittel zu kaufen, die ihm helfen würden, seine Umwelt besser kennenzulernen. Schade, gab es nichts, womit man hinter die Türen der Häuser blicken konnte? Ob Ilka je erfahren würde, dass ihr Vater in seinem Haus überfallen worden war? Ob sie sich darüber freuen würde, wenn sie es erfuhr? Er war sicher, dass sie das tun würde.

Vielleicht würde sie von denselben Gefühlen übermannt werden, die er selber durchlebt hatte, als seine Mutter aufgehört hatte zu atmen. Aber das konnte er natürlich nicht wissen. Er konnte nie wissen, was andere für Gefühle hatten. Es war schon schwierig genug herauszufinden, was sie in ihren Häusern oder wo auch immer trieben. Darauf wollte er sich beschränken. Die Analyse der Gefühle seiner Mitmenschen würde er zu einem späteren Zeitpunkt durchführen.

Das Telefon klingelte.

Jakob schreckte auf. Es klingelte sonst eigentlich nie. Oder ähnlich selten wie die Türglocke. Jakob Morello musste sich einmal mehr eingestehen, dass seine Wohnung wohl einer der stillsten Orte des Planeten war. Unruhe machte sich in ihm breit. Wer mochte das sein? Niemand rief ihn an. Wozu auch? Er blickte auf die Uhr.

20.23 Uhr.
Langsam hob er den Hörer ab.

„Hallo?"

Was er dann hörte, zog ihm den Boden unter den Füßen weg.

Unglaube.

So schnell?

Verwirrung.

Kalter Schweiß, der sich über seinen schmalen Rücken zog.

Was hatte er falsch gemacht?

Was hatte er übersehen?

„Köppke. Ich bin von der Polizei. Ist dort Herr Morello? Jakob Morello?"

21. September 1988
05.27 Uhr

1

04.08 Uhr.

Einmal mehr war Jakob wach, bevor sein Weckruf erklang. Er lag in seinem Bett und blickte ins Schwarz der Decke. Er brauchte nicht auf seinen Wecker zu blicken, um zu wissen, dass es immer noch Nacht war. Draußen war alles ruhig.

Keine Vögel, die den Morgen ankündigen.

Kein fernes Rauschen von Autos.

Nichts.

Außer das Tropfen des Wasserhahns in der Küche. Aber auch diesen konnte er nur hören, wenn er versuchte, den Lärm in seinem Kopf auszublenden. Stimmen, die leise irgendwelche Phrasen ertönen ließen und immer wieder in einem schier ohrenbetäubenden Schrei einzelne Wörter hervorhoben. Manchmal nur Silben. Unwillkürlich. Nicht definiert. Und ohne Sinn. Und dann jähe Stille, die durch das Nachhallen der geschrienen Fragmente noch unerträglicher schien. Stimmen von Frauen. Von Männern. Einem Kind.

Jakob versuchte sich zu konzentrieren und konnte doch nicht herausfinden, wem er die Stimmen zuordnen konnte. Nicht einmal die Sätze und Wörter ließen eine Logik erkennen. Absolut keine. Er lag in seinem Bett und lauschte. Lauschte in die aufkommende Stille, um sogleich wieder zusammenzuzucken, wenn es doch laut wurde.

Der Telefonanruf des Kommissars hatte ihn erschreckt. Aber er war überzeugt davon, dass es nicht dieser Anruf war, der ihn am Schlafen hinderte. Es war alles in Ordnung. Er musste sich keine Sorgen machen.

Der Kommissar hatte ihn nicht erreichen können und hatte deshalb so spät nochmals angerufen, um ihn zu fragen, ob er in letzter Zeit Kontakt zu Angelika gehabt habe. Sie wohne zwar jetzt in Deutschland, aber ihre Eltern hätten schon unglaublich lange nichts mehr von ihr gehört. Sie hätte den Kontakt zu ihnen nicht mehr gesucht oder ihn sogar abgebrochen. So genau erinnerte sich Jakob nicht mehr, was Köppke gesagt hatte. Aber daran, dass er sich gefragt hatte, aus welchem Land wohl der fremde Name stammt, den er ihm genannt hatte. Hatte er sich mit Kommisar gemeldet? Oder nur mit dem Namen? War denn Kommisar überhaupt die korrekte Bezeichnung? Er wusste es nicht, ging aber davon aus, dass es so falsch nicht sein konnte. Er sei doch ein Freund von ihr gewesen, hatte Köppke erwähnt. Und dass er auch andere bereits angerufen habe, die aber auch nichts über ihren Verbleib wüssten. Niemand habe etwas von ihr gehört. Schon lange nicht mehr.

Jakob hatte den Hörer an sein Ohr gedrückt gehalten und den Kopf geschüttelt, obgleich dies für den Kommissar nicht zu sehen war.

„Sie kannten sie doch, Herr Morello?"

„Ja", hatte Jakob geantwortet und dabei nun genickt. „Ja, ich kannte sie. Aber …"

„Aber?"

„Also, ich meine, das ist schon sehr lange her. Ich wusste gar nicht, dass sie jetzt in Deutschland wohnt."

„Nun denn, so lasse ich Sie wieder. Wir sind daran, alle zu fragen, die in irgendeinem Kontakt zu ihr stehen oder gestanden haben."

„Tut mir leid, Herr Kommissar, aber ich stehe nicht in Kontakt zu ihr. Schon lange nicht mehr." Jakobs Blick war ins Leere gerichtet gewesen, und er war froh, dass er dem Kommissar nicht gegenübergestanden hatte. Vielleicht hätte er dann mitbekommen, was wirklich in Jakob Morello vorging.

Als er den Hörer wieder eingehängt hatte, war er ins Wohnzimmer getreten und hatte sich auf das Sofa gesetzt.

Dasselbe Sofa, auf dem sich Angelika auch schon niedergelassen hatte.

Das Sofa, auf dem Patrick geschlafen hatte. An jenem Weihnachtsabend, an den er sich so gerne zurückerinnerte.

Angelika. Einmal das Mädchen seiner Träume und jetzt nur noch eine blasse Erinnerung. Ein Wesen aus einer anderen Welt. Zumindest aus einem anderen Leben. Er bereute nichts. Aber er trauerte der Zeit mit ihr nach. Der Zeit, die nie mehr kommen würde und deren Chance, dass sie doch noch kommen könnte, er selber vertan hatte.

Er wusste nicht mehr, wie lange er so gesessen und vergangenen Sehnsüchten und Träumen nachgehangen hatte. Nur wenige Stunden nachdem er sich in sein Bett gelegt hatte und in tiefen Schlaf gefallen war, wurde er wach.

Ein Meer von Sätzen und Wörtern. Geräusche, deren Ursprung nicht auszumachen war und Bilder, die er mühsam der Kakophonie in seinem Kopf zuzuordnen versuchte. Vergebens. Er stand auf und trat ans Fenster in der Küche, ohne Licht zu machen.

Dunkelheit. Draußen und drinnen.

Und immer noch der Lärm. Beinahe glaubte er zu träumen. Nebel lag auf der Straße. Zäh bedeckte er die Umrisse der Häuser auf der anderen Seite. Ob dieser Nebel die Geräusche in seinem Kopf dämpfen könnte? Er glaubte es. Hoffte es, und trotzdem war es nicht möglich, den Nebel in seinen Kopf zu kriegen. Er setzte sich an den kleinen Tisch in der Küche. Der Wasserhahn tropfte immer noch.

Dieses Geräusch konnte er zuordnen. Immerhin.

Der Kommissar hatte nicht wegen Jost angerufen. Es hätte ihn auch gewundert. Dennoch wäre es möglich gewesen. Natürlich wäre es möglich gewesen, dass Jost in seiner Dreistigkeit den Überfall gemeldet hätte. Möglich wäre es gewesen.

Angelika. An sie hatte er gar nicht gedacht. Erst später. Als der Kommissar angefangen hatte, von ihr zu sprechen. Jost würde dichthalten. Er war kein Problem. Zumindest hoffte er es. Am Nachmittag würde er das Geldpaket einsammeln, das Jost sicher schon bereit hatte.

04.50 Uhr.

Jetzt musste er allerdings noch warten. Die Zeit verging nicht. Der Lärm ebenfalls nicht. Jakob drückte seine beiden Hände auf die Ohren und spürte, dass sich das Rauschen verstärkte und die Stimmen lauter wurden. Ein Durcheinander, als stünde er mitten auf einem italienischen Markt. Unglaublich viele Stimmen von unglaublich vielen Menschen. Er schloss die Augen und versuchte erneut, einzelne Stimmen herauszufiltern. Wenn er schon die Worte nicht verstehen konnte, war es ihm vielleicht möglich, die Stimmen zu erkennen. Sie irgendwelchen Menschen, die er kannte, zuzuordnen. Beinahe glaubte er, die sonore Stimme seines Vaters zu erkennen. Er drehte den Kopf seitlich. Nein, er hatte sich getäuscht. Schrill hörte er ein Lachen. Oder weinte jemand? Seine Mutter? Er öffnete die Augen, stand auf und ging ins Badezimmer. Nein. Er konnte niemandes Stimme erkennen.

Er befand sich nicht in einem dieser Filme, in denen ein Traum Aufschluss über das Innere des Träumers ergab. Er war keine Romanfigur, die mithilfe von gedanklichen, geräuschdurchzogenen Turbulenzen auf die Motivation seines Tuns stößt. Es war nichts, das auf einer Bühne gespielt wurde und dem Zuschauer den Blick in die innere Welt des Protagonisten ermöglichte.

05.03 Uhr.

Er zog sich aus und drehte das Duschwasser auf. Das Prasseln des Wassers in die Wanne umrahmte die Geräusche in seinem Kopf. Umrahmte sie bloß. Auch als er unter dem Wasser stand, wurde es nicht leiser. Was war los? Er hatte nichts getrunken, keine Drogen genommen. Natürlich nicht. Trotzdem war da dieser Lärm. So stellte er es sich vor, wenn jemand davon sprach, ein ständiges Pfeifen zu hören. Aber er hörte kein Pfeifen. Er hörte Stimmen von Frauen und Männern. Einem Kind. Sie schienen sich gleichzeitig zu unterhalten. Und dann wieder war es, als wenn es gar keine Unterhaltung wäre. Kein Gespräch zwischen Menschen.

Schreie. Flüchen gleich.

Oder ähnlich den Marktschreiern, die er als Kind einmal gehört hatte, als er mit seinem Vater in St. Gallen an einer Viehmesse war. Stimmen, die durch Mikrophone verstärkt wurden und trotzdem irgendwie weg und doch ganz nah ertönten. Von

Weitem wusste man, dass sie von etwas berichteten. Aber erst mit dem Bild dazu wurde klar, dass es sich um ein Küchenutensil handelte, mit dem man Gemüse zerkleinern konnte. Genauso, wie man es haben wollte. Er erinnerte sich noch gut daran und wusste auch, dass noch viel mehr angepriesen wurde. Aber er hatte nur noch dieses Plastikteil vor Augen. Für Gurken, Karotten und alles. Sein Vater hatte keines gekauft. Wozu auch? Aber sie hatten dagestanden, und die eindringlichen Sätze des Mannes wurden eins mit seinen flinken Bewegungen am Rüstbrett, und alles erhielt Sinn.

Ganz anders als in seinem Kopf. Kein einziges Bild, das Sinn machte. Nicht mal ein Bild, das verwirrte. Überhaupt kein Bild. Nur Sätze, Schreien, Silben, Lachen, entfernt ein Stöhnen, ein Kind. Wörter. Vielleicht Musik. Dissonant und laut. Und es wurde trotzdem nicht besser. Lautstärke macht einen schrillen Ton nicht weich und angenehm.

Jakob stand unter dem Wasser, spürte das Wasser auf seinen Kopf prasseln und wünschte sich, nur noch dieses Prasseln zu spüren. Nur noch zu hören, wie das Wasser auf seine Schultern und in die Wanne plätscherte. Zwecklos.

Er schloss die Augen, versuchte, im Rauschen des Wassers die Stimmen zu filtern. Dachte an Angelika und das Hauchen ihres Atems an seinem Ohr. Dachte an die Stimmen seiner Eltern. Wenn sie wütend waren. Wenn sie zufrieden waren. Glücklich. An Patrick in den weißen Unterhosen, wie er im Flur seiner Wohnung stand und irgendetwas sagte. Stimmen. Er erinnerte sich an die Stimmen. Aber sie glichen nicht jenen in seinem Kopf. Nadja, wie sie lachte. Bei ihr dachte er nur ans Lachen. Fies und herablassend. Detlev Josts Gurgeln und Schnauben in seinem Pinienduft.

Markus, der ihm die teure Schallplatte wieder in die Hand gedrückt hatte, weil er schon lange in deren Besitz war.

Markus.

Eingerahmt von Helen und Marianne, seinen beiden Hühnern. Bei ihnen musste er wirklich an Hühner denken. Immer wenn er sich Markus vorstellte, waren sie dabei. Links und rechts.

Markus, der ihn nur zu seinem Geburtstag eingeladen hatte, um ihn zu demütigen. Bewusst oder unbewusst. Und in dessen Haus es gewesen war, in dem er Angelika unter Thomas hatte liegen sehen. Dessen Fest Angelikas Lüge erst offenbart hatte.

Jakob wusste, mit wem er das nächste Konfitürenglas füllen würde. Er hatte keine Ahnung, womit genau. Aber Markus würde der Nächste sein. Wie er auf diesen Gedanken gekommen war, wusste er nicht. Markus war einer von vielen. Aber ihm schien es nur logisch, sich ein wenig um den von allen begehrten Markus zu kümmern.

Mit diesem Entschluss drehte Jakob das Wasser zu und trat aus der Wanne. Er wischte den Dampf vom Spiegel und blickte in sein Spiegelbild. Ja. Er würde nun beginnen, sich mit Markus zu beschäftigen. Als er das Badezimmer verließ, spürte er, dass etwas anders war.

Vollkommen anders.

05.23 Uhr.

Es war still. Draußen und drinnen.

Keine Stimmen.

Keine Schreie.

Keine Sätze und Wortteile.

Kein Lachen.

In seinem Kopf war alles ruhig. Er neigte seinen Kopf leicht zur Seite.

Alles blieb ruhig.

Er öffnete das Fenster in der Küche und lauschte.

Ruhig.

Er füllte sich ein Glas Wasser und leerte es in einem Zug.

05.27 Uhr.

Er musste lächeln.

Von draußen war das feine Zwitschern eines Vogels zu hören.

2. Oktober 1988
14.45 Uhr

1

09.38 Uhr.
Es war früh am Sonntagmorgen. Wenigstens für Markus. Er fuhr mit seinem VW-Golf GTI auf der Kantonsstraße. Sein Wagen war sein absolutes Lieblingsauto, das er um nichts in der Welt hergeben würde. Weiß. Mit glänzenden Felgen in einer Spezialausführung, die es auf diesem Kontinent kein zweites Mal gab. Zumindest ging er davon aus. Auch wenn Markus den Zugang und die Möglichkeit hätte, andere und teurere Marken zu fahren, war es dieser Wagen, der für ihn bestimmt war. Schon immer. Aber nun dachte er nicht an sein Auto. Er dachte überhaupt nicht darüber nach, was zu ihm passte oder was für ihn bestimmt oder nicht bestimmt war. In seinem Kopf war nichts, wie es sein sollte.

10.15 Uhr.
Normalerweise wäre er um diese Zeit noch im Bett. Vor allem an einem Sonntag wie heute. Normalerweise wäre er um diese Zeit auch nicht allein. Normalerweise würde er im Auto Musik hören und die Fenster runtergekurbelt haben. Egal, wie das Wetter draußen war und welche Jahreszeit dieses gerade bestimmte. Kassetten hatte er genug. Normalerweise war es Alan Parsons Project. Denen ist er über all die Jahre treu geblieben. Sie waren auch einfach die besten.

Heute aber waren die Fenster nicht runtergekurbelt. Und es lief keine Musik.

Denn heute war nicht normalerweise.

Er hatte auch überhaupt keine Ahnung, ob es jemals wieder ein „normalerweise" geben würde. Geben konnte. Für ihn. Sonntage, an denen er mit heruntergelassenem Fenster durch die Straßen fuhr, an seiner Seite ein hübsches Mädchen. Er bezweifelte es, bezweifelte es zutiefst. Er bezweifelte auch, dass es noch lange dauern würde, dass er überhaupt fahren konnte, beziehungsweise ein Auto sein Eigen nennen konnte. Er schlug mit seinen Händen aufs lederne Steuerrad.

Wie hatte das geschehen können? Wie konnte der Typ überhaupt davon erfahren haben? Er hatte doch alles getan, genau das zu verhindern.

Dass irgendjemand davon Wind bekommen hatte?

„Scheiße!"

Erneut schlug er aufs Steuerrad. Er wusste, dass er wirklich in derselben steckte. So tief, wie er wohl noch nie gesteckt hatte. Er würde zahlen, klar. Das war nicht das Problem. Aber wie lange würde das so gehen? Er würde heute bezahlen und dafür durch die halbe Schweiz fahren. Auf dem Beifahrersitz lagen ein aufgerissenes Couvert und ein auseinandergefaltetes Papier. Wunderschöne Handschrift. Wie von früher. Er musste nicht auf das Papier schauen, um den Inhalt wiederzugeben. Er kannte ihn ganz genau. Zeile für Zeile, Wort für Wort. Als er den Brief gestern erhalten hatte, hatte er ihn mehrmals durchgelesen. Der Inhalt war trotzdem immer derselbe geblieben. Er hatte sofort kapiert, dass er voll in die Scheiße katapultiert worden war. Innerhalb weniger Sekunden. Er hatte nicht viel Zeit gebraucht, um zu verstehen, dass sein Leben eine Wendung erhalten hatte, die er so nie geplant hatte und die er auch mit allen erdenklichen Mitteln versucht hätte zu umgehen. Allerdings brauchte er mehr Zeit, sich die Antworten zu den vielen Fragen zusammenzureimen, die unwillkürlich in ihm aufgetaucht waren. Wer? Wer war der Schreiber? Wann hatte er ihn gesehen? Schon damals oder erst, als er seinen Wagen geputzt hatte? Wo war er gewesen? Wieso konnte es sein, dass jemand herausgefunden hatte, was ihm letzte Woche passiert war? Für die Beantwortung all dieser Fragen hatte die Zeit heute Morgen nicht gereicht, und Markus war sicher, dass er noch einiges an Zeit dafür brauchen würde. Vielleicht würde sich heute Abend einiges geklärt haben. Er wünschte es sich. Er hasste es, keine Antworten auf Fragen zu haben, die ihn und sein Leben direkt betrafen.

Und dabei war das Ganze nicht mal seine Schuld. Im Gegenteil. Wenn man es genau nahm, war eigentlich er das Opfer. Er und niemand anderes.

Vor einer Woche war ihm auf einem Nebenweg ein Fahrrad in die Seite seines makellos weißen Golfs gefahren. Oder er dem Fahrrad. So genau konnte er es nicht sagen, da er damit beschäftigt gewesen war, eine Musikkassette ins Gerät zu legen. Er hatte gerade auf Start gedrückt, als es krachte. Hätte er nichts gehört, hätte er vielleicht auch nichts bemerkt. Merkwürdigerweise hatte er weder ein Rumpeln noch sonst was in der Art gespürt. Keine Erschütterung des Wagens. Nur einen Lärm. Es hatte ziemlich gekracht, und er war zuerst auch nicht sicher, was es gewesen war. Er erinnerte sich allerdings an das Geräusch, als wäre es eben erst geschehen. Irgendwie brachte er es gar nicht mehr aus seinem Kopf. Das Geräusch nicht und auch nicht den Film.

Er hatte sogleich den Wagen gestoppt und unwillkürlich in den Rückspiegel geblickt. Er konnte nichts sehen. Wahrscheinlich war es nur ein Tier gewesen, das sich jetzt irgendwo seine Wunde leckte.

Er schaute sich um. Niemand war auf der Straße. Niemand auf den Gehsteigen. Keine Häuser in der Nähe. Nur Wald und Felder und ganz weit hinten der grüne Silo eines Bauernhofes. Er atmete aus. Es hatte ihn niemand gesehen. Aus den Lautsprecherboxen seines Wagens ertönte die Stimme von Eric Woolfson. Eines seiner Lieblingslieder. Und da, in jenem Augenblick, ertönten die weiche Stimme und die Kastagnetten, die einer Klapperschlange gleich die Musik begleiteten. Ein Unfall und zur selben Zeit sein Lieblingssong. Bizarr und fremd. *Don't answer me.* Ein erfolgreiches Lied seiner Lieblingsband.

If you believe in the power of magic
I can change your mind
And if you need to believe in someone
Turn and look behind.

Er drehte die Musik nicht aus. Er nahm einfach wahr, wie sich zwischen dem Song und dem Unfall einfach keine Symbiose einstellen wollte. Er blickte nochmals in den Rückspiegel.

Nichts.

Er stellte den Rückwärtsgang ein und drückte leicht aufs Gas. Ein Knirschen war zu hören. Er stoppte sogleich, öffnete die Fahrertür und trat aus dem Wagen. Unter dem rechten Hinterrad sah er den Ursprung des Geräusches. Ein Fahrrad lag vollkommen verbogen unter seinem Wagen. Er schaute sich um. Es war immer noch niemand zu sehen. Er zog das Rad unter dem VW hervor und warf es an den Straßenrand. Vielleicht hatte jemand das Fahrrad auf der Straße liegen lassen, und er hatte es überfahren.

Selber schuld. Die Straße ist zum Fahren da und kein Parkplatz. Auch nicht für Fahrräder.

Er stieg wieder ein und blieb einen Moment sitzen.

Das hätte böse ins Auge gehen können.

Ja, Markus glaubte an die Kraft der Magie. Jetzt mehr denn je.

Er stellte in den ersten Gang und fuhr davon. Kein Blick zurück. Er wollte keine Antwort auf irgendwelche Fragen. Er wollte überhaupt keine Fragen. Dann brauchte er auch keine Antworten. Er wollte einfach nach Hause und alles vergessen. Zum Glück hatte ihn niemand gesehen. Er fuhr bedeutend langsamer als noch zehn Minuten zuvor und schaute angestrengt auf die Straße. Er wusste, dass es ihm wohl nicht vergönnt sein würde, zweimal hintereinander Glück zu haben und wollte es nicht nochmals herausfordern. Als er zu Hause aus seinem weißen GTI stieg und mit dem Hausschlüssel in der Hand zum Eingang schritt, zuckte er zusammen. Er war eben im Begriff, den Schlüssel ins Schloss zu stecken. Das Bild, das kurz zuvor von seinem Auge aufgenommen wurde und erst jetzt mit merklicher Verzögerung in seinem Hirn zur Weiterverarbeitung angelangt war, ließ ihn zusammenzucken. Der Schlüssel fiel auf den Boden, und in einer leichten Bewegung nach rechts drehte er sich wie in Zeitlupe zu seinem Wagen. Dessen Vorderseite hatte eine kleine Delle, und das Vorderlicht auf der rechten Seite war kaputt. Aber das war es nicht gewesen, was sich in seinem Innern als Bild manifestiert hatte. Es war das Blut, das das gebrochene Glas leicht rosa schimmern und das Weiß seines Autos nicht mehr makellos erscheinen ließ.

Blut!

Er konnte nicht glauben, was er sah. Da war niemand gewesen. Nur das zerbeulte Fahrrad. Der Besitzer war doch selber schuld, wenn er dieses auf der Straße parkte. Aber das Blut? Woher kam das Blut? Ein Fahrrad konnte nicht bluten.

Schnell hob er den Schlüssel auf und öffnete die Tür. So schnell, wie er im Haus verschwunden war, trat er mit Lappen und Putzeimer wieder nach draußen und begann, das Blut wegzuwischen. Es verschmierte, und er spürte, wie ihm Tränen der Verzweiflung in die Augen traten. Was sollte er bloß machen? Zurückfahren? Nachsehen, ob jemand seine Hilfe benötigte?

Zu spät. Es war und blieb Fahrerflucht. Egal, was danach alles geschah. Nein, er musste nur dieses verdammte Blut wegkriegen, das Auto in die Garage stellen und es eine Zeitlang nicht mehr fahren. Er füllte den Eimer erneut mit heißem Wasser, kam zurück und spülte das Blut ab. Dann versorgte er den gereinigten VW in der Garage.

Als er in seinem Wohnzimmer saß, atmete er hörbar aus. Er hatte Glück gehabt. Unwahrscheinliches Glück. Was, wenn ihn jemand gesehen hätte? Aber da war niemand gewesen.

Sein Glück.

Er nahm einen Schluck des Whiskeys, den er sich zuvor eingeschenkt hatte. Das warme Brennen in seinem Hals war eine Wohltat. Was musste das auch für ein Arschloch sein, der einfach auf die Straße fuhr, ohne zur Seite zu blicken? Markus glaubte nicht an ein Parkproblem. Mit einem weiteren Schluck leerte er das Glas. Er trat an die Bar und schenkte sich neu ein. Mit vollem Glas und der Flasche setzte er sich wieder hin.

Er spürte, wie er langsam ruhiger wurde.

2

11.15 Uhr.

Immer noch lief keine Musik. Immer noch war es nur das Brummen seines Wagens, das zu hören war. Und die stillen Gedanken seiner Erinnerung. Er würde es schaffen, davon war er überzeugt. Er war früh genug losgefahren.

Das Licht seines Wagens hatte er noch am gleichen Tag geflickt. Es war sein Glück, dass sich in den vergangenen Jahren Unmengen von Ersatzteilen in seiner Garage angesammelt hatten und er Bescheid wusste, wie diese einzubauen waren. Von außen konnte nur noch ein geübtes Auge erkennen, dass sein weißer GTI unlängst in einen Unfall mit Fahrerflucht verwickelt worden war. Was heißt verwickelt? Er musste sich wohl oder übel eingestehen, dass er ihn ausgelöst hatte. Das war etwas anderes, als in einen Unfall verwickelt zu werden. Und trotzdem: Irgendwie hatte ihn der Idiot in diese Sache verwickelt. Er selbst war nur zur falschen Zeit am falschen Ort. Das hätte jedem passieren können.

Mit jedem Tag war er ruhiger geworden. In den Nachrichten wurde nichts über einen Unfall gebracht. Niemand stand vor seiner Tür und wollte seine Fahrzeugpapiere sehen. Alles ging seine gewohnten Bahnen. Nur dass Markus neuerdings mit dem Bus zur Arbeit fuhr. Dies war aus zwei Gründen ein wenig kompliziert: Erstens wussten alle um seine Leidenschaft fürs Autofahren, und zweitens war sein Arbeitsort ein Autohaus, in dem man die wirklich teuren Autos kaufen konnte. Als 1A-Verkäufer mit dem Bus anzureisen ist doch ziemlich seltsam, und seine Mitarbeiter zerrissen sich den Mund darüber, was wohl der Grund sein konnte. Dies legte sich aber spätestens, als er einen roten Porsche 595 unter den Hammer gebracht hatte. Er besaß ein gutes Händchen, die wirklich teuren Käufe abzuwickeln, was ihm in den letzten Jahren ermöglicht hatte, den Standard seiner Jugendjahre im elterlichen Heim auch als Erwachsener beizubehalten. Es brauchte niemand zu wissen, dass er immer noch regelmäßig eine Überweisung seines Vaters erhielt, die es ihm zusätzlich erlaubte, mehr Tage frei zu nehmen, als dies anderen möglich war.

Es ging ihm wirklich gut, und deshalb war es für Markus doppelt unerträglich, sich jetzt inmitten dieses Desasters zu befinden. Angefangen hatte es eigentlich erst gestern, wenn man den Vorfall mit dem Fahrrad nicht beachtete.

Er hatte sein Postfach geleert und wie immer im Gehen die Briefe durchgeschaut, während er zurück zum Haus ging. Ein Brief hatte aus allen anderen hervorgestochen, da die Adresse mit geschwungenen Linien mehr gezeichnet denn geschrieben war. Wie von früher, als die Schriften Kunstwerken entsprachen.

Sehr geehrter Herr Schwendener

Es ist mir ein großes Anliegen, Sie mit meinem Schreiben nicht zu erschrecken, auch wenn sich dies wohl kaum vermeiden lässt. Zu Beginn möchte ich anmerken, dass es für jedes Problem eine Lösung gibt.
Für Ihr Problem habe ich diese sogar bereit. Seien Sie also völlig unbesorgt.
Ich weiß um ihren kleinen Ausflug von letzter Woche, und ich weiß auch, welche Farbe das Fahrrad hatte, das unter ihrem weißen Auto gelegen hatte. Ein VW GTI, nicht wahr? Ich weiß, was Sie getan haben. Dies aus dem einfachen Grund, mein lieber Herr Schwendener, weil ich dort war, als Sie das Fahrrad touchierten. Ein älterer Mann hatte auf dem Fahrrad gesessen, und ich habe dafür gesorgt, dass sich ein Krankenwagen um ihn kümmert. Ich habe getan, was Sie hätten tun müssen, nicht wahr? Seien Sie unbesorgt, es geht ihm den Umständen entsprechend gut. Wenn es auch nicht die Umstände sind, in denen man sich gerne befindet. Aber er verspürt mit annähernd einhundertprozentiger Sicherheit keine Schmerzen mehr.
Auch mir geht es gut. Abgesehen von der Traurigkeit, die sich in mir ausbreitet, weil Sie, Herr Schwendener, einfach weitergefahren sind. Ich hörte nur die Musik aus Ihrem Wagen, während der arme Mann im Graben lag und noch keine Ahnung hatte, dass er auf dem Weg ins Krankenhaus
seinen Verletzungen erliegen würde. Ich stand zwischen den Bäumen. Aber Sie haben mich nicht gesehen. Ich war unsichtbar. Sie haben einfach Musik gehört und sind weitergefahren. Alan Parsons Project, wenn ich mich recht erinnere. Ist das zu glauben?

> *Nur schwer, nicht wahr? Ich habe Fotos. Fotos, die Ihr Auto zeigen, auch Sie, wie Sie ausgestiegen sind und sich umsehen und das Fahrrad zur Seite werfen.*
> *Nun, Herr Schwendener, Unfall mit Fahrerflucht ist ein Vergehen, das Ihnen nicht gut bekommt. Gerade, wenn man an Ihre Branche denkt. Ich behalte die Fotos bei mir, und dort sollen sie auch bleiben.*
> *Auch wenn ich mir wünschen würde, dass dem alten Mann mit dem Fahrrad Gerechtigkeit widerfahren würde.*
> *Aber das ist eine andere Geschichte. Mir geht es nur um Sie, Herr Schwendener. Um Sie und Ihre Geschichte. Sie möchten doch eine mit Fortsetzung, nehme ich an. Nun: Seien Sie morgen im Palace. Das Ticket habe ich Ihnen beigelegt. Seien Sie pünktlich, und nehmen sie genügend Geld mit. Ich denke so an 15000 Franken. Gerne eingepackt in einen Plastiksack, und ich versichere Ihnen, dass ich nicht mehr mit dem Wunsch nach so viel Geld an Sie gelangen werde. Kommen Sie ins Kino, und Sie werden sehen, wie die Übergabe ablaufen wird.*
> *Und ja: Dass Sie allein kommen, versteht sich sicher von selbst, nicht wahr?*
> *Ich sähe mich sonst gezwungen, von meiner Pflicht als Bürger dieses Landes Gebrauch zu machen und ein Unrecht zu melden.*
>
> *Hochachtungsvoll! E.*

Markus hatte den Brief in der Hand gehalten. Er hatte sich richtig schwer angefühlt. Seine Hände hatten geschwitzt. Im Couvert befand sich ein Kinoeintritt.

„LE FESTIN DE BABETTE"

Was für ein Filmtitel. Babettes Fest. Mit Sicherheit kein Actionfilm und mit Sicherheit auch keiner, den er mit einem Mädchen anschauen würde. Und wenn, dann nur in einer gewissen Notlage. In der befand er sich ja jetzt auch, und er fragte sich, mit welchen Mitteln er dieser entrinnen konnte.

Babettes Fest. Nun, er wusste nicht, ob es heute Nachmittag ein Fest werden würde, und er bezweifelte, dass er sich den Film bis zum Ende ansehen würde. Er wollte das Geld loswerden und mit ihm die ganze Geschichte. Markus hatte Angst, und er war bereit, alles dafür zu geben, dass dieses beklemmende Gefühl wieder verschwand. Er kannte das Kino nicht. Was logisch war, befand es sich doch in einer Ecke der Schweiz, die er nur aus der Schulzeit kannte, als sie einmal ein Schullager dorthin unternommen hatten. Gefühlte Jahrzehnte lag das nun zurück. Auf dem Ticket fand er die Stadt und Adresse und musste genügend Zeit einrechnen, durch die halbe Schweiz zu fahren. Er war noch nie in einem Kino in der französischen Schweiz gewesen. Er war noch überhaupt nie im Westen der Schweiz gewesen, wenn man von dieser Reise mit der Schule absah. Er wollte rechtzeitig da sein, und das war auch der Grund, weshalb er bereits so früh unterwegs war.

11.45 Uhr.
Er würde bald ankommen und noch etwas essen können. Der Film begann um Viertel vor drei. Er war gespannt, wie die Übergabe ablaufen würde. Das Geld selber kümmerte ihn nicht sonderlich. E. hatte geschrieben, dass er es damit bewenden ließ und er keine weiteren Forderungen mehr stellen würde. Er vertraute darauf. Allerdings hatte er keine Ahnung, weshalb.

Eine halbe Stunde später stellte er seinen VW beim Bahnhof auf ein Parkfeld, kaufte sich Wurst und Brot und ass beides, während er den Stadtplan studierte, der sich hinter Glas neben dem Fahrplan befand. Die Kinos waren nicht eingezeichnet oder speziell markiert. Kinos gehörten nicht zu den Touristenattraktionen.

Er ging zum Taxistand und erkundigte sich dort nach dem Weg zum Palace.

Er war gut zu Fuß zu machen, und eine weitere Viertelstunde später stand er vor dem Aushang des kleinen Kinos. Sogleich war klar, dass die Filme, die hier gezeigt wurden, keine Action hatten und nur dem Kenner etwas sagten. Bei „Babettes Fest" hatte er ehrlich gesagt auch nichts anderes erwartet.

Er studierte die Beschreibung und betrachtete die Bilder. Ein Oscar-Gewinner für den besten ausländischen Film. Okay. Vielleicht gab es doch ein wenig Action. Das Kino war noch dunkel. Markus nahm dies zum Anlass, noch ein wenig durch die Straßen zu ziehen. Er war vielleicht doch vom Glück gesegnet. Was, wenn der Mann ihn angezeigt hätte? Dann würde er jetzt etwas anderes sehen als einen merkwürdigen Film über eine Frau, die immer in der Küche steht und kocht.

Markus lächelte, während er das Kino für eine Stunde hinter sich ließ und in Richtung eines großen Kaufhauses ging. Er merkte nicht, wie in einem dunklen Eingang ein älterer Herr stand und ihn beobachtete.

Ein älterer Herr, der Babettes Fest kannte und wusste, dass es in diesem Film um mehr als nur ums Kochen ging. Ein älterer Herr, der ebenfalls lächelte, wenn auch aus einem ganz anderen Grund.

3

14.45 Uhr.
Markus saß auf dem purpurnen Polster in der 17. Reihe und beachtete nicht, wie der Vorhang, der die Leinwand verbarg, aufgezogen wurde. Er blickte um sich und fühlte sich bestätigt, dass „Babettes Fest" wohl kein kommerzieller Erfolg war. Einige ältere Leute saßen verteilt im Saal. Ehepaare. Vor ihm zwei Studenten, die das Durchschnittsalter runterdrückten. So wie er. Einige Reihen hinter ihm vier oder fünf Frauen, die nicht aufhörten, miteinander zu tratschen, obwohl das Licht nun erlosch und auf der Leinwand erste Bilder zu flimmern begannen. Nicht Babettes Kochkünste. Irgendetwas wurde beworben. Zu sehen waren Schakale. Oder Wölfe.

Er wusste es nicht, und es war ihm auch egal. Es war ihm auch gleichgültig, welcher Cowboy sich welche Zigarette in den Mund schob.

Markus saß in seinem Sessel in der 17. Reihe und wusste, dass er der Einzige in dieser Reihe war. Er war aber nicht der einzige Besucher, der allein in diesen Film ging. Jedoch war er mit Sicherheit der Einzige, der sich nicht dafür interessierte, was auf der Leinwand geschah. Zahnpasta mit grünen Streifen. Und wieder Zigaretten.

Er blickte erneut um sich. Was würde geschehen? Würde er den ganzen Film anschauen müssen, bis sich etwas tat? Auf seinem Schoss hatte er den Plastiksack, und er nahm wahr, wie verkrampft er ihn hielt. Seine Knöchel waren beinahe das Einzige seines Körpers, was er spürte. Die Finger rutschten auf dem Plastik, und er war sicher, dass auch seine Armbeugen schweißnass waren. Zu wissen, dass etwas passieren würde, war eine Sache. Aber nicht zu wissen, was oder wie etwas geschehen würde, eine ganz andere. Markus schwitzte am ganzen Körper, und er war beinahe froh, dass niemand in seiner Nähe saß. Dann glaubte er, dass Babette nun damit startete, ihre Künste in der Küche zu präsentieren. Aber es waren andere Filme, die zuerst vorgestellt wurden. Ein Zeichentrickfilm. Und etwas Italienisches. Ein Film, der aussah, als sei er schon Jahrzehnte alt.

Passte zu diesem Kino. Passte zu seinen Besuchern.

Wieder blickte er sich um und erschrak.

Neben ihm saß ein kleiner alter Mann in einem dunklen Anzug. Er hatte gar nicht mitbekommen, wie dieser sich neben ihn gesetzt hatte. Der alte Mann trug einen Bart und blickte mit zusammengekniffenen Augen zur Leinwand, auf der der Film begann. Ob er seine Brille zu Hause vergessen hatte? Markus wäre gerne der Einzige in der 17. Reihe geblieben. Wie sollte die Übergabe nun funktionieren, wenn neben ihm ein alter Typ saß? Nun. E. hatte geschrieben, dass er alles hier erfahren würde, und so starrte er zum hellen Rechteck vor ihm, auf dem zwei alte Frauen von Haus zu Haus gingen, um alte Männer mit Suppe zu füttern. Männer, die eine gewisse Ähnlichkeit mit dem Mann neben ihm besaßen. Verfilzte Bärte. Leicht verwahrlost. Arm. Unwillkürlich rückte er ein wenig zur Seite.

Der Film hatte wirklich keine Action. Jetzt sangen sie auch noch. Und es war nicht Alan Parsons Project. Eine Frauenstimme sprach aus dem Off.

Fremde Sprache. Etwas Nordisches. Fremd und doch irgendwie vertraut. Es gab Untertitel. Aber Markus beachtete sie nicht. Der Saal war eingetaucht in das bläuliche Flimmern der Leinwand. Er hatte wirklich keine Lust, den ganzen Film über sich ergehen zu lassen. Er wollte das Geld abgeben, nach Hause fahren und die Sache hinter sich lassen.

Alles.

Babette.

Dieses Kino.

Diese Stadt.

Und wieder Gesang. Nun in einer Kirche. Das passte. Im Saal war nichts zu hören. Durch einen Vorhang drang wenig Licht vom Eingangsbereich des Kinos herein in den Saal. Markus erhob sich.

„Entschuldigung", flüsterte er und stieg über die knochigen Beine des Mannes neben ihm. Er ging ans Ende der Reihe 17 und näherte sich dem Licht. Er schob den Vorhang zur Seite und trat aus dem Dunkel. Markus blickte sich um, sah, was er suchte und ging die Treppe runter zu den Toiletten.

Er trat ein, betätigte den Lichtschalter und trat an einen der Spiegel. Sah sein Spiegelbild. Den Plastiksack mit dem Geld legte er auf das Waschbecken. Er ließ Wasser über seine Hände fließen, blickte erneut in den Spiegel und sah, wie bleich und abgehetzt er aussah. Das passte nicht zu ihm. Passte überhaupt nicht zu ihm.

So würde er keinen Wagen mehr verkaufen.

So würde sich kein Mädchen neben ihn setzen wollen.

Er spritzte sich Wasser ins Gesicht und schlug sich leicht auf die Wangen. Das würde schon wieder werden. Es brauchte einfach nur Zeit. Genügend Zeit. Und vor allem müsste jetzt dann endlich etwas geschehen. Er wollte nach Hause. Schlafen. Und nicht allein aufwachen. Er drehte sich um und blickte zu den Pissoirs. Wenn er schon hier war, konnte er auch seine Blase leeren. Er öffnete seinen Reißverschluss und schloss die Augen. Schlafen. Das wollte er jetzt. Es war eine verrückte Woche gewesen. Ein verrückter Tag. Wahrscheinlich würde er den Namen Babette nie wieder vergessen und immer nur mit diesem unglaublichen Drang nach Schlaf in Verbindung bringen. Er schloss seine Hose und drehte sich um.

Und erschrak erneut.

Der Plastiksack war weg.

Das Geld war weg.

Mit einem Satz war er bei der Tür, riss diese auf und blickte nach draußen. Hinter einem Berg von Popcorn schaute eine blonde Dame mit toupierten Haaren erstaunt zu ihm, um sogleich wieder in ein Rätselheft zu blicken. Er ging zurück zum Lavabo. Blickte zu den Kabinen. Es war niemand hier drinnen gewesen. Davon war er überzeugt.

„Scheiße!"

Markus schlug auf den Rand des Waschbeckens.

Dann sah er es und wusste, dass er jetzt nach Hause konnte.

Ein Kinoticket lag da. Mit blauem Kuli ein hingekritzeltes „Danke" und ein großes E.

Markus schüttelte den Kopf.

Dass er nichts gehört hatte!

Nicht bemerkt, dass der Typ reingekommen war.

Ob er geduldig darauf gewartet hatte, bis er aufs Klo gegangen war?

War es einer der Studenten? Eine der Damen?

Weshalb ging er überhaupt davon aus, dass es sich um einen Mann handelte, der ihn da erpresste?

Nun, eigentlich war ihm das so ziemlich egal. Er würde jetzt nach Hause gehen und Babette sich selbst und ihrer Küche überlassen. Und schlafen. Einfach nur schlafen und hoffen, dass diese Geschichte zu Ende sein würde.

24. Dezember 1988
18.00 Uhr

1

14.30 Uhr.
Jakob war auf dem Weg in den Supermarkt, um noch etwas zu kaufen, was seinem Weihnachten entsprach. Auch wenn er verschiedene Vorstellungen hatte, was er sich kochen könnte, würde es am Ende wohl doch eine Pizza sein. Was denn sonst?

Von Markus hatte er nichts mehr gehört, seit er ihn an jenem Nachmittag am Pissoir hatte stehen sehen. Von hinten nur. Logisch. Aber er wusste, dass er es gewesen war, weil er ihm gefolgt war. Er wusste es, weil er während der Eröffnungsszenen von „Babettes Fest" neben ihm gesessen hatte. Er wusste es, weil er ihn bereits draußen gesehen hatte. Jakob war davon überzeugt, dass ihn Markus nicht erkannt hatte. Nicht einmal, als dieser ihm beinahe auf die Füße getreten war, als er auf dem Weg zur Toilette den Kinosaal verließ. Er war nervös gewesen, und Jakob hatte gespürt, wie stark Markus geschwitzt hatte. Wahrscheinlich mehr als er selbst. Aber bei ihm waren es weder Angst noch Unsicherheit gewesen. Absolut keine Nervosität.

Im Gegenteil. Er hatte sich ruhig und sicher gefühlt. Dass er geschwitzt hatte, lag vielmehr an den falschen Haaren im Gesicht, der Perücke und der Kleidung, die er in verschiedenen Schichten über sich geworfen hatte. Nein. Markus hatte keine Ahnung, wer da die längste Zeit neben ihm gesessen hatte. Eigentlich hatte er ihn ansprechen wollen. Sein ursprünglicher Plan wäre gewesen, ihn mit französischem Akzent und verstellter Stimme anzusprechen und so den Plastiksack zu erhalten, dessen Inhalt ihm zustand.

Er wollte das Geld.

Nicht mehr und nicht weniger.

Aber als Markus Richtung Toiletten verschwunden war, hatte er kurzfristig seinen Plan geändert, ihn der neuen Situation angepasst. Er hatte vor der Tür zum Herrenklo gewartet und war dann nach einem kurzen Moment eingetreten. Markus hatte am Pissoir gestanden, nicht ahnend, was hinter ihm geschah. Jakob hatte etwas auf das Kinoticket gekritzelt, den Plastiksack gegriffen und hatte wieder draußen gestanden, noch bevor Markus sein Geschäft erledigt hatte.

Er hatte sich wieder in die Reihe 17 zurück auf seinen Platz gesetzt und war der Geschichte von Babette gefolgt. In der Pause hatte er sich ein Vanilleeis gegönnt und auf dem Klo das Ticket geholt, auf dem er die kurze Nachricht an Markus hinterlassen hatte. Er hatte sich nicht getäuscht und unwillkürlich lächeln müssen. Er war sicher gewesen, dass Markus das Stück Papier nicht mitgenommen hatte. Wozu auch? Als Beweis? Aber wofür? Er hatte gelächelt, hatte gespürt, dass er eigentlich laut hatte auflachen wollen. Er hatte sich beherrschen können. Ein Lächeln musste genügen. Er hatte das Ticket in seine Manteltasche gesteckt und gewusst, dass er damit ein weiteres Glas füllen würde, was gute vier Stunden später auch tatsächlich geschah.

15.30 Uhr.
Eine Stunde später befand er sich mit Pizza bewaffnet auf dem Heimweg. Er war noch im Musikladen gewesen. Aber nichts, was er dort sah, hatte ihn wirklich angesprochen, und eigentlich hatte er auch gar nicht vorgehabt, irgendetwas zu kaufen. Aber als er vor den Covers der Langspielplatten gestanden und sie studiert hatte, wusste er von einem Moment auf den anderen, dass Thomas der Nächste sein würde. Eigentlich merkwürdig, weshalb er nicht schon viel früher diesen Gedanken gefasst hatte. Thomas, der schuld daran war, dass er Weihnachten allein verbringen musste. Alle Weihnachten. Thomas, der ihm Angelika weggenommen, sie verführt hatte. Thomas, der auch früher schon einer der miesesten Typen an der Schule gewesen war und meist mit Patrick und Nadja eine Fiesheit nach der anderen ausstudiert hatte, die vielen, aber vor allem und in erster Linie ihm das Leben zur Hölle gemacht hatten. Der mit einhundertprozentiger Garantie auch mitgelacht hatte, als Jakob Morello

allein am Bahnhof gestanden hatte. Vielleicht sogar dabei war, als sie ihr gemeines Spiel geplant hatten. Thomas, dessen letztes Bild sein nackter Arsch über Angelikas unschuldigem Körper war. Ein Bild, das er gerne gelöscht hätte.

Thomas.

Natürlich würde er der Nächste sein.

Es begann leicht zu schneien. Aber Jakob machte keine Anstalten, den Reißverschluss seiner Jacke hochzuziehen oder sein Gesicht ein wenig zu senken. Im Gegenteil. Er blickte in den wolkenverhangenen Himmel und spürte die Flocken, die sich auf seine Wangen legten, nur um sofort wieder zu schmelzen. Ob er den Mund öffnen sollte, um sie aufzufangen? Er grinste und ging mit schnelleren Schritten weiter. Das wäre dann doch zu kindisch. Er war fünfundzwanzig und der Altersstufe, in der dies erlaubt war, schon längst entwachsen. Er hatte nun wichtigere Dinge zu erledigen, als wie ein kleines Kind etwas zu erhaschen versuchen, das sich doch nur verflüchtigt, sobald man es zu haben glaubt.

Ein Stoß an seiner Schulter schreckte ihn aus seinen Gedanken auf.

Unwillkürlich drehte er sich zu der jungen Frau um, die ihn angerempelt hatte.

„Sorry", sagte diese und wollte sich wieder umdrehen. Beide zögerten jedoch für einen kurzen Moment. Er hatte sie sofort erkannt. Sobald er in ihre grünen Augen geblickt hatte. Sie brauchte etwas länger.

Sie blieb stehen, und Jakob spürte, wie sie Namen und Gesichter an ihrem inneren Auge vorbeiziehen ließ. Ein leichtes Lächeln begann ihren Mund zu umspielen.

Sie hielt sich ihre Schleife vor den Mund und sagte: „Bist du es? Morello? Bist du es wirklich?"

Jakob nickte.

„Hab` ich mir doch gleich gedacht. Kennst du mich noch? Ich bin …"

„Ich weiß, wer du bist, Christine. Ich vergesse nie ein Gesicht, und auch sonst …"

Christine schlug ihm mit der flachen Hand leicht auf die Schulter. „Das stimmt, nicht wahr? Du konntest dir schon immer gut Gesichter merken. Und an deines konnte sich keine Sau erinnern. Entschuldige." Sie lachte auf. „Schon verrückt. Wie wir damals noch jung waren."

„Sind wir doch jetzt noch, oder nicht?"

Christine mit ihren grünen Augen und den rotblonden Haaren, von denen nur die Stirnfransen zu sehen waren, da sie die Kapuze ihrer Jacke hochgezogen hatte. Christine, Thomas' betrogene Freundin, die von dessen Fremdgehen nichts mitbekommen hatte und sich lieber einen Joint drehte, als sich darum zu kümmern, was um sie herum wirklich geschah. Ob sie immer noch mit Thomas zusammen war? Ob sie immer noch kiffte? Jakob bezweifelte beides. Er sah Thomas eher in einem kleinen Häuschen in einer Vorstadt. Mit Gartenzwergen und Hund und Katze und Gartenzaun und einer lieben Frau, die ihm ein sauberes Heim bereitet, in das er aber nur selten kommt. Kinder. Ja, wahrscheinlich. Aber ob er von allen wusste …

„Morello?" Christine schaute ihn fragend an.

„Was?"

„Du bist immer noch in einer anderen Welt, nicht wahr? Immer noch verträumt. Unaufmerksam. Merkst nicht, was um dich herum wirklich passiert. Einfach unser Morello."

„Ich bin nicht …"

Christine blickte ihn ernst an. „Hey, alles gut. Ich wollte dich nicht beleidigen. Ich meine nur. Mir sind viele alte Geschichten durch den Kopf gegangen. War schon verrückt, damals, was?"

Jakob nickte. Wenn Christine wüsste, wie verrückt es wirklich war und wie er Verrücktheit mit Sicherheit anders interpretierte, als sie dies wahrscheinlich tat.

Unser Morello. Als ob ihn jemand „mein" oder „unser" nennen durfte. Oder jemals hätte nennen können.

Er wollte in der Tat einmal zu jemandem gehören. Er hatte sich danach gesehnt, dass es seiner Mutter ernst damit war, wenn sie gesagt hatte, dass er ihr Großer sei. Oder dass seinem Vater bewusst war, was ihm die Worte bedeuteten, wenn er seinem

Chef sagte, er sei sein Sohn, sein ganzer Stolz. Oder Angelika. Wenn sie sagte, dass sie ihn liebte. Er wusste nicht einmal mehr genau, ob er sie diesen Satz je hatte sagen hören. Aber in seiner Vorstellung entsprach es der Realität. In seiner Vorstellung hatte sie ihm das immer wieder gesagt. Geflüstert. Gerufen. Vom Geländer der Brücke runter zu ihm war ihm das entgegengesprungen. Er konnte beinahe den süßen Hauch ihres Atems fühlen, wenn er sich vor Augen führte, wie sie ihm die drei wundervollsten Worte der Welt ins Ohr flüstert. Unwillkürlich fasste er sich ans linke Ohr.

„Hast du Ohrenschmerzen?" Christine blickte ihn mitfühlend an. „Du solltest eine Mütze anziehen. Es ist Winter." Wieder lachte sie. „Was meinst du, sollen wir auf einen Kaffee gehen? Wäre doch nett, über die alten Zeiten zu sprechen."

Jakob blickte auf seine Uhr.

15.45 Uhr.

„Oder hast du noch etwas vor? Ich will dich auf keinen Fall aufhalten." Christine streckte ihm ihre Hand entgegen.

Jakob schüttelte den Kopf. „Nein."

Christine lachte. „Was nein? Nein, kein Kaffee? Oder nein, du hast nichts mehr vor?"

Jakob probierte sich in einem Grinsen, das wohl mehr gequält wirkte als locker, wie er es gerne ausgestrahlt hätte. Er war es überhaupt nicht gewohnt, mit jemandem ein wirkliches Gespräch zu führen. Wirklich zu reden. Aber mit Christine ergab sich vielleicht eine Möglichkeit, etwas über Thomas zu erfahren. Oder über jemand anderen. Es war ein Zufall, dass sie einander begegnet waren. Ein Zufall, der aber viel versprach.

„Nein, ist okay. Wir können gern einen Kaffee nehmen. Klar. Ich hab' nichts vor."

Sie entschieden sich für das „Rita", ein Café, in dem er nur ein einziges Mal gewesen war, und damals auch nur deshalb, weil er meinte, seine Mutter sei dort. Seine Mutter in einem Café. Damals konnte er nicht wissen, dass dies nicht zusammenpasste. Nicht zusammenpassen konnte.

Zusammen gingen sie die Straße entlang und bogen dann in die Elblingergasse ein, an deren Ende sich das „Rita" befand. Sie traten ein und setzten sich an einen der Tische, die im Raum verteilt standen – und leer waren. Es war Weihnachten. Die Leute hatten wohl anderes zu tun, als sich in einem Café den Schnee aus den Haaren zu schütteln und einen Kaffee zu trinken. Christine hängte ihren Mantel über ihre Stuhllehne. Ihre Haare hatte sie zusammengebunden. Sie ließen ihr helles Gesicht mit den leichten Sommersprossen zur Geltung kommen. Ja, so sagte man wahrscheinlich. Jakob wusste es nicht. Es interessierte ihn auch nicht sonderlich. Es war ihm gleichgültig, wie und aus welchem Grund Christine ihr Haar so trug. Und es war ihm vollkommen egal, wie man darüber die richtigen Worte wählte, um zu beschreiben, wie etwas wirkte. Sollte man Sommersprossen überhaupt zur Geltung kommen lassen? Er schüttelte leicht den Kopf. Anscheinend war ihm Christines Frisur doch nicht gleichgültig.

„Was ist?" Christine schaute ihn fragend an.

„Nichts. Alles okay. Habe nur wieder einmal über etwas nachgedacht, das überhaupt keinen Sinn ergibt." Er zog die Schultern in die Höhe, öffnete seine Jacke, behielt sie aber an. Christine schien es zu bemerken, sagte aber nichts und versuchte auch nicht herauszufinden, welche sinnlosen Gedanken Jakob durch den Kopf schwirrten.

Eine Serviceangestellte trat an ihren Tisch. Alt, mächtiger Busen, schwarz und breit nachgezogene Augenbrauen. In der Hand einen Notizblock und einen Kugelschreiber.

„Ja?"

Christine bestellte einen Kaffee. Die Augen der Dame waren auf ihn gerichtet.

„Und?"

Jakob hasste sie bereits jetzt schon. Wie konnte man nur so unfreundlich sein.

„Einen Espresso in einer großen Tasse bitte und aufgefüllt mit heißer Milch, wenn es geht, bitte."

Wenn die Frau keine große Lust hatte, seinem Wunsch nachzukommen, ließ sie es sich nicht anmerken. Sie ließ sich gar nichts anmerken, sondern verschwand so, wie sie gekommen war.

Christine hielt sich die Hand an die Stirn. „Tut mir leid, Morello. Tut mir wirklich leid. Ich hatte total vergessen, dass du ja lieber Milch trinkst. Den Saft der Kühe. Nicht wahr? Du gehst gar nie freiwillig in ein Café …" Sie prustete los. „Mann, was waren wir damals jung. Brauchten nichts, um jemanden ins Abseits zu stellen. Und wenn es nur seine Trinkgewohnheiten waren." Sie blickte aus dem Fenster und schloss für einen kurzen Augenblick die Augen. „Grausam. Ja. Das trifft es. Wir waren einfach grausam. Aber sag: Weshalb hast du jetzt nicht einfach Milch bestellt?"

„Ich trinke meinen Kaffee immer so." Jakob setzte sich auf seine Hände und blickte zur Frau hinter der Theke, die mit Getöse daran war, den Kaffee zuzubereiten. Christine schien zu spüren, dass sie etwas angesprochen hatte, das nicht so beiläufig und zwanglos war, wie es ursprünglich gedacht war.

„Und, was machst du so?", versuchte sie, das Gespräch in andere Bahnen zu lenken. Jakob erzählte ihr kurz von seiner Arbeit im Büro und fragte zurück. Gerade als Christine antworten wollte, kam die Frau und stellte die Tassen auf den Tisch.

„Ich arbeite in einem Reisebüro in Zürich", begann sie, nachdem sie wieder allein waren. „Es ist total cool. Ich habe immer wieder die Möglichkeit, andere Länder zu bereisen, damit ich weiß, wovon ich den Kunden erzählen soll. Und die Nähe zu diesen ist spannend. Vor allem, wenn die Kunden von einer Reise zurückkommen und sich bei mir bedanken für ihre tollen Ferien. Weißt du, Griechenland ist voll im Trend. Weiße Häuschen, blaue Fensterläden, ein Meer, bei dem man bis auf den Grund sehen kann. So sauber ist es. Du hast sicher schon Bilder gesehen. Es ist wirklich so. Glaub mir. Ich hab's gesehen, mit eigenen Augen. Warst du schon mal in Griechenland?"

Jakob schüttelte den Kopf. Italien wäre einmal ein Reiseziel gewesen. Ein Campingplatz. Zusammen mit Patrick, Nadja und Angelika. Thomas wohl auch. Mit Christine? Vielleicht auch noch mit anderen. Egal, wer alles mitgekommen wäre. Denn sie hatten ihn von Anfang an verarscht. Weiter als nach Hamburg war er noch nie gekommen.

„Wie geht es Thomas?" Jakob hatte keine Lust, über Urlaubsziele zu sprechen. Er wollte auch nicht hören, wie toll sich Christine in ihrem Job fühlte. Eine Arbeit musste doch nur Geld einbringen.

Spaß? Nein, wirklich!

„Weshalb schüttelst du den Kopf? Ist es die Erinnerung an Thomas?"

Jetzt musste er lachen. Christine hatte keine Ahnung, wie recht sie damit hatte, wenn sein Kopfschütteln auch nichts mit Thomas zu tun gehabt hatte. Wenigstens nicht direkt. Aber jetzt gerade sah er ihn vor sich liegen.

Er nahm einen Schluck aus seiner Tasse. „Thomas war schon ein schräger Vogel, nicht?" Jakob zögerte kurz und blickte sie erschrocken an. „Also, tut mir leid. Ich meine das nicht böse."

Jetzt war es Christine, die den Kopf schüttelte. „Keine Sorge, wir sind nicht mehr zusammen. Schon lange nicht mehr. Ich meine, hast du gewusst, dass der jede flachgelegt hat, die ihm unter die Augen gekommen ist?"

Jakob blickte sie erstaunt an. „Nein, das wusste ich nicht. Ich wusste sowieso nichts."

Christine lachte: „Ja, das stimmt tatsächlich. Du warst schon ein wenig eigen, nicht? Keine Ahnung hast du gehabt. Einfach von nichts. Nicht kapiert, was um dich herum alles abging. Als wenn das Leben einen Haken um dich geschlagen hätte. Aber das mit deiner Mutter war brutal. Das tat mir wirklich leid. Es muss ein Schock für dich gewesen sein."

Jakob nickte. Was hätte er auch sagen sollen? Er blickte auf seine Uhr.

16.15 Uhr vorbei.

„Musst du weiter? Was machst du heute Abend?"

„Weiß ich noch nicht. Ich habe mal eine Pizza gekauft. Mal schauen. Ich habe noch einen Videofilm, den ich schauen kann." Was natürlich gelogen war. Er besaß weder einen Fernseher und schon gar kein Videoabspielgerät.

Christine schaute ihn an. Voller Mitleid.

Jakob registrierte es und spürte, dass er es genoss.

Und er lächelte.

„Das ist voll okay. Weihnachten sagt mir eh nichts." Er trank einen weiteren Schluck und fragte: „Weißt du, was er jetzt macht oder wo er lebt?"

„Wer, Thomas?" Christine schüttelte den Kopf. „Nein, keine Ahnung. Das letzte Mal, als ich etwas von ihm gehört habe, war er mit einer Anna Lina so und so zusammen. Und glaub mir. Auf das ‚so und so' hatte sie großen Wert gelegt. Ihre Eltern leben an der Goldküste. Sie ist ein richtiges Goldküstenkind. Anna Lina."

Sie nahm ihre Tasse in beide Hände und schüttelte den Kopf, während sie sie langsam an die Lippen setzte. Bevor sie trank, fuhr sie fort. „Ich bin froh, dass ich ihn los bin, echt wahr. Irgendwie hoffe ich, dass Anna Lina dasselbe mit ihm macht wie er mit mir. Sie soll ihn einfach wegschmeißen wie eine alte Kartoffel." Christine schüttelte den Kopf und nahm nun einen großen Schluck.

„Und er lebt jetzt auch am Zürichsee?" Jakob wollte mehr erfahren.

Christine schüttelte den Kopf. „Nein, mit Sicherheit nicht. Ich vermute sogar, dass ihn ihre Eltern noch nie zu Gesicht bekommen haben. Aber wieso interessierst du dich so für ihn?"

Jakob zuckte mit den Schultern. „Nur so. Ich finde, ihr habt ein tolles Paar abgegeben. Eigentlich."

„Morello, wir waren Kinder!" Sie stieß Luft aus.

„Ja, das waren wir. Aber auch Kinder sind nicht so unschuldig, wie sie manchmal wirken."

„Das stimmt." Christine nickte. „Aber man darf sie auch nicht verteufeln für das, was sie in ihrem Kindsein getan haben. Findest du nicht? Es ist doch wie mit der Zurechnungsfähigkeit. Kinder sind sich doch noch gar nicht über ihr Tun bewusst. Thomas hat mich betrogen. Sicher mehrmals. Weißt du, dass er auch was mit Angelika hatte?"

Jakob zuckte nicht mit der Wimper. „Nein, habe mich nie um solche Sachen gekümmert."

Christine lächelte. „Wir hatten uns immer gefragt, ob ihr zusammen seid oder nicht. Ich meine, so richtig. Geschwärmt hast du aber schon für sie, nicht wahr?"

„Du hast Thomas wirklich nie mehr gesehen?"

Christine nahm einen Schluck aus der Tasse. Sie merkte, dass Jakob keine Lust hatte, über sein Liebesleben zu sprechen. Ging sie ja auch nichts an. „Nein, nie mehr. Und das ist mir auch recht so. Irgendwie war er nie auf meiner Welle. Hatte immer anderes im Kopf. Oder andere. Hast du Nadja wieder einmal gesehen?"

Jakob schüttelte den Kopf.

„Der geht es ziemlich mies. Drogen. Ziemlich sicher Drogen. Sie kriegt überhaupt nichts mehr auf die Reihe."

Jakob leerte seine Tasse. Während er sich den Mund abwischte, blickte er Christine an. „Echt? Es geht ihr nicht gut?"

„Wieso? Erstaunt dich das?"

„Irgendwie schon. Sie war doch immer so …"

„Unternehmungslustig? Souverän? Immer für Späße zu haben? Du solltest sie jetzt sehen. Wandelt wie ein Skelett durch die Straßen der Stadt in der Hoffnung, von irgendjemandem Geld zu erhalten. Ich weiß gar nicht, ob sie einen festen Wohnsitz hat. Echt furchtbar, wenn man denkt, aus was für einem Haus sie gekommen ist. Aber eben, die Herkunft ist manchmal kein Wegbereiter für die Zukunft."

„Ist sie nicht mehr mit Patrick zusammen?"

Christine schüttelte den Kopf. „Nein, schon lange nicht mehr. Hängen zwar manchmal noch zusammen rum. Aber das ist auch alles. Ihm geht's auch nicht wirklich gut. Ich weiß nicht, ob sie ihm hilft oder er ihr. Wahrscheinlich weder noch. Wahnsinn, nicht, Morello? Die beiden waren die Stars unserer alten Schule – und jetzt!"

„Weshalb weißt du das alles? Bist du ihnen begegnet?"

„Nein, im Gegenteil. Hab die nie mehr zu Gesicht bekommen. Aber man erzählt sich halt, was man so weiß." Christine zuckte mit den Schultern. „Aber nun sag schon, Jakob, was ist mit dir?"

„Mit mir?" Jakob verstand nicht.

Christine nickte. „Ja, mit dir. Was machst du so? Wo lebst du? Dass du nicht darüber sprechen willst, ob du mit jemandem zusammen bist, habe ich schon gemerkt. Aber sonst?"

Jakob blickte in seine leere Tasse. In den letzten zwanzig Minuten hatte sich ein Gefühl in ihm breitgemacht, das er so schon lange nicht mehr gespürt hatte. Jemand interessierte sich für ihn. Da war jemand, der ihm in die Augen blickte. Ihn als Gegenüber wahrnahm. Zumindest sprach jemand mit ihm, der am selben Tisch wie er saß. Er genoss es. Augen blickten ihn an, und in ihnen lagen kein Hohn, weder Abscheu noch Desinteresse. Die ungeteilte Aufmerksamkeit galt ihm. Jakob.

„Was weißt du denn sonst noch so von früher?", wollte er das Gespräch fortführen, aber Christine schüttelte den Kopf.

Sie blickte auf ihre Uhr und gab der Serviertochter das Zeichen für die Rechnung.

„Es tut mir leid, aber ich muss langsam los. Es war wirklich nett, mit dir zu plaudern, wenn du auch immer noch nicht so viel sagst. Aber das ist voll okay. Ich hab's ja wettgemacht. Es können nicht alle pausenlos berichten. Aber versteh' mich richtig. Ein Gespräch ist erst ein Gespräch, wenn mindestens zwei Personen sich daran beteiligen."

Lächelnd begann sie, ihre Jacke anzuziehen. Sie schien nicht erzürnt zu sein. Aber trotzdem war etwas geschehen, das sie zum Gehen veranlasste. Und Jakob wusste, dass er der Grund dafür war, dass sich ein Schatten auf ihr Gesicht gelegt hatte. Enttäuschung. Irgendetwas in der Art. Jakob wusste es nicht, und es war ihm auch gleichgültig. Er hatte das Gespräch interessant gefunden, das Zusammensein genossen. Jetzt war es vorbei. Auch das war okay. Er hatte schon früh gelernt, dass man Genuss nicht hinauszögern konnte.

Nachdem sie bezahlt hatten, standen sie kurze Zeit später auf der Straße. Der Schnee hatte alles weiß eingepudert. Es lag nicht viel Schnee, aber doch genug, um den dunklen Schmutz der Stadt zu überdecken. Wie ein Wintermärchen sah es aus, und wenn Jakob der Sinn danach gestanden hätte, hätte sein Herz sich geöffnet und einem Weihnachtslied Platz gemacht. Zimbeln und

Harfen hätte er spielen lassen. Und er hätte sich darauf gefreut, zu Hause den Duft von Weihnachtsgebäck zu riechen. Nein. Nicht nur zu riechen. Richtiggehend zu fühlen. Mit dem Geruch von Zimt und Mandeln und Vanille entstehen Bilder von Menschen, die zusammensitzen.

Kerzenschein.

Ruhe.

Familie.

Aber Jakob Morello stand der Sinn nicht nach Weihnachten. Nicht nach Ruhe, Kerzenschein und Zimt. Und schon gar nicht nach Familie.

„Weißt du was?"

Christine schreckte ihn aus seinen Gedanken. Er blickte sie fragend an.

„Wieso kommst du nicht einfach zu uns heute Abend? Weihnachten sollte man einfach nicht allein verbringen." Sie blickte auf seine Tasche. „Nicht allein mit einer Tiefkühlpizza. Was meinst du? Ich würde mich wirklich freuen. Vielleicht kommen mir noch andere Geschichten von früher in den Sinn. Und wer weiß: Vielleicht schaff ich es doch noch, ein wenig mehr aus Jakob Morello herauszubekommen als die paar Wörter der letzten Stunde. Was sagst du? Kommst du? Ja?"

2

Er hatte Ja gesagt. Das heißt, er hatte genickt, und sie hatte ihn gefragt, ob das wirklich ein Ja sei. Dabei hatte er wieder genickt, und sie hatte gelacht. Ein flüchtiger Kuss auf seine Wange, und verschwunden war sie. Um 18.00 Uhr sollte er bei ihr sein, hatte sie noch gesagt und ihm die Adresse angegeben.

16.57 Uhr.

Er saß in der Küche und war sich immer noch nicht sicher, ob er wirklich gehen würde. Er sah keinen Grund. Es war schon verrückt genug, dass er mit Christine in diesem Café gesessen hatte. Dass sie ihn eingeladen hatte. Dass sie ihn überhaupt erkannt und wahrgenommen hatte. Und sie wusste noch seinen Namen. Auch wenn er es hasste, wenn ihn jemand aussprach.

Er war nicht Jakob. Nicht Morello. Nicht Jacky. Er war einfach er. Ohne Namen, weil ein Name keine Bedeutung hatte. Obwohl man ihm derart viel Gewicht beimaß, war es nicht der Name, der dieses bestimmte, sondern die Taten, die der Mensch dahinter vollbrachte. Céline wäre doch nur ein Frauenname, wenn nicht dieselbe diesen Musikpreis gewonnen hätte. Für die Schweiz. Jakob wusste sogar noch, dass es im April gewesen war. Angeschaut hatte er sich das aber nicht. Erstens hatte er keinen Fernseher, und zweitens interessierte er sich nicht für Schlager und Chansons.

Namen sind nur Namen.

Werden erst mit dem Tun gefüllt.

Edison wäre nur ein Name unter Millionen, hätte der Mann dahinter nicht das Licht erfunden. An wen denkt man beim Namen Albert? Oder Adolf? Oder Alexander Fleming, dem Erfinder des Penicillins. Nur ein Name. Wobei die Erfindung auch eher der Zusammenführung glücklicher Umstände als der Genialität eines Menschen zuzuschreiben war. Einfach nur Glück. Zufall. Wie ein Name Zufall ist.

Christine kannte seinen Namen. Der Name war ihm egal. Dass sie ihn jedoch angesprochen hatte, ließ ihn leicht frösteln. Angenehm und doch kühl. Sie hätte einfach weitergehen können. Ihn unbeachtet lassen. Wie er es gewohnt war. Aber sie ging mit Jakob Morello in ein Café. Sprach mit ihm. Nahm ihn wahr. Zeigte sich interessiert an ihm und seinem Leben und wollte mehr erfahren als das Wenige, das er ihr erzählte. Blickte in seine Augen. Sah mehr als nur den Namen.

Alles sah sie nicht. Konnte sie nicht. Und das war gut.

Er lächelte, stand auf und öffnete das Fenster. Es hatte aufgehört zu schneien. Alles war ruhig und friedlich. Nein, sie sah nicht alles. Eigentlich sah sie nichts. Überhaupt nichts. Wahrscheinlich glaubte sie, mehr zu erfahren, wenn er bei ihr den

Weihnachtsabend verbringen würde. Aber da würde sie sich täuschen. Sie sah nicht alles und würde auch nicht mehr erfahren, um eine Ahnung seines Inneren zu erhaschen.

Entfernt hörte er Kirchenglocken.

Gab es etwa jetzt schon einen Gottesdienst? Er wusste es nicht, und es war ihm eigentlich auch egal. Er musste allerdings zugeben, dass der Klang der Glocken in die Stille des Winterabends doch eine eigenartige Stimmung zauberte. Draußen auf der Strasse und auch drinnen in seiner Küche.

17.23 Uhr.
Er hatte sich entschieden: Er würde zu Christine gehen und schauen, was er erfahren würde. Und wenn es da nichts zu erfahren gab, würde ihm doch das angenehme Gefühl des Beachtet-werdens bleiben. Er schloss das Fenster und ließ die Glocken allein ausklingen. Drinnen war es still. Er ging ins Badezimmer, zog sich aus und trat unter die Dusche.

Weihnachten.

Vielleicht sollte ein solcher Tag wirklich nicht allein verbracht werden. Während er sich den Schaum vom Kopf wusch, spürte er ein kleines bisschen Freude aufkommen, dass er die Pizza nicht essen musste. Zumindest nicht heute Abend.

Er zog sich an, schaute nochmals kurz in den Spiegel, strich sich die Haare glatt und verließ kurze Zeit später seine Wohnung.

Auf dem Weg zu Christine merkte er, dass er vergessen hatte, etwas mitzubringen. Normalerweise kam man doch mit einem Geschenk, wenn man eingeladen war. Vor allem dann, wenn man an einem Abend wie heute eingeladen war. Aber es war zu spät, sich solchen Gedanken hinzugeben. Es war beinahe 18.00 Uhr, und er bog eben in die Straße ein, die ihm Christine angegeben hatte. In den Häusern auf beiden Seiten der Straße brannte Licht. Jakob konnte sich gut vorstellen, wie sich die Familien darin gemütlich um Kerzen und Baum setzten, Lieder anstimmten und auf ein schmackhaftes Essen warteten. Bald würde er ebenfalls in einem dieser Häuser sitzen.

Sein Gang wurde langsamer, seine Schritte zögerlicher. War es wirklich eine gute Entscheidung gewesen, Christines Einladung

Folge zu leisten? Er war sich nicht mehr so sicher. Jakob Morello im Kreis von lieben Leuten um einen leuchtenden Weihnachtsbaum? Das passte nicht. Das passte überhaupt nicht. Was sollte er überhaupt sprechen? Oder noch besser: Worüber sollte er besser nicht sprechen? Würde man singen? Jakob konnte überhaupt nicht singen. Das heißt, er wusste gar nicht, ob er singen konnte. Woher auch?

Jakob Morello war es überhaupt nicht gewohnt, mit anderen Menschen in Kontakt zu sein, und was da vor ihm lag, bescherte ihm von einem Moment auf den anderen ein gewaltiges Ziehen in der Bauchgegend. Seine Nerven flatterten, und in seinen Ohren spürte er ein Rauschen, das ihn beinahe vergessen ließ, dass ihn nur die winterliche Stille umgab.

17.56 Uhr.

Christine wohnte in der Nummer 48, was das dreistöckige Haus weiter vorne sein musste. Langsam ging er weiter.

Er hätte bei der Pizza bleiben sollen.

Er trat die paar Meter zum Eingang des Hauses und nahm die drei Stufen zum Eingang hinauf. Kurz bevor er die Klingel drückte, zögerte er erneut.

Er drehte sich vom Hauseingang weg und wollte eben die Stufen zurückgehen, als sich hinter ihm die Tür öffnete.

„Morello?"

Christine stand in der Tür und bat ihn mit einem Lächeln ins Haus.

„Du bist pünktlich."

18.00 Uhr.

4. Oktober 2013
17.30 Uhr

1

16.15 Uhr.
Noch während er die Arbeit in dem Großraumbüro beendete, dachte er unwillkürlich an jenes Weihnachten zurück. Das letzte Weihnachtsfest, das er mit Menschen zusammen verbracht hatte.

Er fuhr den Computer herunter, stand auf und verließ den Raum, ohne dass jemand davon Notiz nahm. Auch er sah keinen Anlass, den Leuten im Büro ein schönes Wochenende zu wünschen. Wozu auch? Er hatte es noch nie getan und wollte daran auch nichts ändern. Er war davon überzeugt, dass sie sich nicht einmal mehr darüber unterhielten, weshalb er überhaupt noch hier war.

Ein Freitag ging zu Ende, und heute wollte Jakob früher Schluss machen. Auch die anderen würden bald gehen, und das ganze Gebäude würde nur noch aus Hülle bestehen. Hülle und unwichtigen Inhalten. Ohne menschliches Leben. Spätestens dann, wenn die Leute des Reinigungsdienstes ihre Arbeit beendet hatten. Sauberkeit wurde in diesem Land großgeschrieben. Während er die Treppe runterging, blickte er durch ein offenes Fenster nach draußen.

Sauberkeit. Aber innen ist alles schmutzig. Manchmal glaubte er, dass er der Einzige war, der diesen Schmutz erkannte.

Schmutz. Widerlicher Dreck, den er auch zu Gesicht bekam, nachdem er von Christine in ihr Heim geleitet worden war.

Christine, die doch einfach nur ein wenig mehr von ihm erfahren wollte.

Die sich eine Diskussion wünschte, an der sich alle beteiligten. Auch er.

Christine, die mit ihren Sommersprossen und der hellen Haut unschuldig und an der Welt interessiert wirkte. An der Welt und an ihm, Jakob Morello. Wie verrückt beide auch sein mochten.

16.23 Uhr.

Er ging in einen nahen Supermarkt, um sich mit Dingen einzudecken, die er für den heutigen Abend brauchte.

Es irrten nur wenig Menschen durch die Reihen der Regale. Viele allein, wie er. Eine Mutter mit einem Kind, das im Wagen saß. Vor sich zwei Flaschen Wodka. Eine Flasche Bacardi. Und Bier. Er kannte die Flaschen, wenn er auch nie in seinem Leben auch nur einen Schluck Alkohol getrunken hatte. Er kannte die Flaschen von Weitem und konnte sie ohne Probleme ihrem Ursprung zuordnen. Und er kannte auch deren Wirkung. Der kleine Junge im Wagen erinnerte ihn an die Zeit damals, als er selber noch ein kleiner Junge gewesen war. Aber es war kein Schmerz, der sich in seinem Herz ausdehnte.

Keine Wut.

Nicht mal Trauer.

Vielmehr eine grenzenlose Ruhe und Befriedigung, damals alles richtig gemacht zu haben. Das einzig Mögliche getan zu haben.

Er lächelte und blickte zur Mutter des Kindes, die den Preis einer Lyoner Wurst studierte. Wodka oder Essen?

Jakob war oft mit Hunger eingeschlafen, während sich seine Mutter den Frust über ihr Leben fortgespült hatte. Mit Hunger und Tränen hatte er in seinem Bettchen gelegen und darauf gewartet, dass der Schlaf alles zudecken würde. Heute hatte er keine Tränen mehr. Schon lange nicht mehr.

Das Kind blickte ihn an. Mit diesem Blick, den nur Kinder zustande brachten. Durchdringlich, interessiert und irgendwie doch woanders. Würde man es ansprechen, wäre der Blick weg. Vielleicht bei der Wurst, die die Mutter eben in den Wagen warf.

Keinen Hunger heute Abend. Immerhin.

Er blickte ihm nach und wünschte ihm, dass er sich irgendwann würde befreien können. So, wie er es gekonnt hatte. Vor unendlich langer Zeit. Beinahe schien es ihm, von einem anderen Leben zu reden. Er lachte laut auf und blickte unwillkürlich um sich. Niemand reagierte. Keiner blickte zu ihm. Man nahm keine Notiz von ihm, und wieder dachte er, dass er mit seinem Einkauf einfach aus dem Laden spazieren sollte, einfach um zu schauen, ob sich dann jemand näher für ihn interessieren würde. Ein offenkundiger, wenn auch kleiner Diebstahl unter den Augen aller. Dies hatte er immer noch nicht getan. Aber ausprobiert hätte er es gerne mal. Aber nicht mehr heute. Nicht mehr mit beinahe 50 Jahren.

16.53 Uhr.
Er legte seinen Einkauf und einen Plastiksack aufs Förderband der Kasse. In seiner Hand hielt er den Geldbeutel, bereit zu zahlen, sobald er den Betrag erfuhr. Die junge Frau an der Kasse tippte die Preise ein und war mehr mit der Kasse beschäftigt, als sich um den Kunden zu kümmern. Jakob war es recht. Einmal mehr. Er wollte seine Ruhe haben, nicht reden um des Redens willen. Es wurde so viel geplappert und getratscht.

Phrasen.

Worthülsen. Oft über Leute, die nicht anwesend waren. Mit Menschen, die anwesend waren. Aber nicht weniger unecht.

Nein. Jakob Morello war immer noch froh, seine Ruhe zu haben, keine Konversation betreiben zu müssen und jeglichem sozialen Kontakt aus dem Weg gehen zu können. Obwohl er dafür überhaupt nichts tun musste. Es war schon immer so gewesen und würde auch so bleiben. Zufrieden atmete er ein und packte alles in den Sack, nachdem er bezahlt hatte.

Draußen atmete er die kühle Luft des Oktoberabends ein, welche nach Autos und Bratwurst roch, aber immer noch besser war als die abgestandene, sauerstoffarme Luft des Supermarkts. Er überlegte, ob er sich noch eine Wurst kaufen sollte, entschied sich aber dagegen. Er würde zu Hause etwas essen. Dort hatte er seine Ruhe. Zudem hasste er es, mit Essen in der Hand zu gehen. In der einen Hand eine Einkaufstasche und in der anderen die Wurst. Nein, das liebte er überhaupt nicht. Ein Eis war die einzige Ausnahme, die er sich vorstellen konnte, wenn er auch keines mehr gegessen hatte seit damals, als er mit Angelika am Ufer des Sees entlanggegangen war und sie beide ohne Worte ihre Zukunft gemalt hatten. Vielmehr stellte er sich vor, dass dies das letzte Mal gewesen war. Ganz sicher war er sich nicht.

Jakobs Schritte wurden schneller, energischer. Er hatte damals keine Ahnung gehabt, dass Angelikas Bild anders aussah als seines. Und dass in ihrem Bild kein Jakob Morello vorkam.

17.20 Uhr.
Er öffnete die Tür zum Haus und nahm die Treppe zu seiner Wohnung. Schon komisch, wie lang ihm die Treppe vorgekommen war, damals. Wie unglaublich steil die Treppenstufen gewesen waren, als er mit blutendem Knie hinaufgestiegen war, nachdem er mit dem Fahrrad gestürzt war. Wie unendlich hoch die einzelnen Stufen schienen, als er die Flaschen seiner Mutter in den Keller bringen wollte. Jetzt nahm er zwei Stufen miteinander und trat in seine Wohnung.

Vertrauter Geruch.

Ruhe.

Sein Zuhause.

Er legte die Tasche auf den kleinen Tisch in der Küche, nahm ein Glas und füllte es mit Wasser. Er stand mit dem Rücken am Fenster und blickte ins Innere der Küche. Auf dem Tisch lag der Plastiksack mit seinem Einkauf. Er musste ihn nicht öffnen, um zu wissen, was sich darin befand. Er wusste es, weil sein Einkauf erst wenige Minuten zurücklag und er nicht an Gedächtnisschwund litt. Wenn er sich dies auch manchmal wünschte. Einfach zu vergessen.

Die Demütigungen, die Flaschen seiner Mutter, ihre Liebhaber.

Wie er am Bahnhof gestanden hatte im festen Glauben, mit Freunden nach Italien zu verreisen.

Sein Vater, der weniger anwesend war als Elliot, das grüne Monster, das mit seinen treuherzigen Augen auf ihn und sein Leben blickte.

Patrick und Nadja. Damals die Stars der Schule – und heute? Gestrandete Existenzen. Gestrandet, weil er dafür gesorgt hatte, dass sie ihren Glanz verloren hatten.

Landolt, einer von Patricks großzügigen Gönnern und sein Vorgesetzter für viele Jahre. Angelika, die niemals ein Bild gemalt hatte, in dem er auftauchte. Nicht einmal in ihrer letzten gemeinsamen Nacht.

Markus im Kino und Jost in seiner Badewanne und all die anderen.

Sein zwanzigster Geburtstag.

Der Weihnachtsabend bei Christine.

Er blickte auf die grüne Uhr am Backofen.

17.30 Uhr.

Er leerte das Glas, stellte es in die Spüle und nahm das Feuerzeug, den Maarlade und den Brennsprit aus dem Plastiksack.

24. Dezember 1988
22.30 Uhr

1

18.00 Uhr.
Er reichte Christine seine Jacke, bedankte sich und trat hinter ihr ins Wohnzimmer.

„Hab' ich euch nicht gesagt, dass er kommen wird?" Mit einem Lachen zeigte sie mit beiden Händen auf Jakob.

Andreas stand sogleich auf, ohne sein beinahe leeres Glas aus der Hand zu geben. „Morello! Unser Morello! Was für eine Freude, dich zu sehen. Wow, echt lange her, was?"

Jakob blickte sich um. Dann auf Andreas vor ihm. Andreas, der alles hatte, alles wusste und alles wollte. Andreas war hier. Und er wurde von ihm begrüßt. In aller Herzlichkeit begrüßt. Jakob war irritiert und blickte sich um. Niemand sonst stand für ihn auf. Also war doch alles so, wie es sein muss. Alles so, wie es immer schon gewesen war. Auf dem Sofa saßen drei junge Frauen, die sich nur durch ihre Kleidung zu unterscheiden schienen. Zu ähnlich ihre Körperhaltung. Zu synchron ihre Bewegungen, wenn sie denn überhaupt zu einer solchen veranlasst wurden. Sie trugen ihre dunklen Haare kurz. Zu kurz, fand Jakob. Beinahe sahen sie wie Jungs aus. Eine trug einen blauen Hosenanzug und einen schwarzen Blazer, den sie aus irgendeinem Grund noch nicht abgelegt hatte. Die Frau in der Mitte hatte sich für eine schwarze Jeans mit silbernen Streifen auf der Seite entschieden. Dazu trug sie einen blauen Strickpullover und die Frau rechts eine weiße Bluse mit einem schwarzen Rock, der ihr gerade zu den Knien reichte. Alle drei hatten weiß gepuderte Haut und schwarz geschminkte Augen. Und alle drei blickten zu ihm, ohne dass Jakob erkennen konnte, was sie hinter ihren Fassaden dachten. Besser noch: Es war, als würden sie durch ihn hindurchblicken. So, als befände sich hinter ihm das wirklich Interessante.

Ja. So war es Jakob gewohnt. Keine Blicke. Und wenn doch, dann nur solche, die ihn durchdrangen, ohne die geringste Regung hervorzurufen. Bei ihm nicht und auch nicht beim Betrachter.

Andreas schlug ihm leicht auf die Schulter.

„Was ist denn, Morello? Kennst du mich nicht mehr?"

Jakob blickte ihn an. Versuchte sich in einem Lächeln. „Doch, natürlich. Entschuldigung."

„Entschuldigung? Morello! Bist du das denn noch gar nicht losgeworden? Immer noch derselbe, was? Du musst dich doch nicht entschuldigen. Ist ja nichts passiert. Wir haben ja noch keine Bowle getrunken. Das waren noch Zeiten damals, was?" Er prustete los, und Christine lachte ebenfalls.

„Vergiss es, Andreas. Morello spricht nicht von früher. Er spricht überhaupt nicht gern. Deshalb habe ich ihn ja eingeladen. Irgendwie habe ich die Hoffnung nicht aufgegeben, ein wenig mehr zu erfahren, als nur, wie er seinen Kaffee trinkt. Oder soll ich sagen, wie er seine Milch trinkt?" Nun lachte auch sie laut auf, und die drei Frauen auf dem Sofa blickten zu ihnen hoch. Lächelten sie? Jakob wusste es nicht. Konnte nichts erkennen.

„Hallo Jakob."

Hinter ihm stand Ilka. Ilka Jost. Die scheue, kleine Ilka Jost, deren Vater in der Badewanne gelegen hatte, als Jakob das letzte Mal Kontakt zu ihm hatte. Waren sie etwa alle hier? Jakob wurde unsicher. Was wurde hier gespielt?

„Kennst du mich noch?"

„Natürlich", nickte Jakob.

Wahrscheinlich besser als du glaubst, dachte er. *Aber noch besser kenne ich deinen Vater.*

„Jetzt hört schon auf, so zu lachen. Jakob möchte sicher etwas trinken."

Jakob war Ilka dankbar dafür, dass sie die Situation rettete. Am Fenster standen ein paar junge Leute, die er nicht kannte. Und aus der Küche hörte er etwas scheppern. Es waren sicher zwölf Gäste hier. Vielleicht dreizehn. Darauf war Jakob nicht vorbereitet. Er war davon ausgegangen, dass …

Ja, wovon war er eigentlich ausgegangen? Dass Christine noch bei ihren Eltern wohnt und sie zu viert den Weihnachtsabend verbringen würden? Oder dass sie einen Freund hat, mit dem sie nicht allein feiern wollte? Er hatte einfach Ja gesagt. War einfach losmarschiert. Hatte nicht mal ein Geschenk gekauft. Und jetzt stand er da, in einem Raum mit bekannten und unbekannten Menschen. Erstere wollte er nicht sehen, und Letztere interessierten ihn nicht. Er blickte zur Tür.

Christine lachte. „Nein, Morello, jetzt bist du erst mal hier, und hier wirst du auch bleiben. Es ist nicht gut, Weihnachten allein zu verbringen. Er wollte doch tatsächlich allein zu Hause sitzen und Spaghetti essen." Den letzten Satz hatte sie an die anderen gerichtet. Die drei Frauen auf dem Sofa blickten ihn mitleidig an. Oder war es Desinteresse? Waren sie etwa bekifft?

„Pizza."

„Was?" Christine schaute ihn fragend an. Im Wohnzimmer war es still. In der Küche hatte das Geschepper aufgehört.

„Ich wollte eine Pizza essen. Keine Pasta."

Christine lächelte ihn an und schüttelte den Kopf. „Ach, Morello. Darum geht es doch nicht."

Andreas schlug ihm erneut auf die Schulter.

„Pizza oder Pasta …ist doch völlig egal. Hauptsache, es gibt etwas gegen den Durst, was?"

In diesem Augenblick betraten vier Leute das Wohnzimmer und präsentierten ihre Werke, die sie in der Küche vorbereitet hatten.

„Hey", rief Andreas, „ihr kommt gerade richtig. Wie aufs Kommando." Er nahm ihnen Platten und Schüsseln ab, nachdem er Christine sein leeres Glas in die Hand geschoben hatte, und stellte diese auf den Salontisch.

Christine lachte. „Schon okay, fühl dich einfach wie zu Hause."

Er trat zu ihr. „Mach ich. Mach ich doch gerne." Dabei küsste er sie auf den Hals, was sie erneut dazu brachte loszulachen. „Lass das."

„Was denn? Das oder das – oder das?" Dabei küsste er ihren gesamten Hals.

Jakob trat zu Ilka, die sich auf einen freien Stuhl gesetzt hatte.

„Bist du schon lange hier?"

„Nein." Sie schüttelte den Kopf. „Ich bin eben erst gekommen. Schön, dass du da bist."

„Meinst du?" Jakobs Blick ging von den drei dunkelhaarigen Elfen auf dem Sofa zu den lachenden Personen bei den Snacks und zuletzt zu Christine und Andreas.

„Ja."

„Was?"

Ilka lächelte zaghaft. „Ja, es ist schön, dass du da bist. Ich meine, nach allem und so. Wir waren schon ziemlich unfair, nicht?"

Jakob nickte.

Ilka zögerte, als erwarte sie eine hörbare Reaktion und fuhr fort, nachdem diese ausblieb: „Aber jetzt sind wir ja alle älter geworden. Was waren wir doch noch für Kinder."

„Na ja, Kinder schon nicht mehr gerade, oder?"

„Ach komm, du weißt, wie ich's meine. Magst du was trinken?"

Jakob wünschte für sich ein Wasser und blieb auch dabei, als Andreas hinzukam und ihn fragend ansah.

Er lachte und sagte: „Hey, Morello, es ist Weihnachten. Da wirst du dich doch nicht mit Wasser betrinken!"

Jakob zuckte mit den Schultern und nahm das Glas, das ihm Ilka entgegenstreckte.

„Nun lass ihn doch. Er soll sich fühlen wie zu Hause." Christine umschlang Andreas Taille von hinten und drückte ihm ihr Kinn in den Nacken.

„Habt ihr keinen Weihnachtsbaum?" Jakob schaute sich um.

Christine verwarf die Hände. „Nein, haben wir nicht. Wir haben es uns noch überlegt, nicht wahr?" Die Frage war an die drei auf dem Sofa gerichtet, die in gestelzter Eintönigkeit nickten. Christine verdrehte die Augen, wendete sich wieder Jakob zu und fuhr fort: „Aber dann dachten wir, dass wir mehr davon haben, das Geld zu sparen und ins Essen zu investieren."

„Und ins Trinken!" Andreas hob sein Whiskeyglas und prostete allen zu. „Euch allen zum Wohl." Und zu Jakob. „Und auch dir, mein Freund, mit Wasser oder was auch immer. Es soll gelten." Dabei stieß er sein Glas an jenes von Jakob, und Christine schmiegte sich wieder an ihn.

2

Das Essen war wirklich nichts im Vergleich zu der Tiefkühlpizza, die zu Hause auf ihn wartete. Die Gastgeber hatten sich wahrhaftig ins Zeug gelegt, wenn Jakob auch immer noch unsicher war, wer denn diese eigentlich waren. Ob Andreas hier wohnte? So jung, und schon lebten sie in einem Haus? Er konnte sich das nicht wirklich vorstellen. Obwohl: Bei Andreas wusste man es erst, wenn man hinter alles blickte. Und das wollte er tun.

Auch die drei schweigenden Damen auf dem Sofa hatten den Mund geöffnet und ließen erkennen, dass sie der deutschen Sprache mächtig waren. Trotzdem waren sie in ihrer eigenen Welt. Wenn eine von ihnen etwas sagte, nickten die anderen beiden, und das ging den ganzen Abend so. Auf Fragen, die an sie gerichtet wurden, reagierten sie ausschließlich mit Nicken oder Schütteln des Kopfes, und Jakob fragte sich, ob die drei nicht ein ernsthaftes Problem hatten.

Ilka sprach genauso viel wie früher. Oder besser ausgedrückt: genauso wenig. Sie lachte mit, wenn alle lachten und schien nicht zu bemerken, dass manchmal auch über sie gelacht wurde. Andreas war der große Stimmungsmacher, der durch den Abend führte, und es dauerte nicht lange, und Christine drehte sich einen Joint. Auch andere Ehemalige aus der Schule waren hier, die von Jakob jedoch keine Notiz zu nehmen schienen.

Wie früher.

Alles war wie früher. Die Rollen. Die Inhalte der Gespräche. Die Aufgaben, die jedem zugeschrieben wurden.

Alles.

Wie früher.

Nur war die Wohnung nun ein Haus.

Hosen hatten Silberstreifen und Blusen Schulterpolster.

Und Jakob war nicht mehr der Jakob, der er gewesen war. Er war der lebende Beweis dafür, wie ein Name einfach nur ein Name war. Nicht mehr und nicht weniger. Er sagte nichts darüber aus, wie sich der Mensch dahinter verändern konnte. Jakob war nicht mehr Jakob. Und er war nicht mehr Morello.

Schon lange nicht mehr.

Er ließ seinen Blick wandern, während sie aßen. Er beobachtete die Szenerie, wenn sie alle lachten – meist über Sprüche aus dem Mund von Andreas. Er nahm die Gespräche wahr, wenn auch nur dumpf, und wanderte in Gedanken in die Vergangenheit. Er lächelte matt, nickte und nahm objektiv am Treiben teil. Gleichzeitig tauchte er ab an Orte, von denen er geglaubt hatte, dass sie längst zugeschüttet waren. Die Realität, mit der sie vor seinem inneren Auge auftauchten, ließ ihn leicht aufschrecken.

War es die Ähnlichkeit mit der Umgebung, mit den Menschen um ihn herum? Jakob wusste es nicht und ließ es geschehen. Ließ die Filmrollen ablaufen, während niemand am Tisch auch nur im Entferntesten etwas davon bemerkte. Schließlich war Jakob Morello immer schon etwas eigen. Er hörte zu und nickte. Lächelte oder neigte den Kopf leicht zur Seite, um ein Nein anzudeuten. Innerlich musste er grinsen. Beinahe hatte das Verhalten der drei bleichen Damen auf ihn übergegriffen. Vielleicht war es ja ansteckend. Jedenfalls war es schon eine merkwürdige Gesellschaft, die Christine hier eingeladen hatte, und Jakob fragte sich, ob diese Geste einem Samariterherz entsprungen oder die Entscheidung für die Gästeliste in vergangenen Cannabiswolken entstanden war.

Egal. Ihn musste das nicht kümmern. Er betrachtete die Bilder in seinem Innern und spielte nach außen seine Rolle. Ob dies ein kleiner Anflug einer doppelten Persönlichkeit war? Gespalten wollte er nicht sagen, denn dann wäre ja ein Teil nicht mehr ganz.

Seine Maskeraden. Sein Aufdecken der Scheußlichkeiten der Menschen um ihn herum. Er war in ein Haus eingedrungen und hatte einen Mann ins Wasser seiner Wanne gedrückt. Wie verrückt war das denn? Er erpresste und war stets darauf bedacht, dass ihn niemand erkannte. Er war ein Beobachter. Er war jemand, der seine Umgebung sezierte und die einzelnen Teile zu seinem Nutzen einsetzte.

Erpressung.

Natürlich würde er das niemals so nennen. Jeder musste etwas tun, um seinen Lebensunterhalt zu finanzieren. Wenn der seine auch keine immensen Kosten auslöste. Nein. Bei der Bezeichnung Erpressung wollte er es nicht belassen. Es war vielmehr eine logische Folge von Ursache und Wirkung. Er deckte auf. Er rückte alles ins helle Licht, und dafür gebührte ihm ein Lohn. Das war nichts als fair.

Patrick und Nadja. Mit ihren Lebenslügen richteten sie sich selbst zugrunde. Er verlangte von ihnen ja wirklich nicht zu viel. Aber sie zerbrachen innerlich. Irrten durch die Straßen der Stadt und waren nicht mehr zu erkennen. Jakob war sicher, dass es nicht sein Zurechtrücken ins helle Weiß des Lichts war, das die beiden so abstürzen ließ. Es war mehr. Jakob tippte auf andere Substanzen, die die beiden zu sich nahmen. Wenigstens hatten sie einander. Obwohl: Das wusste er nicht mit Sicherheit. Er hatte sie einmal zusammen gesehen und wünschte ihnen beinahe, dass sie zusammen waren. Wenigstens an einem Tag wie heute. Schließlich war Weihnachten. Christine hatte schließlich gesagt, dass das kein Tag sei, an dem man allein sein sollte. Nicht allein mit einem spendablen Typen, der vor einem auf die Knie ging, und auch nicht allein mit Drogen oder Medikamenten.

Und auch nicht allein mit einer Pizza.

Alle lachten, und Jakob blickte in die Runde. Ilka hatte einen Witz von Andreas nicht verstanden, und das fanden die Gäste lustiger als den Witz.

Jakob blickte zu Ilka und nickte unmerklich. Sollte sie es gespürt haben, würde sie es als persönliche Unterstützung wahrnehmen, obwohl Jakobs Nicken mehr seinen Gedanken gegolten hatte.

Ja! Er kriegte Geld von Patrick. Und von Nadja. Von Ilkas Vater. Von Markus.

Ja! Vielleicht war es Erpressung.

Er war ein Erpresser.

Er tauchte solariumgebräunte Männer in die Badewanne.

Er traf sich in Toiletten und richtete seine Grüße aus, ohne irgendwelche Worte zu wechseln. Er war in Parks und Restaurants.

Er belauschte und beobachtete.

Er stellte sich vor, was inmitten all der Gespräche wirklich gesagt wurde.

Er malte sich seine eigenen Bilder zu den Szenen, die er vor sich sah.

Oder besser noch: Er kratzte mit einem kleinen Messer die Primärschicht Farbe ab und ließ ein anderes Bild entstehen.

Das wahre Bild.

Das wirkliche Bild.

Er hatte immer schon die Wahrheit aufgedeckt.

Sie gesehen, erkannt, die Decke weggezogen und sie ins Licht gestellt.

Er hatte Angelika verloren. Aufgegeben. Der einzige Fehler, der ihm passiert war. Vielleicht war es aber auch keiner. So ganz wusste dies Jakob Morello nicht. Vielleicht war der Tod das Einzige, das blieb, wenn die Deckschicht zum Verschwinden gebracht worden war. Wenn die ganze Farbe weggekratzt worden war. Vielleicht gab es keinen anderen Weg als jenen, das Licht zu verlassen, wenn alle Farbe verschwunden war. Oder das Licht erlosch von allein, wenn die Farbe ganz verblasste. Wie der Glanz in Angelikas Augen. Verblasst. Er hatte bis zu jenem Zeitpunkt gar nicht gewusst, wie das Verlassen der Welt so gut sichtbar werden konnte. Man musste nur die Augen betrachten.

Jakob hatte gekratzt.

Aufgedeckt und das Echte, das Wirkliche zum Vorschein bringen lassen.

Er war in Häuser eingedrungen, nachdem er geduldig gewartet hatte, bis der richtige Zeitpunkt dazu gekommen war. In den Häusern findet man viel Erstfarbe.

Er hatte gekratzt und vielleicht auch neu gemalt.

Er hatte Dinge neu zusammengesetzt und kombiniert.

Und er hatte seine Mutter angezündet …

3

21.30 Uhr.

Es klingelte. Christine stand auf und kam kurze Zeit später mit Markus ins Wohnzimmer. Jakob blickte auf den Neuankömmling und war nicht einmal überrascht, dass auch er eingeladen war. Das Ganze entwickelte sich mehr und mehr zu einem Klassentreffen. Andreas stand auf und blickte aus dem Fenster.

„Wo hast du denn deinen GTI? Bist doch wohl nicht mit dem Fahrrad gekommen, Kumpel?" Markus grüßte in die Runde und schüttelte gleichzeitig den Kopf. „Klar. Ich komme mit dem Fahrrad. Du kennst mich ja. Mensch. Sicher nicht. Ich habe nicht mal eines. Hat ja keinen Motor. Und der GTI mit Motor, ja, der ist in der Werkstatt. Ich bin gefahren worden."

Jetzt erst sahen die Gäste die beiden jungen Frauen hinter Markus. Jakob nahm einen Schluck von seinem Wasser. Marianne und Helen. Markus' treue Begleiterinnen. Die beiden, die gelacht hatten, als er wie ein Idiot mit seiner Langspielplatte vor ihm gestanden hatte. Damals, an dessen Geburtstag. Lief da noch etwas zwischen denen?

Farbe.

Überall Farbe, die alles zudeckte.

Andreas füllte drei Gläser mit einer gelblichen Flüssigkeit, nahm zwei Gläser in die rechte Hand und das andere in die linke und trat auf Markus zu, der ein Glas nehmen wollte. Andreas lachte. „Tut mir leid, mein Freund, aber die Damen zuerst. Ladies!"

Er streckte Marianne und Helen die Hand mit den beiden Gläsern hin. Die beiden bedienten sich und kicherten, weil sie zuerst dasselbe Glas greifen wollten. „Keine Sorge, meine Lieben, ihr müsst nicht teilen. Es hat genug."

Jakob lächelte, ohne dabei auch nur einen Muskel seines Gesichts zu beanspruchen. Andreas war in voller Fahrt. Er war Gastgeber, Charmeur, Angeber, Sprücheklopfer und Barkeeper in einem. Und die anderen fuhren auf ihn ab. Frauen und Männer. Einfach alle. Wenn er sprach, war es ruhig im Raum. Wenn Jakob sprach, merkte das keiner. Eigentlich sprach er ja auch gar nicht. Sprechen und gleichzeitig beobachten war schwierig, und so war er ganz glücklich, die Begrüßungsszene zu verfolgen, die sich vor ihm abspielte. Spannend, wie schnell Alkohol durch die Kehle fließt. Und in welchen Mengen. Markus hatte immer noch seine Jacke an, aber sein Glas war bereits zur Hälfte geleert.

Christine zog Markus' Ärmel. „Willst du nicht die Jacke ausziehen? Wir haben hier im Haus nämlich Heizung." Sie lachte. Markus lachte mit und zog die Jacke aus, ohne dabei sein Glas aus der Hand zu nehmen. Fasziniert schauten seine Begleiterinnen zu, wie er das Glas balancierte. Nachdem auch sie ihre Vestons ausgezogen hatten, traten sie alle zu den anderen ins Zimmer. Christine verschwand mit den Kleidungsstücken und kam kurze Zeit später zurück. „Wollt ihr noch etwas essen? In der Küche steht noch einiges rum." Die drei Neuankömmlinge schüttelten den Kopf. Markus hob sein Glas. „Wir haben, was wir brauchen." Andreas kam mit der Flasche und füllte nach. „Ein halb leeres Glas macht traurig, mein Freund."

Alle lachten. Jakob gab sich erneut Mühe, seinem Gesicht einen lachenden Ausdruck zu verleihen.

Die drei bleichen Damen, die nun auf der Fensterbank saßen, lachten auch. Tonlos und ohne die Zähne zu zeigen. Ihr Lachen gab ihren Gesichtern eine verstörende Verzerrtheit. Nur der Mund bewegt sich zu einem Lachen. Auf dem Rest des Gesichts passierte sonst nichts. Überhaupt nichts. Keine Fältchen, die sich in die Länge zogen und erahnen ließen, wo diese im Alter fixiert sein würden. Keine Augen, die aufblitzten oder ein leichtes Leuchten erkennen ließen. Einfach nur der Mund, der sich zu einem leichten Halbmond verzog. Jakob fragte sich unwillkürlich, wie es aussehen würde, wenn die drei einem Heulkrampf erlagen. Würden sie so was überhaupt erleben? Hatten sie solche Gefühlsausbrüche überhaupt schon einmal erlebt? Jakob zweifelte daran und versuchte gleichzeitig, in seinem Gesicht noch mehr Muskeln zu gebrauchen.

„Du kannst lachen?" Ilka setzte sich neben Jakob aufs Sofa. Jakob blickte sie an. „Entschuldige, es sollte als Kompliment gedacht sein. Ich glaube nicht, dass ich dich jemals lachen gesehen habe."

„Nun, eine Frohnatur warst du ja auch nicht gerade, nicht wahr?"

„Du hast recht." Ilka nickte und blickte zu den anderen, die sich zuprosteten. Markus' Hände waren abwechslungsweise an seinem Glas oder aber an einem der Hinterteile seiner Hühner. Es waren wirklich Hühner, und Jakob musste unwillkürlich an einen Stall denken, in dem das Federvieh in einem Haufen herumstand und doof in die Welt hinausgackerte.

„Markus scheint es richtig gut zu gehen, nicht?"

Dabei blickte Ilka Richtung Hühnerstall.

Jakob neigte leicht den Kopf zur Seite. „Ich weiß nicht. Weißt du, der Schein kann sehr oft trügen. Glaube mir. Ein Weinen kann verschiedene Ursachen haben und muss nicht immer mit Traurigkeit zusammenhängen. Ein Schimpfen oder überhaupt die Verwendung von Kraftausdrücken muss nicht zwangsläufig mit Wut oder Verärgerung zu tun haben. Es kann sogar in voller Freude passieren. Und ein Lachen …"

„… muss nichts mit Freude zu tun haben. Ja, ich weiß genau, was du meinst, Jakob. Du hast vollkommen recht. Manchmal mach ich den Fehler, die naheliegendste Interpretation zu nehmen."

Jakob nickte leicht. „Das tun die meisten."

Ilka blickte ihn ernst an. „Du nicht?"

„Ich versuche, dahinter zu blicken. Dort sieht man meistens mehr."

Ohne weiter zu sprechen, saßen sie da, beobachteten, nippten an ihren Gläsern und waren in Gedanken versunken. Jakob fragte sich, ob Ilka dabei war zu versuchen, hinter die Gesichter zu blicken. Oder ob sie an ihr eigenes Gesicht dachte, das leblos und verletzlich wirkte, unsicher.

Wenn er sie betrachtete, kam ihm ein Reh in den Sinn. Ein Bambi. Nicht jenes von Walt Disney. Kein gemaltes Reh, dem erst die Kopie Bewegung ermöglichte. Die Kopie mit einer leichten Veränderung ergab in einem Film erst die Bewegung. Machte diese erst sichtbar. In der wirklichen Welt brauchte es keinen Zeichner. Das Reh bewegte sich auch ohne Zeichenstift. Es brauchte keinen Disney, keinen Don Bluth. Ilka war wie ein echtes Reh. Ein scheues, kleines Reh, ohne Mutter und ohne Vater, allein in einer lauten, großen Welt. Allem ausgesetzt, was diese an Gräuel zu bieten hatte. Schutzlos. Verloren war der Spieltrieb der Jugend. Beraubt der Lust auf Bewegung und Entdeckung, der Neugier und Verspieltheit, jene Besonderheiten der Kindheit. Wirklich nicht Disney.

Ilka lächelte mit den anderen, und Jakob spürte, wie sie plötzlich leicht zusammenzuckte. Ein blonder Typ, der sich eben das Glas mit Bowle füllte, hatte ihr zugezwinkert.

Markus saß auf einem Sessel, die Beine über der Lehne. Marianne und Helen zu beiden Seiten. Helen kraulte ihm in den Haaren, während seine Hand auf ihrem Bein klebte. Er lachte, wirkte gut gelaunt.

Ob sein GTI wieder sauber war? Und sein Herz? Empfand er die Bezahlung des Schweigegeldes als Abgeltung seines Handelns? Dass damit alles wieder in Ordnung war? Dachte er überhaupt noch an den Mann im Straßengraben? An Babettes Fest? An E.? Jakob bezweifelte, dass Markus auch nur eine Frage mit einem Ja beantworten könnte. Okay, der Wagen war wahrscheinlich sauber. Aber der ganze Rest?

Ilka war weg. Er konnte sie nicht sehen. Ob sie schon gegangen war? Sie würde sich doch verabschieden. Sie sicher. Jemand schaute zu ihm. Markus. Er beugte sich nach vorn, und mit einer Bewegung seines Kopfes hielt er Helen an, mit dem Kraulen aufzuhören, was diese jedoch nicht tat.

„Morello? Du bist auch hier?"

Jakob nickte. Musste unwillkürlich lächeln, wenn er daran dachte, dass Markus keine Ahnung hatte, dass er E. war. Lächelte, ohne auch nur einen Muskel seines Gesichtes zu benutzen. „Ja, wie du siehst. Christine hat mich eingeladen. Wir sind uns zufällig begegnet." Den zweiten Satz hatte Markus nicht mehr mitbekommen. Er hatte den Kopf nach hinten gelegt und ließ sich von Helen küssen. Jakob blickte zu den drei bleichen Damen, die jedoch nicht durchblicken ließen, ob sie die Szene mitbekommen hatten. Auch Marianne wurde aktiv, und beide fummelten an Markus herum. Jakob stand auf. Für ihn wurde es Zeit zu gehen. Er hatte genug gehört und gesehen, und bevor es hier ausartete, wollte er sich zurückziehen.

Er blickte auf seine Uhr.

22.10 Uhr.

Er ging zu Christine, die in der Küche dabei war, Rahm zu schlagen.

„Ich gehe dann. Vielen Dank für den Abend."

Christine drehte den Kopf und nickte ihm zu. „Gern geschehen. Jetzt habe ich gar keine Zeit gehabt, mehr von dir zu erfahren, Morello. Aber man sieht sich, ja?"

Jakob nickte. Er hatte im Gegensatz zu ihr viel erfahren, und er wusste, wer die nächste Person sein würde, die ihm einen Grund liefern würde, ein weiteres Glas in seiner Wohnung zu füllen. Er hob die Hand und ging aus der Küche. Vorbei an den drei bleichen Damen, vorbei an Markus, Andreas, Helen und Marianne und all den anderen, deren Namen er nicht mehr wusste. Hatten die sich überhaupt vorgestellt? Er konnte sich nicht daran erinnern. Ilka war vielleicht auf der Toilette oder wirklich schon gegangen.

Er öffnete die Tür und trat in die kalte Winternacht hinaus. Er sog die frische Luft durch seine Nase und ließ sie tief in sein Inneres strömen. Es tat unglaublich gut. Es war alles still. Unglaublich still. Die Häuser waren erleuchtet, und wahrscheinlich wurde in einigen der Stuben gesungen und der Geburt des Heilandes gedacht. Nicht im Haus, aus dem er gerade getreten war und vor dem viele Autos standen.

Plötzlich hörte er ein leises Wimmern. Er hob leicht den Kopf, um die Herkunft des Geräusches zu eruieren. Er ging darauf zu und erschrak. Hinter einem dunkelroten Toyota Corolla mit übergroßem Spoiler und eingeklappten Vorderlichtern bewegte sich etwas. Jakob ging darauf zu und blickte direkt ins Gesicht von Ilka, die schmerzverzerrt unter dem blonden Typen lag. Dieser hatte seine Jeans und Unterhose bis zu den Knöcheln gezogen, hielt Ilka mit der rechten Hand den Mund zu und stieß seinen Unterleib gegen sie. Mit jedem Stoß stöhnte Ilka auf. Aber es war kein Laut der Lust. Mit ihren Händen versuchte sie den Kerl von sich zu stoßen, aber er war zu stark. Und zu schwer für die kleine Ilka. Ihre Augen waren weit aufgerissen, und mit einer Hin- und Herbewegung des Kopfes versuchte sie, die Hand auf ihrem Mund loszuwerden. Seine Stöße wurden immer härter. Ilka liefen Tränen übers Gesicht. Sie schloss die Augen. Jakob trat instinktiv näher hin, packte den Typen von hinten an der Jacke, die er immer noch trug, und riss ihn von Ilka runter. Obwohl er kleiner war, schien ihm die Wut über das Gesehene Kraft zu geben. Er schleuderte den Vergewaltiger zur Seite. Der Kopf des Mannes schlug mit solcher Wucht auf den Spoiler des Corollas, dass er zusammensank und regungslos liegenblieb. Ilka zog sich langsam und weinend die Hose über die Hüfte und stand auf, wischte sich den Schnee vom Körper und blickte erschrocken zu Jakob. „Hast du ihn …? Ist er …?"

Jakob trat zu dem Kerl und fühlte den Puls. „Nein, alles in Ordnung. Er wird nur einen gehörigen Brummschädel haben, wenn er aufwacht und nicht wissen, ob es vom Alkohol, einer Schlägerei oder einfach seiner schieren Dummheit herrührt, dass er eine Beule an seinem dämlichen Schädel hat."

Ilka schüttelte den Kopf und trat zu ihm hin. „Was hast du getan, Jakob? Was hast du getan?"

Jakob verstand die Frage nicht. „Was meinst du? Ich habe dich gerettet. Du musst diesen Kerl anzeigen, Ilka, unbedingt. Sonst tut der das wieder."

Bevor er sich versah, hatte er eine Ohrfeige im Gesicht. Er verstand noch weniger und hielt sich die Wange. „Ilka, spinnst du? Was ist los? Bist du noch in einem Schockzustand?"

Sie schüttelte den Kopf und begann zu weinen. Jakob wusste nicht, was er tun sollte und blieb regungslos stehen. Ilka legte plötzlich ihren Kopf an seine Brust. „Verstehst du denn nicht, Jakob? Der Mann hat mich geliebt. Er hat mich wirklich geliebt." Sie schluchzte weiter, und Jakob schloss seine Arme um sie. Ihre Tränen waren echte Tränen der Traurigkeit. Ein weinendes Bambi.

22.30 Uhr.
„Ich gehe jetzt, Ilka. Ich will nicht mehr hier sein, wenn der Typ zu sich kommt. Und das solltest du auch nicht."

Dann ging er und fragte sich, ob er sich seine Pizza doch noch in den Ofen schieben sollte. Einfach deshalb, weil sie dazu gedacht war, dem Abend einen geregelten und gewohnten Abschluss zu geben.

10. Januar 1989
23.53 Uhr

1

18.00 Uhr.
Feierabend. Jakob Morello war froh, dass wieder eine Woche vorüber war. Eine Woche, gefüllt mit nichts, das erwähnt werden musste. Jakob war dankbar, dass er mit niemandem über seine Arbeit reden musste. Kein Smalltalk, der unweigerlich dazu führte zu erfahren, wie denn genau der Arbeitsalltag des anderen aussieht. Was hätte er in einem solchen Fall denn schon zu sagen? Dass er jeden Tag darauf wartete, dass dieser vorüberging? Dass er auf seinem Stuhl saß und diesen nur verließ, wenn er irgendwelche Kopien machen musste? Mit einem Gerät, das eigentlich viel zu klein für die Firma war? Zu klein und zu langsam. Aber was kümmerte es ihn? Die Zeit verging so oder so. Mit einem kleinen Gerät oder mit einem großen. Es spielte absolut keine Rolle. Aber er hatte schon gehört, wie sich andere Mitarbeiter darüber geäußert hatten. Und dabei hatten sie zum Glaskasten gezeigt, in dem sich Koller befand. Der Abteilungsleiter, der sich Jakob gegenüber nie wieder geäußert hatte. Und der wohl jeweils genau überlegte, mit wem er sich abgab. Jakob gehörte jedenfalls nicht dazu, und das war diesem mehr als recht. Was sollte er auch mit ihm reden? Es reichte ihm, von Koller regelmäßig Lohn zu erhalten und mit seinem Schweigen über dessen Freizeitaktivitäten auch einen festen Arbeitsplatz zu haben. Wenn ihn dieser auch in keiner Weise befriedigte. Er brauchte keine Arbeit, die ihn befriedigte. Der Zahltag reichte. Es genügte ihm vollends, für seinen Unterhalt alles Nötige zu erhalten. Das Nötigste. Alles andere besorgte er sich mit dem Geld seiner Gönner, die dafür sorgten, dass er sich ein größeres Kopiergerät kaufen könnte, wenn er gewollt hätte. Aber Jakob brauchte kein größeres Kopiergerät. Er brauchte überhaupt nichts. Ein neuer

Herd mit Backofen in seiner Küche war die größte Anschaffung, die er sich in den vergangenen Jahren geleistet hatte. Ansonsten hatte er alles. Zumindest beinahe.

Er ging die Treppe runter, vorbei am Empfang, der ihn allerdings nicht zu sehen schien. Wie immer war er einer der Letzten. Nicht, weil er so fleißig oder sehr langsam war, sondern vielmehr deshalb, damit er niemandem auf Wiedersehen sagen musste, wenn er wartete, bis alle gegangen waren. Manchmal fragte er sich, was die anderen von ihm hielten. Aber nur manchmal. Denn auch das war ihm eigentlich egal.

Wahrscheinlich wunderten sie sich über den jungen Mann, der nie ein unnötiges Wort von sich gab. Der überhaupt nicht zu sprechen schien und einfach die Arbeit erledigte, die zu erledigen war. Ihnen sollte es recht sein. Er war keiner, der ihnen in die Quere kommen konnte oder ihnen Lohn oder Arbeitsstellung streitig machen wollte. Sie ließen ihn in Ruhe, und das war das beste Mittel, mit ihm zusammenzuarbeiten.

Wenn denn dieses Wort überhaupt benutzt werden durfte. Denn von „zusammen" konnte keine Rede sein. Jakob war zufrieden, wie es war. Für die anderen schien dies auch zuzutreffen. Sie hatten rasch akzeptiert, dass er nicht mit ihnen zum Mittagslunch ging und überhaupt nichts Privates über sich erzählte.

Jakob selbst hörte zu. Aufmerksam und doch so, als ob er sich nicht für Gesagtes zu interessieren schien. Er nahm wahr und behielt seine Gedanken für sich. Es waren Gesprächsfetzen, die er aufschnappte. Kurze Dialoge im Lift oder im Treppenhaus. Längere Dialoge am Kopiergerät, das so langsam war, dass es geradezu einlud, die Wartezeit auf die Kopien mit Smalltalk zu verkürzen. Er nahm auf, hörte beiläufig zu und speicherte ab. Er war davon überzeugt, alles auf irgendeine Art und Weise verwenden zu können. Irgendwann.

Wie der letzte Weihnachtsabend bei Christine. Viele Informationen. Noch mehr Beobachtungen. Bewegungen, Blicke, Berührungen. Alles dazu da, abgespeichert und neu verbunden zu werden. Das große Bild hinter den kleinen Geschichten erkennen, das war Jakobs Passion. Das machte seine Wochen erträglich und die Wochenenden zu wahren Wochenenden. Wochenenden, die ihn erfüllten. Mehr als die fünf Tage dazwischen. Viel mehr. Die wahren Bilder zeichnen war seine Leidenschaft. Und wenn diese nicht gezeichnet werden wollten, musste er unweigerlich nachhelfen. Es blieb ihm überhaupt nichts anderes übrig.

Es war ein schönes Weihnachtsfest gewesen. Jakob lächelte, während er durch die Drehtür auf die Straße trat. Klar, es hatte nicht viel mit Weihnachten zu tun gehabt. Auch nicht mit einem Fest. Aber schön. Schön war es immerhin gewesen. Aber was genau? Er schüttelte den Kopf. Er hätte es viel mehr genossen, allein in seiner Wohnung zu sitzen und seine Pizza zu essen. Das wäre viel weniger anstrengend gewesen, als einen Abend lang krampfhaft zu versuchen, der Gesichtsmuskulatur Arbeit zu geben. Obwohl ihm dies nicht mal schlecht gelungen war. Ilka hatte ihn sogar lächeln sehen. Das war es gewesen, das ihm gefallen hatte und das er zu Hause mit seiner Pizza nicht bekommen hätte. Leute, die mit ihm gesprochen hatten. Die ihn angesehen hatten. Wenn auch nur für einen kurzen Moment. Andreas und Markus. Beide hatten sie sich mit ihm abgegeben, zeigten sich für einen Augenblick interessiert. Die wenigen Minuten mussten ihm reichen, und sie hatten ihm gereicht. Es war ein gutes Gefühl gewesen. Auch Ilka hatte ihn angesehen. Hatte sein Lächeln gesehen, wenn sie es auch nicht einordnen konnte.

Ilka! Wie einfältig konnte man sein, an Liebe zu denken, wenn man vergewaltigt wird? Sie war wirklich ein Reh. Ein dummes, scheues Reh. Er fragte sich, weshalb er ihr überhaupt geholfen hatte. Um dann doch nur eine zu fangen? Es war nicht typisch Jakob Morello, sich für andere einzusetzen. Unaufgefordert.

Als er jedoch den blonden Kerl auf Ilka liegen gesehen hatte, lief in seinem Innern Ilkas Lebensfilm ab. Ein Film des Missbrauchs und Schmerzes. Der Film über ein Mädchen, das sich nie sicher war, ob das, was es tat, genügte, um geliebt zu werden. Das sich über gar nichts sicher war. Nur darüber, dass sie geliebt wurde, wenn sie gepeinigt unter einem Körper lag. Diese Sicherheit wollte ihr Jakob nicht nehmen. Nur den Schmerz. Er hatte das Gefühl gehabt, er schleudere nicht nur den blonden

Typen an den Spoiler, sondern mit ihm auch Ilkas Vater. Mit unnatürlich gebräuntem Gesicht und mit schneeweißen Zähnen. Er hätte ihm am liebsten den Kopf eingeschlagen, als der Kerl wehrlos und benommen unter ihm lag. Als Stellvertreter für all die Männer, die den Frauen Leid antaten. Er hatte es nicht getan, weil er realisiert hatte, wie entsetzt ihn Ilka betrachtet hatte. Tränenverschmiert und mit aufgerissenen Augen.

„Was hast du getan?", hatte sie gefragt. Dabei hätte sie ihn fragen sollen, was er hätte tun wollen. Den Schädel einschlagen, erwürgen, Rippen brechen. Und nicht unbedingt in dieser Reihenfolge. Mit Sicherheit nicht in dieser Reihenfolge. Oh ja! Ihm wären einige Dinge in den Sinn gekommen, wenn ihm Ilka die richtige Frage gestellt hätte. „Was hast du getan?", war das Einzige, was sie gefragt hatte.

Jakob hatte sofort erkannt, dass sie niemals erkennen würde, was er getan hatte. Was er wirklich getan hatte. Für sie. Er ließ es zu, dass sie ihm eine Ohrfeige verpasste, und auch, dass sie ihren Kopf an seine Brust legte und weinte. Jakob empfand dies nicht als unangenehm. Auch wenn seine Aufmerksamkeit auf den am Boden liegenden Mann gerichtet blieb. Er wollte bereit sein, wenn dieser erwachte und dann richtig zuschlagen. Dazu war es dann nicht gekommen. Wahrscheinlich war das auch gut so. Er hatte keine Ahnung, ob er dann nicht plötzlich vom Retter zum Angeklagten hätte werden können. Oder zu einem Opfer, das den Rest seines Lebens in einer Pflegeanstalt verbringen musste. Und das auch nur dann, wenn er Glück hatte.

Als er mit schnellen Schritten nach Hause gegangen war, war er sich über ein weiteres Gefühl bewusst, das ihn berührt hatte. Das Gefühl der Macht und der Stärke. Die glasklare Empfindung, dass er den Typen hätte töten können und es nicht getan zu haben. Er war Herr der Entscheidung über Leben und Tod, und dies erregte ihn auf dem Nachhauseweg in einer Weise, wie er es schon lange nicht mehr gespürt hatte. Er war der Herr über so viele Menschen, die ihr Leben unter seinem Einfluss veränderten.

Verändern mussten.

Er wusste.

Er sah.

Er erkannte und verband.

Ilka konnte nicht wissen und sehen, was mit ihr geschah, und folglich konnte sie auch keine Verbindungen von Erkanntem herstellen, wie Jakob dies getan hatte, noch bevor er die Tür zu seiner Wohnung aufgesperrt hatte.

2

Christine konnte überhaupt nicht erahnen, wie wertvoll die Einladung zum Heiligabend für Jakob gewesen war. Vielleicht würde es irgendwann eine Gelegenheit geben, ihr dies mitzuteilen. Allerdings bezweifelte er es. Zumindest heute. An diesem Tag. Zu dieser Stunde.

19.07 Uhr.

Er saß in der Küche seiner Wohnung und war dabei, einen Brief zu schreiben. In säuberlicher Handschrift und ohne das geringste Zittern. Als er ihn am Ende mit seinem schwungvollen Kürzel unterschrieb, musste er lächeln. Sein geliebtes Schmunzelmonster lebte durch dieses Kürzel weiter. Es spielte keine Rolle, dass das Bild von Elliot schon längst nicht mehr an der Wand hing. Er schaute ihm trotzdem immer wieder zu, wenn er ein neues Glas füllte, es zuschraubte und in der Schublade im Schlafzimmer versorgte.

Er steckte den Brief in ein Couvert, befeuchtete es mit seiner Zunge und klebte es zu. Er nahm seine Jacke, und kurze Zeit später stand er draußen auf der Straße. Er würde den Brief nicht in den Kasten um die Ecke werfen, sondern in jenen beim Bahnhof. Er wollte nicht, dass der Ort des Einwurfs mit seiner Wohnung in Verbindung gebracht werden konnte. Wieder musste er lächeln und überlegte, ob er nicht langsam, aber sicher an paranoiden Zügen zu leiden begann. Eigentlich war er sicher, dass nur der Stempel der Post einen Rückschluss auf den Absender geben konnte – und da auch nur die Angabe des Ortes. Vielleicht müsste er in eine Nachbarstadt gehen oder sogar in einen anderen Kanton. Dann wäre es wirklich unmöglich, Rückschlüsse auf ihn, Jakob Morello, zu ziehen. Vielleicht war ihm das aber auch gleichgültig. Sollten sie doch alle wissen, dass E. von dort kam, wo sie ihr Leben mehr schlecht als recht zu leben versuchten. All diese Menschen, die lügen und betrügen, ihr wahres Leben nicht preisgeben, missbrauchen und süchtig nach was auch immer sind. Sollten sie es doch wissen. Es war ihm egal.

Aber es war ihm nicht egal, wenn sie erfahren würden, dass er, der schlaksige und unbeholfene Junge mit den schmalen Schultern, hinter all diesen Briefen steckte. Er war nicht daran interessiert, dass sie erkannten, dass genau der, den sie immer an den Rand gedrängt hatten, jetzt ihr Begünstigter war, ihr Lohnempfänger, ihr Garant für ewiges Schweigen. Wenn denn die regelmäßige Überweisung erfolgte. Dass sie sehen würden, dass er schon lange kein Junge mehr war.

Er blickte auf seine Uhr. Bald begannen die Filme in den verschiedenen Kinos der Stadt zu laufen. Vielleicht würde er in einen Film gehen. Er hatte sich noch nicht entschieden. Roger Rabbit. Auch so eine Trickfigur. Wie Elliot. Aber ob er dafür nicht doch zu alt war? Nun, der Verlauf des Abends würde noch zeigen, ob er diesen zu Hause verbringen würde, allein, oder ob er ins Kino zu Roger gehen würde. Jetzt hieß es erst mal, den Brief einwerfen und irgendwo etwas Kleines essen.

Als er wenig später auf einer Bank saß und einen Burger aß, wusste er, dass er den Abend nicht mit Roger Rabbit verbringen würde. Nicht Roger. Vielmehr Bruce. Bruce Willis.

Stirb langsam. Dieser Film versprach Action, und mit Sicherheit kamen keine Trickfiguren vor. Diesen war er längst entwachsen. Er kannte Willis von einem anderen Film, dessen Namen er jedoch vergessen hatte. In diesen war er damals aber viel mehr wegen der weiblichen Hauptdarstellerin gegangen. Den Namen der Frau konnte er sich auch nur merken, weil er sie ein Jahr zuvor gesehen hatte. Hocherotisch. Dort allerdings nicht mit Bruce Willis. Dafür viele Wochen lang. Kim Basinger. So hieß sie, und sie heißt immer noch so. Sie, die ihm länger als 9 ½ Wochen den Kopf verdreht hatte.

Jakob lächelte.

Der Brief war auf dem Weg, und alles würde seinen Lauf nehmen.

Er wischte sich den Mund mit dem Ärmel seiner Jacke und stand auf. Es war kalt. Zu kalt, um auf einer Bank einen Burger zu essen. Er wunderte sich, dass er nicht gefroren hatte.

„Jakob?"

Er drehte sich um. Hinter ihm stand sein Vater. Er hatte ihn bereits an der Stimme erkannt. Er drehte sich zu ihm um und lächelte.

„Papa? Was machst du denn hier?"

Vater und Sohn begrüßten sich mit einem zaghaften Händedruck, der nicht erkennen ließ, dass sich hier zwei Menschen trafen, die sich schon viele Jahre nicht mehr gesehen und doch einen großen Teil ihres Lebens zusammen verbracht hatten. Jakob hatte wirklich keine Ahnung, was sein Vater in der Stadt machte.

3

Wenig später saßen sie in einer Bar unweit des Bahnhofs und starrten schweigend durch die großen Fenster auf die wenigen Passanten, die versuchten, der Kälte zu entfliehen. Es hatte zu schneien begonnen, die Flocken begannen, die Innenstadt in ein sanftes Weiß zu verwandeln. Jakob dachte an Weihnachten. Wie schnell es doch ging, dass mit dem neuen Jahr dieses für viele Menschen wichtige Fest in weite Ferne rückte. Vergangenheit. Aus dieser war vor wenigen Augenblicken sein Vater aufgetaucht. Bis jetzt hatte er noch gar nicht viel gesagt, und Jakob fragte sich, ob er heute noch das langsame Sterben des Bruce Willis erleben würde. Er bezweifelte es. Ein Besuch aus der Vergangenheit konnte nicht in einer halben Stunde erledigt werden, auch wenn er dies noch so sehr gewollt hätte. Er blickte unwillkürlich auf die Uhr. Beinahe acht.

„Musst du noch weg?"

Sein Vater blickte ihn fragend an. Jakob schüttelte den Kopf.

„Du kannst es ruhig sagen, und ich bin weg. Schließlich habe ich dich überfallen, ohne vorher Bescheid zu geben."

„Tut man ja nie."

„Was?"

„Vorher Bescheid sagen. Ich meine, vor einem Überfall."

Sein Vater verstand. „Ach so, ja. Klar." Er grinste, und Jakob trank einen Schluck seines Wassers.

„Mensch, Jakob. Es ist gut, dich zu sehen. Wie geht es dir? Was machst du so?"

„Weshalb bist du hier, Papa?" Jakob wunderte sich, wie einfach die Anrede aus seinem Mund gekommen war. Nicht Vater. Nicht Heinrich. Nicht mal gar nichts, sondern Papa. Wenn es sich für seinen Vater vielleicht auch anders anfühlte, es war keine Wärme in diesem Wort. Keine Nähe. Weder Beziehung noch Liebe.

Einfach nur ein Wort.

Ein Wort, wie es so viele gab und die so oft ausgesprochen wurden. Ohne Empfindung. Einfach nur Wörter.

„Nur so, wollte dich sehen. Ist ja auch wirklich lange her. Viel zu lange." Er suchte den Augenkontakt zum Kellner und bestellte ein zweites Bier.

„Weißt du, eigentlich wollte ich schon viel früher kommen und über alles reden und so. Aber du weißt ja, wie es ist. Die Zeit, die verfliegt, rast an einem vorbei, und eh man sich versieht, hat man weniger Haare und ist ein alter Mann."

„Bist du das?"

„Was?"

„Ein alter Mann?"

„Jakob, Junge, ist das wieder ein Witz? Ich meine …" Der Kellner stellte das Bier vor ihn hin, und sein Vater bedankte sich. Als sie wieder allein waren, fuhr er fort: „Ich meine, schau mich an. Und schau dich an. Vater und Sohn. Alt und jung. Und trotzdem, weißt du, fühle ich mich vielleicht genauso jung wie du?" Er nahm einen großen Schluck und wischte sich mit dem Handrücken den Schaum vom Mund.

Jakob blickte aus dem Fenster und sagte: „Oder umgekehrt."
„Wie meinst du das?"
„Egal, vergiss es. Weißt du, eigentlich wollte ich ins Kino. In einen Actionfilm."
„Gut, dann komme ich mit. Wieso auch nicht. Habe nichts anderes vor. Ich wollte dich einfach wieder einmal sehen."
Sie zahlten und verließen das Lokal. Jakob wollte eigentlich allein ins Kino. Überhaupt wollte er allein sein. Trotzdem wollte er seinen Vater nicht vor den Kopf stoßen. Nicht so. Und nicht heute Abend. Er würde wohl oder übel mit ihm ins Kino gehen. Wenigstens mussten sie dort nicht miteinander sprechen. Er wusste noch immer nicht, was sein Vater eigentlich wollte. Hier mit ihm.

Wenig später saßen sie im Kinosaal und während die Werbefilme liefen, redete sein Vater pausenlos. Anscheinend ging es ihm gut. Er hatte keine neue Frau. Aber immer mal wieder jemanden, den er umsorgen konnte. Wie früher. Da hatte er dies auch getan. Einfach nicht seine Mutter.

„Einmal hätte ich beinahe geheiratet. Kannst du dir das vorstellen? Einfach noch mal von vorne beginnen." Den Schluss flüsterte er nur noch, weil jemand in der hinteren Reihe einen Zischlaut von sich gab, der offensichtlich ihnen galt.

Jakob blickte zur Leinwand … Manchmal dauerte es einfach zu lange, bis der Film begann. Werbebilder, einige wenige Werbefilme und dann die Vorschaufilme. Alles sollte den Zuschauer verführen. Zigaretten, Pausenriegel und sogar Fruchtsäfte, mit deren Deckel man klicken kann. Das braucht es ja unbedingt, wenn man durstig ist. Er schüttelte den Kopf.

„Was ist denn?" Sein Vater blickte ihn von der Seite an. „Findest du, ich hätte heiraten sollen?"

Jakob zuckte mit den Schultern.

„Keine Ahnung, ich weiß es nicht."

„Und du? Was ist mit dir? Hast du schon ein nettes Mädchen kennengelernt?"

Jakob blickte ihn an, und im Saal wurde es nun ganz dunkel. Der Film begann, und Jakob wusste nicht, was ihn mehr freute.

Dass er auf die Frage nicht mehr reagieren musste oder dass er nun doch noch zuschauen konnte, wie Bruce Willis seine Frau vor Kidnappern beschützen würde und dabei vielleicht ganz gemächlich und langsam sterben würde.

22.48 Uhr.
Vater und Sohn verließen das Apollo, und ohne ein Wort zu wechseln, gingen sie in Richtung von Jakobs Wohnung. Jakob war sicher, dass sein Vater wusste, dass er noch da lebte, und wahrscheinlich auch, dass er dies allein tat. Er versuchte sich auszurechnen, wann er das letzte Mal bei ihm gewesen war.

Er hatte keine Erinnerung. Sie war ausgelöscht. In der Tat hatte er all die Jahre nur sehr selten an seinen Vater gedacht. Und wenn, dann nur in der Erinnerung an früher. An ganz früher. Als er noch zu Hause war. Als er noch sein Vater war. Sein Vater, der mit ihm ins Kino ging. Aber später. Er wusste noch, wie er sich selbst an der Beerdigung seiner Mutter inmitten der Frauen wohlgefühlt hatte. Sein Vater brauchte ihn nicht. Hatte ihn nie gebraucht.

„Ich habe mir erlaubt, meinen Wagen in deiner Straße abzustellen", unterbrach sein Vater die Stille. „Du warst nicht da, und so ging ich zum Bahnhof. Irgendwie habe ich wohl gespürt, dass du da sein würdest, was?"

„Und wenn nicht?"

„Dann wäre ich einfach später nochmals zu dir gekommen und hätte geklingelt. Ich weiß doch, dass du dir nicht viel aus Urlaub machst und am liebsten zu Hause sitzt. Wir hätten uns schon noch getroffen. Aber so war das doch jetzt total gut. So richtig spontan." Sein Vater lächelte ihn von der Seite an und machte eine Bewegung mit seiner Hand, um Jakob auf die Schulter zu klopfen. Er zögerte kurz und zog die Hand zurück.

Die beiden gingen weiter, ohne noch viel zu sagen. Kurze Zeit später machte Jakob die Tür auf und schloss sie wieder, nachdem sein Vater eingetreten war. Interessiert blickte dieser sich um.

„Du hast gar nicht viel verändert. Steht noch alles so da wie damals." Unwillkürlich drückte er den Griff zur Schlafzimmertür des Elternzimmers. Die Tür ging nicht auf.

„Die ist zu."

„Ja, das habe ich gemerkt. Was hast du da drinnen?"

„Nichts."

„Sag bloß …" Sein Vater verstummte, als er sah, wie Jakob nickte und in die Küche verschwand.

Sein Vater kam ihm hinterher.

„Du hast es da drinnen so gelassen wie damals? Kein Gästezimmer daraus gemacht oder ein Fernsehzimmer?"

„Ich habe keinen Fernseher – und Gäste auch nicht."

„Jakob, wie geht es dir? Ich meine, so wirklich?"

„Gut. Magst du was trinken? Habe aber nur Wasser."

„Wasser ist okay."

Jakob stellte zwei gefüllte Gläser auf den Küchentisch und setzte sich auf einen Stuhl.

„Wollen wir nicht ins Wohnzimmer?" Sein Vater blickte ihn fragend an.

„Ich bin gerne hier in der Küche. Eigentlich meistens. Wenn ich nicht schlafe."

Und genau das würde ich eigentlich gerne tun, dachte Jakob und spürte, wie ihn die Anwesenheit seines Vaters zu stören begann. Er wusste nicht, was es genau war, das ihn reizte.

Vielleicht seine Ahnungslosigkeit, seine motivierte und friedliche Art, wie er mit ihm umging. Als wäre die Vergangenheit keine Vergangenheit. Als wäre das Zwischenstück von damals und heute nur wenige Tage lang. Als wäre er immer noch sein fürsorglicher Vater und er der zu ihm aufblickende Sohn. Als hätte es das Damals nie gegeben. Vielleicht war es auch einfach nur das plötzliche Auftauchen. Jakob hasste es, mit früher konfrontiert zu werden. Wenn er schon in irgendeine Richtung blicken musste, wollte er in die Zukunft sehen und mit Sicherheit nicht in die Vergangenheit, in der kein Vater da war, der dafür gesorgt hatte, dass er, Jakob, die Flaschen seiner Mutter nicht allein entsorgen musste.

Er erinnerte sich daran, wie er dieses Gefühl der Verachtung gegenüber seinem Vater das erste Mal gehabt hatte, damals, als Junge. Als er gespürt hatte, wie es war, allein zu sein. Wirklich allein. Kein Kinobesuch konnte dieses Alleinsein wettmachen. Im Gegenteil. Wenn er wieder von dannen zog und seinen Sohn bei seiner Mutter zurückließ, war das Gefühl der Einsamkeit und des Verlassenseins noch stärker gewesen als zuvor. Und jenes der Verachtung stieg proportional an.

„Ich bin müde." Jakob blickte seinen Vater an, der sich im Stuhl eben zurückgelehnt hatte.

„Ich auch. Ist auch schon spät. Was meinst du. Dürfte ich bei dir schlafen? Ich brauche nichts. Kann auch hier auf dem Sofa. Wäre kein Problem."

„Klar, bist ja eigentlich auch hier zu Hause."

Jakob zog sich der Magen zusammen. Seit dem Tod seiner Mutter hatte niemand mehr in seiner Wohnung übernachtet, wenn man von Patrick absah, der das Weihnachten vor vielen Jahren hier verbracht und keine Ahnung gehabt hatte, dass er bei seinem Erpresser schlief. Auf dessen Sofa.

„Nein, das bin ich nicht, mein Junge. Aber ich freue mich sehr, hier zu sein. Und vielleicht hast du doch noch etwas anderes zum Trinken? Das war doch jetzt ein richtig schöner Abend. Vater und Sohn, nicht wahr? Wie früher. Erinnerst du dich? Da sind wir doch auch ins Kino gegangen. War da nicht ein Zeichentrickfilm? Das erste Mal, meine ich."

Jakob schüttelte den Kopf. „Ich habe keinen Alkohol im Haus. Ich trinke ihn auch nicht. Will immer einen klaren Kopf haben, weißt du." Er hatte absolut kein Interesse daran, mit seinem Vater die Erinnerung ans Schmunzelmonster zu teilen.

„Da tust du gut daran. Ist es wegen …"

Jakob nickte. Wie konnte er nur so dämlich fragen? Warum auch sonst verzichtete er auf Alkohol? Obwohl, ein Verzicht war es bei Gott nicht.

Das Schreien und Brüllen in seinem Innern wurde immer lauter. Beinahe schmerzhaft. Nicht mehr zu ertragen. Dass sein Vater nicht begriff, durch welche Hölle er gegangen war? Und niemals wirklich nachgefragt hatte, wie er diese durchging. Ihn nie rausgeholt hatte.

„Warum bist du einfach verschwunden?"

„Was meinst du?"

„Damals, als ich noch klein war. Du warst einfach plötzlich nicht mehr da. Hast mich allein gelassen." Jakob wusste nicht, weshalb er das überhaupt ansprach. Wieso er jetzt mit seinem Vater in die Vergangenheit blickte und über sie sprach. Er wusste nur, dass seine Stimme ruhig im Raum ertönte. Ganz anders als das Schreien in seinem Innern. Dieses drohte ihn beinahe zu zerreißen.

Sein Vater schluckte.

„Aber ich war doch immer für dich da."

Jakob schüttelte den Kopf.

„Nein, warst du nicht. Ich war allein. Du hast uns allein gelassen." Jakob stand auf und trat an die Spüle hinter seinem Vater.

„Und weißt du, was das Schlimmste ist? Du hast sogar überlegt, es noch weiter zu treiben. Mich ganz aus deinem Leben auszulöschen."

„Aber Junge, was sprichst du da?" Sein Vater schien überhaupt nicht zu verstehen, worum es ging. Er hatte keine Ahnung.

„Du bist gegangen und hast mich hier zurückgelassen. Weißt du, was das für einen kleinen Jungen bedeutet? Nein, weißt du nicht. Wie denn auch. Du hast ja nie gefragt. Niemals hast du dich erkundigt, wie ich den Alltag schaffe. Wie es ist, mit einer alkoholkranken Mutter, die ihren Körper auf der Straße verkauft, zu leben. Nie hat dich dies gekümmert, denn du warst dabei zu überlegen, ob du nochmals heiraten willst. Nochmals von vorne beginnen willst. So hast du's doch gesagt, nicht wahr? Und bei der neuen Familie? Hätte ich da einen Platz gehabt? Oder wäre ich da einfach nur eine lästige Stimme aus der Vergangenheit gewesen?"

Jakob sprach mit ruhiger Stimme, während sein Vater sich von ihm abwandte und die Hände vors Gesicht schlug.

Erst als dieser die Klinge in seinem Rücken spürte, erkannte er, dass ihn die Gegenwart mehr sorgen sollte als die verpasste Verantwortung gegenüber seinem Sohn in der Vergangenheit. Jakob stieß ihm das Messer in den Rücken und drückte dabei seine Wange an jene seines Vaters. Mit dem linken Arm umschlang er die Arme seines Opfers, das jedoch keine Abwehrreaktion zeigte.

„Du warst nicht da, verstehst du? Als ich dich gebraucht hätte, warst du weg. Ich musste mir das Fahrradfahren selbst beibringen. Verstehst du?" Er zog das Messer aus dem Körper seines Vaters und stieß erneut zu.

Sein Vater röchelte. Aus dem rechten Mundwinkel floss wenig Blut. Jakob konnte es riechen. Er schmiegte sich an seinen Vater. „Dabei hätte ich nur ein einziges Mal hören wollen, dass du stolz bist auf mich. Dass du es stark findest, wie ich mich um Mutter kümmere. Weißt du? Nur das."

„Junge, was …" Er hustete. Jakob ließ ihn los. Er wollte nicht schmutzig werden.

Er ging um seinen Vater herum, nahm die beiden Trinkgläser, trat zur Spüle, wusch diese aus und stellte sie in den Kasten zurück. Er reagierte nicht auf die Geräusche hinter ihm.

Das Schreien in seinem Innern hatte einem Gefühl von unglaublicher Freiheit und Stärke Platz gemacht.

Befreiende Ruhe.

Stille.

Es war etwas geschehen, das längst hätte geschehen sollen. Weshalb hatte er nur so lange darauf gewartet? Wieso hatte es so lange gedauert, diesen Schritt zu gehen? Waren es einfach die Umstände? Zufälle? Andere Geschichten, die ein Handeln nötiger machten, als sich um den Vater zu kümmern?

Es war egal. Denn er konnte die Zeit nicht rückgängig machen. Es war jetzt geschehen, weil es sich angeboten hatte. Der Moment war gekommen, und er hatte die Gunst der Stunde genutzt. Er wurde darin bestätigt, dass man selbst verantwortlich war, wie stark das Band zur Vergangenheit war. Und dass man dieses Band auch zerschneiden konnte. Ganz einfach.

Nachdem er auch das Messer gründlich gereinigt und in der Schublade versorgt hatte, verließ er den Raum.

23.53 Uhr.

In der Küche war nichts mehr zu hören.

4. Oktober 2013
19.15 Uhr

1

Jakob Morello hatte alles, was er brauchte:

Brennsprit, ein Feuerzeug, Zigaretten, eine große Dose Haarlack und die absolute Gewissheit, dass es heute Abend zu jener Konfrontation kommen würde, die er schon seit Jahren erwartet hatte. Heute würde nun geschehen, was er insgeheim schon lange herbeigesehnt hatte. Jetzt war der Augenblick also gekommen. Zwanzig Tage vor seinem fünfzigsten Geburtstag. Niemals hätte er geglaubt, dass er so lange sein Leben würde leben können. Oder dürfen. Oder müssen. Beinahe fünfzig Jahre. Verrückt.

Er schüttelte den Kopf, hob die schwarze Sporttasche mit dem Einkauf und öffnete die Tür. Ein kurzer Blick zurück in seine Wohnung, hinein in sein Reich, das alles war, aber mit Sicherheit kein Reich. Das war es noch nie gewesen. Damals nicht und heute erst recht nicht. Aber alles war an seinem Ort. Alles war dort, wo es zu sein hatte.

Und alles war sauber. Nicht wie damals, als sich seine Mutter lieber in den Bars und auf den Straßen herumgetrieben hatte, als dafür zu sorgen, dass ihr Zuhause diesen Namen auch verdiente. Nein, Jakobs Zuhause war kein Zuhause, kein Reich. Vielmehr einfach ein Ort. Würde man ihn orten, wäre es einfach ein blinkender Punkt auf dem iPhone, der anzeigte, dass er da war.

Er.

Nicht die Wohnung. Diese würde sich auf Google Maps finden oder auf Streetsearch oder wie das hieß oder wo auch immer. Aber es würde nur ein Ort sein, der angegeben wird. Eine Adresse. Koordinaten. Nicht mehr und nicht weniger. Und genau so war seine Wohnung für Jakob Morello.

Koordinaten.

Ein Ort.

Er war froh, dass er ihn hatte, aber er bedeutete ihm nichts. Er hatte sich hier seiner Mutter entledigt und später seines Vaters. Was sollte ihm dieser Ort also auch mehr bedeuten?

Er schaute auf die Uhr.

18.00 Uhr.

Eigentlich war er noch viel zu früh. Aber er wollte gut vorbereitet sein, und das hieß, dass er sicher als Erster im Park sein musste. Immer noch wusste er nicht, ob Andreas allein kommen würde oder ob alle zusammen da sein würden. War er überhaupt noch mit Christine zusammen? Er wusste es nicht. Er wusste, dass sie lange zusammengelebt hatten. Aber ob sie geheiratet haben, wusste er nicht. Später hatte er sich nicht mehr darum gekümmert. Es war für ihn ohne Bedeutung gewesen. Von beiden erhielt er seit vielen Jahren regelmäßig Geld, und das genügte. Nur manchmal fragte er sich, ob sie miteinander darüber sprachen. Ob sie sich gegenseitig ihre Geheimnisse offenbarten oder ob er, Jakob, der Einzige war, der diese kannte.

Kam es heute Nacht zum großen Showdown? Die große Rache am Ende eines gelebten Lebens? Denn das war es für einige wirklich.

Jakob hatte verfolgt, wie sie abstürzten. Wie sie sich verloren, sich verhaspelten und nicht mehr aufstehen konnten. Patrick und Nadja waren wirklich schon lange auf Unterstützung des Staates angewiesen, und Jakob hatte keinen blassen Schimmer, wie sie es dennoch geschafft haben, ihm so lange Geld zu überweisen. Irgendwann, das musste in den späten Neunzigern gewesen sein, hatte er ihnen geschrieben, dass er in Zukunft auf die Überweisungen verzichte und ihre Geheimnisse nicht preisgebe. Irgendwie zeigte sich in seinem Herzen eine Art Mitgefühl, das ihm eigentlich fremd war. Überhaupt war es nicht logisch, dass sich Nadja erpressen ließ, weil sie Drogen nimmt, wenn das eh jeder von Weitem sehen konnte. Aber die Angst stellt mit den Leuten wohl Dinge an, die andere nicht verstehen können. Auch er würde heute Abend etwas tun, das niemand verstehen wird. Aber dies würde er nicht aus Angst tun, sondern weil es die einzige logische Folge seines Lebens war. Ein weiteres Kapitel, das schlüssig ist wie alle, die vorher geschrieben worden waren.

Er trat auf die Straße. Es war noch warm, aber das war ihm gleichgültig. Es hätte auch bitterkalt sein können. Heute ging es um etwas ganz anderes. Viel Größeres.

Während er in die Richtung zum Park lief, kreisten seine Gedanken um all die Menschen, deren Lügen er in der Vergangenheit aufgedeckt hatte und die ihm ein angenehmes Leben beschert haben. Nun ja, aufgedeckt hatte er all die dunklen Geschichten und Verlogenheiten ja nicht. Nur entdeckt. Und angesprochen. Mit einem Brief. Unterschrieben von E. Und immer hochachtungsvoll. Am großzügigsten war eindeutig Ilkas Vater. All die Jahre. Aber auch andere, die in angesehener Stellung und mit Reichtum gesegnet waren. Ja, die Angst zahlte sich für ihn besser aus, wenn die Leute viel zu verlieren haben. Markus war mittlerweile mit Autohandel groß rausgekommen. Fahrerflucht gäbe eine unschöne Schlagzeile und würde eine Karriere vernichten. Von einem Schlag auf den anderen. Auch Andreas zahlte großzügig. Auch er hatte viel zu verlieren.

Jakob lächelte innerlich.

Niemand sah, dass der dünne Mann, der er war, lächelte.

Niemand sah, dass da jemand durch die Straßen ging und den Gedanken freien Lauf ließ. Niemand nahm wahr, dass da einer ging, der seine Eltern und andere ermordet hatte und die unterschiedlichsten Menschen bereits seit vielen Jahren erpresste.

Und hätten sie ihn gesehen, hätten sie ihn angelächelt.

Hätten sie ihn wahrgenommen, hätten sie sich zu ihm auf die Bank gesetzt und über die Milde des Abends geplaudert.

Und hätten sie gewusst, wer da mit ihnen spricht, hätten sie gelacht, die Hände verworfen und alles für einen guten Witz gehalten, den sie später zu Hause ihren Lieben erzählen würden.

So aber saß Jakob Morello allein auf der Bank in jenem Park, in dem die erste Übergabe stattgefunden hatte. Vor so vielen Jahren. Er blickte unwillkürlich auf den Abfallkorb. Der war voll bis oben hin, und beinahe war er versucht, nachzusehen, ob ein gut eingepacktes Geldpaket darin lag. Aber er beherrschte sich. Er hatte schon alles sehr einfach organisiert gehabt, damals. Schon lange ließ er sich die Geldbeträge auf ein Nummernkonto überweisen. Nur manchmal überlegte er sich irgendwelche Geschichten für die Übergabe.

Dunkle Orte, geheimnisvoll. Nur um ein wenig Spaß daran zu haben. Verkleidet hatte er sich später nur noch selten. Aber es war ihm immer eine besondere Genugtuung gewesen, wenn er seinem Opfer in die Augen blickte und dieses ihn nicht erkannte.

Ja, die Angst macht vieles mit einem Menschen. Manchmal auch blind.

Trotzdem war er immer wieder erstaunt, wie blind die Menschen um ihn herum wirklich waren. Während es ihn früher geschmerzt hatte, dass sie ihn nicht sahen, eröffnete es ihm später spannende Möglichkeiten der Konfrontation. Aber er war sich auch immer bewusst, dass der Preis sehr hoch war, den er dafür bezahlen musste. Das Gefühl seines zwanzigsten Geburtstages hatte er niemals mehr gehabt. Alle hatten sie ihn gesehen. Ihn, Jakob Morello. Und trotzdem waren sie blind gewesen. Aber die Blicke auf ihn war das Größte, an das er sich zurückerinnerte, wenn er sich denn wie heute in einer Phase der Erinnerung befand. Alle hatten sie ihn angesehen. Entsetzt, würgend, kotzend. Alle hatten sie ihn angesehen und nicht verstanden, was denn eigentlich abging. Dieses Wissen war allein Jakob vorbehalten gewesen. Bis heute.

Er lehnte sich zurück.

Es ist schade, dass die Konfrontation mit den Geistern der Vergangenheit heute geschah. Viel lieber hätte er sie auf den kommenden Geburtstag geschoben. So war es geplant gewesen, denn er hatte absolut keine Lust mehr, weitere fünfzig Jahre, im schlechtesten Fall, so weiterzuleben. Sein fünfzigster Geburtstag hätte ihm erneut dieses Gefühl schenken sollen. Das wäre seine Idee gewesen. Sein ganzes Begehren. Sein innigstes Brennen.

Er blickte auf die Uhr.

19.15 Uhr.

Jakob hatte einen hohen Preis bezahlt und würde heute die Rechnung erhalten. In weniger als zwei Stunden würde er brennen.

24. Oktober 1993
14.12 Uhr

1

Es war kein besonderer Tag. Nicht für ihn. Und wahrscheinlich auch nicht für viele andere. Ein Tag wie jeder andere.

10.45 Uhr.
Jakob ging die Straße entlang, vorbei an dem Kaufhaus, das vor zwei Jahren einige Straßen von seinem Wohnort entfernt eröffnet worden war. Auch jener Tag war für Jakob Morello kein besonderer Tag gewesen. Er war in seiner Wohnung geblieben, obwohl mit Freibier, Spiel und Spaß geworben wurde. Er war sicher gewesen, dass die halbe Stadt dort sein würde. Ein Grund mehr, in der Wohnung zu bleiben, denn er machte sich weder etwas aus Bier noch Spiel, und mit dem Spaß war es so eine Sache. Und er war auch nicht daran interessiert, inmitten vieler Menschen irgendwelchen Sonderangeboten nachzurennen, für die man letzten Endes gar keine Verwendung hatte.

Heute war es geschlossen. Denn heute war Sonntag. Auch nichts Besonderes. Er war auf dem Weg zum Bankschließfach. Nicht weil er Geld benötigte, sondern vielmehr, weil er es gewohnt war. Es war einfacher, sich das Geld per Post auf ein anonymes Schließfach schicken zu lassen, als in irgendwelchen Abfalleimern nach Paketen zu fischen. Er hatte viele Schließfächer, verteilt in verschiedenen Städten. So konnte er sich den Lohn seines Schweigens an jedem Tag und zu jeder beliebigen Stunde abholen.

Es war nicht kalt, trotzdem ging er mit raschen Schritten zur Post in der Habichtstraße. Er überholte drei Jugendliche. Zwei Jungen und ein Mädchen. Die Jungs mit Hosen, bei denen man fürchten musste, dass sie vom Hintern rutschten. Das Mädchen mit Plateauschuhen und bauchfreier Häkelweste und ebenfalls mit einer Baseballmütze.

Schwarz.

Schräg. Die Mütze – und der Stil.

Jakob war froh, nicht mehr siebzehn zu sein. Er ging raschen Schrittes an den dreien vorbei. Sie schienen ihn nicht wahrzunehmen und reagierten auch nicht, als er das Mädchen beim Vorbeigehen mit seinen dünnen Armen leicht streifte. Berührung. Er wusste nicht, wann er das letzte Mal jemanden berührt hatte, geschweige denn, von jemandem berührt worden war. Es war ihm gleichgültig, und eigentlich dachte er auch nicht darüber nach. Er war nicht daran interessiert, mit anderen in ein Gespräch verwickelt zu werden. Das hatte er hinter sich. Schon lange.

Er erinnerte sich noch gut an die Stunde in jenem leeren Café mit Christine. Schon damals war er nicht an Kontakt interessiert gewesen und hatte sich trotzdem dazu überreden lassen. Für den Kaffee und für das Weihnachtsfest bei ihr zu Hause.

Er war einfach nicht dafür geschaffen, Kontakt zu haben und Beziehungen einzugehen. Er musste bitter lächeln, als er darüber nachdachte, dass er sich wohl oder übel eingestehen musste, ein Problem zu haben.

Er war wohl nichts anderes als einfach beziehungsgestört.

Aber vielleicht war dies auch nicht so dramatisch, wie es sich anhörte. Schließlich gab es noch viel schlimmere Störungen.

Und wenn man nicht darauf angewiesen war, in Beziehung mit jemandem zu treten, war eine Störung mit ihnen auch nicht weiter ein Problem.

Berührung.

Wenn sich dies nur ohne Gespräch machen ließe. Ohne zu reden. Denn Berührung war etwas, das Jakob Morello in der Tat vermisste. Doch nahm er es in Kauf, auf eben diese zu verzichten, weil er wusste, dass er sie ohne Konversation und Beziehung nicht erhalten konnte. Die Leute um ihn herum schien es nicht zu kümmern. Entweder war er für sie Luft oder im besten Fall einfach nur anwesend. Manchmal kam es vor, dass sie sich umdrehten, wenn sich der schlaksige Mann mit den hängenden Schultern ihnen näherte. Jakob nahm dies wahr, und es war für ihn in Ordnung. Menschen, die sich ihm zuwandten, wurden genauso wenig zu Gesprächspartnern wie jene, die an ihm vorbeigingen. Er hatte wahrhaftig gut gelernt, damit umzugehen und die Vorteile zu nutzen.

Zuhören oder besser mithören. Das konnte er gut. Und in den letzten Jahren konnte er mehr und mehr Konfitürengläser füllen. Immer unter den Augen von Elliot, seinem treuen Begleiter. Es war unvorstellbar, welche Lebenspläne mit komischen Straßen und Wegen gepflastert waren, die er aufdecken konnte. Wenn er es wollte, beziehungsweise, wenn er es tun würde, wenn das Geld nicht bei ihm eintraf. Jedes Mal, wenn er sich daran machte, einem neuen Brief in sorgsamer Schrift das Kürzel E. darunterzusetzen und diesen abzuschicken, spürte er ein Kribbeln in seinem ganzen Körper. Manchmal erregte es ihn, was ihm aber nur noch mehr das Gefühl gab, dass es richtig war, was er tat. Es war keine Erpressung. Es war ein Aufbrechen falsch gelegter Pflastersteine. Er wollte die Lebenspläne wieder in ihren Ursprung versetzen. Das war alles. Er war ein guter Mensch.

11.15 Uhr.
Während er das Gebäude mit den Schließfächern verließ, musste er erneut lächeln. Er war nicht beziehungsgestört. Er hatte viele Beziehungen. In vielen Schließfächern. Und wahrscheinlich kannte er die Menschen besser als die sich selbst. Aber Berührung erhielt er von den silbernen Boxen nicht. Sie waren kalt und wechselten nie ihr Gesicht. Sie waren leer, nachdem er bei ihnen gewesen war. Leer, wie auch er sich manchmal fühlte. Es war jedoch nicht jene Leere, die ihn danach streben ließ, sie aufzufüllen. Er nahm sie einfach wahr. Er nahm sie einfach als gegeben hin. Wertete sie nicht.

Auch damals, als er herausgefunden hatte, wie schräg die Pflastersteine von Thomas in der Landschaft lagen, hatte er dieses gleichzeitige Gefühl der Leere und Erregung gespürt. Kalt, leer und trotzdem erfüllt mit einer Hitze, die er zu verlängern versuchte, indem er sich an manchen Abenden seinen Gläsern widmete. Sie herausnahm und vor sich auf den Boden stellte und alle verborgenen Geschichten erneut vor seinem inneren Auge vorbeiziehen ließ. Nachdem er Thomas mit seinem Leben, mit seinem wahren Leben konfrontiert hatte, hatte dieses mit Sicherheit neue Bahnen eingeschlagen.

Er hatte sich nicht getäuscht. Thomas lebte wirklich in einem Vorort. Nicht in seiner Stadt. Aber doch auch nicht so weit entfernt, als dass es ihm nicht möglich gewesen wäre, seine Pflastersteine an die für sie bestimmte Stelle zu schieben. Ein Häuschen in einem Vorort. Mit Gartenzaun, einem gelb bemalten Briefkasten, einem kleinen Hund und einer Katze. Obwohl: Letztere hatte er eigentlich nie gesehen auf seinen Touren. Aber den Hund. Und auch seine Frau, die so schien, als sei sie stets zu Hause und nur darauf bedacht, mit dem Abendessen zur Stelle zu sein, wenn denn ihr Gemahl nach Hause kam. Wenn er denn nach Hause kam. Denn das war eine einfache Sache gewesen. Herauszufinden, dass Thomas mehr oder weniger von zu Hause wegblieb. Da halfen auch die kitschigen Gartenzwerge nicht, die sich rund um den Briefkasten bis zur Eingangstür des kleinen Häuschens befanden. Jakob hatte sich damals überlegt, ob Gartenzwerge ein Ersatz für abwesende Ehemänner sein konnten. Aber nicht diese Frage beschäftigte ihn länger, sondern vielmehr der Grund für Thomas' Fernbleiben von zu Hause. Und weil er sicher gewesen war, etwas herauszufinden, wovon seine Frau nichts wissen durfte, stand er immer wieder in der Nähe der Gartenzwerge und notierte sich innerlich seine Beobachtungen. Die blonde Frau am Küchenfenster, die irgendein Gemüse zu rüsten schien und von Zeit zu Zeit aufblickte. Raus aus dem Fenster. In die Dämmerung. In die Dunkelheit. Das Licht, das dann gelöscht wurde. Zu Beginn Kerzen, die ausgeblasen wurden. Auf dem Tisch oder wo auch immer. So genau hatte er das nicht sehen können. Aber Kerzen ergaben stets einen anderen Schein als das Licht, das durch die Elektrizität erzeugt wurde. Wärmer. Wie die Wärme in seinem Körper, die ihn auf seiner Erkundigung mehr und mehr durchströmte. Und dann hatte er herausgefunden, dass Thomas auch noch andere Leidenschaften verspürte als nur jene, seinen Gartenzwergen bei Kerzenschein gute Nacht zu sagen. Der Grund für die späte Heimkehr lag einzig und allein daran, dass sich Thomas im nahen Ausland an Glückspielautomaten vergnügte und wohl hoffte, sich damit sein Häuschen in der Vorstadt zu sichern. Dass er aber eben dieses als Einsatz auf den Tisch legen würde, irgendwann, und ihm das Wasser bis zum Hals stand, füllte die Leere Jakobs einmal mehr mit jenem Gefühl der Befriedigung, das er so niemals für möglich gehalten hätte und seinen Höhepunkt erreicht hatte, als er einen Brief in die Vorstadt schickte. Absender E. Ins Konfitürenglas legte er die Scherbe eines Gartenzwergs. Rot. Wohl von einer Zipfelmütze. Eine der Scherben, die dort neben dem gelben Briefkasten gelegen hatten, nachdem Thomas den Brief geöffnet und mit seinem Fuß einem Zwerg einen Stoß versetzt hatte. Zu heftig, als dass dieser zu überleben gewesen wäre.

Eine kleine rote Scherbe.

Eine Erinnerung daran, dass er, Jakob Morello, geholfen hatte, dass Thomas sein Leben weiterführen konnte. Seine Touren ins Ausland beendete und zu Hause bei Kerzenschein das Nachtessen genießen konnte, das seine Frau viele Stunden zuvor liebevoll zubereitet hatte. Jakob musste lächeln, wenn er sich daran zurückerinnerte, mit welcher Freude sie einen neuen Zwerg in den Garten gestellt hatte, den sie am Abend zuvor von Thomas geschenkt bekommen hatte. Jetzt hatte sie beides. Die Zwerge und Thomas. Jakob war sicher, dass es gut war, wie es war. Dass er gut war, wie er war.

Als er wenig später an seinem Küchentisch saß, hatte er erneut die Empfindung, dass heute kein besonderer Tag war. Er hatte auch nicht den Drang, dem Tag den Stempel der Besonderheit aufzudrücken. Wieso auch? Nur weil heute sein dreißigster Geburtstag war?

11.30 Uhr.
Die Mittagszeit war schon vorbei, und Jakob hatte noch nichts gegessen. Er hatte auch keinen Hunger. Vielleicht gewöhnt sich ein Körper ja an die Menge von Essen, die er zugeführt bekommt. Jakobs Körper hatte sich noch an keine große Menge gewöhnt, und sein Körperbau war noch derselbe wie damals, als er mit

seinem Rucksack auf dem Bahnsteig gestanden hatte und darauf wartete, mit Freunden nach Italien zu fahren.

Ihm gegenüber stand der Stuhl, auf dem sein Vater sein Leben beendet hatte. Er dachte an jenen Abend, an ihn, seinen Vater, wie er da saß und sich wohl gewundert hatte, weshalb dieser Abend der letzte sein würde, den er erlebte.

Was hatte er wohl zuerst gespürt? Die Klinge in seinem Rücken oder die Wärme des Gesichts seines Sohnes an seiner Wange? Es war gleichgültig, denn es war vorbei. Dies hatte er sicher gespürt. Es hatte ihn gewundert, wie einfach alles gewesen war. In den Filmen, die er geschaut hatte, war das Wegbringen einer Leiche immer ein hoher Risikofaktor gewesen. Meistens war es genau dieser Akt, der der Polizei die Aufklärung des Falles erst möglich machte.

Bei seinem Vater war es ganz einfach gewesen. Niemand hatte gesehen, wie er ihn ins Auto geladen hatte. Niemand schien groß davon Notiz zu nehmen, dass das Auto zwei Wochen später in einem Waldstück 150 Kilometer entfernt gefunden wurde.

Raubmord.

Das hatten ihm die beiden Polizisten gesagt, nachdem sie von ihm wissen wollten, wann er denn das letzte Mal mit seinem Vater in Kontakt gewesen sei. Er hatte den gemeinsamen Kinobesuch erwähnt und dass sie sich dann verabschiedet hätten. Sie hätten nicht viel Kontakt miteinander gehabt, und er hätte sich sehr gefreut, dass sein Vater unverhofft vorbeigekommen war an jenem Abend. Nein, nicht in seine Wohnung. Er habe ihn in der Stadt getroffen.

Keine weiteren Fragen. Ein Händeschütteln, das Überreichen einer Visitenkarte und dann das Begräbnis, das aber eine Anna Lehmann organisiert hatte, die anscheinend bei seinem Vater gelebt hatte. Sie hatte er gar nicht erwähnt. Oder doch? Jakob war das egal gewesen, und er hatte sich entschuldigt, dass er nicht zu der Beerdigung kommen würde. Es sei für ihn zu schwierig. Zu emotional. Er war in jenen Tagen weggefahren und hatte versucht, sich abzulenken. Und dann war dieses Kapitel zu Ende gewesen.

Jakob stand auf und füllte sich ein Glas Wasser. Er öffnete das Fenster und blickte raus auf die Straße und dachte darüber nach, wie wenig sich doch das Bild verändert hatte, das sich ihm hier bot.

14.12 Uhr.
Die Backofentür blinkte grün.

Es klopfte an seiner Tür, und als er sie öffnete, stand Andreas vor ihm.

24. Oktober 1993
15.12 Uhr

1

„Morello, Mensch. Ich hätte nicht gedacht, dass du zu Hause bist."

Andreas grinste. In seiner Hand hielt er eine Flasche. Grün. Dunkelgrün, weil der Inhalt ein tiefes Rot zeigte. Zeigen würde, wenn man ihn ausleerte. Grün waren die meisten dieser Flaschen. Und es war kein friedfertiges Grün.

„Na, bittest du einen alten Kumpel nicht rein? Ich hab' auch was zu trinken dabei."

Jakob blickte unwillkürlich auf die Flasche. „Nein ..."

„Was, nein. Ich darf nicht rein?" Erstaunt blickte ihn der Gast an.

„Nein, also, ich meine, klar darfst du reinkommen. Ich meine nur, ich trinke ..."

„Morello. Kumpel. Beruhige dich. Dein alter Freund weiß doch, dass du nicht trinkst. Ich meine, nichts, das stärker ist als Milch. Du trinkst doch noch Milch?" Er prustete los und machte einen Schritt an Jakob vorbei. Jakob nickte und verzog leicht den Mund.

„Hey, das war ein Scherz, klar. Einfach nur ein Scherz unter Freunden." Er machte einen weiteren Schritt, und Jakob ließ ihn vorbei. Bevor er die Tür schloss, blickte er ins Treppenhaus. Alles war ruhig.

Weshalb war Andreas gekommen? Weshalb war er hier, und weshalb hatte er etwas zu trinken dabei? Jakob war davon überzeugt, dass er nicht ohne Grund hier war. Andreas tat niemals etwas ohne Plan. Er hatte alles im Griff. Wusste auf alles eine Antwort und war um diese auch niemals verlegen. Andreas machte nichts um des Zufalls willen. Und er war mit Sicherheit nicht wegen seines Geburtstages hier. Von diesem hielt Andreas wohl gleich viel wie er selber. Er war sicher, dass er überhaupt keine Ahnung hatte, dass heute sein Geburtstag war. Und noch ein runder. Weshalb war er hier? Irgendetwas war faul.

„Nur rein", sagte er, obwohl Andreas bereits ins Wohnzimmer getreten war.

„Setzen wir uns doch in die gute Stube, nicht wahr, Morello? Mensch, ich war lange nicht mehr hier. Wie viele Jahre sind das jetzt wohl. Viele, nicht?" Er setzte sich aufs Sofa. Jakob stand unschlüssig an der Tür zum Wohnzimmer und zuckte die Schultern.

„Weiß nicht. Ziemlich viele. Was machst du hier?"

Andreas blickte ihn an und stand auf. „Was ich hier mache? Du meinst, wieso ich gekommen bin, um einen alten Kumpel zu besuchen?" Andreas trat auf Jakob zu. So nahe, dass dieser seinen Atem riechen konnte. Pfefferminze. Wahrscheinlich.

Süß.

Frisch.

„Ich sage dir sehr gerne, weshalb ich gekommen bin. Du weißt ja, dass ich nichts mache ohne Grund, nicht wahr? Das weißt du." Es war keine Frage, die er da stellte. Seine Stimme ging nicht rauf, um eine Antwort von Jakob zu erhalten. Im Gegenteil. Sie blieb ruhig. Ruhig und beinahe emotionslos. Eine Feststellung.

„Und?" Jakob schaute ihn fragend an und wich keinen Millimeter zur Seite. Er wollte Andreas nicht das Gefühl geben, der Stärkere zu sein. Er roch seinen Atem. Es musste Pfefferminze sein. Nicht mal seinen Atem überließ er dem Zufall.

„Was und?" Jetzt war es Andreas, der ihn fragend anschaute. Auf Jakob wirkte es, als sei er leicht belustigt.

„Was du hier machst, meine ich?" Jakob versuchte dieser Frage ebenfalls den Anschein von Belanglosigkeit zu geben.

Andreas klopfte Jakob auf die linke Schulter und hob die Flasche in die Höhe, die er immer noch in den Händen hielt.

„Erst mal trinken wir was, nicht? Das andere kann warten. Hast du Gläser, oder trinken wir wie früher, als wir noch mit langen Haaren am See unten waren?"

„Ich hatte nie lange Haare, und ich war nie am See, um etwas zu trinken." Jakob blickte auf den Boden, und leise fügte er hinzu: „Nicht mit euch."

„Aber dass wir jetzt etwas zusammen trinken? Das kann funktionieren, oder?"

Jetzt war es wirklich eine Frage. Andreas Stimme hatte sich gegen Ende gehoben, und seine Augen blickten ihn fragend an. Jakob nickte.

„Dann bleibt nur noch die Klärung der Frage nach den Gläsern. Was meinst du? Kriegen wir das hin?" Er lächelte. Jakob lächelte schief zurück und drehte sich zum Gang.

„In der Küche. Dort habe ich Gläser."

Er ging zur Küche, und Andreas folgte ihm. Während Jakob den Küchenschrank öffnete und zwei Gläser herausnahm, stand Andreas im Eingang zur Küche und blickte sich um. „Viel Besuch hast du nicht, oder?"

Jakob schloss den Kasten und blickte die braune Fläche vor sich an, als wenn es dort etwas zu lesen gäbe. „Ist ganz okay."

Er füllte ein Glas mit Wasser und ging an Andreas vorbei ins Wohnzimmer. Dieser folgte ihm, und kurze Zeit später saßen sie einander gegenüber. Andreas auf dem Sofa und Jakob in einem weißen IKEA-Sessel, eines der wenigen Möbelstücke, die er sich irgendwann angeschafft hatte. Jakob hatte immer noch keine Ahnung, was sein Besuch wollte. Er blickte auf die Uhr.

14.35 Uhr.

„Erwartest du noch jemanden?" Andreas grinste ihn an. „Hast du noch eine Verabredung? Komme ich etwa ungelegen? Entschuldige, dass ich nicht vorher gefragt habe. Sehr unhöflich von mir. Wirklich. Ist sonst überhaupt nicht meine Art. Aber – ich meine – du erwartest niemanden, oder? Du bist Morello. Morello hat keine Verabredungen. Oder? Oder hat sich da was verändert? Komm, sag schon. Gibt es jemanden? Kenn' ich sie?"

Während er redete, öffnete er die Flasche. Instinktiv nahm Jakob sein Glas und trank einen Schluck Wasser.

„Niemand. Ich erwarte niemanden."

Während Andreas sein Glas mit der roten Flüssigkeit füllte, grinste er. „Morello, keine Angst. Ich gebe es ja zu. Milch ist es nicht. Es ist schon der Saft der Traube. Aber kein Wein, versprochen. Ganz normaler Traubensaft. Was ist? Nimmst du? Ich meine, nachdem du das Wasser in dich hineingeschüttet hast." Wieder war es keine wirkliche Frage. Und auch nichts, das eine Widerrede erlaubte.

Er nahm einen Schluck Wasser und nickte unmerklich.

Andreas lachte. „Heißt das, wir können anstoßen? Wir können zusammen den Saft der Traube genießen, ohne dass du in einen Gewissenskonflikt stürzt?"

Jakob nickte.

„Und worauf?"

Andreas blickte ihn fragend an.

„Anstoßen, meine ich. Was gibt es zu feiern?"

„Was weiß ich? Auf uns. Auf die Welt. Auf diesen wundervollen Oktobertag. Auf die Liebe? Keine Ahnung, Morello. Braucht es immer einen Grund?"

„Also gut." Jakob leerte sein Glas und streckte es Andreas hin. Dieser füllte es mit dem Traubensaft. „Hey, das ist doch ein Morello, wie er auch sein könnte."

Dann stießen die beiden Männer ihre Gläser zusammen.

Als Jakob sein Glas wieder auf den Tisch stellte, blickte er Andreas an und fragte: „Und? Weshalb bist du hier?"

„Ja, mein lieber Freund. Wir sitzen hier zusammen und trinken ein Glas. Ich denke, jetzt ist ein guter Augenblick, dir den Grund meines Besuches zu verraten."

Jakob lehnte sich in seinem Sessel zurück. Er wollte entspannt wirken und spürte, dass ihm dies gänzlich misslang. In seinem Innern machte sich eine Unruhe breit, die er schon lange nicht mehr verspürt hatte. Er wusste nicht, was als Nächstes kommen würde und wollte gegen alles gewappnet sein. Aber mit welchen Waffen sollte man sich verteidigen, wenn man den Feind nicht kannte? Wie sollte man sich auf einen Angriff vorbereiten, wenn man nicht wusste, von welcher Seite dieser erfolgen würde? Denn dass er kommen würde, davon war Jakob Morello überzeugt.

Andreas füllte die beiden Gläser nach, nahm seines in die Hand und trank einen großen Schluck. Er strich sich mit zwei Fingern von den Mundecken über die Unterlippe, stellte das Glas auf den Tisch und lehnte sich in die Kissen des Sofas. Im Gegensatz zu Jakob wirkte er wirklich entspannt.

„Weißt du, Morello, dass ich mehr weiß als andere? Ist schon immer so gewesen. Ich wusste, dass du etwas in die Bowle getan hast, von der uns allen speiübel wurde, und ich weiß auch anderes. Vielleicht alles. Ich weiß, wenn jemand mit jemandem zusammen ist, und ich weiß auch, wenn sie nicht mehr zusammen sind. Keine Ahnung. Vielleicht ist das eine Art Gabe. Was meinst du?"

Jakob zuckte mit den Schultern.

Andreas fuhr fort. „Egal. Jedenfalls weiß ich auch so einiges über dich."

Jetzt war es draußen. Jakob spürte, wie er zu schwitzen begann. Unwillkürlich rieb er die Handflächen an den Oberschenkeln ab.

„Was? Was weißt du?"

„Morello, mein Freund. Ich weiß es. Das ist die Hauptsache. Aber ich kann gut mit Geheimnissen. Das darfst du mir glauben. Wie geht es übrigens deinem Vater?"

Wieso fragte er nach seinem Vater? Wenn er alles wusste, müsste er auch wissen, dass sein Vater bereits seit über vier Jahren tot war. Es war eine Falle. Andreas war hier, um ihm eine Falle zu stellen.

„Mein Vater? Wieso fragst du nach meinem Vater?"

Andreas zuckte mit den Schultern. „Weiss nicht. Fragt man doch, nicht wahr? Ich meine, dein Vater hat sich doch immer um dich gekümmert, damals, als deine Mutter … Du weißt schon."

Jakob nickte und nahm einen Schluck aus seinem Glas. Wasser schmeckte ihm wesentlich besser, aber er ließ sich nichts anmerken. Er schien vor größeren Problemen als der eingeschenkten Flüssigkeit zu stehen.

Was wollte der ungebetene Gast?

Was wusste er?

War jetzt der Moment der Entscheidung gekommen?

Der Moment, in dem sich der Strick zusammenzog?

Der Moment des Falls?

Der Untergang?

Dass dieser kommen würde, wusste er. Hatte er immer gewusst. Aber so?

Heute?

Durch Andreas?

„Er ist tot."

Andreas stellte sein Glas auf den Tisch und blickte Jakob erschrocken an. Das hatte er also nicht gewusst. Die Frage war keine Falle gewesen.

„Tot? Du meinst …"

„Tot. Genau. Tot. Nicht mehr da."

„Scheiße, Morello. Ich hatte ja überhaupt keine Ahnung."

Er schenkte sich erneut ein. „Vielleicht hätte ich doch was Stärkeres mitnehmen sollen. Dein Vater. Scheiße!"

Jakob nahm sein Glas, bevor ihm Andreas nachschenkte. „So ist der Lauf des Lebens … So heißt es doch, oder?"

Andreas nickte. „Tut mir jedenfalls leid, Kumpel. Echt."

„Danke. Ist okay."

Dann war es einen Moment lang ruhig im Wohnzimmer. und die beiden Männer waren in ihrer eigenen Welt. Jakob wusste, in welcher Welt er war. Über jene von Andreas wollte er sich keine Gedanken machen. Immer noch fragte er sich, was dieser hier wollte. Weshalb sollte er ausgerechnet heute hier erscheinen? Er war froh, dass das Thema Vater abgehandelt war. Er hatte absolut kein Interesse daran, die Geschichte, die in keinem einzigen Punkt der Wahrheit entsprach, aufzuwärmen.

Er stellte fest, dass es ihm schwerfiel, tief einzuatmen und spürte gleichzeitig ein saures Aufstoßen. Andreas saß da, trank von dem mitgebrachten Traubensaft und schien ins Leere zu blicken. Jakob war jedoch davon überzeugt, dass Andreas ihn ganz genau musterte. So wie er vorhin die Küche analysiert und Rückschlüsse auf das Leben und die Besucherintensität seines unfreiwilligen Gastgebers gezogen hatte. Jakob saß in seinem Sessel und versuchte, mit seiner Haltung Zufriedenheit und Gelassenheit auszustrahlen. Er war sich allerdings nicht sicher, ob es ihm auch wirklich gelang.

In dem kurzen Moment der Ruhe lief sein Leben wie ein kurzer Film in seinem Innern ab. Und dies, obwohl er nicht im Sterbetunnel stand. Es war denn auch eigentlich kein Film, sondern vielmehr eine Abfolge von Bildern. Ähnlich der Projektion von Dias, die per Knopfdruck an die Wand geworfen wurden. In der Schule hatte er dies das letzte Mal erlebt, und er war davon überzeugt, dass dies auch heute noch üblich war, wenn sich die Technik auch laufend veränderte. Bilder von Bienen waren es gewesen. Und Blütenpflanzen. Schön. Groß und farbig.

Die Bilder, die an seinem inneren Auge vorbeizogen, waren nicht schön. Farbig, ja. Aber nicht schön. Sein Puls beschleunigte sich, und er spürte, wie sein Mund trocken wurde. Bilder seines Lebens. Stationen seiner Existenz.

Seine Mutter mit der Zigarette im Mund und verdrehten Augen. Wach und doch nicht anwesend. Jost in seiner Badewanne. Nadja mit Zähnen, die einmal als Zähne durchgegangen waren, bevor die Drogen ihre Auswirkungen offenbart hatten. Er selbst. Am Bahnhof. Mit seinem Rucksack. Als Junge mit den Flaschen seiner Mutter im Treppenhaus. Patrick, wie er sich die Hose hochzieht. Markus in seinem GTI mit heruntergelassenen Fenstern. Und wieder er selbst. Am Schreiben. Am Verfassen von Briefen. Am Leeren von Postfächern. Am Aufkleben von Bärten. Und dann Angelika. Sie, die ihn nicht wirklich geliebt hatte. Nicht so wie er sie. Wie sie dalag, am Ende. Damals. Vor ach so langer Zeit. Sein Vater. Lachend. Und beim nächsten Bild entsetzt. Fragend. Blut. Mehr Bilder mit Blut. Ist das das Ende der Schiene, auf welcher die Dias fein säuberlich gestapelt waren?

Dann das letzte Bild.

Ja. Aber es war kein Bild. Keine Fotografie. Nicht starr. Es war ein Film. Ein bewegtes Bild. Auch wenn dies unmöglich ist. Technisch. Gesichter all der Menschen, denen er geschrieben hat und Blut, das sich vom oberen Bildrand über die Gesichter ausbreitet. Dickflüssig. Dunkel. Gesichter, die ihn, Jakob, betrachten. Nicht fragend. Nicht entsetzt. Ohne Ausdruck. Ohne Empfindung. Keine Anklage. Gesichter, die ihn einfach nur ansehen.

Ahnen sie, dass jetzt der Moment der Offenbarung sein würde?

Wissen sie, was kommen würde?

Schauen sie seinem Untergang zu als zentrale Akteure seines Lebens?

Tote und lebende Gestalten, mit denen er Kontakt hatte, obwohl die Lebenden unter ihnen keine Ahnung davon hatten?

Sollten sie zuschauen. Sollten sie seinem Untergang beiwohnen. Es war Jakob egal. Wirklich egal. Er hatte ihnen über all die Jahre zugesehen. Vielleicht war dies nichts anderes als ausgleichende Gerechtigkeit.

Sein Mund fühlte sich mit jeder Sekunde trockener an, und beinahe glaubte er, er dürfe den Mund nicht mehr schließen aus Angst, dass er dann zusammenkleben würde. Über etwas war sich Jakob Morello noch unschlüssig: Sollte heute, an seinem 30. Geburtstag, wirklich alles zu Ende sein? Sollte der Moment des Untergangs wirklich jetzt schon stattfinden? Er schüttelte unmerklich den Kopf und stand auf. Nein. Heute war definitiv nicht der Moment. Der Film begann sich aufzulösen. Langsam. Das Blut verschwand. Die Gesichter auch. Weiß. Alles war weiß und klar.

Andreas blickte zu ihm auf.

„Was ist, Morello? Muss ich schon gehen?"

„Ist mir egal." Jakob zuckte mit den Achseln. Gleichzeitig spürte er, dass dies wohl seine häufigste Bewegung war, die er ausgeführt hatte, seit Andreas in seine Wohnung und sein Leben geplatzt war. „Ich muss nur etwas Wasser haben. Dein Traubensaft ist doch recht klebrig."

Andreas lachte. „Ja, ich weiß, was du meinst. Geht mir auch so. Nächstes Mal bringe ich etwas anderes mit. Versprochen."

Als Jakob zurück ins Wohnzimmer kam, stand Andreas am Fenster und blickte nach draußen. Er drehte sich zu Jakob um. „Sieht immer noch genauso aus wie früher, was? Nichts hat sich verändert."

Jakob zuckte mit den Schultern. „Du hast immer noch nicht erzählt, was dich hierherführt."

„Du hast recht." Andreas nickte. „Ich wollte dir eigentlich nur sagen, dass ich alles weiß."

Jakob war darauf vorbereitet. Er hatte Wasser getrunken, und sein Mund fühlte sich nicht mehr trocken an. Er war bereit, den

Untergang abzuwenden. Ihn hinauszuzögern. Er war noch nicht bereit. Nicht heute und nicht durch Andreas.

Dieser setzte sich in den Ikea-Sessel und lehnte seinen Kopf zurück. Jakob stand hinter ihm. Schaute auf ihn hinunter. Andreas hatte die Augen geschlossen und schien beinahe tiefenentspannt. Ohne die Augen zu öffnen, fuhr er fort: „Ich weiß es und staune, dass du das für dich behalten konntest. Morello, der einsame Rächer. Gab es nicht einen Film mit diesem Namen? Oder einen Comic? Natürlich ohne Morello. Unglaublich. Hätte doch niemand gedacht, oder? Ich am allerwenigsten. Komisches Zeugs in eine Bowle schütten, okay. Aber das!"

Ein leichtes Schmunzeln umspielte Andreas' Mund. Er sah nicht, wie Jakob ein Messer hinter seinem Rücken hervorzog und sprach weiter.

„Vielleicht haben wir dich alle unterschätzt." Ein unmerkliches Nicken. „Ja, das haben wir definitiv. Sie wird dir wahrscheinlich auf ewig dankbar sein. Ilka, meine ich."

Jakob beugte sich leicht zu Andreas, das Messer fest in der Hand, bereit, zuzustoßen. Jakob spürte, wie ruhig er war. Kein Zittern. Kein trockener Hals. Ein Puls wie eine Kröte in der Winterruhe. Einen kurzen Moment fragte er sich ernsthaft, ob Kröten den Winter überhaupt überlebten ... Darüber hatte er nie einen Diavortrag gehört.

Einen Augenblick bevor er Andreas das Messer in den Hals stechen wollte, hörte er diesen sagen: „Der Typ hat auch nichts anderes verdient, was? So ein krankes Arschloch." Mit ruhiger Hand näherte sich das Messer mehr und mehr seinem Ziel. Jakob sah die Schlagader seines Gastes. Beinahe glaubte er das Pochen des Blutes zu sehen. Würde er seinen Kopf nun ein kleines Stück zur Seite drehen, würde er die Klinge spüren. Wenn das dann auch das letzte wäre, was er spüren würde. Und das Pulsieren des Blutes würde dann nicht mehr zu sehen sein. Jakob war bereit.

„Dass du dem Kerl eine verpasst hast und er k.o. am Boden lag, das ist unglaublich. Der ist selber schuld, hat sich den Kopf an seinem Scheiß-Kotflügel aufgeschlagen."

Jakob zuckte leicht zusammen und zog das Messer zurück.

„Wovon sprichst du?"

Andreas öffnete die Augen und drehte sich um. Jakob verbarg das Messer hinter seinem Rücken.

„Ich meine, der wollte Ilka vergewaltigen. Was sage ich. Er hatte sie vergewaltigt. Ist einfach nicht zum Schuss gekommen. Nicht wegen der Kälte des Schnees. Nein, Wegen dir. Morello sei Dank. Unglaublich, was für kranke Typen in dieser Welt herumirren. Zum Glück warst du zur Stelle. Echt, Morello. Als ich davon hörte, sagte ich, dass du wirklich ein Held bist. Ein Freak! Aber ein Held. Das wollte ich dir sagen. Das muss man hören. Direkt. Von Angesicht zu Angesicht, wie man doch so schön sagt. Morello, der Held. Abgefahren, nicht? Wer hätte das damals gedacht?"

Er blickte auf die Uhr.

15.12 Uhr.

Er setzte sich auf, leerte das Glas und stand auf. „So, jetzt hab ich's gesagt. Und bin schon weg. Habe noch anderes vor. Aber wirklich, Morello. Glückwunsch. Das war echt stark."

Kurze Zeit später stand Jakob allein in seiner Wohnung, blickte sich um, legte das Messer zurück in die Schublade und lächelte. Er hatte sich also doch nicht geirrt.

Es war noch nicht die Zeit des Untergangs.

Es war noch zu früh.

4. Oktober 2013
21.00 Uhr

1

20.23 Uhr.
Er wartete. Das fiel Jakob nicht schwer. Er hatte schon so oft gewartet. Alles war vorbereitet, und trotzdem hatte er keine Ahnung, was auf ihn zukommen würde. Wird es wirklich Andreas sein, der um neun Uhr vor ihm stehen und ihn mit seiner Vergangenheit konfrontieren wird? Zusammen mit Christine? Oder hatte er sich getäuscht, und es wäre doch Markus? Patrick? Ilkas Vater? Oder Thomas, der beschlossen hatte, seine Gartenzwerge für einen Abend zu verlassen? Oder jemand der anderen, deren Lügen und Doppelleben er in den vergangenen Jahren aufgedeckt und zu seinen Gunsten genutzt hatte.

Es war eine unglaubliche Anzahl von Personen, die von E. Briefe erhalten hatten und bereitwillig zahlten, ohne nachzuforschen, woher die Briefe kamen. Viel zu groß war die Angst der Aufdeckung ihrer Lüge und noch viel größer ihre Bereitschaft, sein Schweigen zu kaufen.

Die Gläser hatten bereits nach wenigen Jahren keinen Platz mehr in der Schublade gehabt, und so hatte er sich in einer Brockenstube einen abschließbaren Kasten gekauft, der in seinem Schlafzimmer stand und die größten Schätze seines bald fünfzigjährigen Lebens beherbergte. Jakob war stolz auf seine Sammlung und wusste, dass einige der Menschen, die ihm einen Teil ihres Gehalts abgaben, ihr Doppelleben beendeten. Thomas zahlte E. lieber mit regelmäßigen kleinen Geldbeträgen, als seiner Frau zu sagen, dass er beinahe ihr Heim aufs Spiel gesetzt hatte. Im wahrsten Sinn des Wortes.

Somit war es doch eine gute Tat, die er den Menschen seit nunmehr drei Jahrzehnten brachte. Es war schwierig, den Überblick über all seine Gönner zu behalten. Auch wenn er mittlerweile einen Computer hatte, war dort nichts zu finden, das seine geschäftlichen Beziehungen zu Frauen und Männern offenbarte. Keine Datei. Keine Notiz. Auch nicht auf einem Stick. Würde man seine Wohnung durchsuchen, fände man auch keine Diskette, die in den 90ern aufgekommen und dann sang- und klanglos wieder verschwunden waren. Man würde überhaupt keinen Beweis seines Tuns finden, solange der Kasten in seinem Schlafzimmer verschlossen blieb. Und sollte dieser geöffnet werden, stellte sich die Frage, wer aus den Inhalten der Gläser eine Verbindung zu seinen Geschäften machen konnte. Er selbst war nicht fähig, alle seine Geschäftsbeziehungen aus dem Kopf herunterzusagen. Aber wer schaffte das schon bei der Größe des Unternehmens?

Öffnete er jedoch den Schrank und betrachtete die Gläser, erinnerte er sich ganz genau an die dahinter versteckte Lüge. Er sah das Gesicht, das hinter dem Inhalt des Glases steckte. Er sah den Film der Geschichte, wenn er das Papierlein, den Tannenzweig oder die Scherbe oder was auch immer betrachtete. Manchmal schraubte er ein einzelnes Glas auf, nahm den Geruch des Gegenstands wahr – wenn er denn noch vorhanden war – und tauchte ab in die Vergangenheit. In eine Geschichte, in die er sich mit dem Versenden eines säuberlich verfassten Briefes selbst hineingegeben hatte und ein Teil davon geworden war. Auch anderes befand sich noch in diesem Kasten.

Es waren aber keine Konfitürengläser, sondern kleine Flaschen. In einigen befanden sich Haarlocken. In einer das Stück eines Zahnes, in einer anderen ein Taschentuch mit bräunlichen Flecken. Jakob wusste, dass es Blut war, das ursprünglich rot gewesen war. Flaschen mit Fingernägeln und Stofffetzen und Flaschen mit Steinchen, Sand oder anderen Dingen aus der Natur.

Nichtssagend.

Nichtssagend für Außenstehende. Jakob jedoch wusste bei jeder einzelnen Flasche, auf wen deren Inhalt Bezug nahm. Um wen es sich handelte.

Frauen. Nur Frauen. Frauen, mit denen er an einem Fluss war oder im Kino oder sonst wo. Was allerdings sehr selten vorkam und meist nur eine geringe Anzahl Stunden seines Lebens beanspruchte. Viel mehr Flaschen waren gefüllt mit Dingen, die ihn an Frauen erinnerten, die er sowohl in seinen Tagträumen als auch in der reellen Welt verfolgte, sie jedoch weder ansprach noch ins Kino einlud. Frauen, die ihm gefielen und die ihn überhaupt nicht wahrzunehmen schienen. Nicht spürten, dass er ihnen eine Locke abschnitt, während sie eingenickt neben ihm in der Eisenbahn saßen. Taschentücher, die er aus dem Abfall nahm, nachdem sie kurz zuvor hineingeworfen wurden.

In den Flaschen waren seine Frauen. Auch wenn die meisten keine Ahnung davon hatten, dass sie ein Teil von Jakob Morellos Leben wurden. Er war nicht an deren Leben interessiert. Er beobachtete sie, stellte ihnen nach, machte Fotos, die er zu Hause betrachtete und sie dann wieder löschte und sammelte Gegenstände, die ihn an sie erinnerte. Es war Jakob gleichgültig, ob die Frauen alt oder jung waren oder welche Haarfarbe sie hatten. Er wollte nur rasch eine große Sammlung von ihnen in seinem Kasten haben, und nur manchmal sprach er sie an. Oft wurde gar keine Notiz von ihm genommen. Oft reagierte eine Frau mit einem leichten Schulterzucken und ging unbeeindruckt weiter. Und nicht selten kam es vor, dass es sich bei einer Dame, die er in einer Bar ansprach, um eine Prostituierte handelte und ihm nur des Geschäftes wegen zuhörte.

Bei einigen dieser Damen war Jakob Morello der letzte Kunde gewesen, die sie empfangen hatten. Auch von ihnen hatte er Erinnerungsstücke in die Flaschen gelegt, was mit wesentlich weniger Aufwand verbunden gewesen war. Auch hier fühlte er sich als Mann der guten Tat. Es war nicht in Ordnung, Liebe zu spielen. Angelika hatte dies getan. Und diese Frauen taten das auch. Interessanterweise schien niemand diese Frauen zu vermissen. Nur sehr selten wurde in den Nachrichten über deren Verschwinden berichtet. Dass die Leichen nicht gefunden wurden, dafür hatte er gesorgt. Es war ihm wichtig gewesen, dass sie alle ein anständiges Grab erhalten, und er hatte dafür keine Mühe gescheut.

Flaschen und Gläser. Gläser und Flaschen. Die Sammlung eines halben Jahrhunderts. Seines Lebens. Das kurz davor stand, eine Wendung zu erhalten. Er war bereit.

20.37 Uhr.

Jakob blickte sich um. Wer würde kommen? Wer hatte die SMS geschickt? Er spürte, dass es reine Neugierde war, die ihn in diesem Park sitzen ließ. Er hatte keine Angst. Auch wenn das sein letzter Abend werden würde, war die Neugierde, wer ihn durchschaut hatte, größer, als über das Ende seines gewohnten Lebens besorgt zu sein. Vielleicht würde aber auch alles zu seinen Gunsten ausgehen. Vielleicht war immer noch nicht der Tag gekommen, an dem alles ein Ende nahm. Er ließ es offen.

Beinahe freute er sich auf die Begegnung, die vor ihm lag. Er würde angesehen werden, wirklich erkannt werden – vielleicht. Irgendwo in seinem Inneren hoffte er es fast. Es war eine völlig andere Situation als damals, als Andreas in seiner Wohnung aufgetaucht war und sein zögerliches Erzählen, was er denn alles wusste, um ein Haar mit seinem Leben bezahlt hätte. Damals war Jakob noch nicht bereit zur Konfrontation gewesen. Heute sah das anders aus. Aber er wollte bereit sein und sich nicht kampflos in sein Schicksal ergeben. Schlimmstenfalls würde der Schreiber der SMS brennen. Zusammen mit ihm. Vorbereitet war er auf beides. Auf das Ende oder auf das Gewinnen. Vielleicht war ihm Letzteres erneut vergönnt. Vielleicht. Der Brennsprit war ausgeleert. Jakob sah die nasse Spur, die unter seinen Füßen wegführte. Dorthin, wo der nächtliche Besucher stehen würde. Er war sicher, dass er sich nicht zu ihm auf die Bank setzen würde. Wenn doch, würde er den Spray entzünden und die Dose als Flammenwerfer umfunktionieren. Brennen würde er. Dort, am Ende der ausgeleerten Flüssigkeit, oder hier, neben ihm auf der Bank. Und ja, er war sicher, dass es ein Er war. Weshalb, konnte er nicht sagen.

20.56 Uhr.

Zur Vorbereitung zündete er sich eine Zigarette an. Bereit sein, das war sein Motto in den vergangenen Jahren, und bereit war Jakob Morello auch jetzt.

Es war bereits über eine Stunde dunkel. Trotzdem erkannte Jakob, dass jemand in den Park trat. Nicht jemand. Mehrere.

Die Gestalten hoben sich von den Lichtern der Geschäfte und der Straßenlampen im Hintergrund ab. Waren da noch mehr? Weiter hinten? Er kniff die Augen zusammen, konnte es aber nicht genau erkennen. Er schluckte, und sein Puls ging schneller. Weshalb war er nur davon ausgegangen, dass ein einzelner Mann kommen würde? Schätzungsweise sechs oder sieben Leute konnte er ausmachen. Er glaubte auch, undeutliche Stimmen zu erkennen. Sie kamen langsam in den Park. Immer näher. Näher zu ihm, zu Jakob, der auf der Bank saß und spürte, dass ihn weder die Benzinspur auf dem Boden noch die Spraydose vor dem Untergang, der ihm bevorstand, bewahren würde.

21.00 Uhr.
„Hallo Morello. Ich wusste gar nicht, dass du rauchst."

Es waren sieben Personen, die sich nun in einem Halbkreis um ihn stellten. Jakob schluckte leer, und er spürte, wie sich eine bittere Flüssigkeit in seinem Mund ausbreitete. Er kannte sie. Kannte alle sieben. Und auch die anderen, die weiter hinten standen und nun immer näher kamen. Er kannte sie besser als die sich selbst.

3. Januar 2000
19.00 Uhr

1

Ein neues Jahrtausend.

Bereits drei Tage alt. Jakob überlegte sich, ob wenigstens dieses Datum für ihn eine spezielle Bedeutung hatte. Die Menschen waren in den letzten Tagen des endenden Jahrtausends in eine unglaubliche Anwandlung von Hysterie und Verschwörungstheorien gefallen. Die Angst hatte sich in unglaubliche Höhen gesteigert. Die Angst, dass alles zusammenbrechen würde. Die gesamte Kommunikation, das Internet. Alles, was damit zusammenhing. Und das war wirklich alles, wenn man all den Berichten und Büchern glaubte, die den Markt zu überschwemmen drohten. Angst vor dem Chaos. Der Anarchie. Religiöse Gruppen hatten Hochkonjunktur, und die Menschen waren mehr als bereit, einem Führer zu folgen.

Klar war viel passiert in den Jahren zuvor, die Landkarte hatte unglaubliche Veränderungen erfahren, und viele Länder erhielten im besten Fall neue Präsidenten und im schlechtesten Fall einen weiteren Diktator.

All dies hatte Jakob Morello nicht gekümmert. Und es kümmerte ihn auch jetzt nicht, wenn die Stimmen zwar leiser, aber nicht unbedingt weniger geworden waren. Er nahm alles wahr, hörte davon und blieb völlig unbeeindruckt.

Angst machte ihm die Veränderung der Welt nicht, denn seine Welt blieb dieselbe. Die wachsende Macht des Internets störte ihn nicht, weil er es privat nicht nutzte. Fremde Diktatoren und Präsidenten ließen ihn kalt, weil er nicht in fremde Länder reiste, und für die Religion hatte er sowieso nichts übrig – zu viele Konfitürengläser waren mit Erinnerungsstücken von Priestern, Pfarrern und anderen Vertretern all der Kirchen gefüllt, die immer wieder aus dem Nichts entstanden. Wobei sie sich nicht auf das Nichts beriefen. Im Gegenteil.

Nein. Er brauchte keinen Anführer. Weder einen religiösen noch einen weltlichen. Er blickte auf seine Armbanduhr.

17.00 Uhr.
Er fuhr den Computer herunter und lächelte, als er über seine Gedanken der letzten Minuten nachdachte.

Weltliche Anführer! Sind denn die Großen der Kirchen nicht von dieser Welt? Nannte man sie deshalb geistlich, weil sie nicht von dieser Welt waren? Keine Ahnung hatten, was darin wirklich alles geschah? Nein, wahrscheinlich nicht. Wie viele Wörter nimmt man doch in den Mund, ohne darüber nachzudenken, was sie eigentlich bedeuten. Jakob war davon überzeugt, dass ein Pfarrer durchaus weltlich verstanden werden wollte. Auf jeden Fall waren sie sehr weltlich geworden, als sie die Briefe von E. erhalten hatten. Von einem Augenblick auf den anderen. Da war nichts Geistliches mehr, nichts Religiöses.

Die Welt.

Sie ist nicht untergegangen. Allen Voraussagen zum Trotz. Es war ein ruhiges Wochenende gewesen. Hier und auch anderswo. In den Nachrichten gab es nichts, das Aufsehen erregte, und heute war den ganzen Tag nur immer wieder zu hören, wie froh man war, dass die Welt noch bestand. Klar. Es war als Witz gedacht. Aber sicher war sich der eine oder andere wohl doch nicht gewesen. Das Internet lief noch, und die Menschen kommunizierten auf vielfältigere Weise als noch zu jener Zeit, als er in diesem Gebäude seine erste Arbeitsstelle erhalten und mit farbigen Stiften unzählige Punkte und Striche gekritzelt hatte.

Die Gesprächsinhalte wurden über die Jahre allerdings nicht besser. Auch nicht interessanter. Immer noch reichte es Jakob völlig aus, was er dem direkt gesprochenen Wort entnehmen konnte. Seine Geschäfte hatten sich die vergangenen Jahre immer weiterentwickelt. Fein säuberlich hatte er alles in Gläser verpackt und dabei eine Lust entwickelt, die er sich selbst gar nie zugetraut hätte. Beinahe konnte man es Leidenschaft nennen, mit der er die Briefe schrieb und Gläser füllte. Auch die kleinen Flaschen mit den Inhalten der Frauen, die er mehr oder weniger gut kennengelernt hatte.

Von ihnen nahm er nie Geld – von ihnen reichte ihm, ein Erinnerungsstück zu erhalten. Mehr oder weniger freiwillig. Einen kleinen Gegenstand, der in die Flasche passen würde. Einen Geruch oder zumindest eine blasse Vorstellung, um welchen Geruch es sich gehandelt hatte. Jakobs Erinnerungsvermögen war beeindruckend, und wenn er die Flaschen aufschraubte und seine Nase über die Öffnung hielt, roch er Jasmin oder Zimt, manchmal Pfefferminze oder eine Beerenart. Oder Metall. Natürlich war in Wirklichkeit schon lange nichts mehr zu riechen, aber in der Erinnerung verblasste nichts. Die Pfefferminze des Papiertaschentuchs, das einem ursprünglich die Nase freimachen sollte. Er wusste gar nicht, ob man diese immer noch kaufen konnte. Jasmin eines Parfums, das sich die Dame wohl an den Hals gespritzt hatte, bevor sie sich auf den Weg in die Bar begab. Das Stück des Büstenhalterträgers roch in seiner Vorstellung immer noch sehr intensiv danach. Und der metallene Geruch des Blutes, das aus der Nase einer jungen Frau geflossen war, nachdem er diese gebrochen hatte. Gerochen hatte er Blut allerdings nie. Wusste, dass es zwar den Geschmack von Metall besaß, aber nicht wirklich einen Geruch abgab. In seiner Vorstellung jedoch strömte das Stück des Handtuchs, mit dem er Blut abgewischt hatte, einen kalten, metallenen Geruch aus.

Kalt und tot.

Ja, die Welt von Jakob Morello hatte sich nicht verändert. Sie war dieselbe geblieben. Er war aber sicher, dass sich die Welt von Andreas verändert hatte. Nicht an diesem Silvester. Aber in den letzten Jahren. Und sie würde sich heute noch mehr verändern. Vielleicht würden ihm all die Prophezeiungen zum Jahrtausendwechsel in den Sinn kommen, heute Abend. Wer weiß?

Während er seine Jacke anzog und die breite Treppe zum Ausgang nahm, musste er unwillkürlich an dessen Besuch Mitte der Neunzigerjahre denken, an sein Ableben, welches beinahe unmittelbar bevorgestanden hatte und dann doch hatte abgewendet werden können. Für Andreas war es eine Fügung des Glücks, für Jakob eher bedeutungslos gewesen, wenn er zu jenem Zeitpunkt auch froh gewesen war, sich nicht um die Entsorgung einer weiteren Leiche kümmern zu müssen.

Noch bevor Andreas damals die Tür hinter sich geschlossen hatte, wusste Jakob, dass er ein neues Glas würde füllen müssen. Er wollte ihn in der Hand haben. Ihn, der alles zu wissen glaubte, meinte, alle Fäden in der Hand zu halten. Den Meister der Souveränität. Den Blender und Verführer. Ihn wollte er in der Hand haben. An seinen Fäden wollte er ziehen oder zumindest die Möglichkeit und Macht besitzen, diese durchschneiden zu können. Jakob erinnerte sich, dass er sich damals gewundert hatte, Andreas nicht schon viel früher ins Visier genommen zu haben. Dass es dann doch ziemlich lange gedauert hatte, etwas Dunkles in der blendenden Fassade zu finden, bewies ihm, dass nicht alle Menschen sofort zu durchschauen waren. In der Tat dauerte es einige Jahre, bis er durch einen glücklichen Zufall davon hörte, dass ein gewisser Andreas M. Helmer, ein Investor und Immobilienmakler, große Geldschwierigkeiten hatte. Es war wirklich ein Zufall gewesen. Er hatte auf einer Bank am See gesessen und zwei Männer in Anzügen darüber sprechen hören. Wortfetzen.
Satzfragmente.
Aber die Hauptsache hatte er verstanden.
Andreas M. Helmer.
Das konnte nur er sein. Obwohl er in der Schule seinen Vornamen noch nicht mit einem zusätzlichen Buchstaben garniert hatte. Aber er fand heraus, dass er das M später hinzugesetzt hatte. Nicht etwa, weil er mit zweitem Namen Martin oder Manuel hieß, sondern vielmehr, weil es interessanter tönte. Jakob lächelte. Ja, Andreas M. Helmer. Ein Blender. Ein Verführer.
Später hatte er erfahren, dass Andreas von einem Monat auf den anderen anscheinend alle seine Geldsorgen los geworden war, und Jakob machte sich daran, den Grund dafür herauszufinden. Er hatte gestaunt, dass dies anscheinend niemanden sonst zu interessieren schien. Andreas M. Helmer hatte, so wurde erzählt, die Ärmel hochgekrempelt und seine Firma wieder auf Vordermann gebracht. Dass dies in wenigen Wochen geschah, war für die Allgemeinheit in Ordnung. Für die Allgemeinheit, aber nicht für ihn.
Und dann war es wieder ein Zufall, der ihn veranlasst hatte, einen sorgfältig formulierten Brief in säuberlicher Handschrift

zu verfassen, und ebendiesen Brief würde Andreas heute in seinem Briefkasten vorfinden, wenn er denn heute nach Hause kam, wovon er ausging.

Er würde erkennen, dass sein Blendwerk nicht alle geblendet hatte.

Er würde feststellen, dass die Welt im neuen Jahrtausend noch dieselbe ist, aber seine Welt nun auf den Kopf gestellt wurde.

Und er würde spüren, wie es sich anfühlte, wenn nicht er die Fäden in der Hand hielt, sondern ein Unbekannter mit dem Kürzel E. Ein Buchstabe, der zu einem wirklichen Namen gehörte und kein Beiwerk ohne Bedeutung war.

2

Sehr geehrter Herr Helmer

Wahrscheinlich wundern Sie sich, an einem Tag wie heute einen Brief zu erhalten. Seien Sie versichert, dass Sie am Ende verstehen werden, worum es geht.

Sie kennen mich nicht, aber ich kenne Sie. Ich kenne Sie gut und weiß um Ihr Geheimnis, das Sie umgibt und das Sie vor allen zu verheimlichen versuchen. Es ist Ihnen auch schon schlechter ergangen, nicht wahr? Ist noch nicht sehr lange her, da meinten Sie, Konkurs anmelden zu müssen.
Entlassungen. Abfindungen. Aber doch vor allem Entlassungen. Womit sich die Entlassenen dann hätten abfinden müssen.

Tut mir leid. Entschuldigen Sie mein Wortspiel. Ich liebe Wortspiele. Und sind es nicht die Spiele mit Worten, mit denen letzten Endes alles aufs Spiel gesetzt wird, nicht wahr? Würden Sie mir da zustimmen?

Oder waren es keine Worte, die Ihre Geldgeber davon überzeugten, Ihnen unter die Arme zu greifen? Nur Sie wissen – entschuldigen Sie, verehrter Herr Helmer –, ich weiß es natürlich auch: dass genau diese Worte leer waren. Leer wie Ihre Konten. Nun ja, jetzt sind sie es ja nicht mehr. Weshalb haben Sie sich mit diesen Leuten abgegeben? Bevorzugen Sie nicht Ihre Unabhängigkeit? Ihre Freiheit? Nun ja, das geht mich ja nichts an. Ich frage mich nur, was mit Ihnen geschehen wird, wenn die Vertreter des Gesetzes von Ihren neuen Partnern erfahren. Wenn sie hören, weshalb Sie plötzlich wieder über Geld verfügen. So aus dem Nichts. Haben Sie sich eigentlich nicht gewundert, dass niemand diese Frage stellt?
Nun, ich habe mir diese Frage gestellt, und ich versichere Ihnen, und dafür gebe ich Ihnen mein Wort: Es wird keiner Ihrer alten Geschäftspartner von meinem Wissen erfahren.
Selbstverständlich werde ich auch mit keinen Menschen in Uniform in Kontakt treten. Versprochen.

Natürlich ist es so, dass ich mein Stillschweigen an eine Vereinbarung koppeln muss. Schauen Sie, jeder muss darauf achten, dass er über die Runden kommt, oder nicht? Damit ich über meine Runden komme, danke ich Ihnen, wenn Sie mir regelmäßig ein schönes Stück von Ihrem Gehalt zukommen lassen würden. Am liebsten jeweils am Ersten des Monats.
Ließe sich das machen? Die nötigen Angaben habe ich Ihnen auf der Rückseite notiert.
Herzlichen Dank jetzt schon für die Überweisung.
Und vielleicht können Sie mich eines Tages über die Bedeutung des Ms in Ihrem werten Namen aufklären.
Denn dies ist eines der wenigen Dinge, die ich noch nicht herausgefunden habe und mich ehrlich interessiert.

Hochachtungsvoll! E.

Andreas blickte auf die Uhr in seinem Wohnzimmer.

18.15 Uhr.
Es war ein beschissener Tag. Es war schon ein beschissenes Wochenende gewesen. Überhaupt würde er viel darum geben, das neue Jahrtausend nochmals von vorne beginnen zu können. Oder vielleicht die letzten drei Monate.

Er hielt den Brief in den Händen. Mehrere Male hatte er ihn gelesen und die unterschiedlichsten Gefühle durchlebt. Zuerst war es Verwunderung, eine leichte Hitze beim Beginn des zweiten Abschnitts. Fragen, die auftauchten. Ungläubigkeit. Auch Wut. Wut auf sich selbst und mehr noch auf E.

Wie kann das sein?

Und dann kam ein Gefühl in ihm hoch, das er von sich nicht kannte. Nicht einmal, als er sich mit den neuen Geldgebern in jenem Penthouse getroffen hatte. Mit den beiden Bodyguards, die sich an der Tür aufgestellt hatten. Nicht einmal da hatte er das Gefühl verspürt, das ihm jetzt den Rücken hochkletterte.

Angst.

Wirkliche Angst.

Er wusste, dass dieses Gefühl viele Menschen umtrieb und Dinge tun ließ, die später nicht mehr rational zu erklären waren. Er hatte sich schon in der Schule gefragt, wie er wohl reagieren würde, wenn diese plötzlich in Flammen stünde und sie sich in der obersten Etage befänden. Er hatte sich nicht wirklich ausgemalt, was er tun würde. Aber er war der absoluten Gewissheit, dass er, egal was er tun oder wie er reagieren würde, nicht von Angst oder sogar Panik angetrieben sein würde. Er würde einfach reagieren, und im Nachhinein wäre es für alle Beteiligten nachvollziehbar und logisch. Und er wäre am Ende der Held der Schule und wohl auch der ganzen Stadt.

Aber jetzt hatte Andreas Angst.

Beinahe glaubte er, dass die Fliesen unter seinen Füßen sich gegeneinander bewegten.

Vorwärts und rückwärts.

Rauf und runter.

Wer war E.?

Wer konnte das sein?

Andreas versuchte, im Schnelldurchlauf seine Bekanntschaften und Liebschaften der letzten Jahre durchzugehen. Aber kein Gesicht seines inneren Films blieb hängen.

Keine Begegnung.

Keine Situation.

Kein Mensch.

Keine Liebe.

Keine Erinnerung, die ihm einen Rückschluss auf den Verfasser des Briefes gegeben hätte. Er war sicher, dass es ein Mann war. Mehr aus einem Gefühl heraus. Denn weshalb sollte nicht eine Frau um seine geschäftlichen Beziehungen wissen? Er kannte viel mehr Frauen als Männer. Natürlich. Andreas musste lächeln, wenn es ihm auch nicht zum Lachen zumute war.

18.20 Uhr.
Eigentlich hatte er heute Abend ein Date mit Eveline. Vielleicht würde sie zu ihm nach Hause kommen. Oder er zu ihr? Eveline. Kein Name, mit dem er seine zukünftige Frau ansprechen möchte. Irgendwie schräg. Wie konnte man ein kleines Kind in den Armen halten und es Eveline nennen? Er schüttelte den Kopf. Einerseits wegen des Namens und andererseits, weil er jetzt wirklich andere Sorgen hatte als die Namensgebung eben geborener Kinder. Jedenfalls hatte sich die dunkelhaarige Schönheit mit diesem Namen vorgestellt letzte Woche. Sie war wirklich schön. Unglaublich sexy. Auch das konnte er nicht mit Eveline in Verbindung bringen.

Ein weiterer Gedanke kam ihm: Konnte sie E. sein? Andreas bezweifelte es. Das wäre zu einfach. Er vertraute seinem Gefühl, das ihn bisher noch nie im Stich gelassen hatte und ihm auch die Sicherheit gab, in einem Brand ohne Angst reagieren zu können. Ein brennendes Haus ließ ihn jedoch im Vergleich dazu, was er in den Händen hielt, völlig kalt. Der Brief von E. schien zu brennen.

In einem ersten Anflug von Angst und Wut wollte er ihn zerreißen, überlegte es sich dann jedoch anders. Es musste einen Hinweis geben, wer hinter dem Buchstaben steckte. Vielleicht nicht heute – aber irgendwann? Er legte ihn auf den Tisch und tat das, was er immer tat, wenn er überlegen musste: Er ging ins Bad, zog sich aus und stellte sich unter die Dusche. Während das Wasser auf ihn niederprasselte, lächelte er unwillkürlich, weil er sich überlegte, ob bei einem Brand die Dusche nicht eine gewisse Sicherheit bot. Zumindest würde der Tod durch Verbrennen hinausgezögert werden. Immerhin das. Aber das Feuer, das E. angezündet hatte, brannte weiter. Ob er unter der Dusche stand, vor dem Fernseher saß oder in seinem oder Evelines Bett lag. Er hoffte, dass es klappen würde. Dass wenigstens das klappen würde. Er war sich eigentlich sicher. Sicher durch seine jahrelange Erfahrung mit Frauen im Allgemeinen und Eveline im Besonderen. Wenn er Letztere auch erst vor Kurzem kennengelernt hatte. Er könnte sie auch anrufen. Sie fragen, ob sie nicht jetzt gleich zu ihm kommen wolle. Dann müsste er sich gar nicht erst anziehen und könnte sich einem viel wichtigeren Feuer widmen. Aber sie hatten bei ihr zu Hause abgemacht, um dann zu besprechen, wo sie essen wollten. Vielleicht hatte sie auch etwas gekocht. Beinahe wünschte er es sich. Er wollte nicht mehr unter Leute.

Seine Gedanken drifteten wieder zu E. Es war nicht Eveline. Es konnte nicht Eveline sein. Das E in ihrem Namen war Zufall. Davon war Andreas überzeugt.

Er musste zahlen. Das war ihm klar. Die Frage stellte sich nur, wie lange. Wie lange würde er brauchen, um herauszufinden, wer ihm diesen beschissenen Brief geschrieben hatte? Welcher alte Sack wusste mehr über sein Leben als irgendjemand sonst? Weshalb keine Mail, wenn er doch so genau Bescheid wusste? Auf dem Brief war kein Absender gewesen – logisch. Andreas lächelte bitter, während er aus der Dusche trat und sich bereit machte, Eveline zu treffen. Eine Briefmarke befand sich auch nicht darauf. Dieses blöde Arschloch musste diesen elenden Brief direkt in seinen Kasten eingeworfen haben.

18.42 Uhr.

Er trat aus dem Haus und blickte unwillkürlich zum Briefkasten. Er wusste also, wo er wohnte – auch das war logisch. Aber er war hier gewesen. Er hatte vor dem Haus gestanden, in dem sich seine Maisonettewohnung befand. Er hatte hier gestanden, vielleicht nach oben geschaut und den Brief eingeworfen. Er oder sie. Andreas wollte sich trotz seines Gefühls noch nicht festlegen. Er blickte sich um. Vielleicht wurde er beobachtet. Gerade in diesem Augenblick. Vielleicht war der Kerl hier und erfreute sich daran zu beobachten, was sein Brief anrichten würde. Dann ging Andreas los, ohne sich weiter um allfällige Spanner zu kümmern. Sollten sie ihn beobachten, wenn es wenigstens ihnen den Tag versüßte. Sein Süßstoff würde auch noch kommen.

18.57 Uhr.
Ein beschissener Tag.
   Ein beschissenes Wochenende.
   Ein Start ins neue Jahrtausend, wie er beschissener nicht sein könnte.
   Es konnte nur noch besser werden.
   Er trat ins Haus und ging die Treppe hoch zur Wohnung. Vor der Tür drückte er die Klingel.

19.00 Uhr.
Die Tür öffnete sich.
   „Hallo, Morello. Tut mir leid, dass ich einfach so aufkreuze. Aber ich brauche jemanden zum Reden."

4. Oktober 2013
22.00 Uhr

1

21.00 Uhr.
Sie waren pünktlich.
„Hallo, Morello. Ich wusste gar nicht, dass du rauchst." Andreas war der Erste, der sprach. Natürlich war er der Erste.
„Hallo, Jackyboy." Nadja war die Zweite. Sie sah besser aus, als er sie in Erinnerung hatte. Aber er hatte sie auch schon einige Jahre nicht mehr gesehen. Trotzdem hätte er sie aus Tausenden heraus wiedererkannt. Denn ihre Augen waren immer noch wie damals, als sie ihm …
„Na, Morello? Keine Lust, deine alten Freunde zu begrüßen?"
Keine Frage, zweifellos keine Frage. Und zweifellos hatte er keine Zeit, an die Vergangenheit zu denken. Es war die Gegenwart, die zählte. Die Gegenwart, die für ihn wohl nicht mehr lange dauern würde. Auf keinen Fall im selben körperlichen Zustand wie im Augenblick. Sie würden ihm alles zurückzahlen. Und mit alles meinte er wirklich alles. Er dachte an die Konfitürengläser. An die Flaschen. Wie hatten sie es herausgefunden? Wie waren sie auf ihn gekommen?
„Du hast doch geschrieben, dass du genug hast, nicht wahr?" Wieder war es Andreas, von dem er noch immer nicht wusste, wofür das M. stand. „Ganz klar und unmissverständlich hast du ‚jetzt' geschrieben. Willst du es sehen?" Er nahm sein Handy aus der Hosentasche. Die anderen standen da und schauten zu ihm.
Erwartungsvoll.
Zufrieden.
Als wenn sie am Ziel ihrer kühnsten Hoffnungen angelangt wären. Am Punkt, an dem die Ziellinie überschritten wird, der Hammer am Ende der Auktion auf den Tisch knallt oder am Ende des Monats alle längst fälligen Rechnungen beglichen werden.

Markus stand da, neben Patrick. Die drei schwarzhaarigen Partygängerinnen, die er bei Christine gesehen hatte. Ihre Haare trugen sie immer noch kurz. Hannes, der Mitläufer, der auch nach Italien gekommen wäre, damals, vor hundert gefühlten Jahren, stand weiter hinten. Auch Susanne, seine Frau. Und viele weitere, an deren Namen er sich nicht sogleich erinnern konnte. Aber an die Gegenstände in den Gläsern. Zu jedem Gesicht hatte er ein Glas. Ohne dass er es willentlich suchte. Wie Damoklesschwerter schienen die Gläser über den Leuten zu hängen. Am Eingang des Parks sah er noch mehr Leute stehen. Einige kamen von weiter hinten hinzu. Was wollten sie alle hier? Ihn lynchen? Ihn, Jakob Morello, der Selbstjustiz übergeben? Jakob schluckte, obwohl er keinen Speichel im Mund hatte.

Trocken.

Leer.

Sein Hals und die Zukunft, die vor ihm lag. Innerlich lächelte er. Was hätte er mit seinem Feuer denn schon erreichen wollen. Auch wenn nur einer gekommen wäre. Aber erst recht nicht gegen viele. Gegen alle, die hier gekommen waren, um …

Was hätte sein Plan für das letzte Game schon genutzt? Nichts. Absolut nichts. Nur dass er am Ende selbst gebrannt hätte. Seine Idee mit dem Sprit war einfach lächerlich. Bruce Willis, ja. Er hätte was damit zustande gekriegt. Klar. Aber auch nur, weil er sich im richtigen Drehbuch befand. Jakobs Drehbuch schrieb eine andere Geschichte. Und keine zu seinen Gunsten.

„Was? Was gibt es zu lachen? Es ist uns ernst!" Jetzt war es Patrick, der sich meldete. Er war sicher gewesen, dass er nur innerlich gelächelt hatte.

„Ich lache nicht."

„Er kann ja sprechen, unser Jackyboy. Welch Wunder." Nadja gab Markus einen Handklatsch, und Jakob musste unwillkürlich daran denken, dass das zu beinahe fünfzig Jahre alten Leuten nicht recht passen wollte. Unwillkürlich fühlte er sich in die Schulzeit versetzt. Sah sie vor sich, so wie sie damals waren. Jung. Ohne Fältchen. Ohne ergrauendes Haar. Markus hatte beinahe eine Glatze. Früh, eigentlich.

„Was wollt ihr?"

Andreas stellte sich vor ihn hin und blickte zu den anderen. Jakob war mittlerweile aufgestanden.

„Was wir wollen? Du fragst uns allen Ernstes, was wir wollen?"

Andreas schüttelte den Kopf und blickte ihm in die Augen. Direkt in die Augen, und Jakob sah etwas, das er nicht richtig einordnen konnte.

„Überleg doch mal. Was könnten wir denn wollen. Weshalb treffen wir uns wohl an diesem lauschigen Plätzchen. Was könnte es sein, was wir von dir wollen."

Es waren keine Fragen, die ihm da gestellt wurden. Monotone Sätze. Keine Fragen. Sie verlangten auch keine Antworten. Es waren viel mehr Drohungen mit der Ankündigung, dass die letzte Seite des Drehbuchs eben aufgeschlagen worden war. Jakob zuckte mit den Schultern, hielt dem Blick von Andreas stand.

Jetzt bloß keine Schwäche zeigen. Er war Jakob Morello, wusste alles über die nächtlichen Besucher hier im Park. Hatte alles selber herausgefunden. Hatte alles selber aufgebaut. Alles selber aufgedeckt, gemalt und Pflastersteine neu gelegt. Zurück in die Bedeutung ihres Ursprungs. Die Gläser hatte er gefüllt, ohne Hilfe. Er allein, Jakob Morello.

Andreas war ihm noch immer sehr nahe. Sein Atem roch nicht nach Pfefferminze. Eher wie stehen gelassenes Spülwasser oder so was Ähnliches. Was war los? Das passte überhaupt nicht zu Andreas. Und etwas war in seinen Augen, aber was? Was war es, das er in den Augen von Andreas immer wieder aufflackern sah? Irgendetwas, das die anderen anscheinend nicht wahrzunehmen schienen.

„Worum geht es? Was ist denn eigentlich los? Sonst kommt ihr auch nicht bei mir vorbei, oder?" Jakobs Stimme tönte klar. Sicher.

Andreas schüttelte den Kopf. Und dann wusste Jakob, was er in seinen Augen gesehen hatte. Unsicherheit.

Andreas Augen ließen ein schwaches Blitzen erkennen. Unsicherheit. Vielleicht Angst.

Beinahe glaubte Jakob, diese auch riechen zu können. Und dies machte ihn sicherer. Andreas war unsicher. Der Blender und

Verführer hatte Angst. Die Frage war nur, wovor? Sie waren viele. Er war einer. Allein. Trotzdem schöpfte er Hoffnung. Vielleicht würde sich seine Gegenwart doch noch in einem besseren Licht präsentieren und ihm eine nähere Zukunft schenken.

„Ich war bei dir. Hab dich besucht. Erinnerst du dich? Damals. Was sind das jetzt?"

Er blickte theatralisch auf seine Uhr.

21.24 Uhr.

„Genau. Müssten dreizehn Jahre her sein. Ist ja einfach zum Rechnen, nicht wahr? Dreizehn verdammte Jahre habe ich bezahlt, und all die Leute hier auch. Die meisten noch viel länger! Alles habe ich dir erzählt. Alles. Habe ich dir nicht auch den Brief gezeigt? Dich gefragt, ob du einen E. kennst? Wie dämlich muss man sein, seinen Erpresser als Freund anzuschauen. Obwohl. Damals wusste ich ja nicht, dass du E. bist, nicht wahr? Ich hatte keinen blassen Schimmer. War einfach nur verzweifelt."

Andreas Stimme war klar. Laut genug, dass es auch die Leute am Rande hören konnten, die immer näher gekommen waren. Klar, souverän auch seine Körpersprache. Ausholende Armbewegung. Mit beiden Beinen fest auf dem Boden. Logisch war er der Wortführer. Logisch, er hatte die SMS geschrieben. Logisch. Aber da war das Flackern in seinen Augen, das nicht zum Rest zu passen schien. Und das anscheinend nur er erkannte.

Patrick trat näher. Hätte Jakob seinen rechten Arm ausgestreckt, hätte er Patrick berühren können.

„Ich war der Erste, nicht wahr? Ich war dein erstes Opfer?" Leise sprach er. Trotz der Nähe konnte Jakob ihn kaum verstehen.

Jakob schüttelte den Kopf und machte einen Schritt zurück. „Ich habe keine Ahnung, worum es geht. Wovon sprecht ihr, hä?"

Andreas schüttelte in übertriebener Stärke den Kopf. „Nein, mein lieber Morello. Diese Straße ist eine Sackgasse, glaube mir."

Jakob blieb ruhig. „Ich erinnere mich an deinen Besuch damals. Natürlich. Kriegte ja nie viel Besuch, wie du selber festgestellt hast. Aber versteh mich nicht falsch. Als Freund bist du sicher nicht gekommen. Ich habe mich gewundert, weshalb du zu mir gekommen bist. Später dann wusste ich es. Bei mir hattest du nichts zu verlieren. Ich spielte nur eine Nebenrolle in deinem Leben. Wenn ich denn überhaupt eine Rolle spielte. Du brauchtest …"

Andreas trat einen Schritt auf ihn zu, holte mit seinem Arm aus und wurde von Patrick festgehalten. „Lass ihn. Lass ihn reden. Das andere kommt später."

Jakob fuhr fort und spürte, dass er schon seit Jahren nicht mehr so viel am Stück gesprochen hatte. Sätze, die er aber schon lange mit sich herumtrug. „Es stimmt doch, was ich sage. Das, was du mir erzählt hattest, konntest du doch niemandem sonst erzählen, nicht wahr? Oder weiß jemand deiner Freunde hier, was du mir erzählt hast? Ich gehe nicht davon aus, dass du irgendjemandem etwas von dir offenbarst, das dich in einem schlechten Licht präsentiert. Du willst immer nur der Beste sein. Ist auch total legitim. Die Frage stellt sich nur, zu welchem Preis. Unglaubliche Anstrengungen musstest du doch unternehmen, das Licht am Laufen zu halten, nicht wahr? Und deshalb bist du zu mir gekommen. Nur deshalb. Du hattest Angst, dass der Schalter gedrückt wird und der von allen ach so begehrte und bewunderte Freund nicht der ist, der er vorgibt zu sein. Aber du vergisst, dass es auch andere Lichtschalter gibt, die man betätigen kann und die dazu führen, dass das alles erhellt wird. Alles sichtbar wird."

Christine schaute zu Andreas. Wusste sie etwas? Hatte er ihr irgendetwas erzählt? Kannte er im Gegenzug ihre Geheimnisse? Wusste er von ihrer Geldunterschlagung? Ihren von dubiosen Leuten gesponserten Reisen in fremde Länder? Wahrscheinlich. Sicher.

„Was wollt ihr also?"

„Eine Entschuldigung?" Patricks Stimme war immer noch leise; trotzdem konnten ihn alle gut hören, auch wenn er den Kopf leicht gesenkt hielt.

„Eine Entschuldigung? Wofür?"

Jakob hatte keinen blassen Schimmer, ob es sinnvoll war, weiterhin den Ahnungslosen zu spielen.

„Ich habe es dir schon mal gesagt." Wieder war es Andreas. Dieses Mal kam er ihm allerdings nicht so nahe.

„Was?"

„Dass dieser Weg eine Sackgasse ist. Nun sag schon. Was? Was ist in dich gefahren? Was hat dich dazu verleitet, ein derart krankes Arschloch zu werden?"

Jetzt war es raus. Jakob zuckte nicht mit der Wimper. Er hob leicht die Schultern an und blickte zu den umstehenden Personen, die ihn alle ansahen.

„Das Leben." Jakob blickte zu den Leuten, die mittlerweile nahe bei ihm standen.

Jetzt war es Nadja, die sich meldete: „Pha! Und du meinst, so einfach kommst du davon? Einfach dem Leben die Schuld für dein armseliges Leben zu geben?"

„Ich gebe nicht dem Leben die Schuld." Jakob schüttelte den Kopf. „Ihr habt mich nach einem Grund gefragt. Etwas anderes kommt mir nicht in den Sinn. Es war das Leben. Wohl so wie bei euch."

Wieder flackerten Andreas' Augen. „Was willst du damit sagen?"

„Ach, gar nichts. Ich habe eh schon zu viel gesagt." Jakob setzte sich wieder auf die Bank. Neben sich das Feuerzeug. Er nahm wahr, dass Patrick, Nadja und Andreas in der Spur des Brennsprits standen. Christine einen halben Meter dahinter. Die anderen in der Nähe. Aber ob dieser ausreichen würde, wenn die ausgeleerte Flüssigkeit brannte? Für die ganze Gruppe? Er schüttelte den Kopf.

„Was ist? Etwas nicht in Ordnung?" Christine trat aus dem Dunkel hervor. Sie, die ihn zu einem Weihnachtsfest eingeladen hatte. Hinter ihr standen Helen und Marianne. Beide hatten sie nichts mehr von der süßen Frische der Jugend. Verblüht. Vergänglich. Alles ist vergänglich. Wieso weiß man das nicht, wenn man in der Zeit der Blüte solchen Mädchen gegenübersteht und von ihnen angepisst wird? Auch von ihnen hatte er ein Glas. Aber er konnte sich nicht mehr an den Gegenstand erinnern. Aber an den Duft. An den Duft konnte er sich ganz genau erinnern. Marzipan. Mandeln.

Alle blickten sie ihn an.

„Was tust du hier?" Er blickte zu Christine.

„Das ist nicht die Frage. Viel mehr beschäftigt mich, was wir jetzt tun. Ich meine, es ist doch schon recht spät, oder nicht?"

Wie auf ein unsichtbares Zeichen blickten einige auf ihre Handgelenke, an denen sich mehr oder weniger teure Uhren befanden. Jakob war sicher, dass Patrick und Nadja, wenn überhaupt, billige Swatchs trugen und Markus eine Uhr sein Eigen nennen konnte, die er mit Sicherheit zum Preis eines Kleinwagens erstanden hatte. Der erfolgsverwöhnte Markus, der ihn schon als Junge mit seinem Fahrrad und seiner Musiksammlung vorgeführt hatte.

21.52 Uhr.
Beinahe zehn Uhr. Wie lange würden sie noch hier sein? Wie sah ihr Plan aus? Weiter hinten entdeckte er zwei ältere Frauen. Sicher siebzig Jahre alt, eher älter. Er erkannte sie, erkannte sie und ordnete in seiner Vorstellung die Gläser. Die Gespielinnen seines Vaters an der Beerdigung seiner Mutter und wohl darüber hinaus. Er erkannte sie, weil er auch sie als regelmäßige Gönnerinnen bezeichnen konnte. Spezielle Gönnerinnen, denn von ihnen besaß er auch je eine Flasche mit einem Duft. Welchen, wusste er nicht. Auch nicht, von welchem Gegenstand er kam. Dazu müsste er vor seinem Kasten in seiner Wohnung stehen, die Flaschen aufschrauben und daran riechen. Dann – dann wäre die Zuordnung kein Problem mehr. Dann wäre alles komplett. Aber die Gesichter, die hatte er nicht vergessen. Die Gesichter, aus denen ihn Augen mit der dunkelsten Verachtung anblickten, die er sich vorstellen konnte. Er blickte sich um. Sie waren wirklich alle da. Alle waren sie gekommen. Unglaublich.

Und da, auf einmal, da wusste er, weshalb die Augen von Andreas flackerten. Weshalb er sich ihm überlegen fühlte. Andreas und sein Gefolge hatten keinen Plan, was sie mit ihm eigentlich tun sollten. Wahrscheinlich waren sie so froh gewesen, den Erpresser gefunden zu haben, dass sie es unterlassen hatten zu überlegen, wie denn ihre Bestrafung für ihn aussehen sollte. Vielleicht musste er in die Offensive gehen. Er hatte nichts zu verlieren. Und er wollte nach Hause.

„Du hast recht. Und ihr seid ja alle hier. Ich meine, das ist ja beinahe eine Klassenzusam-menkunft – mit Anhang und Beigemüse." Beim Schluss blickte er auf die Leute, die weiter hinten standen. „Erinnert ihr euch noch an meine Geburtstagsparty, als ich zwanzig geworden bin?"

Andreas blickte ihn fragend an. „Ja und? Klar wissen wir das noch. Willst du uns sagen, dass wir nicht mehr zwanzig sind?"

Jakob schüttelte den Kopf. „Nein, dafür muss man euch ja nur ansehen." Jakob spürte, wie stark sich Andreas beherrschen musste, die Faust nicht mitten in sein Gesicht zu platzieren. „Nein, im Ernst. Ich habe bald meinen Fünfzigsten. Weshalb kommt ihr nicht bei mir vorbei? Nicht um zu feiern. Vielmehr, um mir die Möglichkeit zu geben, mich zu entschuldigen – gebührend zu entschuldigen. Vielleicht können wir …"

Markus verwarf die Hände. „Hast du einen Knall? Meinst du wirklich, jemand von uns setzt freiwillig seinen Fuß in deine Höhle?"

„Nun lass ihn doch zuerst ausreden", sagte Christine und blickte Jakob an. Dieser fuhr fort: „Ich weiß immer noch nicht sicher, was das Problem ist. Aber das mit der Bowle tut mir wirklich leid. Auch anderes. Vielleicht können wir uns darüber unterhalten, und ihr könnt mir sagen, wie ihr euch eine gebührende Entschuldigung vorstellt. Ich verspreche euch, dass ich keine Bowle machen werde und es genug Getränke geben wird. Eingekauft habe ich schon. Ich hatte schon länger das Gefühl, dass es Zeit für ein Fest sei."

Andreas blickte zu den anderen. „Das mit dem Feiern kannst du dir sonst wohin … egal. Das mit der gebührenden Entschuldigung tönt hingegen schon besser. Ich meine, einige von uns mussten in den letzten Jahren total unten durch, verstehst du?"

„Immer noch nicht so ganz." Jakob schüttelte den Kopf. Er staunte, wie gut es ihm gelang, immer noch den Ahnungslosen zu spielen. „Aber ich habe verstanden, dass ihr zu mir kommen werdet. Am 24. Oktober. Ist 19.00 Uhr in Ordnung?"

Nadja blickte ihn feindselig an. Jetzt konnte sich Jakob doch wieder gut vorstellen, dass sie immer noch eine spezielle Verbindung zu diversen Substanzen einging. Wie ein Gesichtsausdruck alles verändern kann? Er versuchte zu lächeln. Entspannt zu wirken. Die meisten fixierten ihn, einige schauten zu Andreas. Dieser nickte.

„Wir werden keine Geschenke mitbringen, klar." Keine wirkliche Frage.

Jakob nickte.

Andreas drehte sich um und verließ den Park. Hinter ihm die anderen. Alle gingen sie, ohne ihm nicht noch einen bösen Blick zuzuwerfen. Feindselig, wütend – auch traurig. Christine war traurig, das hatte er gespürt. Und sie war nicht mehr mit Andreas zusammen. Auch das war ihm klar geworden. Sie verließ den Park allein. Ohne mit irgendjemandem ein Wort zu wechseln. Alle gingen sie, und beinahe dünkte es Jakob, als ob er einen Sieg davongetragen hatte und sein Drehbuch eben um einige Seiten verlängert worden war.

Da setzte sich Nadja neben ihn auf die Bank. Sie hatte gewartet, bis die anderen nicht mehr in Hörweite waren. Sie holte tief Luft und blickte zum Ausgang des Parks. „Weißt du, Jackyboy. Die anderen sind vielleicht mit einer gebührenden Entschuldigung zufrieden. Vielleicht. Aber ich? Fühl dich nicht zu sicher, Jackyboy. Hochmut kommt vor dem Fall. Heißt es nicht so?"

Jakob drehte ihr den Kopf zu. „Was willst du?"

Nadja blieb regungslos, und in die Stille der Nacht sagte sie etwas, das Jakob das Blut in den Adern gefrieren ließ.

„Ich weiß, was du mit Angelika gemacht hast. Und sorry, Jackyboy. Eine Entschuldigung reicht da nicht aus. Jetzt bist du es, der zahlt."

Kaum hatte sie das gesagt, stand sie auf und ging. Verließ den Park auf demselben Weg wie die anderen.

Jakob blickte ihr nach und hörte von der Ferne die Kirchenuhr schlagen.

22.00 Uhr.

24. Oktober 2013
19.30 Uhr

1

18.30 Uhr.
In einer Stunde würden sie hier sein.

In einer Stunde würde er das erste Mal seit dreißig Jahren mehr als einen Menschen in seiner Wohnung haben.

In einer Stunde würde er seine Entschuldigung vorbringen. Seine gebührende Entschuldigung. Lange hatte er nicht überlegen müssen, wie diese aussehen sollte. Eigentlich war es ihm schon klar gewesen, als er die Idee zu seiner Geburtstagseinladung hatte. Schon an jenem Tag, als er die beiden Kisten Bier gekauft hatte. Alle sollten sie ihn ansehen, wie Jahrzehnte zuvor. Sobald sie sahen und hörten, wie er sich entschuldigte, sollten ihre Blicke auf ihn gerichtet sein. Gebührend, das hatte er versprochen. Es wird das Letzte sein, das sie mit ihm erleben werden. Gebührend, das würde es werden. Dafür hatte er gesorgt.

Er saß in seiner Küche.

Alles war bereit.

Auf dem Tisch im Wohnzimmer befanden sich die Gläser. Neben Schalen mit Chips. Und neben dem Bilderrahmen, den er ebenfalls auf den Tisch gestellt hatte. Leer. Aber mit all den Bildern seiner Vergangenheit gefüllt. Das Bier hatte er auf den Boden gestellt. Es war kalt genug. Käse und Trockenfleisch hatte er noch im Kühlschrank. Mehr brauchte es nicht, denn er war sicher, dass das Fest nicht so lange dauern würde. Wein hatte er gestern Abend gekauft. Er hatte keine Ahnung gehabt, welche Flasche er aus dem Gestell nehmen sollte. Welcher Wein würde seinen Gästen gefallen? Mit welchem Wein konnte er einen Teil seiner Schuld begleichen? So hatte er sich für acht Flaschen entschieden, die so teuer waren, dass sie nur gut sein konnten. Gut sein mussten.

Er blickte aus dem Fenster und sah, dass der Himmel wolkenverhangen war. Vielleicht würde es noch regnen, heute. Würde irgendwie passen. Er dachte an seine Gäste, die wahrscheinlich noch trocken bei ihm ankommen würden.

Der Regen würde später kommen. So wie seine Entschuldigung.

Er war sich sicher, dass nicht alle kommen würden, nicht alle, die im Park waren und mit Sicherheit nicht alle, über die er ein Glas gefüllt hatte. Markus und Patrick würden kommen, auch Andreas. Er sicher. Nun, er war vorbereitet. Egal, wie viele kommen würden. Alles war bereit. Kartonteller, Plastikbesteck, Brot, Servietten, Zahnstocher. Jakob Morello hatte an alles gedacht. Zumindest an die wichtigsten Dinge. Er war kein Partymensch. Klar. Und er war auch noch nicht auf vielen Festen gewesen. Es war also nur die Logik in seiner Überlegung, alles zu organisieren, was es brauchte. Die wichtigsten Dinge waren da.

18.36 Uhr.
Er würde sich entschuldigen. Seine Schuld eingestehen, obwohl er der tiefsten Überzeugung war, richtig gehandelt zu haben. Von Anfang an hatte er sich leiten lassen, auf sein Bauchgefühl gehört und Lichtschalter betätigt. Licht ins Dunkel bringen. War das nicht auch eine beliebte Redewendung? Er hatte dies getan. Was gab es Besseres?

18.40 Uhr.
Irgendwie schien es, als ob die Zeit rückwärtsgehen würde. Auf jeden Fall nicht in jenem Tempo, das Jakob gewohnt war. Jedes Mal, wenn er auf die blinkende Uhranzeige seines Backofens blickte, zeigte diese erst eine weitere Minute an. Jakob war nicht nervös. Im Gegenteil. Er fühlte sich ruhig und entspannt. Er nahm einfach nur das Tempo der Minutenanzeige wahr und wunderte sich dabei, wie viele Gedanken er denken konnte, bevor sich die Zahl um eine Ziffer vergrößerte.

Die Zeit.

Auch so eine Einheit, über die man ganze Bücher schreiben könnte. Vage erinnerte er sich an eine Geschichte über eine

Schildkröte, ein Mädchen und Herren in grauen Anzügen. Alles hatte mit Zeit zu tun. Ende. Genau, es war doch eine Geschichte von Michael Ende. Dessen Geschichten waren es gewesen, die ihn durch seine Kindheit begleitet hatten. Seine Geschichten und natürlich jene von Elliot.

Er hatte logischerweise nicht geahnt, wie wichtig ihm Elliot werden würde. Damals. Welche Symbiose er mit ihm eingehen würde. Dass er ihn als Pseudonym verwenden würde, um all seine Brieffreundschaften zu pflegen.

Zeit.

Seine würde wohl heute Abend zu Ende gehen. In Jakob Morello breitete sich bei diesem Gedanken allerdings weder Angst noch Verzweiflung aus. Eine innere Ruhe. Eine Klarheit, dass es so kommen würde, wie er plante. Immer schon geplant hatte. Nicht in den einzelnen Schritten. Nicht in der Abfolge des Geschehens. Aber das Ende der Geschichte. Das Ende seines Schaffens und Wirkens, das hatte er gesehen.

Früh schon.

Er war sich schon als Fünfundzwanzigjähriger sicher gewesen, dass das Ende kommen würde. Mit dem letzten Puzzleteil wäre es zu Ende. Sein Leben und auch das Bild. So viele hatten ihr Leben verändert. Jakob verstand, dass es ihnen nicht möglich war, das Gute, das Positive in dieser Veränderung zu erkennen. Also blieb ihm nur, sich in aller ihm möglichen Ehrlichkeit zu entschuldigen und dabei auch zu versuchen, Reue zu empfinden.

Wenn sie nicht das Gute sahen, er sah es.

Wenn sie keinen Schritt auf ihn zugehen konnten, er konnte es.

Und wenn sie keine Hand bieten wollten, er wollte es.

Aber auf seine Weise. Er war zufrieden. Zufrieden und dankbar. Niemals hätte er damals als Fünfundzwanzigjähriger gedacht, dass er nochmals ein Vierteljahrhundert lang Lügen und Doppelleben würde aufdecken können. Denn das war es eigentlich gewesen. Er hatte die Welt besser gemacht. Klarer. Und wenn ihm jetzt kein Dank zuteilwerden sollte, würde er dies hinnehmen.

Er reichte ihnen die Hand. Was sie damit taten, sollte ihre Entscheidung sein.

18.43 Uhr.

Er stand auf, um sich ein Glas Wasser zu nehmen. Der Kasten war leer. Die Gläser standen alle im Wohnzimmer. Er beugte sich zum Wasserhahn, öffnete diesen und trank einen Schluck. Ließ das Wasser in seinen Mund fließen, ohne zu trinken. Es floss hinein und wieder raus. Er genoss die Kühle. Die Frische des Wassers. Es war etwas Lebendiges. Er fühlte sich lebendig. Die Macht des Wassers. In vielen Religionen wichtig und zentral. Ganz Indien badete im Ganges zur inneren Reinigung. Er spürte die Kühle und verstand, weshalb dem Wasser diese Wirkung zugesprochen wurde.

18.44 Uhr.

Es wurde Zeit, dass die Leute kamen. Bevor er hier einem religiösen Wahn verfiel. Wasser war Wasser. Und er, Morello, war Morello. Nicht mehr und nicht weniger. Er wusste, dass dieser Abend seiner Geschichte eine Wende geben würde. Er spürte, dass dieser 50. Geburtstag alles ändern, alles umdrehen würde. Und dass er sich für immer in das kollektive Bewusstsein seiner Gäste einbrennen würde. Wenigstens eine Zeit lang.

Als er sich die Kisten Bier gekauft hatte, war ihm bewusst gewesen, dass er nicht tiefer sinken konnte. Noch nie hatte er Getränke mit Alkohol gekauft. Sie waren ihm ein Gräuel. Mindestens so schlimm wie all die Lügen der Menschen um ihn herum.

Sein Durst war doch größer. Er ging ins Wohnzimmer und holte sich ein Glas. Sein Blick fiel auf die Kisten mit dem Bier. Auf die grünen Flaschen daneben. Grün. Giftgrün. Er betrachtete die beiden Flaschen, die er bereits geöffnet auf den Tisch gestellt hatte. So hatte er das einmal gehört. Ein guter Wein musste atmen, bevor er getrunken wurde.

Das Atmen.

Auch so ein Wort. Wie die Zeit.

Aber darüber hatte Michael Ende nichts geschrieben. Jedenfalls nicht in den Büchern, die er in seiner Kindheit gelesen hatte.

Atmen. Lebensatem. Wieder dieses Gefühl einer religiös motivierten Synapsenverbindung. Er wusste, dass es der Atem war, der heute aussetzen würde. Wenn ein Leben endete, war es am Schluss der Atem, der aussetzte. Für immer.

Das Leben. Es begann mit dem Atem, und der Atem war es auch, der das Letzte war, das ausgestoßen wurde. Zumindest, wenn man nicht an die Flüssigkeiten dachte, die der letzte Atemzug meistens auch noch freisetzte. Doch daran mochte Jakob Morello nicht denken. Er bevorzugte die poetischere Version des Ablebens. Auch wenn er die weniger poetische Variante öfters miterlebt hatte. Grund dafür gewesen war er selbst, letzten Endes.

18.52 Uhr.
Jakob Morello war sicher, dass die Gäste rechtzeitig kommen würden. Keine Minute zu früh. Acht Minuten blieben ihm, und dann würde er niemals mehr in seinem Leben allein sein. Niemals mehr allein am Küchentisch sitzen und sich über die Vergänglichkeit Gedanken machen.

Acht Minuten.

Wenn er sich überlegte, mit welcher Geschwindigkeit seine Gedanken in seinen Hirnwindungen nach allen Seiten gleichzeitig zu rasen schienen, wusste er, dass auch diese acht Minuten länger sein konnten, als sie in Wirklichkeit waren. Trotzdem empfand er ein Gefühl der leichten Wehmut, dass er nur noch acht Minuten in seinem Leben allein sein würde. Was ihn wiederum dazu veranlasste, sich der tiefen Empfindung hinzugeben, wie sehr er es geliebt hatte, allein zu sein. Die Zeit, die ihm geschenkt wurde, sinnvoll zu nutzen. Den Atem seines Lebens ausschließlich in seinem eigenen Rhythmus zu atmen.

Sieben Minuten.

Er stand auf und trat zum Kühlschrank. Er nahm das Fleisch und den Käse heraus und stellte beides im Wohnzimmer auf den Tisch. Er verschob eines der Gläser auf dem Tisch so, dass es besser zu den anderen passte. Und lächelte. Sein Glas hatte er noch in der Küche. Sein Glas, das kein anderer nehmen sollte. Es sei denn, dass auch der nicht mehr atmen wollte und der festen Überzeugung war, dass seine Zeit zu Ende war.

Ausgelebt. Konnte man das so sagen? Jakob wusste es nicht, wusste aber, dass er dies auch nicht wissen musste. Es spielte keine Rolle für den Verlauf des heutigen Abends.

Fünf Minuten.

Die Ziffern am Backofen leuchteten. Beinahe war es Jakob, als wechselten sie von Grün zu Rot. Von Gelb zu Blau und wieder zu Grün. Jetzt wurde er doch ein wenig unruhig. Wer hatte schon die Möglichkeit, genau zu wissen, dass sein Leben, wie er es gelebt hatte, noch genau fünf Minuten dauern würde? Er hatte diese Möglichkeit und wusste nicht, ob dies nun ein Geschenk war oder alles nur noch schlimmer machte. Würde die Zeit nun schneller gehen? In den letzten Minuten und Sekunden fliegen? Verfliegen? Jakob wusste es nicht, wusste aber, dass er in fünf Minuten die Frage würde beantworten können.

Vier Minuten.

Noch einmal gingen ihm all die Menschen seiner Gläser durch den Kopf. So schnell, dass er glaubte, seine Augäpfel austauschen zu müssen. Oder was auch immer. Wie kann man in so kurzer Zeit so vieles sehen? So viele Gesichter. Und dann, nach kurzen Sekunden. Nadja. Nadja mit ihren Drogenpäckchen. Ihren Zuckerstücken. Ihren Pillen und all dem anderen Zeugs. Nichts war geschehen nach ihrer Ankündigung im Park, und Jakob staunte, dass er sich nicht mehr Gedanken darüber gemacht hatte in den letzten dreißig Minuten.

An jenem Abend war es anders gewesen. Da hatte er nur noch ans Ende gedacht. Dass es nun soweit war. An die Polizei. An Mauern und Gitterstäbe. An Hofgang und Wärter, die nun für seinen Atem und seine Zeit verantwortlich waren.

Aber dann war nichts geschehen. Kein Klingeln an seiner Wohnungstür. Nichts. Nadja hatte geblufft. Jakob war davon überzeugt und irgendwie auch erleichtert. Er wollte es so enden lassen, wie er es sich in seiner Vorstellung ausgemalt hatte und nicht von einem Typen in Uniform vermasseln lassen.

Nadja! Was wusste sie schon? Und woher sollte sie auch etwas wissen? Es war unmöglich. Und überhaupt. Das war schon viele Jahre her und verjährt. Verjährte es auch, wenn man jemandem den Lebensatem nahm? Jakob war plötzlich nicht mehr sicher. Aber er war sicher, dass Nadja ihre Sicht der Dinge niemandem erzählt hatte. Weshalb sonst hätte sie mit ihrer Anklage gewartet, bis alle gegangen waren? Nein, sie hatte in Wirklichkeit keine Ahnung. Wusste wohl, dass er E. war. Das schienen sie herausgefunden zu haben, wenn ihm auch schleierhaft war, wie das geschehen war. Und weshalb jetzt, wenige Wochen vor seinem fünfzigsten Geburtstag.

18.57 Uhr.
Es klingelte. Erschrocken blickte Jakob auf die Uhr am Backofen. Drei Minuten zu früh. Sie waren drei Minuten zu früh. Stahlen ihm damit drei Minuten seines restlichen Lebens allein mit sich. Aber es war okay. Er hatte alles gedacht, was gedacht werden musste. Er hatte die Gesichter vorbeiziehen lassen. Die Momente. Die Begegnungen. Die wenigen kurzen Augenblicke der Berührung.

Er stand auf, langsam. Öffnete den Backofen und nahm eine Spritze raus, die sich darin befunden hatte. Ging damit zum Tisch in der Küche und drückte die Flüssigkeit ins Glas. Dann ging er zum Kühlschrank, nahm die Milch heraus und füllte das Glas mit der weißen Flüssigkeit.

Dann trat er in den Gang, ging zur Wohnungstür und öffnete sie. In der Küche stand das Glas Milch.

Jakobs Milch.

Sein bevorzugtes Getränk.

2

18.58 Uhr.
„Wieso lässt du uns so lange warten, Morello?"

Andreas stand vor dem Eingang. Hinter ihm die anderen. Etwa zehn Leute. Vielleicht zwölf. Jakob wusste, dass er genug Gläser aufgestellt hatte. Zumal er keines jener brauchen würde, die im Wohnzimmer standen. Seines befand sich in der Küche. Und darin befand sich garantiert kein Alkohol.

Jakob stand in der Tür und ließ die Gäste eintreten. Er sagte kein Wort. War noch in Gedanken, wenn diese auch nicht mehr wirklich in Worte gefasst werden konnten. Schließlich hatten sie ihm drei Minuten gestohlen. Drei Minuten waren viel, wenn es sonst nichts mehr gab. Und Jakob wusste, dass diese drei Minuten noch das Einzige gewesen wären, das nur ihm gehört hätte. Aber es war okay. Weshalb nicht etwas beenden, wenn es zu Ende war?

Ausatmen.

Die Zeit Zeit sein lassen.

Was das wieder bedeuten sollte? Vielleicht sollte er in einem späteren Leben Philosoph werden …

19.02 Uhr.

Die Gäste setzten sich auf das Sofa und den weißen Ikea-Sessel in seinem Wohnzimmer. Und auf die Stühle, die er reingestellt hatte. Marianne und Helen setzten sich aufs Fenstersims. Andreas hatte die Rolle des Gastgebers übernommen. Logisch. Jakob ließ es geschehen. Auch das war logisch.

„Ich glaub es nicht!", rief Andreas den anderen zu und musterte dabei Jakob. „Morello hat doch tatsächlich richtige Getränke organisiert. Wahren Wein, kaltes Bier. Hoffe ich wenigstens. Wisst ihr, was das bedeutet?"

Niemand reagierte. Die Stimmung war gespannt.

Sie blickten zu Andreas oder zu Jakob. Ohne diesen Blicken irgendeinen Ausdruck zu geben, den man hätte deuten können. War es Gleichgültigkeit? War es Jakobs Gästen egal, ob es Alkohol gab oder Wasser? Oder Milch?

„Im Ernst, Leute. Wenn Morello Alk kauft, ist es ihm mit seiner Entschuldigung ernst. Glaubt mir."

Niemand reagierte.

„Was ist denn los mit euch? Das ist eine Party! Morello wird fünfzig. Haben einige von uns ja bereits hinter sich, was?" Andreas lachte und begann Bierflaschen zu verteilen. Jakob konnte kein Flackern der Unsicherheit oder Angst in Andreas' Augen erkennen. Im Gegenteil. Als er Markus eine Flasche in die Hand drückte, sagte er: „Ist wenigstens keine Bowle, mein Freund." Markus verzog leicht seinen Mund.

„Ich will Wein." Nadja war es, die sich meldete.

„Kommt sofort, meine Schöne." Andreas schenkte ihr ein, und als alle etwas zu trinken in der Hand hielten, prostete er allen zu.

„Hast du keine Angst, dass er vergiftet ist? Der Wein, meine ich." Jetzt war es Helen, die sich meldete. Von einer Sekunde auf die andere wurde es totenstill in der Wohnung. Alle blickten zuerst zu Helen, die immer noch auf der Fensterbank saß und in der Hand eine Bierflasche hielt. Wie Marianne. Die ganze Szenerie schien für einen kurzen Moment einzufrieren. Und dann war es Jakob, der Bewegung ins kleine Wohnzimmer brachte. Er trat an den Tisch, nahm eine der geöffneten Flaschen, setzte sie an den Mund und trank einige kräftige Schlucke. Er stellte die Flasche zurück. Dabei fiel der Bilderrahmen um.

Er hörte Christine.

„Pass auf!"

Er blickte sie kurz an und versuchte sich in einem Lächeln.

„Da ist nichts, das kaputt gehen könnte."

„Siehst du!", rief Nadja und blickte zu Andreas, „alles in Ordnung. Wein muss atmen, klar? Er muss offen sein. Jackyboy hat alles richtig gemacht."

Sie setzte das Glas an die Lippen und trank einen Schluck. Erkannte, dass dies wohl einer der besten Weine war, die sie je gekostet hatte. Nicht zu vergleichen mit dem Fusel, den sie wohl sonst intus hatte. „Und ich sage euch, das ist ein Wein. Einer, der die Bezeichnung wirklich verdient."

Jakob spürte die Bewunderung in Nadjas Blick. Es gefiel ihm, so angesehen zu werden. Auf eine bestimmte Art und Weise dachte er, dass es solche Blicke waren, die ihm zustanden. Die er eigentlich verdienen würde.

„Wow, ein echter Kenner, unser Jackyboy."

Patrick trat näher zu Jakob, der immer noch am Tisch stand und langsam die Flasche wieder auf den Tisch gestellt hatte. „Du trinkst Wein? Das wusste ich nicht."

„Du weißt noch vieles nicht." Jakob lächelte und spürte gleichzeitig ein Brennen in seinem Bauch, das er nie in dieser Art für möglich gehalten hätte. Wie konnte man so etwas nur trinken? Aus freien Stücken. Sein Bauch und sein Hals fühlten sich an, als müsste beides von innen nach außen gestülpt werden. Wie konnte er nur …?

„Geht's dir nicht gut?" Christine war an ihn herangetreten.

„Doch. Alles in Ordnung. Ich muss nur etwas anderes trinken. Wein wird mir wohl nie schmecken."

Er sah, wie Nadja auf die Uhr blickte.

19.23 Uhr.

Jakob wurde bewusst, wie die Zeit schneller zu vergehen schien. Jetzt, wo er nicht mehr allein war. Er musste dem Geschmack in seinem Mund etwas entgegensetzen. Sonst würde es ihm übel werden. Er sah, wie Einzelne begannen, sich mit Käse und Fleisch einzudecken.

19.26 Uhr

Er ging in die Küche. Das Glas mit der Milch stand noch auf dem Tisch. Klar stand es noch auf dem Tisch. Er nahm es, trank einen kleinen Schluck und spürte einen leicht veränderten Geschmack der Milch. Aber es schmeckte trotzdem besser als der Wein. Um Welten besser. Beinahe musste er würgen, wenn er daran dachte, dass er genau das getrunken hatte, was seiner Mutter und letzten Endes auch ihm den Lebenssinn gegeben hatte. Wenn auch in umgekehrter Richtung.

19.27 Uhr.

Er trat ins Wohnzimmer. Die Gäste beendeten wie auf ein Kommando ihre Gespräche. Flaschen wurden von den Mündern genommen und Brotstücke oder was auch immer runtergeschluckt.

Jetzt.

Jetzt war der Moment.

Jakob Morello hatte genug, und niemand der Anwesenden hatte auch nur den Hauch einer Ahnung davon, wie genug er hatte.

„Es ist schön, dass ihr alle gekommen seid. So mitten in der Woche. Nur um mir zu gratulieren."

„Hey, wir sind nicht hier, um dir zu gratulieren. Das weißt du ganz genau." Jakob hatte keine Ahnung, dass Marianne fähig war, in diesen gehässigen Tonfall zu verfallen.

Er nickte. „Ja, ich weiß. Tut mir leid. Trotzdem danke, dass ihr gekommen seid. Wir haben ja gewisse Bindungen, die ihr euch nicht selber ausgesucht habt. Ich weiß."

„Genau, haben wir nicht. Überhaupt keine Bindung wollten wir zu dir haben!" Jetzt war es Helen, die sogleich einen großen Schluck ihres Biers in sich hineinkippte. Jakob sah dies und spürte, wie er zu schwitzen begann. Weshalb verging die Zeit schneller, wenn man sprechen wollte? Wieso war er nicht befähigt, in Gedankengeschwindigkeit zu sprechen?

„Jetzt lasst Morello doch endlich ausreden." Christine war aufgestanden und hatte sich an die Wand gestellt.

Andreas ergriff das Wort: „Also gut, Morello. Sprich. Denn ich sehe, du trinkst Milch. Bist dir also all die Jahre treu geblieben, was?"

Oh ja, das bin ich. Du glaubst gar nicht, wie treu ich mir geblieben bin. Wahrscheinlich kann man treuer nicht sein.

Und wieder drifteten Jakobs Gedanken in die Vergangenheit. Sah, wie er die Flaschen seiner Mutter in die Spüle leerte. Sah seine Mutter, die ihn liebte und der er doch nur im Weg war. Seinen Vater, der ihn auch liebte, der aber nicht da war. Jakobs Gedanken rasten. Rasten zum Mülleimer im Park, in den Patrick sein erstes Geldpaket gelegt hatte. Ins Kino, in dem er neben Markus gesessen hatte. Nur an den Namen des Films konnte er sich nicht erinnern. Er sah sich in den Straßen stehen und auf Häuserfronten und Fensterreihen blicken. Sah sich in Parks und Kneipen. Das Gesicht seines Vaters, der staunen würde, ihn heute hier zu sehen. In einer vollen Wohnung. Er sah Elliot, seinen einzigen wahren Freund, der ihm so treu geblieben war wie er sich selbst. Er dachte an die Frauen, deren letzten Atemzug er gespürt hatte. Das Zittern. Den Unglauben in den Augen, die anschließende Leere. All dies sah er und musste lächeln. Er konnte wirklich schneller denken als sprechen.

Er schwitzte noch stärker als zuvor. War es so warm in der Wohnung? Er blickte auf das Glas in seiner Hand.

„Wo war ich?"

Er nahm einen weiteren Schluck. „Genau, bei den Bindungen, die man eingeht. Freiwillig oder nicht. Ich weiß nicht mehr, was mich eigentlich dazu gebracht hat, diese Bindungen zu knüpfen. Weiß es wirklich nicht mehr. Weiß aber, dass ihr alle sehr darunter gelitten habt."

Ein weiterer Schluck aus seinem Glas.

Der Trockenheit in seinem Hals setzte dies allerdings nichts entgegen. Er hatte das Gefühl, als ob sich die Möbelstücke bewegen würden. Das Fenstersims, auf dem sich Helen und Marianne befanden, schwebte in die Höhe, mit den beiden Frauen. Der Ikea-Sessel schien sich zu drehen und gleichzeitig zur Tür hin zu bewegen.

Er hatte nicht mehr viel Zeit. Hatte aber auch nicht mehr viel vorzubringen. Was gab es denn noch zu sagen?

Alles war gesagt.

Oder hatte er es nur gedacht? Was hatte er laut und hörbar ausgesprochen?

Er konnte sich nicht mehr erinnern.

Er leerte das Glas in einem Zug und fuhr fort: „Was ihr wollt, fragte ich mich lange. Was ihr erwartet? Und bald wurde mir klar, dass ihr Gerechtigkeit wollt, nicht wahr? Ihr wollt Gerechtigkeit. Nicht meine Gerechtigkeit. Nicht die des Staates. Ihr wollt eure. Im Park hättet ihr mich wohl am liebsten an den nächsten Baum gehängt …"

Er schluckte. Sein Hals fühlte sich an, als wäre er noch mit Milch gefüllt. Entfernt spürte er noch den Geschmack des Weines. Er sah, wie Patrick und Markus unwillkürlich zu Andreas blickten. So war die Lynchjustiz also doch ein mögliches Szenario gewesen, damals im Park. Jakob musste lächeln und sprach weiter.

Und während er sprach, spürte er, dass er das Glas in seiner Hand nicht mehr halten konnte und seine Beine gefühllos zu werden begannen. Er wusste nicht mehr genau, welche seiner Worte noch hörbar waren. Ob überhaupt noch etwas zu hören war.

Er lag auf dem Boden, sah die vielen Gesichter über sich, die auf ihn herunterblickten. Fragend. Besorgt. Beunruhigt. Verunsichert, mehr und mehr. Er hörte eine Stimme, die in ein Telefon sprach. Er lächelte erneut. Der Notarzt würde zu spät kommen und nur noch Jakob Morellos Tod feststellen können.

Er blickte an den Gesichtern über ihm vorbei. Zum Fenster. Es hatte zu regnen angefangen. Es passte zusammen.

Alles passte zusammen.

Er spürte Hände an seinem Gesicht. An seinen Schultern. Sogar an seinen Füßen. Hörte Stimmen. Und erkannte, dass es das wert gewesen war. Er lag da auf dem Boden seines Wohnzimmers, und alle blickten sie auf ihn herunter.

Alle schauten sie ihn an.

Berührten ihn.

Ihn!

Jakob Morello.

Ein Gefühl der Wärme umgab ihn, und als er seinen letzten Atemzug tat, wusste er, dass seine Zeit endgültig abgelaufen war. Und dass sie so endete, wie er sich all die Jahre danach gesehnt hatte. Der letzte Teil des Puzzles war gesetzt. Das Bild war zu Ende. Der Kreis geschlossen.

Ja, das war es wert gewesen.

Augen, die ihn ansahen.

Hände, die ihn berührten.

Wirklich berührten.

19.30 Uhr.
24. Oktober 2013.

Schlusswort

Die Idee zu diesem Buch hatte ich bereits, als ich mitten im Schreibprozess meines ersten Buches «Wo?» gesteckt habe. Eine Hauptperson, die nicht sofort sympathisch ist – und wohl auch nie wird. Ein Mensch, der Opfer seiner Unscheinbarkeit wird und seine Umwelt selbst zum Opfer werden lässt. Ein Mensch, dessen Leben durch bestimmte Zeitpunkte bestimmt wird und der Zeiten bestimmt, an welchen das Leben anderer verändert wird. Oder beendet.

Dass auf «Wo?» das «Wann?» folgen wird, war mir von Anfang an klar. Wie düster und letztendlich grausam sich alles entwickelt aber nicht. Überhaupt nicht. Dies hat sich so ergeben und wurde mehr und mehr zu einer logischen Folge des Lebens von Jakob Morello. Der einzigen Logik seines Lebens.

Dass Jakob Morellos Geschichte nun als Buch erschienen ist, zeigt, dass sich Menschen auf diese eingelassen haben. Ihnen gilt mein Dank. Besonders danke ich Yvonne Ehrensperger, welche nicht nur sorgfältig Seite um Seite ein erstes Mal geprüft hat, sondern sich auch eine Zeit lang mit Jakob Morello auseinandergesetzt hat. Danke für deine Zeit und deine Aufmunterung, dass eine solche Geschichte erzählt werden darf.

Und natürlich danke ich allen Leserinnen und Lesern. Es sind Geschichten, die einen umtreiben und einen Moment lang in andere Welten entführen. Geschichten von Menschen, die einem fremd und manchmal vertraut sind. Berührt werden. Nachdenklich gestimmt werden. Animiert werden, weitere Geschichten zu lesen.

www.robert-singer.com

Der Autor

Stichworte auf einem Stück Papier. Beginnen. Nicht wissen, wohin es führt. Der Schweizer Autor Robert Singer schloss 1991 die Ausbildung als Primarlehrer ab. Bereits während der Studienzeit hat er sich immer wieder inspirieren lassen und unzählige Texte und Theaterstücke geschrieben. Später absolvierte er die Schulleitungsausbildung und übernahm 1997 eine Position als Schulleiter. Ein Sabbatical in einem Township in Südafrika 2006 entfachte in ihm die Liebe zu Afrika. Für das Jahr 2020 strebt der talentierte Autor eine Zertifizierung in den Bereichen Supervision und Teamcoaching an.

Der Krimi „Wo?", gleichfalls in unserem Haus erschienen, ist ein fulminantes und überraschendes Debüt, das gegenüber aller Kritik Bestand haben wird. Sein neues Werk „Wann?" steht diesem Debüt in nichts nach. Seit 1996 verheiratet und Vater von 3 Kindern, widmet sich der Autor in seiner Freizeit neuen Aufgaben als Schriftsteller. Man darf sehr gespannt sein.

novum VERLAG FÜR NEUAUTOREN

Der Verlag

*Wer aufhört
besser zu werden,
hat aufgehört
gut zu sein!*

Basierend auf diesem Motto ist es dem novum Verlag ein Anliegen neue Manuskripte aufzuspüren, zu veröffentlichen und deren Autoren langfristig zu fördern. Mittlerweile gilt der 1997 gegründete und mehrfach prämierte Verlag als Spezialist für Neuautoren in Deutschland, Österreich und der Schweiz.

Für jedes neue Manuskript wird innerhalb weniger Wochen eine kostenfreie, unverbindliche Lektorats-Prüfung erstellt.

Weitere Informationen zum Verlag und
seinen Büchern finden Sie im Internet unter:

www.novumverlag.com

Bewerten Sie dieses Buch auf unserer Homepage!

www.novumverlag.com

Robert Singer
Wo?
ISBN 978-3-99064-772-1
444 Seiten

Ein Schweizer in einem Township in Südafrika. Hineingezogen in eine heillose Geschichte aus Entführung und Mord – und konfrontiert mit einem tödlichen Auftrag, den es zu erledigen gilt und aus dem es anscheinend kein Entrinnen gibt. Ein kleines Meisterwerk.

Printed in Dunstable, United Kingdom